SAUERLÄNDER

Sarah Epstein wuchs in Sydney auf und lebt inzwischen in Melbourne, zusammen mit ihrem Mann, zwei Söhnen und einer Hundedame namens Luna. Sie studierte Graphikdesign, doch Sarah fand schnell heraus, dass nicht das Gestalten von Büchern, sondern das Schreiben sie wirklich glücklich macht. Genau wie ihre Leser. In Australien hat sie bereits zahlreiche Preise gewonnen.

Weitere Informationen zum Kinder- und Jugendbuchprogramm der S. Fischer Verlage finden Sie unter www.fischerverlage.de

SARAH EPSTEIN

WAVE OF LIES

Aus dem australischen Englisch
von Alexandra Ernst

SAUERLÄNDER

Aus Verantwortung für die Umwelt hat sich der Fischer Kinder- und Jugendbuch Verlag zu einer nachhaltigen Buchproduktion verpflichtet. Der bewusste Umgang mit unseren Ressourcen, der Schutz unseres Klimas und der Natur gehören zu unseren obersten Unternehmenszielen.

Gemeinsam mit unseren Partnern und Lieferanten setzen wir uns für eine klimaneutrale Buchproduktion ein, die den Erwerb von Klimazertifikaten zur Kompensation des CO_2-Ausstoßes einschließt.

Weitere Informationen finden Sie unter: www.klimaneutralerverlag.de

FSC www.fsc.org MIX Papier aus verantwortungsvollen Quellen FSC® C083411

Erschienen bei FISCHER Sauerländer

Das englischsprachige Original erschien 2020 unter dem Titel
Deep Water bei Allen & Unwin, Crows Nest, Australia.

Umschlaggestaltung: ZERO Werbeagentur, München
Umschlagabbildung: somchaij, shutterstock.com
Satz: Dörlemann Satz, Lemförde
Druck und Bindung: CPI books GmbH, Leck
Printed in Germany
ISBN 978-3-7373-5821-7

1

Heute

CHLOE

Im Abwasserkanal suchten wir Henry zuerst. Dann an den überfluteten Ufern des Shallow Reservoir. Der Sturm der vergangenen Nacht war seit Jahren der stärkste und wildeste in dieser Gegend gewesen. Innerhalb einer Stunde regnete und hagelte es so viel wie normalerweise in zwei Monaten, Äste brachen von den Bäumen ab, und Rinnsteine verwandelten sich in reißende Bäche. Vom Dach des Postgebäudes wurden Wellblechplatten gerissen, und bei Cutler Bend, wo erst vor einem Jahr ein Buschfeuer gewütet hatte, ging eine Schlammlawine ab.

Es war eine Nacht, die alles gründlich durchkaute und wieder ausspuckte. Keiner von uns wollte darüber nachdenken, dass sie womöglich Henry zwischen die Zähne bekommen hatte.

Wir klopften an Haustüren und fragten in den Läden, sahen auch in der Bibliothek und an seinem angestammten Angelplatz nach. Erst am frühen Nachmittag stolperte jemand über ein schlammiges Mountainbike im Wartebereich des Bahnhofs. Es war ordentlich auf dem Ständer abgestellt, und das Vorderrad stand in einem koketten Winkel, als ob es sagen wollte: »Wo bleibt ihr denn?« Anfangs waren wir erleichtert, dass Henry es unbeschadet zum Bahnhof geschafft hatte. Vermutlich hatte er den Nachtzug genommen oder einen der ersten Züge am frühen Morgen. Wir mussten nur ein paar Stunden lang warten, bis er wieder nach Hause kam.

Aber aus den Stunden wurden Tage.

Aus Tagen Wochen.

Und mittlerweile haben sich die Wochen zu Monaten ausgedehnt.

Seit Januar lese ich alles über vermisste Personen, was ich auftreiben kann. Einige Menschen gehen absichtlich fort, sie laufen weg oder brauchen einfach eine Auszeit; andere gehen verloren, ohne es zu wollen, durch einen Unfall oder eine psychische Störung. Manchmal, wie bei Entführungen oder Mord, ist Gewalt im Spiel.

Und wenn eine Person länger als drei Monate nicht auftaucht, dann gilt sie als langzeit-vermisst. Henry ist jetzt seit zwei Monaten und dreißig Tagen fort.

Ab morgen ist er ein Langzeit-Vermisster.

Am nächsten Freitag wird er vierzehn.

Ich habe früher nie großartig über verschwundene Teenager nachgedacht. Die meisten, von denen man in den Social Media liest, tauchen nach ein paar Tagen – ein bisschen zerschlissen – wieder auf und müssen eine Menge Fragen beantworten. Aber abgesehen von der flüchtigen Überlegung, warum sie überhaupt abgehauen waren, hatte ich nie darüber nachgedacht, was in diesen verschwundenen Tagen passiert war, in diesem schwarzen Abgrund zwischen Davonlaufen und ihrem Wiederauftauchen.

Jetzt kann ich an nichts anderes mehr denken.

Wo schlafen diese Kids? Haben sie es warm genug? Haben sie Geld, um sich etwas zu essen zu kaufen? Können sie sich duschen und die Zähne putzen? Fällt es ihnen leicht, einzuschlafen, oder liegen sie stundenlang in der Dunkelheit wach und fühlen sich allein?

Auf einer Website stand, dass eine vermisste Person *Opfer*

eines Malheurs sein könnte, was sich total dämlich anhört, so als hätte man sich auf einem Ausflug den Fuß verstaucht. Das erinnert mich an eine Unterhaltung mit Henry ein paar Monate vor seinem Verschwinden. Wir standen an der Tankstelle auf der Bridge Road, von wo aus man die Gleise sehen kann, und Henry blickte einem Zug nach, der gerade aus dem Bahnhof ausfuhr und allmählich Geschwindigkeit aufnahm, während er in Richtung Sydney davontuckerte.

»Wenn ich von hier weggehe«, sagte er zu mir, »dann nicht so wie du. Ich werde nicht immer wieder zurückkommen.«

So, wie er das sagte, hätte man meinen können, dass ich eine Wahl habe. Seit Jahren springe ich zwischen meinen Eltern hin und her wie ein Pingpongball. Nach der Trennung hat sich mein Dad auf jede Sorgerechtsvereinbarung eingelassen, die Mum ihm vorschrieb, weil er nicht wollte, dass wir vor dem Familiengericht landen.

»Aber hier ist dein Zuhause«, sagte ich und schaute von dem Fahrradreifen hoch, den ich gerade aufpumpte. »Wirst du das alles nicht vermissen?«

Henry zuckte mit den Schultern. »Nö. Manchmal, wenn ich aufs Rad steige, dann will ich einfach nur weiterfahren und nicht zurückschauen.« Er fuhr mit der Hand durch sein Haar und setzte dann die grüne Baseballkappe mit dem *Lucky-7*-Schriftzug wieder auf, die sein Gesicht beschattete. »Erinnerst du dich an diese alten Schwarzweißfilme, die Onkel Bernie so toll findet?«

»Die Western?«

»Ja«, sagte er. »Du weißt schon, wenn der Cowboy am Ende auf sein Pferd steigt und in den Sonnenaufgang reitet. Alle Kinder kommen angerannt und bleiben am Rand der Stadt stehen, bis er nur noch ein winziger Fleck am Horizont ist.

Dann blinzeln sie einmal, und weg ist er, und sie wissen, dass sie ihn nie wiedersehen.«

»Mm-hmm.«

»Das bin ich. Auf zu neuen Abenteuern.«

Damals habe ich nur mit halbem Ohr zugehört. Vielleicht habe ich gelacht oder etwas Wegwerfendes gesagt.

Dann habe ich geblinzelt, Henry.

Und jetzt bist du weg.

Ich gehe der Länge nach durch den Wartebereich des Bahnhofs und einmal rund um die mit Waschbetonplatten belegte Stelle, wo man Henrys Fahrrad gefunden hat. Seit Januar wurde hier regelmäßig gefegt, vermutlich auch nass gewischt oder der Boden sogar mit einem Schlauch abgespritzt. Jede Spur von Henry wurde weggewaschen, genau wie The Shallows von jenem Sturm durchgespült und ausgewrungen wurde.

Ich kann ihn hier nicht fühlen. Nicht auf eine psychische oder spirituelle Art, an so etwas glaube ich nicht. Ich halte mich an Fakten, Hinweise, an alles, was ich sehen und greifen kann, was mir hilft, die Dinge zusammenzusetzen. Aber ich glaube an Bauchgefühl. Und im Moment kann ich mir einfach nicht vorstellen, wie Henrys nasse Fußspuren von dem Wartebereich hinaus auf den Bahnsteig führen, und genauso schwer fällt es mir zu akzeptieren, dass er ein Ausreißer ist. Er ist wie ein Bruder für mich. Er würde nicht einfach so für immer weggehen, ohne sich zu verabschieden.

Aber vielleicht redet mir das auch nur mein Schuldgefühl ein.

Ich gehe auf den Bahnsteig, wobei ich rechts und links die Gleise entlangblicke. Ein kleines Stinktier huscht über eine Eisenbahnschwelle in ein Büschel totes Gras. Es ist immer noch Nachmittag. Trübe und bewölkt. Ich schließe die Augen und versuche, diese rabenschwarze Januarnacht vor mir zu sehen, die peitschenden Bäume und den Regen, der von der Seite kam, den brausenden Wind, der gegen Gebäude schlug und durch Ritzen stöhnte wie eine gepeinigte Seele. Ich weiß, warum ich das Risiko einging, mich in dieses Wetter hinauszuwagen, aber welchen Grund hatte Henry? Was war geschehen, dass er sich in so einer Nacht in einen Zug setzte, in die Stadt fuhr, weit weg von allem, was er kannte?

»Tach«, sagt eine Stimme hinter mir.

Ruckartig drehe ich mich um. Ein alter Mann schlurft durch das Eingangsgatter in den Wartebereich. Er legt grüßend seine Finger an den Schirm seiner Mütze und scheint mich nicht zu erkennen, obwohl ich ihn auf der Straße anlächele, seit ich sechs bin.

»Hallo Mr. Milburn«, sage ich. »Ich bin's, Chloe Baxter.«

Er stutzt und legt den Kopf in den Nacken, um mich durch seine Bifokalbrille zu mustern. Er braucht eine Weile, um das Bild der Sechzehnjährigen, die vor ein paar Monaten von hier wegging, mit der Person in Einklang zu bringen, die zurückgekehrt ist. Als es ihm gelingt, ist ein Zucken seiner Augenbrauen der einzige Hinweis darauf, dass er mich erkennt, obwohl ich meine langen, dunkelblonden Haare abgeschnitten habe und jetzt einen mausbraunen Kurzhaarschnitt trage. Die Sommerbräune meiner Haut ist einem teigigen Weiß gewichen, und statt der luftigen Blumenkleider trage ich ein düsteres, schwarzes T-Shirt und Jeans. So ist das in The Shallows – die Leute tun so, als würden sie sich um ihren eigenen Kram kümmern, und niemand sagt einem offen die Meinung ins Gesicht. Wenn es um Flohmärkte und Grillabende geht, wird Gemeinschaft zwar großgeschrieben, aber sobald auch nur der Hauch einer Missstimmung auftaucht, will niemand etwas damit zu tun haben.

»Ich habe etwas für Sie«, sage ich zu Mr. Milburn und gehe schnell zu meinem Koffer, der neben dem Eingang zum Bahnhofsgebäude steht. Ich ziehe einen Hefter aus dem Seitenfach und zupfe ein Blatt Papier heraus. Oben auf der Seite prangt in Großbuchstaben die Überschrift IMMER NOCH VERMISST und darunter ein großes Farbfoto von Henry. Ich pflastere seit Monaten die Bahnhöfe und Einkaufszentren in Sydney damit.

> **Haben Sie den dreizehnjährigen Henry Weaver gesehen?**, steht darauf. **Henrys Hautfarbe ist weiß, er ist etwa 1,53 m groß, von schlankem Wuchs, mit blauen Augen und hellbraunen Haaren. Er trägt möglicherweise eine grüne Baseballkappe und schwarze Sneaker und hat einen blau-gelben Rucksack bei sich.**

»Würden Sie das bitte im Bowling-Club aufhängen?«, frage ich. »Es sind neue Poster, mit einem anderen Foto.«

Mr. Milburns Lippen werden schmal, als er den Zettel betrachtet. Er und seine Frau waren Nachbarn der Weavers, bis Mrs. Milburn starb. Er kennt Henry und seinen älteren Bruder Mason. Er kennt ihre Mutter.

Andererseits: Wer nicht?

Schließlich nimmt er das Blatt mit seinen von Altersflecken übersäten Händen und mustert Henrys Foto und die Beschreibung.

> **Henry wurde zuletzt am Abend des 10. Januar in The Shallows in den Southern Highlands von New South Wales gesehen. Möglicherweise ist er an diesem Abend zwischen 22 Uhr und 1 Uhr morgens dort in einen Zug gestiegen.**

Mr. Milburn schaut mich mit trüben Augen an. »Hast du mal dran gedacht, dass der Junge vielleicht nicht gefunden werden will?«

Ich starre ihm nach, wie er langsam in den Wartebereich schlurft. Ich habe keine Ahnung, was ich darauf sagen soll, denn diese Vorstellung habe ich bislang einfach nicht zugelassen.

Langsam gehe ich wieder zu meinem Koffer. Plötzlich überkommt mich die Einsamkeit mit voller Wucht. Ich wünschte, Dad würde sich beeilen und herkommen. Meine Mutter beklagt sich immer, in den Leuten aus den Southern Highlands würde eine ländliche Uhr ticken, und in den zehn Jahren, die mein Vater hier lebt, sei sein Sinn für Pünktlichkeit vollkommen verkümmert. Aber ehrlich gesagt lässt meine Mutter sowieso kein gutes Haar an dieser Stadt, um zu rechtfertigen, dass sie The Shallows vor drei Jahren den Rücken gekehrt hat.

Ich hole mein Smartphone aus der Tasche und wähle Dads Büronummer. Gleich nach dem ersten Klingeln wird abgehoben.

»Reservoir Motel«, zwitschert eine weibliche Stimme. »Wir haben noch Zimmer frei!«

»Oh, ähm …« Diese Art der Begrüßung ist mir fremd, und erst einmal verschlägt es mir die Sprache. Seit wann hat das Motel einen neuen Namen? »Ist David da?«

»Sie haben ihn gerade verpasst. Er ist zum Bahnhof gefahren, um seine Tochter abzuholen.«

Ich schaue den Railway Parade entlang. »Das bin ich«, sage ich. »Ich bin seine Tochter.«

»Oh, Chloe! Er ist bestimmt gleich da. Hier spricht Luisa. Luisa de Souza.«

»Ach so«, sage ich. »Hallo.«

Rina de Souzas Mutter? Sie hat uns früher in Jazztanz unterrichtet, dienstags nach der Schule, im Pfadfinderhaus. Luisa war der einzige Mensch, mit dem sich meine Mutter während ihres siebenjährigen Exils in dieser Stadt angefreundet hatte – wenn wir Sergeant *Familienkaputtmacher* nicht mitzählen. Was ich *nie* tue.

»David hat sich etwas verspätet«, redet Luisa weiter. »Er hat noch auf den Glaser gewartet. Wir hatten letzte Nacht ein bisschen Ärger.«

Ich will sie fragen, warum sie *wir* sagt und woher sie so genau über das Kommen und Gehen meines Vaters Bescheid weiß, aber meine Aufmerksamkeit saugt sich an ihrem letzten Satz fest.

»Was für Ärger? Ist Dad okay?«

Meine Stimme klingt klein und abgehackt im Vergleich zu Luisas. Ihre Sätze besitzen eine luftige Dramatik, die durch ihren weichen, portugiesischen Akzent noch verstärkt wird.

»Ja sicher«, sagt sie. »Uns beiden geht es gut. Es war schon ein Schock, aber niemand wurde verletzt. Na ja, außer ihm natürlich. Aber er hat schon geblutet, bevor er überhaupt hergekommen ist.«

»Wer …«, will ich fragen, aber in dem Moment taucht Dads weißer Lieferwagen oben auf dem Hügel auf. »Er ist da. Ich muss los, Luisa.«

»Bis gleich!« Sie legt auf, bevor ich sie fragen kann, wie sie zu dieser Annahme kommt.

Der Lieferwagen fährt durch den Wendehammer vor dem Bahnhof und hält neben dem leeren Fahrkartenschalter an. Die Fahrertür geht auf, und Dad steigt aus, das Gesicht wettergegerbt und voller silbriger Dreitagebartstoppeln.

»Du hast dir die Haare schneiden lassen«, sagt er.

»Du bist spät dran«, gebe ich zurück.

Dad grunzt zustimmend. Er lässt die Ladeklappe des Lieferwagens herunter und beäugt meinen einsamen Koffer. »Das ist alles?«

»Wie immer.«

Wenn man zwischen zwei Elternhäusern hin und her pendelt, lernt man, seine gesamte Existenz auf koffergroße Dinge zu beschränken. Seine Besitztümer immer wieder ein- und auszupacken, ist ein bisschen so, als würde man versuchen, ein Trauma zu verarbeiten. Wenn man nicht effizient genug handelt, bleibt irgendetwas zurück.

Dad schiebt meinen Koffer zwischen zwei Säcke mit Rindenmulch und dreht sich dann mit ausgebreiteten Armen zu mir um. Er lässt sich länger als gewöhnlich von mir drücken und klopft mir mit seinen schmirgelpapierrauen Handflächen zweimal auf den Rücken, um mir zu signalisieren, dass die Umarmung vorbei ist. Mein Vater hat eine ruppige Art, einen knochentrockenen Humor und raue Kanten, die man für Feindseligkeit halten kann. Aber in Wahrheit fühle ich von ihm mehr echte Zuneigung als von meiner Mutter, die ständig alle Leute umarmt.

»Okay«, sage ich mit einem letzten Blick zum Wartebereich des Bahnhofs, während ich in die Fahrerkabine steige. »Jetzt erzähl mir mal, was gestern Abend im Motel los war.«

Er schaut mich von der Seite her an. »Du hast mit Luisa geredet?«

»Ja. Und darüber unterhalten wir uns auch noch. Aber zuerst will ich wissen, wer das Fenster kaputtgemacht hat.«

Mason Weaver.

Den Namen und ein Schulterzucken ist alles, was ich aus Dad herausbekomme, obwohl ich alle Einzelheiten wissen will. Aber er sagt mir weder, womit Mason die Scheibe eingeschlagen hat, noch, ob er wusste, was er tat, oder ob er so besoffen war, dass er nicht mehr oben von unten unterscheiden konnte. Ich beiße mir auf die Zunge und schlucke die Worte hinunter, die mir in den Sinn kommen – *Ich hab's dir ja gesagt* –, weil Dad so etwas nicht verdient. In den vergangenen drei Monaten hat er Zimmer Nr. 15 immer freigehalten, für den Fall, dass Henrys älterer Bruder einen Platz zum Schlafen braucht. Oder zum Abkühlen.

»Was ist das denn?«, frage ich, als wir in die Einfahrt zum Motel einbiegen. Mitten auf dem Rasen thront ein protziger Springbrunnen aus Beton. Er scheint außer Betrieb zu sein, und rings um das Becken stehen ein paar traurig schlaffe Pflanzen in Plastiktöpfen. Bedenkt man die Regenrinnen, die der Sturm abgerissen hat, und das zerfetzte Sonnensegel, überrascht mich diese Neuanschaffung. Ich werfe Dad einen fragenden Blick zu, aber seine Aufmerksamkeit liegt auf der anderen Seite der Einfahrt, wo ein Streifenwagen quer über zwei Parkbuchten vor dem Büro des Motels parkt.

Hoffnung flattert in meiner Brust auf.

Henry?

Aber die Vernunft erstickt die Hoffnung im Keim. Wenn Henry gefunden worden wäre, wäre die Polizei nicht hier, sondern bei den Weavers. Wir gehören nicht zur Familie, wie ich Henry in der Nacht des Sturms so herzlos zu verstehen gegeben habe.

»Wer zum Teufel hat diesen Clown hier reingelassen?«, faucht Dad leise.

Sergeant Doherty steigt aus: gestärktes hellblaues Hemd, dunkelblaue Hosen, schwarze, glänzend polierte Stiefel. Er steckt ein kleines Notizbuch und einen Stift in seine Brusttasche, und als wir ebenfalls aussteigen, kommt er uns entgegen.

»Ich habe gehört, dass es letzte Nacht zu einem Vorfall kam«, sagt Doherty. »Eine zerbrochene Fensterscheibe; Tumult hier draußen in der Einfahrt. Aber niemand hat uns benachrichtigt.«

Dad reibt an einer kleinen Schramme an der Fahrertür. »Das war nicht der Rede wert.«

»Wie wäre es, wenn Sie mir die Beurteilung überlassen?« Doherty legt seine Hände auf seinen Waffengürtel, die Ellbogen rechtwinkelig abgespreizt: die Pose des harten Cops. Ich muss mich beherrschen, um nicht die Augen zu verdrehen. »Würden Sie mir bitte erklären, was passiert ist?«

Dad schaut ihn nicht an, während er die Wagenschlüssel in seine Tasche schiebt. »Nee.«

»Wer hat das Fenster zerbrochen?«

»Das war ich«, sagt Dad.

Doherty betrachtet die streifenfreie, neue Scheibe. Er ist nur ein Jahr jünger als mein Vater, unterscheidet sich aber körperlich in jeder Hinsicht von ihm. Dad ist untersetzt und stoppelbärtig, Doherty schlank und glatt rasiert. Dad hat einen kantigen Kiefer und ist bullig gebaut, Doherty dagegen so geschmeidig wie ein Fuchs, mit einem spitzen Gesicht. Vielleicht ist es dieser Gegensatz, dieser Unterschied zu meinem Vater, den meine Mum anfangs an dem Polizeichef von The Shallows so attraktiv fand. Und vielleicht ist das auch der Grund, warum ihre Affäre nur sechs Monate dauerte.

Doherty mustert meinen Vater mit unergründlicher Miene. »Ach tatsächlich?«

»Ich wollte 'ne Glühbirne wechseln und hab mit der Leiter nicht aufgepasst.«

»Um ein Uhr morgens?«

»Als Geschäftsmann hat man nie Feierabend.«

Doherty betrachtet die Lampe, auf die Dad gezeigt hat. Sie ist mit Spinnweben und Rost überkrustet. Er begreift nicht, warum mein Vater für Mason Weaver lügt, und ich muss zugeben, dass ich es auch nicht so genau weiß.

Luisa taucht im Türrahmen des Büros auf, in einer weiten, geblümten Bluse und weißen Jeans. Ihr breites Lächeln ist eine willkommene Ablenkung von der testosteronhaltigen Anspannung auf dem Parkplatz. Sie hält ein schnurloses Telefon hoch und gestikuliert meinem Vater. Mit der anderen Hand winkt sie mir fröhlich zu.

Während Dad im Büro verschwindet, gehe ich zur Ladeklappe des Lieferwagens.

»Hör mal«, sagte Doherty, der meinen Koffer von der Ladefläche hebt, ehe ich danach greifen kann. »Wegen diesem Weaver-Jungen … Wir wissen, dass er letzte Nacht sturzbetrunken war und im Pub Streit gesucht hat.« Er dreht den Koffer um und hält ihn mir so hin, dass ich den Griff packen kann. »Dein alter Herr hilft niemandem, wenn er die zerstörerische Ader dieses Kerls deckt. Also, rede mal mit ihm, ja?«

»Klar doch, Barry.«

Doherty fixiert mich einen oder zwei Herzschläge lang und schüttelt dann nur den Kopf. *Du kannst mich Ben nennen*, hat er mir mal gesagt und dabei mit einem selbstgefälligen Grinsen den Arm auf den unteren Fensterrand seines Streifenwagens gelegt. In dem Moment wusste ich, dass zwischen ihm und meiner Mutter etwas lief, denn er hatte mich davor noch nie auch nur eines Blickes gewürdigt.

»Danke, dass Sie vorbeigeschaut haben«, sage ich, drehe mich um und gehe in Richtung Büro. Kann man Ärger kriegen, weil man einen Cop einfach stehen lässt, wenn der noch mit einem redet? Ich muss an die Lüge denken, die ich Doherty an dem Morgen aufgetischt habe, als wir herausfanden, dass Henry vermisst wird. *Das* würde Ärger bedeuten. Die Art von Ärger, die mein Dad unter gar keinen Umständen gebrauchen kann, um unser beider Willen.

Ich höre das Schaben von Dohertys Absätzen auf dem Asphalt, das dumpfe Klicken seiner sich öffnenden Autotür. Einen Moment lang dringt das statisch zischende Gebrabbel aus dem Polizeifunk zu mir hin, dann schlägt die Tür wieder zu. Ich mache mich am Reißverschluss meines Koffers zu schaffen, bis Doherty endlich davongefahren ist. Dann marschiere ich zu Zimmer Nr. 15 und hämmere mit der Faust gegen die Tür.

Der gestreifte Vorhang am Fenster erzittert. Mason hat alles beobachtet. Die Tür schwingt auf, und da steht er im Türrahmen, einen Kopf größer als ich, sonnengebräunt und sommersprossig, die blonden Haare auf der einen Seite plattgedrückt. Seine hohen Wangenknochen und der verdrießlich verzogene Mund erinnern mich an die Schwarzweißfotos der jungen Soldaten in Onkel Bernies Sammelalben – der gleiche abwesende Ausdruck in den Augen.

Mason verschränkt trotzig die Arme vor der Brust. Die Knöchel seiner beiden Hände sind rot und geschwollen. Unter einem Nasenloch hat sich ein Ring aus verkrustetem Blut gebildet, und auf seinem Nasenrücken kann ich eine leichte Schwellung ausmachen. Er hat das graue T-Shirt verkehrt herum angezogen, aber am Halsausschnitt schimmern Blutspritzer durch den Stoff.

Du hast wieder mal die Beherrschung verloren, will ich sagen. »Was ist mit deinen Händen passiert?«

Doherty hat mir ja schon erzählt, dass Mason sich geprügelt hat. Ich will es nur von ihm hören.

Mason löst die verschränkten Arme und schiebt die Hände in die Hosentaschen. »Da ist mir auf der Arbeit eine Motorhaube draufgefallen. Keine große Sache.«

Er verlässt das Zimmer, macht einen Schritt auf den Hof und zieht die Tür hinter sich zu. Dann bückt er sich zu einer verwelkten Pflanze neben der Tür, hebt den Terrakottatopf ein Stück an und schiebt den Türschlüssel darunter.

»Mason«, sage ich.

Er richtet sich auf und geht über den Hof, wobei er ein Schlagloch im Beton umschifft.

»Mason!«

Als er an der Rezeption vorbeikommt, schaut er nicht auf, sondern geht mit ruhigen Schritten und gesenktem Kopf daran vorbei. Erst als er um die Biegung der Einfahrt verschwindet, wird mir klar, dass er vollkommen falschliegt.

Es *ist* eine große Sache.

Mason Weaver hat mir gerade ins Gesicht gelogen.

Und zwar nicht zum ersten Mal.

2

Vierzehn Wochen vor dem Sturm

MASON

Mason ballte die Hände zu Fäusten und stopfte sie in die Hosentaschen, während er eine Kerbe in der Arbeitsplatte fixierte. Seine Mutter saß zusammengesunken auf einem Stuhl am anderen Ende der Küche, wohin es das Sonnenlicht nicht schaffte. Sie starrte in die Vitrine mit ihren Wedgwood-Tellern, die auf kleine Plastikständer gestellt waren. Sie besaß Dutzende davon, alle in demselben Blau mit den weißen Blattornamenten am Rand, die aussahen wie geschlagene Sahne. Sie hatte die Sammlung ihrer Mutter geerbt und jedes Jahr etwas dazugekauft. Jeder Teller zeigte ein anderes Motiv, entweder ein prächtiges Schloss oder ein Mitglied der königlichen Familie. Als er sieben gewesen war, hatte Mason versehentlich bei Prinzessin Diana für einen Abplatzer gesorgt, woraufhin seine Mutter eine Woche lang nicht mit ihm redete.

»Ivy?«, sagte er jetzt, und seine Gereiztheit spiegelte sich in seiner Stimme wider. Es war nicht seine Idee gewesen, sie beim Vornamen zu nennen; sie mochte *Mum* nicht. Sie meinte, dann käme sie sich vor wie in einem Käfig.

Seine Mutter riss sich von dem Anblick der Vitrine los und machte schmale Augen, wie ein verzogenes Kind, das getadelt wurde. An einer Seite ihres Gesichts hing eine Strähne ihres strohblonden Haars herab, und ihre Haut war wachsbleich.

Herrgott noch mal, wie er das hasste. Wenn sie betrunken war, sagte sie zu allem Ja und Amen, und später, mit Katerkopfschmerzen, nahm sie alles wieder zurück. So war es schon gewesen, als er noch ein kleiner Junge gewesen war, als sie nur zu zweit waren und sie ihn zu fest drückte und ihm verzweifelt und rauchig ins Ohr flüsterte: »Wir brauchen niemanden. Du wirst mich niemals verlassen.«

Damals hatte das Leben aus Schmeicheleien und Bitten bestanden, aus Versprechungen, die so leer waren wie die Whiskyflaschen, die sie ganz hinten in den Küchenschränken stapelte. Und Mason ließ sich auf alles ein, denn er war nur ein kleiner Junge, dessen Hoffnungen noch nicht durch endlose Enttäuschungen und Vertrauensbrüche zerstört worden waren. Damals konnte sie sich in der Öffentlichkeit noch besser verstellen, und erst hinter verschlossenen Türen zeigten sich die Risse und Abgründe. Aber der Suff seiner Mutter durchlief die unterschiedlichsten Phasen aus Höhen und Tiefen, und Mason wusste nie, wann der Punkt erreicht war, von dem aus eine neuerliche Spirale abwärts begann.

Das vergangene Jahr war das schlimmste gewesen, an das er sich erinnern konnte. Sie versuchte nicht einmal mehr, kürzerzutreten, wie sie es in der Vergangenheit immer wieder getan hatte. Er konnte nicht mit Gewissheit sagen, ob sie so viel trank, weil sie ihren Job verloren hatte, oder ob der Alkohol daran schuld war, dass sie entlassen worden war. Ihre Stimmung wurde düsterer, ihre Wutausbrüche häufiger. Und sie gab sich immer weniger Mühe, ihre Sucht vor der Öffentlichkeit zu verbergen. Das Gerede hinter vorgehaltener Hand und die abfälligen Blicke bewiesen, dass sich niemand mehr täuschen ließ.

»Du brauchst gar nicht so zu gucken, Mason«, sagte sie jetzt. »Hast du gehört? Du nimmst keinen Job an, ist das klar? Du wirst hier gebraucht.«

»Wir haben vor ein paar Tagen darüber geredet.« Er bemühte sich um einen sachlichen Ton; die Stimme zu erheben, würde gar nichts bringen. Bei *verdammter Respektlosigkeit*, wie sie es nannte, schaltete seine Mutter erst recht auf stur. »Mr. Macleod meint, siebzehn sei das perfekte Alter für eine Lehrst…«

»O-ohhh.« Sie drückte ihre Zigarette am Rand ihres Frühstückstellers aus und ignorierte den Glasaschenbecher, den Mason gerade ausgeleert und neben sie gestellt hatte. »Und vermutlich hat Stu Macleod angeboten, an deiner Stelle hier sauberzumachen und sich um alles zu kümmern, ja?«

Krieg du doch zur Abwechslung mal deinen pickeligen Hintern hoch und mach es selbst, dachte er. »Ich kann beides machen. Es muss sich nichts ändern.«

Er sagte das mit aller Vorsicht – damit hatte er sie am Donnerstag überzeugt, aber daran durfte er sie jetzt nicht erinnern, sonst würde sie vermutlich irgendetwas gegen die Wand pfeffern und aus dem Haus stürmen. Sie mochte es nicht, wenn man ihr Dinge vorhielt, die sie gesagt oder getan hatte und an die sie sich mit ihren alkoholtriefenden grauen Zellen nicht erinnern konnte. Und er hatte auch keine Lust auf ihre Paranoia danach, die eine Woche lang anhalten konnte: Dann ließ sie ihn nicht aus den Augen, als ob er sie ausrauben, hintergehen oder gar im Schlaf ermorden wollte. Als hätte er die Absicht, dieses termitenverseuchte Scheißloch bis auf die Grundmauern abzufackeln.

Nicht, dass er nicht schon darüber nachgedacht hätte.

»Warum gibt er dir überhaupt ein Auto?«, wollte seine Mutter wissen. Sie hatte offenbar keine Lust, nach einem Feuerzeug zu suchen, denn sie hievte sich vom Stuhl hoch und schlurfte zum Gasherd, wobei der Bademantel um ihren knochigen Leib schlackerte. »Was will er als Gegenleistung, häh?« Sie musterte ihn von oben bis unten mit einem verächtlichen Ausdruck im Gesicht, der weh tat wie ein hinterhältiges Kneifen.

Mason wurde wütend. Stu Macleod war ein feiner Kerl, der den Fehler begangen hatte, vor fünf Jahren einmal im Suff eine Nacht mit Ivy verbracht zu haben. Jetzt erzählte sie jedem, der es hören wollte, dass er ein gruseliger Perverser wäre, nur weil er so viel Verstand besessen hatte, einen Rückzieher zu machen, bevor sie auch ihn mit ihrem Gift hatte zerstören können. Seine Mutter war wie eine Krankheit, und zwar eine, die schleichend voranschritt und einen aushöhlte, eine Krankheit, die einem alles Gute raubte. Es hatte vier Jahre gedauert, ehe Wayne, Masons Stiefvater, es geschafft hatte, das Geschwür ihrer Krankheit aus sich herauszuschneiden. Nachdem sie sein Bankkonto und seine Schnapsflaschen geleert hatte, war ihm irgendwann nicht einmal mehr der Wille geblieben, es weiter mit ihr zu versuchen. Mason machte Wayne keinen Vorwurf, dass er vor neun Jahren nach Sydney abgehauen war und kein einziges Mal zurückgeblickt hatte.

Obwohl er ihn trotzdem dafür hasste, diesen egoistischen Arsch.

»Mr. Macleod möchte, dass ich als Gegenleistung für den Wagen bei ihm arbeite«, erklärte Mason. »Das ist der Deal. Dass ich für ihn arbeite, bis er abgezahlt ist.«

»Also arbeitest du drei Tage in der Woche ohne Bezahlung? Was hast du denn davon, du Genie?«

Den Wagen, du Genie, dachte Mason. *Meine Freiheit. Die Möglichkeit, von dieser Müllhalde wegzukommen. Etwas zu haben, das du nicht kaputt machen kannst.*

»Es ist ja nur so lange, bis der Wagen abgezahlt ist«, sagte er ruhig. »Dann bezahlt er mich pro Schicht.«

So war es vermutlich auch besser. Erst jetzt kam Mason der

Gedanke, dass Mr. Macleod ein ziemlich cleverer Kerl war. Er wusste wahrscheinlich, dass Ivy in Masons Sachen nach dem Geld suchen würde, das er verdiente. Auf diese Weise konnte Mason wenigstens etwas für sich sparen. Er hatte ja kaum Gelegenheit, Lebensmittel einzukaufen oder die Stromrechnung zu bezahlen, ehe seine Mutter den Scheck von der Sozialhilfe versoff. Und er hatte keine Ahnung, ob Wayne schon jemals Unterhalt für Henry gezahlt hatte.

Ivy achtete bereits nicht mehr auf ihn, sondern fummelte an den Knöpfen des Gasherds herum. Ein Brenner entzündete sich mit einem leisen *Wump*. Blaue Flammen züngelten gefährlich nah an ihrem Gesicht, während sie sich mit der Zigarette zwischen ihren rissigen Lippen vorbeugte. Wie einfach es wäre, ihren dürren Vogelnacken zu packen und ihr Gesicht auf die Gasflamme zu drücken.

Masons Handfläche juckte, und er wandte sich ab.

»Wir können später darüber reden«, sagte er und ging auf Abstand zu ihr.

Er hatte die Gelegenheit verpasst, das war ihm jetzt klar. Er hätte sie vor einer halben Stunde darauf ansprechen sollen, bevor die Kopfschmerzen einsetzten, bevor ihr das halb aufgegessene Frühstück wieder hochkam. Diese eine klare Stunde nach dem Schlaf und der Dusche, bevor die Bosheit sich wieder in ihren Knochen festsetzte. Er hätte sie an den Job erinnern und dann schnell verschwinden sollen, ehe sie alles niedertrampeln konnte. Er wünschte sich, dass er nur einmal – nur ein einziges Mal – etwas hätte haben dürfen, ohne wie ein Hund darum betteln zu müssen.

»Ich muss los«, sagte er.

»Ich bin heute nicht da. Sieh zu, dass du zum Mittagessen wieder hier bist und dich um deinen Bruder kümmerst.«

Mason blieb im Türrahmen stehen. »Er ist dreizehn. Er kann sich selbst was zu essen machen.«

»Du bist zum Mittag wieder da, hast du gehört?«

Weiß glühender Zorn schoss durch Masons Brustkorb. Alles in ihm schien zu brennen, und in seinen Ohren klingelte es, während er versuchte, sich zu beherrschen.

»Warum?«, fuhr er sie an. »Warum kannst du das nicht machen? Warum immer ich?«

Ivy ließ sich wieder auf den Stuhl fallen und nahm mit schmalen Augen einen Zug von ihrer Zigarette. »Du weißt genau warum.« Sie blies den Rauch in seine Richtung. »Du schuldest es mir.«

Ja, und diese Schuld war ein Fass ohne Boden. Egal, wie sehr Mason versuchte, das Fass zu füllen, es würde ihm nie gelingen.

Aber die Bemerkung reichte aus, damit Mason aufgab. Diese Diskussion führte zu nichts, und er hatte keine Lust, jetzt damit anzufangen. Tom wartete in der Stadt auf ihn, mit einem alten Smartphone, das sein Großvater nicht mehr brauchte. Er meinte, Mason könnte es haben, und eine Prepaid-Karte konnte er sich leisten, wenn er einen kleinen Betrag vom Haushaltsgeld abzweigte.

Mit einem Mobiltelefon und einem Auto hatte Mason eine Chance. Und wenn das Auto abgezahlt war, bekam er von Stu Macleod sogar Cash. Er konnte Pläne schmieden. Er konnte einen Ausweg finden.

Aber …

Henry. Was sollte er nur mit Henry machen?

Mason stopfte die Frage in die *Zu schwierig*-Kiste und ging schnell zur Haustür.

»Moment mal«, sagte seine Mutter. »Was ist damit?«

Er blieb stehen und warf einen Blick über die Schulter. Sie deutete auf einen Haufen Schmutzwäsche, der sich in der Ecke neben der Waschmaschine angesammelt hatte.

»Das mache ich nachher«, sagte er.

»Nachher wird es regnen. Die Wäsche muss heute Vormittag gewaschen und aufgehängt werden.«

Er drehte sich wieder zur Tür und murmelte: »Dann mach du's doch.«

»Was hast du gesagt?«

Mason presste die Lippen aufeinander und zwang sich, den Mund zu halten. Sie hatte einen Kater, er durfte den schlafenden Tiger nicht wecken.

»Was hast du gerade zu mir gesagt?«

Mason ignorierte sie und streckte die Hand nach dem Türgriff aus. In dem Moment, als er ihn berührte, spürte er einen Luftzug neben seinem Ohr.

Krach!

Einen halben Meter neben seinem Kopf explodierte etwas an der Wand. Er zuckte zusammen und duckte sich, als winzige Teilchen an seiner Haut abprallten und in seinen Kapuzenpulli und zu Boden regneten. Einen Augenblick lang dachte er, eine Glühbirne in der Lampe an der Wand wäre geplatzt. Dann erkannte er, dass er die grünen Glassplitter des Aschenbechers aus dem Haar schüttelte.

Er wirbelte herum und starrte seine Mutter mit offenem Mund an. Sie war aufgestanden und beugte sich über den Küchentisch, die brennende Zigarette, von der sich eine lange, zitternde Rauchfahne wie eine giftige Blume zwischen ihnen in die Luft schlängelte, immer noch in der Hand.

Mason schluckte. Er konnte es nicht fassen; ihm fehlten die Worte.

Der hätte mich treffen können.

Der harte Ausdruck in ihren Augen gab ihm Antwort. *Ich weiß.*

Er packte den Türgriff, diesmal mit zitternden, ungeschickten Händen. Ivy hatte schon oft Sachen im Haus zerschlagen, aber sie hatte noch nie etwas nach ihm oder Henry geworfen. Im schlimmsten Fall war es zu einer verbalen Attacke gekommen oder einem groben Rütteln an der Schulter. Mit seiner Mutter ging es eindeutig bergab.

Mason mühte sich mit dem schwergängigen Schloss ab und versuchte, nicht auf das Knirschen der Glassplitter unter seinen Schuhen zu achten. Als sich der Türgriff endlich bewegte, holte er tief Luft, um sich zu fangen, und riss dann die Tür auf.

Vor ihm stand Chloe Baxter mit erhobener Hand, als ob sie gerade an die Tür klopfen wollte.

Sie trug eins dieser geblümten Kleider, die Raf so mochte, und hatte die Haare zu zwei Zöpfen geflochten. Sie sah aus wie ein süßes Mädchen vom Lande, was in krassem Gegensatz zu ihrer dickköpfigen Persönlichkeit stand. Sie schaute zu Boden und betrachtete das Chaos, das Mason später würde aufräumen müssen. Er trat hinaus auf die Veranda und zog die Tür hinter sich zu, um ihr weitere Einblicke in das Haus zu verwehren.

In der rechten Hand hielt Chloe einen Eimer mit Haken und Ködern. An der Vordertreppe lehnte ihr Fahrrad, und aus dem Korb am Lenker ragte ein kleines Fischernetz.

»Er ist nicht zu Hause«, sagte Mason. Er hasste den Klang seiner Stimme. Erschüttert. Schwach.

»Ist alles in Ordnung?«

Er räusperte sich. »Ich sagte, Henry ist nicht zu Hause.«

Chloe runzelte leicht die Stirn über seinen schroffen Ton.

Sie waren zusammen aufgewachsen, aber seit sie vor ein paar Jahren nach Sydney gezogen war und nur noch in den Ferien herkam, standen sie sich nicht mehr besonders nahe. Doch Mason wusste, dass es nicht allein daran lag. Je näher sich Chloe und Henry gekommen waren, desto weiter hatte sie sich von ihm entfernt. Er fragte sich, was sein Bruder über ihn erzählt hatte, dass Chloe ihm immer wieder diese kleinen Stiche versetzte. Sie schien zu glauben, dass Mason als der Ältere mehr für seinen Bruder einstehen müsste. Als ob sie wüsste, wie es war, in diesem Haus zu leben.

»Weißt du, wo er ist?«, fragte sie.

»Nein«, fauchte Mason. »Ich bin nicht der Ersatzvater meines Bruders.« Aber als er die Worte ausgesprochen hatte, trafen sie ihn wie ein Schlag: Genau das war er. Es war ein erstickender Gedanke, als ob sich die Schlinge um Mason zusammenziehen würde, je mehr er versuchte, ihr zu entkommen. Er biss die Zähne zusammen, als diese nagende Frage wieder von ihm Besitz ergriff.

Was würde mit Henry geschehen, wenn Mason ihn mit seiner Mutter allein ließ?

»Hat Henry …?«

»Hör zu, Chloe«, sagte Mason bitter. Er wollte das Gespräch beenden, wollte nur noch weg von diesem Haus. »Geh ihn suchen, klar? Wenn irgendjemand Henry finden kann, dann du.«

3

Heute

CHLOE

Als wir Kinder waren, einige Zeit, nachdem ich mit meinen Eltern nach The Shallows gezogen war, wo sie das Motel gekauft hatten, erfanden wir dieses Spiel. *Gaukler* nannten wir es: Wir perfektionierten die Kunst der Verschleierung. Wir schrieben irgendwelche Worte auf Zettel, falteten sie zusammen und warfen sie in einen Hut. Dann zogen wir jeder einen und hatten gerade einmal eine Minute Zeit, um uns einen Witz oder eine kurze Geschichte auszudenken, in die wir irgendwo das Wort einflechten mussten. Der Trick war, das Wort möglichst gut zu verstecken, während die anderen raten mussten, welches Wort sich hineingemogelt hatte.

Ich glaube, dass wir selbst irgendwie Gaukler waren. Wir haben Geschichten erfunden und versucht, die Wahrheit voreinander zu verschleiern, um zu gewinnen. Der Sieger war derjenige, der seine Freunde am schamlosesten täuschen konnte. Ich war ziemlich gut in diesem Spiel. Ich bemerkte auch die subtilsten verräterischen Hinweise: eine unbewusste Veränderung des Tonfalls hier, ein Zucken der Augenbraue da. Ich kannte das Mienenspiel und die Körpersprache meiner Freunde so gut, dass es für mich ein Leichtes war, sie bei einer Täuschung oder einer Lüge zu ertappen.

Der Einzige, den ich nicht knacken konnte, war Mason. Er war undurchschaubar, als ob er die Lüge genauso gut beherrschte wie die Wahrheit.

Er ließ nicht wie Sabeen die Augen von einer Seite zur anderen huschen und blähte auch nicht die Nasenflügel auf wie Raf. Er blinzelte nicht wie Tom und fuhr sich auch nicht ständig mit der Hand über das Gesicht und die Haare wie Rina. Ich hatte Mason erst bei einer einzigen Lüge erwischt, und zwar vor drei Monaten, an dem Morgen, an dem wir merkten, dass Henry verschwunden war. In dem heillosen Durcheinander war es niemandem aufgefallen, aber ich wusste, dass irgendetwas nicht stimmte.

Wir standen alle auf der Veranda der Weavers und warteten auf Neuigkeiten oder irgendwelche Anweisungen der Polizei, während Sergeant Doherty Mason und seine Mutter im Haus befragte. Danach wurden wir ebenfalls vernommen, ehe er zur Wache zurückkehrte und die Suchaktion in Gang setzte. Als Mason und Ivy zu uns auf die Veranda kamen, bestürmten wir sie vermutlich mit denselben Fragen wie Doherty: Wann hatten sie Henry das letzte Mal gesehen? Um wie viel Uhr waren sie zu Bett gegangen? Hatten sie Henry danach noch im Haus gehört?

Die beiden meinten, Henry sei in seinem Zimmer gewesen, als Mason um zehn Uhr schlafen ging, während Ivy schon vor dem Fernseher auf dem Sofa eingedöst war. Ihre individuellen Schilderungen des Ablaufs waren identisch und wasserdicht, aber ich spürte eine merkwürdige Energie zwischen ihnen, wie ein Gewicht von Worten, die nicht ausgesprochen wurden.

Vielleicht lag es an meiner Ratlosigkeit über den Grund von Henrys Verschwinden, vielleicht auch an meinen Schuldgefühlen wegen dem, was ich gesagt und was ihn möglicherweise zu seinem Entschluss getrieben hatte, wegzulaufen … Jedenfalls erkannte ich damals den verräterischen Hinweis nicht. Dabei ist er so offensichtlich, und als mir das jetzt klar wird, kann ich selbst nicht fassen, wie er mir die ganze Zeit entgehen konnte.

Denn trotz seiner Schlagfertigkeit und seiner ruhigen Antworten gibt es etwas, das selbst Mason Weaver nicht kontrollieren kann.

Die Biologie.

Als er vor einer Minute im Türrahmen von Zimmer Nr. 15 stand und mir die Lüge über seine verschrammten Fingerknöchel auftischte, wurden seine Ohren so rot wie die Blutflecken auf seinem T-Shirt.

Darüber grübele ich nach, während ich meinen Koffer auspacke. Auf dem Weg in mein Zimmer habe ich einen Bogen um das Empfangsbüro im vorderen Bereich des Haupthauses gemacht, wo Luisa meinem Dad irgendein kompliziertes Online-Buchungssystem erklärt. Offensichtlich ist sie die neue Office Managerin und diejenige, die meinen Dad dazu überredet hat, den Namen des Motels zu ändern. Sie hatte vermutlich auch die Idee mit dem Springbrunnen. Aus irgendeinem Grund beunruhigt mich das, dabei habe ich noch nicht einmal gefragt, warum Luisa um ein Uhr morgens hier war, als Mason das Fenster eingeschlagen hat.

Mein Mobiltelefon summt. Eine Nachricht von Sabeen.

Bist du schon da?

Ich antworte ihr und schaue aus meinem Fenster zu dem Haus der Nolans nebenan. *Nebenan* bedeutet in diesem Fall ein Stück weit den Hügel hinauf, über ein grasbewachsenes Feld und vorbei an einer Reihe von Akazien, die das Grundstück der Nolans von unserem Motel trennen. Aber es ist nah genug, dass ich gelegentlich spätabends die Silhouette von Raf, Sabeens älterem Bruder, vor dem Hintergrund seines erleuchteten Schlafzimmerfensters hin- und herwandern sehen kann.

Ich arbeite heute Abend, informiert mich Sabeen. *Komm auf eine Pizza vorbei.*

Instinktiv will ich absagen. So gern ich meine beste Freundin und ihre Mums wiedersehen möchte, ich weiß einfach nicht, wie ich mit Raf umgehen soll. In den vergangenen drei Monaten haben wir uns nur unregelmäßig Nachrichten geschrieben, und auch nur über ein einziges Thema: wie wir Henry finden können. Wir haben weder über jene Nacht im Januar geredet, noch darüber, was wir Sergeant Doherty am nächsten Morgen erzählt haben. Es ist, als ob das, was in der Buschhütte geschehen ist, weggepackt und vergessen wurde. Ausradiert.

Aber da mir kein vernünftiger Grund einfällt, warum ich Sabeens Vorschlag ablehnen sollte, schicke ich ihr einen Smiley und lasse sie wissen, dass ich um halb sieben da bin. Sie würde sowieso nicht lockerlassen, wenn ich versuchte, ihr irgendwelche Ausreden aufzutischen. Es gelingt mir nur selten, etwas vor Sabeen zu verbergen. Sobald ich ihr in die Augen sehe, fühle ich mich wie ein braves Mädchen im Beichtstuhl, das alles offenbart und dann um Vergebung bittet. Es ist eigentlich unglaublich, dass ich ihr monatelang verheimlichen konnte, wo ich in der Sturmnacht war.

Ich bleibe in meinem Zimmer, bis es Zeit ist, mich auf den Weg zur Pizzeria zu machen. Das letzte Aufbegehren des Tageslichts ist so schön, dass ich beschließe, zu Fuß zu gehen, anstatt meinen Dad zu bitten, mich zu fahren.

Die Nachwirkungen des Januarsturms sind immer noch überall zu sehen: mit Brettern vernagelte Fenster, Hagelschäden an den Autokarosserien, hier und da Holzstapel aus uralten Bäumen, die einfach umgeknickt waren und dort, wo sie lagen, zersägt wurden. Eine *Wetterkapriole* nannten es die Meteorologen, eine Auswirkung der Klimaveränderung, als ob The Shallows nicht schon genug gelitten hätte durch die Trockenheit und die Buschbrände in den vergangenen Jahren. Erst die Kette mit den bunten Glühbirnen über der Ladenfront von *The Shallows Pizzeria* gemahnt mich daran, dass es noch viel schlimmer hätte kommen können. Das Familienunternehmen von Sabeens und Rafs Mums hat den üblen Sturm unbeschadet überstanden. Die blinkenden Lichter sind eine Erinnerung daran, dass diese geplagte Stadt immer noch einen Puls hat.

Als ich am *Shallow Vintage Wares* auf der Hauptstraße vorbeigehe, schaue ich in eins der Schaufenster. Der Secondhandladen ist bis oben hin voll mit alten Sesseln und Tischlampen, dazwischen ein Labyrinth aus hohen Bücherregalen, die sich unter der Last aus vergilbten Taschenbüchern und verblasstem Geschirr biegen. Als Kinder haben wir uns dort drin immer unter den Tischen versteckt und Comics gelesen oder mit Aufziehspielzeug Wettrennen in den Gängen veranstaltet. Toms Opa, den wir alle nur liebevoll Onkel Bernie nennen, ließ uns die Trinkbecher aus Silber und Messing polieren und spendierte uns als Belohnung Milchshakes bei der Bäckerei gegenüber.

Ich schiebe die Tür auf, und die kleine Glocke läutet. Ich weiß, dass Tom hier irgendwo ist und Dinge organisiert, repariert oder sortiert. Er sagte mir, dass er in den Osterferien nach Hause kommen würde. Und wie aufs Stichwort tritt eine schlanke Gestalt hinter einem Aktenschrank hervor. Tom zieht seine Brille auf dem Nasenrücken nach unten und kneift die Augen zusammen.

»Boah, ich hätte dich fast nicht erkannt«, sagt er. »Ich dachte, du wärst eine Kundin.«

Ich schaue mich in den leeren Gängen um und denke, dass Kundschaft das Einzige ist, was dem Laden fehlt.

»Hey, Fremder, was geht ab?« Ich grinse. »Lange nicht mehr gesehen.«

Tom und ich haben uns kennengelernt, als ich sechs Jahre alt war und mit meiner Mum hierherkam, um Nachttische zu kaufen. Ich schlenderte ganz nach hinten in den Laden, wo die gebrauchten Spielsachen und Kinderbücher in eine Ecke gedrängt worden waren. Dort fand ich Tom, der sich auf einem Schaukelstuhl zusammengerollt hatte und *Harry Potter* las. Er war ein wachsamer Junge, zwei Jahre älter als ich, mit blasser Haut und einem dicken Schopf aus lockigen braunen Haaren. Und während er mir alle Einzelheiten über Hogwarts erklärte, entschied ich, dass er der klügste Mensch war, den ich je getroffen hatte.

Tom macht den Aktenschrank zu und geht mir mit beschwingten Schritten entgegen, wobei er sich die Hände an seinem karierten Hemd abwischt. »Vor einer Woche hattest du noch Haare.«

»Das ist eigentlich der Moment, in dem du sagen musst, dass es dir gefällt.«

»Es sieht fantastisch aus«, sagt er und breitet die Arme aus. Bereits vor einer Woche, als wir uns das letzte Mal gesehen haben, war mir aufgefallen, dass ich ihn mittlerweile mit Leichtigkeit umschlingen kann, und trotzdem noch Luft zwischen meinen Armen und seinem dünnen Körper ist.

»Du musst dich von Sally und Liv mästen lassen, solange du hier bist«, sage ich zu ihm. »Du wirst ja immer weniger, seit du auf dem Campus wohnst.«

Ich bin paranoid, ich weiß, aber ich bin der festen Überzeugung, dass sich alle im Studentenwohnheim von Tütensuppen und Zwei-Minuten-Terrinen ernähren. Tom studiert erst seit ein paar Monaten Wirtschaftswissenschaften an der Uni in Canberra, was viel zu weit weg ist, als dass wir nach ihm sehen und dafür sorgen könnten, dass er auf sich aufpasst. Letzte Woche, als wir beide uns in Sydney in einem Burgerrestaurant getroffen haben, hatte er kaum etwas gegessen.

»Das liegt an diesem blöden Reflux«, sagt er und reibt sich mit der Hand über die Brust. »Es tut weh, wenn ich zu viel esse.«

»Du hast versprochen, dass du deswegen zum Arzt gehst.«

»Das werde ich, Mum«, sagt er und schaut mich treudoof an. »Die Uni ist ein bisschen anstrengender, als ich mir vorgestellt habe.«

Es ist verständlich, dass sich Tom unter Druck setzt, denn er verdankt seinen Studienplatz einem Stipendium. Es wird von ihm erwartet, dass er regelmäßig die Veranstaltungen besucht und gute Noten schreibt, aber hauptsächlich will er seine Großeltern stolz machen, die ihm das alles ermöglicht haben. Ihr eigener Sohn, Toms Vater, verbüßt eine Gefängnisstrafe wegen Betrugs, und Toms Mutter hat sich schon lange von der Familie entfremdet und arbeitet in einer Ferienanlage in Far North Queensland. Bernie und Rose Lawson haben Tom zu sich genommen, als er elf Jahre alt war.

»Kommst du mit, Pizza essen?«, frage ich.

»Ich wollte gerade zumachen.« Er kramt in der Tasche seiner Cargo-Shorts nach dem Schlüsselbund. Als er das Schild, das an der Tür hängt, umdreht, so dass nun die *Geschlossen*-Seite nach außen zeigt, schaue ich mich noch einmal im Laden um. Vielleicht liegt es an dem dämmrig werdenden Tageslicht oder der Staubschicht, die auf allem liegt, jedenfalls sehe ich statt der magischen Schatztruhe, die mich als Kind so verzaubert hat, lediglich einen großen Haufen Kram, den keiner mehr haben will.

»Seit wann bist du hier?«, frage ich Tom, während wir am IGA Supermarket vorbeigehen. Ein Typ in einem grünen Poloshirt räumt die Schütten mit Obst und Gemüse durch die Eingangstür nach drinnen, obwohl es gerade einmal sechs Uhr ist. Früher hatte der Supermarkt bis neun geöffnet.

»Ich bin gestern mit dem Zug gekommen.«

»Was ist mit deinem Führerschein? Letztes Jahr hast du doch von nichts anderem geredet.«

»Fang du nicht auch noch an«, sagt er. Die Lichter der Pizzeria blinken in seinen Brillengläsern. »Raf nervt mich schon die ganze Zeit deswegen.« Er nickt mit dem Kopf in Richtung einer silbernen Limousine, die über den Railway Parade auf uns zugetuckert kommt. Auf dem Wagendach ist eine zeltförmige Reklameleuchte angebracht, mit dem Bild einer Pizzaecke und dem Spruch *Zeit für Pizza!*. »Wenn man vom Teufel spricht.«

Instinktiv greife ich mit der Hand in meinen Nacken. Mit einem Mal macht mich meine neue Frisur verlegen. Meine Wangen, die vom Laufen schon warm geworden sind, werden heiß.

»Komm«, sage ich und nehme Tom am Arm. »Sehen wir zu, dass wir noch einen Tisch kriegen.«

Er schaut sich auf dem leeren Parkplatz um und betrachtet die mit Rollläden verschlossenen Ladenfronten. Die einzigen Leute, die zu sehen sind, hängen vor dem *Criterion*, dem Pub mit integrierter Spielhalle, herum und rauchen Zigaretten. »Ich glaube nicht, dass das ein Problem sein wird.«

Tom schiebt den Vorhang aus Plastikstreifen beiseite, der vor dem Eingang zur Pizzeria hängt, und lässt mir den Vortritt. Das Restaurant ist altmodisch eingerichtet, mit einem langen

Tresen auf der einen Seite und einer Reihe von Tischen, die mit Holzwänden abgetrennt sind. Sally und Liv Nolan haben den Laden nur so weit renoviert, dass die Inneneinrichtung aus den 1980ern so richtig zur Geltung kommt, einschließlich einer Schiefertafel mit kleinen Spotlights, auf der handschriftlich die angebotenen Speisen geschrieben stehen, anstatt einer von hinten beleuchteten Glastafel. Auf den Tischen liegen rotweiß karierte Tischdecken und an den holzgetäfelten Wänden hängen Girlanden aus Knoblauchknollen und sogar Weinflaschen in Strohkörbchen. Das Restaurant ist beliebt, gerade wegen seiner kitschigen Einrichtung – und natürlich wegen der erstklassigen Pizza. Normalerweise ist es an einem Freitagabend gut besucht, sowohl von Einheimischen als auch von Touristen.

Aber heute ist kein Tisch besetzt, außer dem ganz hinten, an dem Sabeen sitzt und Pizzakartons faltet.

»Hey, hey!«, sagte sie und schiebt sich von der Sitzbank. Mit Hüpfschritten kommt sie auf uns zu, wobei ihr dunkelbrauner Pferdeschwanz wie ein Pendel hin und her schwingt. »Die Bande ist wieder beisammen.« Unter ihrer Schürze leuchtet ein enges weißes T-Shirt vor dem Hintergrund ihrer olivfarbenen Haut, und auf ihrem Schlüsselbein klebt ein Fleck aus roter Pizzasoße.

»Ich glaube, sie freut sich, uns zu sehen«, sage ich zu Tom. Sabeen grinst breit und zeigt dabei alle Zähne.

»Ich habe euch zwei so vermisst!« Sie legt einen Arm um jeden von uns und drückt uns gleichzeitig an sich. »Ich hoffe, ihr habt Hunger.«

Tom schenkt ihr ein schwaches Lächeln, und ich nicke, obwohl mir der Appetit schon vergangen ist. Das Bremsgeräusch vor dem Restaurant verrät mir, dass Raf die Limousine eingeparkt hat und gleich hereinkommen wird. Ungewollt steigt ein Bild vor meinem inneren Auge auf: Raf, der vor der Buschhütte gegen die Tür aus rauen Holzbohlen lehnt, das Haar voll glitzernder Wassertropfen.

Mein Puls beschleunigt sich, und ich versuche, an etwas anderes zu denken.

»Okay, zeig mal her«, sagt Sabeen und nimmt mich an den Schultern. Sie dreht mich langsam einmal um meine eigene Achse, um meinen Haarschnitt zu begutachten. »Es ist kürzer, als es auf den Fotos aussieht. Ich war mir nicht ganz sicher, aber ich glaube, ich könnte mich daran gewöhnen.«

»Das klingt nach Pizza mit Sardellen«, sagt Tom und wirft mir einen Seitenblick zu, denn Sabeens Bemerkung ist nicht unbedingt ein Kompliment. Aber so ist sie nun einmal: Sie schleicht nicht wie die Katze um den heißen Brei herum, sondern sagt rundheraus, was sie meint. Bei unserer ersten Begegnung, als der Umzugswagen langsam rückwärts in die Einfahrt des Motels rollte, kam sie den Hügel von ihrem Haus heruntergeschlendert, groß gewachsen und schlaksig, mit Haaren bis zum Hintern. »Ich bin Sabeen Nolan«, verkündete sie mir, meinen Eltern und den Umzugspackern. »Ich habe zwei Mütter und einen Bruder namens Rafi. Mein Vater ist Pakistani. Er hat Mum und Min ein besonderes Geschenk gemacht, damit sie mich bekommen konnten.« Damals hatte ich keinen blassen Schimmer, was sie damit meinte, aber selbst im Alter von sechs Jahren sprach sie mit einer solchen Autorität, dass ich keine Fragen stellte, sondern ihr einfach vertraute.

Sie bedeutet uns, an einem Tisch am Fenster Platz zu nehmen, während sie zum Ofen geht und Knoblauchbrot hineinschiebt. Ihre Mütter sind im Augenblick weder am Arbeitstisch noch am Pizzaofen zu sehen, aber der Duft nach Peperoni und

Knoblauch, der durch das Restaurant wabert, verrät mir, dass in der Küche gearbeitet wird. Als Tom und ich uns setzen, höre ich das Klappern von Schlüsseln und sehe auf. Raf kommt durch die Tür herein. Er trägt ein schwarzes T-Shirt und Jeans, und sein welliges Haar ist länger als beim letzten Mal. Es fällt ihm bis auf den Nasenrücken.

Er wirft seiner Schwester eine leere Isoliertasche zu. »Vollmachen, Pizzaknecht.«

Sabeen runzelt die Stirn und wirft sie zurück. »Mach's doch selbst, Loser.«

»Hey«, ertönt eine Stimme hinter dem Tresen. »Lasst das, ihr zwei.« Liv kommt mit einem großen Glas Oliven aus der Vorratskammer. »Wir sind hier nicht auf dem Fischmarkt.«

»Pffft. Es ist doch niemand hier«, sagt Raf, der uns noch nicht entdeckt hat.

Tom steht auf und gibt sich Raf und Liv zu erkennen. »Ähm?«

»Tommy-Boy!« Raf grinst von einem Ohr zum anderen. »Wie geht's dir, Kumpel?«

Sie packen sich an den Händen und geben sich einen Bro-Hug, was mir wiederum Gelegenheit gibt, Raf zu mustern, ohne dass es auffällt. Zottelige Augenbrauen, dichte Wimpern, haselnussbraune Augen, abgeknabberte Fingernägel. Ich muss gar nicht richtig hinschauen, so gut kenne ich ihn. Fast so gut wie mich selbst.

»Chloe, Liebes!«, sagt Liv freudig überrascht. Ihr englischer Akzent ist auch nach fünfzehn Jahren in Australien noch makellos. Sie stellt das Glas Oliven ab und tritt hinter dem Tresen hervor. »Ich habe dich gar nicht hereinkommen hören. Jetzt schaut euch diesen entzückenden Pixie-Schnitt an! Das steht dir sehr gut.«

Rafs Augen fangen meinen Blick ein, als ich ungeschickt seitlich aus der Sitzbank rutsche, aber seine Mum stellt sich zwischen uns. Liv ist die ältere der beiden Mütter, und Sabeen und Raf nennen sie Min, die Abkürzung für Mini-Mum. Sie ist eine kleine, zierliche Frau mit kurz geschnittenen silbernen Haaren und einem dröhnenden Lachen, die immer in Trainingsklamotten gekleidet ist, als ob sie joggen gehen will. Ihre Umarmung ist knapp, fest und ehrlich. Sie nimmt mein Gesicht in ihre Hände, bevor sie ihrem Sohn über meine Schulter einen Blick zuwirft.

»Sieh mal einer an«, sagt sie, und um ihre Augen bilden sich Lächelfältchen. »Beide in Schwarz. Wie Zwillinge.«

Raf zupft am Saum seines T-Shirts, eine Geste, die ich äußert liebenswert finde. Er wirkt in meiner Gegenwart manchmal verlegen, aber ich mag es, dass er sich im Allgemeinen in seiner Haut wohl fühlt. Er ist zwar achtzehn Monate älter als Sabeen, aber etwas kleiner als sie, mit dem kräftigen Körperbau und der dunklen Hautfarbe seines Vaters. Amir lebt in London, aber ich habe ihn auf Fotos gesehen.

»Hi«, sage ich und kann ihm kaum in die Augen sehen.

Er lächelt kurz, als ob er einen Fremden grüßen würde, der zufällig an der Haltestelle auf denselben Bus wartet.

»Hey«, sagt er in Richtung Fußboden.

»Setzt euch. Setzt euch!« Liv schiebt uns wieder zu unserem Tisch. »Ich hole euch etwas zu essen. Raf, mein Lieber, die nächste Bestellung ist gleich fertig.«

»Die Pflicht ruft«, sagt er zu uns gewandt und hält die Isoliertasche hoch. »Wir sehen uns später.«

Ich verspüre plötzlich den drängenden Wunsch, seine Hand zu nehmen und ihn zu fragen, ob wir nach draußen gehen und unter vier Augen reden können. Aber er steht schon hinter dem Tresen und gerät mit Sabeen aneinander, weil sie sich nicht einigen können, ob das in Alufolie gewickelte Knoblauchbrot Teil der Bestellung ist oder nicht.

»Wo ist Sally?«, frage ich Liv. Sabeen kommt mit dem Knoblauchbrot an unseren Tisch und setzt sich neben mich.

»Sie hat heute Abend frei«, erklärt Liv und verteilt Teller auf dem Tisch. »Es ist in letzter Zeit ziemlich ruhig hier.« Als ob sie meine Sorge spüren würde, setzt sie hinzu: »Das wird sich wieder geben. Wenn Cutler Bend wieder offen ist und die beschädigten Läden repariert wurden. Es braucht einfach nur etwas mehr Zeit, als wir gehofft hatten.«

Tom stützt sich auf die Ellbogen und lehnt sich leicht nach vorne. »Grandpa meint, dass uns die Nachrichtenleute mit dieser ganzen Berichterstattung über den Sturm keinen Gefallen getan haben. Tagesausflügler und Urlauber fahren einfach an uns vorbei, weiter nach Berrima und Bundanoon. Er behauptet, dass wir die Auswirkungen jener Nacht noch Monate spüren werden.«

Ich sehe Henrys Gesicht vor mir, und mir wird klar, wie recht Tom hat.

Kurz darauf verabschiedet sich Raf und macht sich auf den Weg, die nächste Lieferung auszufahren. Ich empfinde einen merkwürdigen Schmerz, als er beim Hinausgehen nicht einmal in meine Richtung schaut.

»Ich mache euch mal Pizza«, sagt Liv und geht zur Küche. »Eine Mexikana und eine Sally Spezial?«

»Klingt gut, Min«, sagt Sabeen zerstreut. Ihr Blick ist dem Fenster zugewandt. Ein Subaru hält vor dem Restaurant, als Raf rückwärts aus der Parklücke fährt. Der Wagen ist etwa zwanzig Jahre alt, dunkelblau, mit silbernen Stoßstangen und einem schwarzen Dachgepäckträger. Ich erkenne ihn sofort.

Tom verkrampft sich. »Ich wusste nicht, dass du sie auch eingeladen hast.«

Sabeen blickt ihn mit einem leichten Stirnrunzeln an. »Klar habe ich sie eingeladen. Warum nicht?«

In Sabeens Vorstellung sind wir immer noch die dicken Freunde, die wir zehn Jahre lang waren. Aber die Wahrheit ist, dass sich schon vor Henrys Verschwinden Risse gezeigt haben. Der Vorfall am Reservoir kurz nach Weihnachten hat uns noch weiter auseinandergetrieben, aber Sabeen weigert sich einzugestehen, dass sich die Verhältnisse in unserer Clique geändert haben. Sie sieht uns als Familie und würde uns von morgens bis abends zum Gruppenkuscheln verdonnern, wenn sie könnte.

Als der Motor des Subaru erstirbt, hören wir laute Stimmen. Wütende Worte durchbohren den stillen Abend.

»… reicht …«

»… hasse das …«

»… nicht fair!«

Mason auf dem Fahrersitz hält mit einer Hand das Lenkrad umklammert. Den Kopf hat er in den Nacken gelegt und starrt den Wagenhimmel an. Neben ihm sitzt Rina und gestikuliert wild mit den Händen.

»Deshalb«, sagt Tom zu Sabeen und wendet sich betont von der Fensterscheibe ab. Mit schmerzverzerrtem Gesicht reibt er sich die Brust. Er hat Auseinandersetzungen schon immer gehasst. Er war lange der Friedensstifter, der Vernünftige, auf den wir alle gehört haben. Bei allen Spielen unserer Kindheit und bei allen Zankereien war Tom immer unser leuchtendes Vorbild, denn er war stets fair und unparteiisch. Aber sobald ein Konflikt heftiger wird, macht er sich aus dem Staub.

»Was meint ihr, worüber streiten sie sich?«, frage ich und überlege, ob ich ihnen von dem Motelfenster und Masons Lüge erzählen soll. Aber Sabeen könnte schnippisch reagieren – sie mag es nicht, wenn ich Mason kritisiere –, und Tom fühlt sich auch so schon unbehaglich genug. Ich beschließe, die Sache vorläufig zu den Akten zu legen.

Rina öffnet die Wagentür, und die Stimmen werden noch lauter. Selbst Tom blickt unwillkürlich wieder zum Fenster, als sie ausgiebig flucht. Sie schlägt die Tür zu und stapft dann in Richtung Straße.

»Oh nein«, murmelt Sabeen. Sie beißt sich auf die Unterlippe und rutscht neben mir unruhig hin und her, als ob sie am liebsten aufgesprungen und hinausgelaufen wäre, um nach Rina zu sehen. Mason bleibt noch eine Weile mit hängendem Kopf im Auto sitzen, und ich spüre, wie sich Sabeens Sorge zu ihm hin verlagert. Sie weiß nicht, wem sie helfen soll, die Unentschlossenheit lähmt sie, wie eine gestresste Mutter, die will, dass wir – ihre Kinder – alle miteinander klarkommen.

Der Motor des Subaru röhrt auf, dann schießt der Wagen rückwärts aus der Parklücke und braust in die entgegengesetzte Richtung von Rina davon.

»Das passiert ständig«, sagt Sabeen und lächelt nervös. »Morgen ist bestimmt wieder alles in Ordnung.«

Tom bedenkt mich mit einem Blick, den ich nicht genau deuten kann, aber ich habe das Gefühl, er fürchtet, dass Sabeens Hoffnung trügt. Mason ist sein bester Freund, vielleicht weiß er etwas, das wir nicht wissen.

Kurz darauf erscheint Liv mit zwei dampfend heißen Pizzen. Sie isst gemeinsam mit uns ein paar Stücke, ehe sie sich wieder den Bestellungen widmen muss und in der Küche verschwindet. Raf muss noch drei weitere Lieferungen ausfahren – er kommt rein und ist im nächsten Moment auch schon wieder weg –, erst dann wird es etwas ruhiger, und er kann selbst etwas essen. Er setzt sich nicht zu uns, sondern hockt sich auf einen Schemel hinter dem Tresen und stopft schnell ein paar Happen in sich hinein, während er immer wieder aufsteht, um seiner Mum beim Aufräumen zu helfen.

»Hey, Eure Hoheit«, sagt er zu seiner Schwester. »Kriegst du vielleicht auch mal deinen Hintern hoch und hilfst mit?« In jeder Hand hält er einen vollen Müllsack und deutet mit einer Kopfbewegung auf einen weiteren, den Sabeen hinausbringen soll. Sie wechseln einen Blick, und auch diesmal weiß ich nicht genau, was vor sich geht. Sabeens Augen zucken zu mir hin und genauso schnell wieder weg. Raf murmelt ihr etwas zu, als sie zur Hintertür hinausgehen; es klingt drängend.

»Ich glaube, ich sollte besser gehen«, sage ich zu Tom. »Es ist schon fast dunkel, und Dad wird sich Sorgen machen, wenn ich nicht bald wieder zu Hause bin.« Er drückt mich zum Abschied, und ich bedanke mich bei Liv für das Abendessen. »Ich gehe hinten raus und verabschiede mich noch von Raf und Sabeen.«

Ich halte die Fliegengittertür fest, damit sie nicht hinter mir gegen den Rahmen knallt, und laufe geräuschlos über den gepflasterten Hof. Die Sonne steht schon ganz niedrig, und die langen Schatten bieten mir Deckung, während ich mich zum Zaun schleiche. Nur die Holzlatten trennen mich von Sabeen und Raf, und ich kann ihre Stimmen klar und deutlich hören. Durch eine Ritze in der Nähe des Tors sehe ich zwei rostige Müllcontainer in der Gasse hinter der Pizzeria.

»Ich kenne dich«, sagt Raf. »Du würdest es am liebsten in die Welt hinausschreien.«

»Ich habe ihr nichts verraten«, erwidert Sabeen und schaut

ihren Bruder böse an. »Aber denkst du nicht, wir sollten ihr sagen, was wir gefunden haben?«

Raf schwingt einen Müllsack nach oben und lässt ihn in den Container plumpsen. Dann schnickt er sich die Haare aus den Augen. »Darüber haben wir doch schon gesprochen.«

»Es ist nur …«

»Wir waren uns *einig*, Sabeen.« In Rafs Stimme liegt eine deutliche Warnung. Die beiden restlichen Säcke wirft er mit etwas mehr Wucht in den Container. »Es ist besser, wenn wir nichts sagen.«

Sabeen schnauft und lässt die Arme sinken. »Ich weiß … aber Henry …«

Raf dreht sich abrupt um und geht zurück zum Restaurant. Ich ducke mich hinter einer Mülltonne und kauere mich mit dem Rücken in den Schatten, dankbar für die aufziehende Dunkelheit. Sabeen folgt ihrem Bruder mit gesenktem Kopf durch das Tor, und als sie an mir vorbeikommen, höre ich, wie sie einatmet, als ob sie noch etwas sagen will.

»Ich meine es ernst«, kommt Raf ihr zuvor. »Chloe muss es nicht erfahren.«

4

Elf Wochen vor dem Sturm

HENRY

25. Oktober 2018, 17:25 Uhr

Henry Weaver hat Missy Ellwoods Anfrage akzeptiert.

Missy: Hey!

Henry: Hi.

Missy: Danke, dass du meine Freundschaftsanfrage akzeptiert hast.

Henry: Kein Problem.

Missy: Wie geht's dir?

Henry: Gut. Kenne ich dich?

Missy: Ja, na klar.

Henry: Ich glaube nicht.

Missy: Airsden Highschool?

Henry: Nein, das ist nicht meine Schule.

Missy: Ups. Mein Fehler.

Henry: Wo ist das?

Missy: Sydney, North Shore.

Henry: Ich wohne in The Shallows.

Missy: Wo ist das?

Henry: Mitten im Nirgendwo. North South Wales, Southern Highlands.

Missy: Komisch. Dein Name tauchte unter *Leute, die du kennen könntest* auf, und er kam mir bekannt vor. Ich vermute mal, du siehst nicht wirklich aus wie ein Papagei mit Piratenhut?

Henry: Nee. Das ist nur ein Witz.

Missy: Okay, willst du dich weiter unterhalten?

Henry: Klar, warum nicht?

Missy: Cool. Wie alt bist du?
Henry: Wie alt bist DU?
Missy: Ich habe zuerst gefragt. :P
Henry: Na gut. Ich bin 13.
Missy: Ich auch! Ich bin froh, dass du nicht irgendein alter Perverser bist.
Henry: Haha, nee.
Missy: Okay, erzähl mal: Hast du Geschwister?
Henry: Einen Bruder. Mein größter Fan.
Missy: Oh, wie süß!
Henry: Das war sarkastisch gemeint. Er nennt mich »kleiner Scheißer«.
Missy: Das ist echt fies. Aber ältere Brüder sind wohl manchmal gemein.
Henry: Woher weißt du, dass er älter ist?
Missy: Du sagtest doch, er nennt dich *kleiner* Scheißer.
Henry: Ach so, ja.
Missy: Normalerweise himmeln jüngere Brüder die älteren an.
Henry: Nicht in meiner Familie.
Missy: Warum nicht?
Henry: Er hasst mich.
Missy: Warum?
Henry: ¯_(ツ)_/¯ Weil ich auf der Welt bin?
Missy: Das ist echt traurig.
Henry: Ich bin's gewohnt. Hey, tut mir leid, ich muss los. Ich muss den Computer freimachen.
Missy: Du bist nicht am Smartphone?
Henry: Ich habe keins.
Missy: Wie krass! Darf ich dir wieder schreiben?
Henry: Klar, wenn du willst. Danke für den Chat.
Missy: Lass von dir hören.

5

Jetzt

CHLOE

In dieser ersten Nacht in The Shallows will der Schlaf einfach nicht kommen. Noch lange, nachdem ich gehört habe, wie Dad das Büro abgeschlossen hat und durch den Flur ins Bett gegangen ist, starre ich in der Dunkelheit an die Zimmerdecke und höre mir einen Krimi-Podcast an, ohne wirklich hinzuhören.

Aber denkst du nicht, wir sollten ihr sagen, was wir gefunden haben?

Mit einem unbehaglichen Gefühl im Herzen grübele ich über Rafs und Sabeens Gespräch nach. Dad würde sagen, dass ich zu viel in die Sache hineininterpretiere und dass ich es einfach vergessen sollte, anstatt aus einer Mücke einen Elefanten zu machen. Er hat meiner Mutter immer vorgeworfen, sich über die kleinste Kleinigkeit aufzuregen, und meint, dass sie mich mit ihren Neurosen anstecken würde, wenn ich nicht aufpasse. Ob ich will oder nicht, in dieser Beziehung bin ich meiner Mutter ähnlicher, als ich zugeben will. Eine Sache interpretieren ist genau das, was ich tue. Es ist das, was Ermittler tun. Und wenn etwas komisch klingt, ist es meistens auch komisch.

Chloe muss es nicht erfahren.

Chloe *muss* es erfahren. Meiner Erfahrung nach hilft es der betroffenen Person nicht, wenn man sie im Dunkeln lässt. Es tut nur umso mehr weh, wenn die Person es schließlich doch herausfindet. Wie die Affäre meiner Mutter mit Doherty. Wie Henrys Verschwinden, ohne mir ein Wort von seinen Plänen zu sagen.

Nicht, dass ich jemand anderem vorwerfen dürfte, ein Geheimnis zu hüten. Aber einige Geheimnisse richten mehr Schaden an als andere.

Die Podcast-Episode ist zu Ende, und ich habe keine Lust, die nächste zu starten. Ich trete die Bettdecke weg und rolle mich auf die Seite. Dabei fällt mein Blick auf meinen Wecker. Es ist nach Mitternacht. Samstag. Was bedeutet, dass Henry jetzt ein Langzeit-Vermisster ist.

Drei Monate. Keine neuen Spuren.

Ich öffne Gmail und scrolle durch die Nachrichten von Henry. Wir haben vor ein paar Jahren einen Account für ihn eingerichtet, damit wir in der Schulzeit in Kontakt bleiben konnten. Seine E-Mails waren immer ziemlich kurz und allgemein gehalten, hauptsächlich, weil seine Zeit im Internet begrenzt war. Er konnte jedes Mal nur die Ein-Stunden-Sitzung in der öffentlichen Bibliothek nutzen. Trotzdem steht in diesen knappen Nachrichten, die ich vor den Weihnachtsferien von ihm bekommen habe, nichts, was auf die Absicht wegzulaufen hindeutet.

Ich wechsele zu Facebook und klicke mich durch die *Haben Sie Henry Weaver gesehen?*-Seite. Sabeen hat das Foto auf dem Banner geändert; es ist dasselbe, das ich auf den VERMISST-Zetteln benutzt habe: ein Selfie, das er mit meinem Mobiltelefon vor dem *Shallow Vintage Wares* aufgenommen hat. Es ist das letzte Foto, das wir von ihm haben. In dem ungeschnittenen Original ist hinter ihm Onkel Bernie zu sehen, der unabsichtlich mit aufs Bild kam, weil er in dem Moment ans Schaufenster getreten war.

Jedes Mal, wenn Sabeen ein neues Bild postet, erhält die Seite einen Schub an Kommentaren. Meistens sind es Leute, die ihre Postleitzahl hinterlassen und erklären, sie hätten den

Post geteilt, oder auch ein paar Worte wie »Immer noch vermisst?« und »Mensch, ich hoffe, er wird gefunden«. Hin und wieder kommen auch ein paar wütende Kommentare über die Polizei, die angeblich nichts tut, Theorien von Möchtegern-Ermittlern, die alle möglichen Verdächtigungen aussprechen, von religiösen Kulten bis zu Serienkillern. Ein paar behaupten, sie hätten Henry gesehen; er würde auf der Straße leben, in U-Bahn-Tunneln schlafen und sich aus Mülleimern in Kings Cross ernähren.

Obwohl ich die Co-Administratorin bin, schaffe ich es kaum noch, mir die Seite anzusehen.

Das neue Bannerbild hat dreißig neue Kommentare generiert. Mein Herz setzt einen Schlag aus, als ich eins der Profilbilder erkenne. Sein Post ist vier Tage alt und steckt zwischen mitfühlenden Kommentaren von irgendwelchen Fremden.

Rafi Nolan: *Ich vermisse deine blöden Sprüche, Kumpel. Bitte komm nach Hause.*

Mein Daumen schwebt über dem Like-Feld. Ich sehe Raf vor mir, wie er sich in der Pizzeria benommen hat, wo er mich kaum anschauen konnte. Ist ihm das, was in der Buschhütte passiert ist, peinlich? Dass wir uns geküsst haben? Dass wir …? Betrachtet er es als Fehler? Damals schien es ihm *sehr* zu gefallen.

Mein Daumen gleitet weiter, ohne dem Kommentar ein Like zu geben. Dann schließe ich die App und werfe das Handy auf mein Kissen. Ich steige aus dem Bett, gehe zum Fenster und luge durch den Vorhang zum Haus der Nolans oben auf dem Hügel. In Rafs Zimmer brennt kein Licht mehr, und ich frage mich – nicht zum ersten Mal –, ob er auch manchmal hinunter zum Motel blickt und in meinem Fenster nach Licht Ausschau hält.

Als ich die untere Hälfte des Fensterflügels nach oben schiebe, verklemmt er sich an der üblichen Stelle, so dass nur eine etwas mehr als zehn Zentimeter hohe Spalte über dem Fenstersims entsteht. Ich höre mehr als ich fühle, wie eine sanfte Brise durch das hohe Gras neben dem Motel fährt. Mein Blick wird von dem Buschland angezogen, eine dunkle Masse aus Gestrüpp, wie Bündel aus schwarzem Rauch, die vom Horizont herbeigeweht werden.

Eine schnelle Bewegung erregt meine Aufmerksamkeit. Drei Schatten – Vögel oder Fledermäuse – flattern von den schwarzen Baumkronen auf und fliegen davon. Direkt darunter steht ein helles Etwas neben der Mündung des Weges, der zum Reservoir führt. Das Licht vom Motel und die Straßenbeleuchtung reichen kaum bis dorthin, und es ist schwer zu erkennen, was genau ich dort sehe. Ich kneife die Augen zusammen, und es sieht aus wie …

Es sieht beinahe aus wie …

Eine Person in einem weißen T-Shirt.

Die mein Fenster beobachtet.

Ich ducke mich zur Seite. Der Vorhang schaukelt leicht und hängt dann wieder still, als ich mit einem Satz zum Bett haste und die Nachttischlampe ausschalte. Erst als mein Zimmer im Dunkeln liegt, gehe ich auf die Knie und rutsche wieder zum Fenster. Ich schiebe den Kopf unter dem Vorhang hindurch an das geöffnete Fenster und schaue nach draußen in die Nacht. Aber ich muss erst warten, bis sich meine Augen an die Dunkelheit gewöhnt haben. Anfangs sehe ich gar nichts. Dann … einen hellen Schemen, der sich durch das Buschland in Richtung Reservoir bewegt.

Meine Brust wird eng.

Henry?

Ein absurder Gedanke.

Oder doch nicht?

Vielleicht ist er zurückgekommen.

Vielleicht will er nicht, dass es irgendjemand weiß.

Mr. Milburns Worte gehen mir durch den Kopf: *Hast du mal dran gedacht, dass der Junge vielleicht nicht gefunden werden will?*

Er weiß, dass ich in den Ferien immer herkomme. Wollte er sich vergewissern, dass ich auch diesmal hier bin? Es gibt nur eine Möglichkeit, das herauszufinden.

Mein Kapuzenpulli gleitet reibungslos über mein Pyjamaoberteil, und ich krame unter dem Bett herum, auf der Suche nach meinen Sneakern. Ich weiß auch nicht, warum ich so einen unbändigen Drang verspüre, dieser Person zu folgen. Es ist das gleiche Gefühl wie damals, als Mum sagte, sie ginge zum Leseclub bei Julie Somerton, aber als ich ihr hinterherradelte, fuhr sie zu Dohertys kleinem Haus mit der schicken Holzverkleidung. Damals war ich erst zwölf, aber es war lediglich eine kaum merkliche Veränderung in Dohertys Benehmen nötig gewesen, um bei mir sämtliche Alarmglocken schrillen zu lassen. Manchmal bekommt man die Hinweise auf einem Silbertablett präsentiert und merkt es nicht einmal. Dann wiederum fühlt man ein Ziehen in der Magengegend, redet sich aber ein, dass alles in Ordnung ist, und geht wieder ins Bett.

Heute ist es anders.

Ich gehe schnell durch den Gang und bleibe kurz stehen, um auf Dads Schnarchen zu lauschen. Und tatsächlich, hinter seiner Schlafzimmertür höre ich das dumpfe Grollen. Er hat einen gesunden Schlaf, und wenn er mal ins Land der Träume verschwunden ist, holt ihn für gewöhnlich nur seine innere Uhr wieder heraus. Aber das ist es nicht, was mir Sorgen macht. Mir geht Mums strikte Sperrstunde durch den

Kopf und die Möglichkeit, dass sie mich vielleicht noch aus einer Entfernung von hundertfünfzig Kilometern kontrolliert. Wenn ich diese Sperrstunde missachte, wird sie Dad dafür verantwortlich machen, wird ihm die Vernachlässigung seiner Aufsichtspflicht vorwerfen und ihm drohen, das alleinige Sorgerecht zu beantragen. Ihre Sperrstunde ist eine Falle, die nur dann nicht zuschnappt, wenn ich mich an die Regeln halte. Tue ich das nicht, stecke nicht nur ich in der Tinte, sondern auch mein Dad.

Aber wenn die Chance besteht, Henry aufzuspüren, ist es das Risiko wert.

Als ich die Hintertür aufschließe, fühle ich das Gewicht meines Smartphones in der Pullovertasche. Ich halte es nicht für gänzlich unmöglich, dass meine Mutter mich mit einer Art GPS-App überwacht. Sie würde liebend gern beweisen können, dass mein Vater kein geeigneter Umgang für mich ist. Ich lege das Handy leise auf den Tisch im Flur und husche dann zur Tür hinaus, die ich hinter mir zuschließe. In meinem Hinterkopf höre ich Mums Stimme: »Du bist neugieriger, als gut für dich ist, weißt du. Eines Tages bringt dich das in große Schwierigkeiten.« Aber bislang ist sie die einzige Person, die durch meine Neugier in Schwierigkeiten geraten ist.

Es ist ganz einfach, über den Zaun des Motels zu klettern, er ist ja nur einen Meter hoch, mehr eine Grundstücksbegrenzung als eine Sicherheitsvorkehrung. In der mondlosen Nacht etwas zu sehen, ist allerdings ohne mein Handylicht eine Herausforderung. Ich schiebe mich durch das hohe Gras, wobei sich Disteln an meinen Flanellpyjama klammern, und ich bleibe stehen, um die Enden meiner Hosenbeine in meine Socken zu stopfen. Ich will gar nicht daran denken, was sich hier alles durch das Gras schlängelt.

Der Feldweg mündet an der Baumlinie in einen ausgebauten Wanderweg. Die Büsche und Bäume stehen dichter, je weiter man geht. Ich zögere und spitze die Ohren, ob ich irgendwelche Geräusche wahrnehmen kann, während ich gleichzeitig meine Augen aufreiße, um die Dunkelheit zu durchdringen. Ich weiß nicht genau, ob ich erleichtert oder enttäuscht sein soll, als da nichts ist außer Schatten.

Das warme Leuchten der Lampen vor dem Motel kommt mir plötzlich viel weiter weg vor, als es tatsächlich ist. Vor mir erstreckt sich eine schier endlose Höhle aus Bäumen ins Nichts. Trotz meines beschleunigten Herzschlags scheint mich die Nacht förmlich einzusaugen.

Geh weiter.

Der Stahl in meinem Rücken wird rostig vor Zweifeln.

»Henry?«, flüstere ich.

Habe ich wirklich etwas gesehen hier draußen? Oder will ich Henry so verzweifelt finden, dass ich mir schon irgendwelche Phantome einbilde?

Etwas flattert in der Dunkelheit über meinem Kopf. Das reicht, um mich aus der Fassung zu bringen. Ich kann sie zwar nicht sehen, aber ich weiß ganz genau, dass hier draußen in der Nacht alle möglichen Kreaturen unterwegs sind, die jede meiner Bewegungen genau beobachten.

Ich fühle den Sog meiner eigenen Sturheit.

Geh weiter.

Ist das eine gute Idee?

Du musst herausfinden, wer das ist.

Was, wenn ich einem völlig Fremden zu einem unbekannten Ziel folge, ohne mein Handy?

Ich mache auf dem Absatz kehrt, eile zurück, weg von dem Schatten der Bäume, hinaus auf das Feld, und spüre überdeutlich meine Füße, die auf den Trampelpfad trommeln. Ich renne so schnell, dass mein Atem nicht mehr Schritt halten kann, und jede Erschütterung, die durch meine Beine zuckt, ist wie ein Schlag auf den Hinterkopf, der mir Verstand einbläuen soll. Als ich den Zaun um das Motel erreiche, atme ich keuchend und muss nach Luft schnappen.

Autoscheinwerfer streichen über das Feld, als ein Wagen den Hügel zum Haus der Nolans hinunterkommt. Ich ducke mich und kauere mich hin, wie ein entflohener Sträfling, der Suchscheinwerfern entgehen will. Der Wagen fährt langsam in Richtung unseres Motels, während ich über den Zaun kraxele und dabei leise vor mich hin fluche: Es ist Dohertys Streifenwagen.

Ein gepflasterter Weg führt an dem Zaun neben unserem Haus entlang und endet am Rasen vor dem Motel. Doherty muss nur zu dieser Seite des Gebäudes schauen, dann sieht er mich, denn nichts steht zwischen mir und der Straße. Mir bleibt keine Zeit, meinen Hausschlüssel aus der Tasche zu holen. Ich husche lediglich zum Türrahmen und presse mich flach gegen die Tür. Wenn Doherty mich bemerkt, könnte er mich mit einem Einbrecher verwechseln. Oder mit Mason Weaver. Und dann wird er auf jeden Fall meinen Dad aufwecken.

Ich lasse etliche Minuten verstreichen, ehe ich den Kopf leicht vorschiebe und um den Türrahmen herum in Richtung Straße schaue. Mottenschwärme tanzen hektisch um die Straßenlaternen, aber sonst ist alles ruhig.

Als ich die Tür aufschließe, scheint mich ein Windstoß in meinem Rücken ins Haus zu schieben, und ein Chor aus Grillen spottet über mein unüberlegtes Handeln. Irgendwo hinter dem Motel, tief in dem dichten Unterholz zwischen den Bäumen, ertönt der schrille Schrei eines Brachvogels. Wieder und wieder schreit er, und es klingt, als ob jemand meinen Namen rufen würde.

Am Samstagmorgen schlafe ich länger als geplant.

Ich weiß nicht genau, wann ich letzte Nacht eingeschlafen bin, jedenfalls erst, nachdem ich in meiner Notiz-App eine detaillierte Liste unter der Überschrift *Vorfälle* angelegt und alles aufgeschrieben habe, was in den acht oder neun Stunden seit meiner Ankunft geschehen ist: die zerbrochene Fensterscheibe, Masons Lüge, der Streit zwischen Mason und Rina, Sabeens und Rafs Gespräch über mich, und schließlich die Gestalt nachts im Feld. Gibt es da irgendeinen Zusammenhang? Die Frage hat mich lange wach gehalten.

Als ich mich jetzt aus dem Bett kämpfe, wird mir klar, dass ich das Frühstück im Motel verpasst habe. In der Regel wird es bis spätestens halb acht auf die Zimmer geliefert, und jetzt ist es schon fast neun. Mein Kopf ist wie in Watte gepackt, voll mit Fetzen eines Traums, an den ich mich nicht erinnern kann, und einem Frust, von dem ich nicht weiß, woher er kommt. Das, was ich vergangene Nacht im Feld gesehen habe, kommt mir jetzt vage und formlos vor. Je mehr ich versuche, es vor meinem inneren Auge zusammenzusetzen, desto unsicherer werde ich, ob da überhaupt irgendetwas war.

Nachdem ich geduscht habe, gehe ich ins Büro, wo Luisa am Computer sitzt. Sie trägt eine blaugrüne, mit Pfauen gemusterte Bluse und hat die kastanienbraunen Haare zu einem unordentlichen Dutt hochgesteckt. Sie schenkt mir ein strahlendes Lächeln und atmet gleichzeitig tief ein. Ich muss mich daran gewöhnen, dass Luisa nichts von Smalltalk hält – sie kommt gleich zur Sache, als ob wir seit Stunden miteinander reden würden.

»Ich habe keine Ahnung, warum der Teppichleger glaubt, ich hätte seine Rechnung, wenn er sie gar nicht verschickt hat«, sagt sie und schüttelt den Kopf. Lange Ohrringe baumeln ihr um den Hals und funkeln im Licht. »Der Kerl und dieser Dachdecker, hmm, die ziehen der Stadt das Geld aus der Tasche, nach diesem Sturm.«

Durch die neue Fensterscheibe entdecke ich Dad auf der anderen Seite des Hofs, wie er mit einem Farbeimer in der Hand zu Zimmer Nr. 3 geht. In jener Nacht hat es in fünf Zimmern durch das Dach geregnet, und Dad ist immer noch dabei, die Schäden zu reparieren: gewellte Gipskartonplatten, fleckige Wände, schimmelige Teppichböden, beschädigte Leitungen. Das Ganze ist ein ziemlicher Schlag für ein Motel, dessen Geschäfte ohnehin nicht besonders gut laufen.

Als ob sie meine Gedanken gelesen hätte, seufzt Luisa: »Dein Dad meint, wir hätten aufs falsche Pony gesetzt.«

Ein Lächeln stiehlt sich auf meine Lippen. »Du meinst wahrscheinlich aufs falsche Pferd gesetzt, oder?«

»Pferd, Pony …« Sie wedelt mit der Hand, als ob eins so gut wäre wie das andere. Dann legt sie den Kopf schräg. »Weißt du noch, als du und Rina klein wart und mit *My Little Ponies* gespielt habt? Mit diesen kleinen Pferden mit den Bürsten und Bändern? Ihr habt ihnen so lustige Namen gegeben. Bändchen? Irgendwas mit -chen?«

»Ich weiß nicht mehr«, sage ich. »Das ist schon so lange her.«

Luisa blickt einen Moment wehmütig in die Ferne, ehe sie ihre Aufmerksamkeit wieder mir zuwendet. »Ich habe Rina gesagt, dass du die Ferien hier verbringst. Vielleicht könnt ihr beiden mal zusammen einen Kaffee trinken oder so.«

In ihrer Stimme liegt Hoffnung, aber irgendwie ahne ich,

dass ihre Tochter kein Interesse an mir hat. Meine Kindheit mit Rina bestand aus Jazzballett und Disney-Filmen, und als wir das hinter uns gelassen haben, ließen wir auch unsere gemeinsame Zeit hinter uns. Und die ohnehin nicht sonderlich stabilen Fundamente unserer Freundschaft bröckelten kontinuierlich weiter, nachdem ich nach Sydney gezogen war, so dass jener Vorfall vor ein paar Monaten ihnen endgültig den Rest gab: Rina regte sich fürchterlich darüber auf, dass ich ihren Freund wegen dem, was am Reservoir geschehen war, zur Rede stellte. Wir beide sagten eine Menge Dinge, die wir vermutlich nicht meinten. Aber ich bin mir sicher, dass sie mir im Stillen immer noch grollt.

Ich zucke mit einer Schulter und werfe Luisa ein leichtes Lächeln zu. Diese Reaktion scheint ihr zu genügen.

»Tut mir leid, dass ich das Frühstück verpasst habe«, sage ich zu ihr. »Kann ich dir mit irgendetwas anderem helfen?«

»*Obrigada*. Das ist sehr nett von dir.« Sie scheint angenehm überrascht zu sein von meinem Angebot. »Die Zimmer sind schon alle sauber, aber könntest du vielleicht die hier für mich einwerfen?« Sie holt einen kleinen Stapel Briefe aus der Ablage. »Und dabei auch noch das Postfach checken? David vergisst es jedes Mal.«

Sie reicht mir die Briefe zusammen mit einem silbernen Schlüssel. Ich schiebe alles in meine Stofftasche.

»Chloe?«, sagt Luisa, als ich zur Tür gehe. »Hast du nicht gut geschlafen? Du siehst ganz abgelaugt aus.«

Diesmal verbessere ich sie nicht; jeder, der zwei Sprachen fließend spricht, ist in meinen Augen ein Held.

»Mir geht's gut«, versichere ich ihr. »Ich habe am Anfang immer Schwierigkeiten, durchzuschlafen, wenn ich eine Weile weggewesen bin.«

»Ach so. Vielleicht ist es hier zu ruhig für dich, hmm? Du bist wahrscheinlich den Lärm in der Stadt gewöhnt.«

Ich verziehe mein Gesicht zu einem leeren Lächeln.

Ruhe ist nicht das Problem. In meinem Kopf herrscht nämlich ein ziemlicher Aufruhr.

Es ist einer jener trüben Tage, an denen sich das Licht kaum verändert und man nur schwer abschätzen kann, wie spät es ist. Die Anzeige auf meinem Handy steht auf kurz vor zehn, aber einige der Läden auf dem Railway Parade machen erst jetzt auf. Samstagsvormittags war in The Shallows immer viel los, dank der Wochenendausflügler, und um diese Uhrzeit hätte schon mindestens ein Bus mit Touristen am Eliza Park gestanden. Vielleicht hat Tom recht, vielleicht hat die Berichterstattung über den wilden Sturm im Januar genauso viel Schaden angerichtet wie der Sturm selbst. Und die Schließung von Cutler Bend hat zur Folge, dass es im Augenblick nur noch eine Straße in die Stadt hinein und auch wieder hinaus gibt, was in der Situation sicher keine Hilfe ist.

Die Stadt ist nicht besonders groß. Man braucht eine Stunde, um von einem Ende von The Shallows zum anderen zu gehen, von Osten nach Westen oder von Norden nach Süden, oder zwanzig Minuten mit dem Fahrrad, wenn man geradeaus fährt und nicht ziellos umherradelt, wie wir es als Kinder taten. Tom und seine Großeltern wohnen in einer Siedlung aus mit Holz verkleideten Cottages weit im Westen, in der Nähe des Friedhofs, während das Haus der Weavers in dem Tal am östlichen Rand der Stadt steht. Wir anderen wohnen viel näher am Stadtzehntrum, und im Naturschutzgebiet im Süden befindet sich das Reservoir. In The Shallows leben etwa viertausend Menschen, was mir als Kind immer sehr viel vorkam, aber allein in meiner Highschool in Sydney drängen sich ein Drittel so viele Schüler. Kein Wunder, dass ich erst in The Shallows wieder richtig durchatmen kann.

In der Nähe des *Criterion* überquere ich die Straße und gehe zur Post ein paar Türen weiter. Als ich die Gasse neben dem Pub passiere, ertönt ein hackendes Husten, und ich schaue in die Richtung, aus der das Geräusch kommt. Hinter der Mündung der Gasse lehnt Ivy Weaver an der Hauswand aus Backsteinen. Hinter ihr breitet sich ein Graffito aus wie ineinander verhakte Flügel.

Sie hat einen Arm über die Brust geklemmt und hält den anderen im rechten Winkel. Den Unterarm bewegt sie wie einen Hebel auf und ab und saugt an der Zigarette in ihrer Hand. Sie raucht schnell, hektisch, als ob sie es eilig hätte.

Unsere Blicke kreuzen sich lang genug, dass ich mich verpflichtet fühle, langsamer zu gehen und sie zu grüßen. Immerhin ist sie Henrys Mutter.

»Hallo, Mrs. Weaver«, sage ich und bleibe stehen. »Wie geht es Ihnen?« Ich habe es nie über mich gebracht, sie Ivy zu nennen, wie alle anderen.

Sie starrt mit leerem Blick an die Hauswand ihr gegenüber. »Ich bin niemandes Frau.«

Ich weiß nicht, was ich darauf sagen soll. Soll ich sie Miss Weaver nennen? *Miss?* Genau genommen ist sie immer noch Mrs. Weaver, auch wenn ihr Ex-Mann wieder geheiratet hat.

Ivy richtet sich auf, macht die Augen schmal und mustert mich. So hat sie mich schon immer angeschaut, seit meine Mum vor Jahren auf ihre zwei Jungs aufgepasst hat. Etwa ein Jahr, nachdem Ivys Mann sie verlassen hatte, fand sie einen Job im Supermarkt, und Henry und Mason gingen jeden Tag von der Grundschule aus dorthin und hockten stundenlang herum, bis Ivy mit ihrer Schicht fertig war. Ich wusste, dass meiner Mum die Sache gar nicht gefiel; ich habe gehört, wie sie zu meinem Dad sagte, das sei kein Ort für Kinder. Sie war der Meinung, dass Ivy nicht zurechtkam, und deshalb bot sie ihr an, die beiden mit ins Motel zu nehmen, wenn Ivy arbeiten musste. Ivy kannte uns durch die Nolans und Onkel Bernie, so dass sie Mums Angebot annahm. Es war eine lockere Abmachung, nichts Verpflichtendes, aber wenigstens hatten Henry und Mason ein Dach über dem Kopf, bekamen eine Kleinigkeit zu essen und konnten ihre Hausaufgaben machen oder fernsehen.

Aber so dankbar Ivy auch für die Hilfe war, so misstrauisch stand sie der wachsenden Freundschaft zwischen mir und Henry gegenüber. Er war für mich wie der kleine Bruder, den ich immer gewollt hatte, und selbst nachdem Ivy gefeuert wurde und die Kinderbetreuung sich erledigt hatte, fühlte ich mich Henry immer noch verbunden und bat Mum, ihn weiter einzuladen. Mason war unabhängiger und kaum daran interessiert, sich mit einem zwei Jahre jüngeren Mädchen abzugeben. Henry andererseits freute sich riesig über jede Minute, die wir miteinander verbringen konnten, als ob er nach Gesellschaft hungern würde.

Ich kümmerte mich auch in der Schule um ihn. Dad und ich nahmen ihn zum Angeln am Shallow Reservoir mit, und zusammen mit Sabeen, Raf und mir erkundete er das Buschland hinter dem Motel. Er begleitete mich ins *Shallow Vintage Wares* und hörte zu, wenn Tom mir Bücher empfahl. Und dann spielten wir irgendwelche alten Brettspiele, die dem Laden gespendet worden waren. Nach einer Weile luden wir Henry fast immer ein, wenn wir irgendetwas unternahmen, obwohl sich Mason offenbar nicht sonderlich freute, dass wir seinen kleinen Bruder ins Schlepptau genommen hatten.

Trotzdem traute mir Ivy nicht. Und allmählich begriff ich, dass es dabei nicht um mich ging, sondern um das, was ich wusste.

Henry erzählte mir alles. Ich wusste Bescheid über Ivys Alkoholproblem und die Streitigkeiten, über die knappen Wochen, in denen kaum genug Geld für Milch und Brot da war. Ich kannte die Geschichten von zerschlagenem Geschirr und vergessenen Geburtstagen und dass in derselben Woche, in der Ivy eine schöne Vitrine für ihre Sammelteller kaufte, der Strom abgestellt wurde. Das war der Grund, warum sie mich nie ins Haus bat, sondern auf der Schwelle stehen ließ, und warum sie mir nie länger als ein paar Sekunden in die Augen sehen konnte.

Auch jetzt weicht ihr Blick aus und richtet sich wieder auf die gegenüberliegende Wand.

»Gibt es was Neues über Henry?«

Sie nimmt einen langen Zug aus ihrer Zigarette. »Nein.«

»Ich habe neue Flyer gedruckt. Ich könnte Ihnen ein paar vorbeibringen, wenn Sie noch welche brauchen.«

Ivy wirft mir einen ungeduldigen Blick zu und verzieht die roten Lippen zu einem schmalen Strich. Sie trägt immer roten Lippenstift und passenden Nagellack, wie eine Schauspielerin aus den 1950ern. Onkel Bernie meint, sie sei ein echter »Hingucker« gewesen, als sie jung war; er hat mir ein altes Hochglanzfoto von seinem Sohn gezeigt – Toms Dad – mit ein paar Klassenkameraden, die sich alle für den Schulball der zehnten Klasse schick gemacht hatten. Die Mädchen hatten ausladende Fönfrisuren und trugen pastellfarbene Taftkleider, und die Jungen hatten Kummerbünde in den passenden Farben an und geliehene Smokings. Ivy war die hübsche Blonde in einem gepufften rosa Kleid, den Mund zu einem herzhaften Lachen verzogen, die am Arm eines Jungen mit kantigen Kiefern und Bürstenhaarschnitt hing. Ich musste Bernie nicht erst fragen, es war nicht zu übersehen, dass der Typ Masons Vater war. Er hatte den gleichen grüblerischen Ausdruck und schaute nicht direkt in die Kamera, sondern daran vorbei, als ob er lieber woanders gewesen wäre.

Ein kahlköpfiger Mann in einem mit Farbspritzern bekleckdsten Overall öffnet die Tür des Pubs und schaut um die Ecke.

»Du gehst besser wieder rein, Herzchen«, sagt er zu Ivy. »Jonesy will deinen Spielautomaten übernehmen.«

Ivy stößt sich von der Wand ab, lässt die Zigarette fallen und tritt sie mit ihrer Stiefelspitze aus. »Das lässt er bleiben, wenn er weiß, was gut für ihn ist. Das ist mein Glücksautomat. Demnächst ist ein Gewinn fällig, und den hab ich mir verdammt noch mal redlich verdient.«

Sie stößt mich fast mit der Schulter an, als sie an mir vorbeigeht. Der Kahlkopf verschwindet wieder im Pub.

»Soll ich Ihnen die Flyer vorbeibringen?«, frage ich schnell.

»Mach, was du willst«, murmelt Ivy.

»Ich dachte bloß …«

Ivy wirbelt so schnell herum, dass sich die Worte in meinem Hals auflösen.

»Was dachtest du?«, zischt sie. »Hast eine eigene Meinung, was?«

Ich trete unmerklich einen Schritt zurück.

»Hockst da auf deinem hohen Ross und steckst die Nase in anderer Leute Angelegenheiten. Du bist doch diejenige, die Henry Flausen in den Kopf gesetzt hat.«

»Ich …«

»Schon als er noch klein war. Hast immer von Sydney geschwärmt, als ob da alles besser wäre als hier. Hast ihm gesagt, dass er eines Tages von hier wegkäme.«

»Ich meinte doch …«

»Was geht dich das eigentlich alles an?«, fällt mir Ivy ins Wort. »Du tauchst hier auf mit deiner Rechthaberei und verschwindest dann wieder und machst bloß Wellen.«

Meine Haut wird heiß vor Scham. Noch nie hat ein Elternteil einer meiner Freunde so mit mir geredet. Ich bin empört und entsetzt zugleich.

Ivy zeigt mit dem Finger auf mich. Ihr roter Nagellack schneidet durch die Luft wie ein kleiner Dolch. »*Du* sagst mir nicht, was ich wegen meinem Sohn unternehmen soll.« Sie dreht sich weg und wirft mir noch einen letzten, bitterbösen Blick zu. »Du bist schuld, dass er fort ist.«

6

Zehn Wochen vor dem Sturm

MASON

Es war schon fast elf Uhr abends, als Mason den Wagen vor Rinas Haus auf dem Railway Parade abstellte. Er betrachtete ihn immer noch als *den* Wagen, nicht als *seinen* Wagen, denn es fühlte sich nicht so an, als ob er wirklich ihm gehören würde. Wenigstens noch nicht. Er arbeitete erst seit ein paar Wochen für Stu Macleod, aber Stu hatte darauf bestanden, dass Mason den Subaru jetzt schon fuhr. »Ich brauch den Platz in der Werkstatt«, hatte er gesagt und ihm die Schlüssel gegeben. »Du tust mir einen Gefallen, wenn du ihn mir aus dem Weg schaffst.« Sie hatten abgesprochen, wann sie die Papiere unterschreiben würden, aber vorerst wollte Stu, dass Mason ein Gefühl für den Wagen bekam und entscheiden konnte, ob es das Richtige für ihn war.

Mason hätte beinahe laut gelacht, als Stu ihm das sagte. Jeder Wagen wäre Mason recht gewesen, solange er damit möglichst viel Abstand zwischen sich und diesen Käfig bringen konnte, den seine Mutter »Zuhause« nannte.

»Die gefallen mir«, sagte Rina und stupste die beiden Schaumstoffwürfel an, die am Rückspiegel hingen. »Voll retro.«

Mason merkte, dass sie das Aussteigen hinauszögern wollte. Er hatte absichtlich einen Kinobesuch vorgeschlagen und auf dem Nachhauseweg das Autoradio so laut aufgedreht, dass man kaum sein eigenes Wort verstehen konnte. Er hatte keine Lust zu reden, und Reden war alles, was Rina im Augenblick wollte. Über *Gefühle* reden. Über *die Zukunft* reden.

Wieso hatte er es nur so weit kommen lassen?

»Wir sollten einen Ausflug machen«, sagte Rina und drehte sich auf dem Beifahrersitz zu ihm um. Sie hatte immer noch nicht ihren Sicherheitsgurt ausgeklinkt. »Nur wir beide. Vielleicht nach Weihachten. Wir könnten Schlafsäcke mitnehmen und nach Merimbula fahren oder so was.«

Sie legte eine Hand auf Masons Knie, und seine Augen zuckten zum Armaturenbrett. Er wollte ihr nicht sagen, dass er das schon Tom und Raf vorgeschlagen hatte. Mit Rina campen zu gehen, war ihm gar nicht in den Sinn gekommen.

Er wusste, dass irgendetwas falsch war, weil er nicht an Rina dachte, wenn er nicht bei ihr war. Als er sie vorhin abgeholt hatte, meinte sie, sie hätte seit dem Wochenende die ganze Zeit an ihn gedacht, und er hatte lügen müssen und gesagt, dass es ihm genauso gegangen wäre. Selbst wenn sie zusammen waren, schweiften seine Gedanken oft ab, während sein Körper auf Autopilot schaltete.

Mit dir stimmt was nicht.

Jedes Mal, wenn Rina ihm ins Ohr flüsterte, was für Gefühle er in ihr auslöste, scannte Mason seinen eigenen Körper, ob er etwas Ähnliches entdecken konnte, aber die einzige Reaktion, die er ausmachte, war eine Art böse Vorahnung.

Du bist leer.

Es hätte nach jener Nacht im September, als Rina ihn am Ufer des Shallow Reservoir fand, nicht weitergehen dürfen. Mason dachte, er sei allein mit einer halben Flasche Whisky, die er seiner Mutter entwendet hatte, aber Rina war ihm von der Party in der Coleman Road gefolgt, nachdem er sich mit Tom am Lagerfeuer gestritten hatte. Die Meinungsverschiedenheit zwischen Tom und ihm war zwar nicht in eine Prügelei ausgeartet, aber Mason fühlte sich trotzdem zerschlagen, wund vor Verlegenheit. Als Rina im Mondlicht auf dem Feldweg auftauchte, war Masons erster Impuls, sie anzuschnauzen, sie solle verschwinden. Aber sie kannten sich, seit sie klein waren, und sie war schon immer lieb und harmlos gewesen. Also bot Mason ihr einen Schluck aus der Flasche an, als sie sich in den Sand neben ihn setzte, und als Gegenleistung bot sie ihm Trost.

Wortlos ließ er sich von ihr umarmen. Er fühlte sich erschöpft und war es leid, ständig über alles nachzudenken. Als Rina ihn mit einem Kuss auf die Stirn überraschte, schaute er hoch und schenkte ihr ein müdes Lächeln. Im nächsten Moment pressten sich ihre Lippen auf seine, und ihre Hände fuhren durch sein Haar. Mason entschied, dass es einfacher war, mitzumachen. Er konnte nicht sagen, ob er sich auf Rina einließ, weil ihm die Sache gefiel oder weil er betrunken war.

Was ihm von dieser Nacht am deutlichsten im Gedächtnis blieb, war nicht die Knutscherei mit Rina, sondern der Streit mit Tom. Es hatte als harmlose Neckerei angefangen, aus keinem besonderen Anlass, und sich irgendwie zu einem sarkastischen Schlagabtausch ausgeweitet, angetrieben von Alkohol und einem Frust, den Mason nicht richtig auszudrücken vermochte. War er eifersüchtig? Vielleicht. Tom hatte gerade verkündet, dass er seine Bewerbungsunterlagen für die Uni in Canberra abgeschickt hatte, und Mason hatte eine erstickende Panik verspürt. War es, weil Mason wünschte, dass er es wäre, der The Shallows verlassen konnte? Oder weil er Tom schrecklich vermissen würde?

Sie hatten sich im Kindergarten kennengelernt, als ein Grobian namens Darren Foster Tom auf dem Spielplatz ständig ärgerte. Mason sah zu, als der lautere, größere Junge zu dem stillen Kleinen mit den Locken und der Brille lief und von ihm den Ball verlangte. Tom übergab ihn widerstandslos und rannte dann weg, um sich im Spielhaus zu verstecken. Tom war noch nie versessen auf Konfrontationen gewesen, und Mason begriff, warum sich manche Menschen am liebsten versteckten, bis der Sturm vorübergezogen war. An diesem Tag machte er sich sowohl einen Feind als auch einen Freund, als er Darren Foster den Ball wegnahm und damit zum Spielhaus marschierte.

Damals lebte Tom noch bei seinen Eltern; es war, bevor sein Dad im Gefängnis landete und seine Mutter nach Queensland floh, mit dem Versprechen, ihren Sohn nachzuholen, sobald sie sich eingerichtet hatte. Doch dazu kam es nie. Ausrede folgte auf Ausrede, und am Ende willigte sie ein, dass es für Tom besser sei, bei ihren Schwiegereltern in The Shallows zu bleiben. Tom hatte ihm später immer wieder versichert, dass Mason in dieser üblen Zeit für ihn ein Fels in der Brandung gewesen war.

In der Grundschule und der Highschool waren sie unzertrennlich und standen füreinander ein, besonders, wenn Darren Foster in der Nähe war. Mason vertraute Tom nur einen Bruchteil dessen an, was es bedeutete, mit Ivy unter einem Dach zu leben, weil er Angst hatte, dass er Tom ansonsten verschrecken würde. Aber sein bester Freund hörte ihm immer zu und verzieh ihm, wenn er hin und wieder aus der Haut fuhr. Er akzeptierte Masons Fehler, weil sie seit jenem Morgen, als Mason Tom den blauweißen Ball zurückgab, beinahe jeden Tag miteinander verbrachten.

Als er jetzt zu Rina schaute, empfand Mason fast Schuldgefühle dafür, dass er nicht in der Lage war, mit ihr eine ähnliche Verbindung aufzubauen. Das Weiße ihrer Augen spiegelte die farbigen Lichter auf dem Armaturenbrett wider, während sie ihn hoffnungsvoll anschaute. Sie war hübsch, keine Frage. Lange, lockige Haare, honigfarbene Haut, die gleichen vollen Lippen und langen Wimpern wie ihre Mutter, die hiesige Tanzlehrerin. In den ersten Wochen ihrer Beziehung hatte Rinas Berührung Masons Puls zum Rasen gebracht und seine Haut erglühen lassen. Die Fremdartigkeit von allem war fast beunruhigend gewesen. Jetzt fragte er sich, ob es daran gelegen hatte, dass er noch nie auf diese Weise berührt oder umarmt worden war. Ivy hatte ihn hin und wieder an sich gedrückt, als er noch klein war, aber mit einem verzweifelten Klammergriff und Fingern, die sich wie Haken in seine Haut bohrten. Kuscheln war an Bedingungen geknüpft gewesen und oft verweigert worden, manchmal aus Berechnung, aber meistens als Strafe.

Wayne war nicht viel besser gewesen, mit den harten Klapsen auf den Rücken und seiner Art, ihm die Haare zu verstrubbeln, obwohl Mason vermutete, dass er ihm damit seine Zuneigung zeigen wollte. Es war Henry, den Wayne auf seine Schultern hob und ins Bett brachte. Mason, meinte er, sei zu alt für »so etwas«. Aber Mason wusste, was der eigentliche Grund war. Henry war Waynes leiblicher Sohn, und Mason … er war nur eine Last, die Teil des Handels war.

Rina räusperte sich und beugte sich vor, wobei sie ihren kleinen Finger um seinen hakte.

»Meine Mum ist bis Mitternacht bei einer Hochzeit. Willst du mit raufkommen?«

Ihre Augen tanzten zu den Fenstern über dem Blumenladen, zu der kleinen Wohnung, in der sie mit ihrer Mutter lebte. Masons Puls hämmerte. Er wusste, dass es so kommen würde, aber er hatte nicht gedacht, dass es heute Nacht passieren würde. Er fühlte ein Ziehen in seiner Magengrube, eine Mischung aus Schuld und Geilheit, aber hauptsächlich den Drang, wegzulaufen.

Was bedeutete diese Reaktion? Wünschten sich nicht alle Kerle, dass ihnen eine solche Gelegenheit in den Schoß fiel? Er konnte es einfach tun und dann später entscheiden, ob er mehr wollte, ob er *sie* wollte. Es einfach hinter sich bringen und sich erst danach mit den Problemen beschäftigen.

Aber das kam ihm nicht fair vor. Er mochte Rina. Vielleicht nicht so, wie sie es gerne gehabt hätte, aber sie kannten sich schon so lange, und er wollte ihr nicht weh tun. Er wusste, wie sich Zurückweisung anfühlte, wie es an einem nagte, bis man gar nicht mehr wusste, wie man sich gut fühlte.

»Kommst du?«, fragte Rina und löste endlich ihren Sicherheitsgurt.

Mason starrte zur Windschutzscheibe hinaus, um ihrem Blick auszuweichen. »Ich sollte besser heimfahren.«

Aus dem Augenwinkel sah er, wie Rinas Schultern nach unten sackten. Ihr niedergeschlagenes Seufzen war wie ein Widerhall seines eigenen Geistes, obwohl seine Traurigkeit nichts damit zu tun hatte, dass er nicht mit ihr ging, sondern dass er stattdessen nach Hause musste.

Sie beugte sich vor und küsste ihn sanft auf die Wange. »Gute Nacht.«

Es tut mir leid, wollte er sagen, denn er dachte schon darüber nach, wie er am besten mit ihr Schluss machte.

Das Haus lag im Dunkeln, als er in die Einfahrt einbog, bis auf den schwachen Schein einer Lampe hinter den Vorhängen in Henrys Zimmer. Sein Bruder sollte so spät nicht mehr auf sein, aber Ivy kümmerte sich schon längst nicht mehr um irgendwelche Erziehungsfragen. Vermutlich schlief sie bereits seit Stunden, wenn sie überhaupt zu Hause war.

Ihr Haus war ein Bungalow aus verblassten Holzbohlen mitten auf einem zwei Hektar großen Grundstück, das an das Buschland angrenzte. Mit Unkraut durchsetztes Gras umschloss das Gebäude von allen Seiten. Es war schon ein Kampf, das Innere des Hauses einigermaßen in Ordnung zu halten, da blieb für den verwilderten Garten keine Zeit. Mr. Milburn, ihr früherer Nachbar, hatte hin und wieder Mitleid mit Ivy gehabt und ihr den Rasen gemäht, aber er war schon lange weggezogen, und das Haus nebenan stand leer.

Toms Grandpa hatte erzählt, dass Ivy das Haus schon in jungen Jahren geerbt hatte, nachdem ihre Eltern bei einem Autounfall ums Leben gekommen waren. Ihr älterer Bruder – Masons Onkel – lebte auf Bali und interessierte sich weder für das Haus, noch für sein Verwandten. Es war komisch für Mason, die eigene Familiengeschichte nicht von seiner Mutter, sondern von Fremden erzählt zu bekommen. Er fragte sich, wie sein Onkel wohl aussah, ob er Kinder hatte, welchen Beruf er ausübte und ob er jemals auch nur einen flüchtigen Gedanken an seine beiden Neffen verschwendete, die in dem Haus lebten, in dem er aufgewachsen war. Eine weitere Person, die aus freien Stücken aus Ivys Dunstkreis verschwunden war.

Mason hoffte, dass seine Mutter nicht zu Hause war, damit er einfach die Schuhe ausziehen und sich vor den Fernseher lümmeln konnte. Aber sobald Mason die Haustür öffnete, schlug ihm der Gestank ins Gesicht. Sie hatte irgendwo hingekotzt, das dritte Mal in drei Wochen. *Herrgott* noch mal.

Henrys Zimmertür war zu, aber die seiner Mutter stand weit offen. Er konnte sie von der Diele aus sehen. Sie lag, mit dem Gesicht nach unten, vollständig angekleidet quer über ihrer Matratze, und direkt vor ihrer Zimmertür lag eine breite, stinkende Lache aus Erbrochenem auf dem Teppich. Etwas davon war auf die Fußleiste und die Wand gespritzt.

Mason fluchte leise. Er hatte keine Kraft mehr. Er wollte nur unter die Dusche. Er wollte sich irgendeinen Schwachsinn im Fernsehen ansehen und dann ins Bett fallen. Während er einen Eimer mit Seifenlauge füllte und sich die Gummihandschuhe anzog, die noch vom letzten Mal im Eimer lagen, überlegte er ernsthaft, ob er nicht stattdessen den Teppich abfackeln sollte.

Wo zur Hölle war Henry? Er hatte doch bestimmt gehört, wie seine Mutter sich die Seele aus dem Leib kotzte. Würde es ihn umbringen, wenn er ausnahmsweise einmal das Saubermachen übernahm? Immerhin hatte er Mason schon hundertmal dabei zugesehen. Der kleine Scheißer lag wahrscheinlich in seinem Zimmer und tat so, als würde er schlafen. Und morgen würde er behaupten, dass er von alldem nichts mitbekommen hätte. Mason wusste, dass Ivys Benehmen seinem jüngeren Bruder Angst einjagte. Aber hallo, hergehört! – Es machte auch Mason Angst.

Nachdem er eine Viertelstunde geschrubbt, zwischendurch das Putzwasser gewechselt und dann noch weitere zehn Minuten alles mit klarem Wasser nachgewischt und abgetrocknet hatte, musste Mason sich noch um seine Mutter kümmern, wenn er nicht die ganze Nacht lang ihren Gestank einatmen wollte. Er leerte den Eimer in die Toilette und spülte ihn dann so lange aus, bis er sauber roch. Dann legte er eine Badematte auf den Boden, suchte ein paar frische Handtücher heraus und ließ Badewasser ein, während er zu seiner Mutter ins Zimmer ging. Sie versuchte, ihn abzuwehren, als er ihr Schuhe und Socken auszog und sie auf den Rücken drehte, damit er ihre Jeans abstreifen konnte. Aber dabei beließ er es. Sollte sie doch in

Unterwäsche und T-Shirt in die Wanne steigen. Das alles war schon schlimm genug, auch ohne dass er seine Mutter nackt sehen musste.

Als Mason sie endlich vom Bett zog, einen ihrer schlaffen Arme über seiner Schulter, die Füße stolpernd und schlurfend, während er sie durch den Flur zog, war er hundemüde. Ihr Gewicht in die Badewanne zu wuchten, hätte ihm beinahe das Rückgrat gebrochen.

Sie wurde ein wenig wacher, als ihre Beine ins Wasser kamen, und beklagte sich, es sei zu kalt. Dann sank sie in die Wanne wie eine Lumpenpuppe, die Glieder in willkürlichen Winkeln abstehend, unfähig, sich aus eigener Kraft nach oben zu ziehen. Mason drückte einen großen Klecks Shampoo unter das fließende Wasser und genoss einen Augenblick lang den Apfelduft, der den sauren Geruch überlagerte, den seine Mutter verströmte. Auf ihrem Kinn und in ihren Haaren klebte Erbrochenes. Mason fragte sich, ob er überhaupt die Geduld haben würde, die getrocknete Masse auszuwaschen.

Während das Wasser höher stieg, kehrte er in Ivys Schlafzimmer zurück und zog das Bett ab. Er knäulte Laken und Bettbezug zusammen, legte die Jeans seiner Mutter dazu und warf alles in die Waschmaschine. Im Badezimmer stöhnte Ivy auf, und Mason hoffte inständig, dass sie sich nicht wieder übergeben musste. Er rannte zurück in den Flur und sah, dass sie tiefer in die Wanne gerutscht war. Das Wasser kletterte zu ihrem Kinn hoch.

Ihre Augenlider flatterten nach oben. »Lässu mich ersaufen?«, lallte sie. »Dreh's ab.« Sie versuchte, den Fuß zu heben und gegen die Mischbatterie zu treten. Ihr Bein klatschte aufs Wasser, das daraufhin aus der Wanne spritzte und den Boden überschwemmte.

Mason drückte noch einen Klecks Shampoo unter den Wasserstrahl, ohne Anstalten zu machen, das Wasser abzustellen.

»Das würde dir gefall'n, stimmt's?« Ihre Lider waren schwer. »Wenn du könntest, würdest du uns alle so loswerden.«

Mason sah, wie das Wasser an ihrem Kinn hochstieg. Es war schon an ihrer Unterlippe.

»Aber diesmal isses kein hilfloses Baby«, murmelte sie und döste fast ein. »Dazu haste nich die Eier.«

Wasser floss in ihren Mund. Sie hustete und spuckte, war aber zu betrunken, um den Kopf richtig heben zu können. Sie warf ihn von einer Seite zur anderen, und wieder strömte Wasser in ihren Mund.

Wie fühlt sich das an?, dachte Mason. *Geschieht dir ganz recht. Glaubst du, mir gefällt das? Tag für Tag hinter dir herzuräumen und deine Kotze wegzuwischen? Du* bist *ein Baby. Du* bist *hilflos.*

Im Flur knarrte ein Dielenbrett. Mason warf einen Blick über die Schulter und sah Henry, der mit großen Augen die Badewanne anstarrte und bei dem spuckenden Husten seiner Mutter zusammenzuckte. Mason war für eine Sekunde woanders gewesen. Mit einer schnellen Bewegung zog er den Stöpsel aus dem Abfluss, woraufhin sich zwischen den Füßen seiner Mutter ein gurgelnder Wirbel bildete und der Wasserspiegel zu sinken begann.

Mason drehte sich um und verließ das Badezimmer, wobei er dem Blick seines Bruders auswich. »Geh ins Bett«, sagte er, als er an Henry vorbeikam.

Im Schlafzimmer seiner Mutter bezog Mason das Bett mit geübter Präzision: ein sauberes Laken, an den Ecken ordentlich unter die Matratze gefaltet, ein frischer Bett- und Kissenbezug. Als er wieder ins Bad kam, hatte sich Henry schon davongemacht, und obwohl er seinem Bruder gesagt hatte, er solle ins Bett gehen, empfand Mason einen stechenden Ärger.

Warum lässt du mich die ganze Arbeit immer allein machen?

Mason hievte seine Mutter aus der Wanne und wickelte sie in ein trockenes Handtuch, ehe er sie auf wackeligen Beinen wieder durch den Flur schleppte. Ivy meckerte und stieß ihn mit den Ellbogen weg, als er das nasse T-Shirt von ihrem Leib schälte und sie dann auf die Matratze fallen ließ. Die nasse Unterhose ließ er an und deckte sie mit einem Laken und der Bettdecke zu.

Als er fertig war, schlurfte Mason durch das Haus, schaltete die Lampen aus und sammelte nasse Handtücher ein. Es gab keine Worte, die beschreiben könnten, wie erschöpft er sich fühlte; alles tat ihm weh, jeder einzelne Knochen. Als er schließlich in die Küche kam, stellte er sich vor die Glasvitrine in der Ecke und starrte die Wedgwood-Teller an, die seine Mutter so liebte. Er betrachtete jeden einzelnen, bis er den fand, nach dem er suchte. Auf dem mittleren Bord, der zweite von rechts. Ihr Lieblingsteller. Er holte ihn aus der Vitrine und drückte die Glastür vorsichtig wieder zu.

Mason betrachtete den Teller und fuhr mit dem Finger über die matte Oberfläche, über die filigrane weiße Kamee, wie Zuckerguss auf einem weichen blauen Keks. Vorsichtig ging er damit durch die Küche zur Haustür, dann hinaus auf die nachtschwarze Veranda. Ein kühler Wind zischte missbilligend durch das hohe Gras.

Als Mason den Carport mit den Backsteinwänden erreichte, erfasste ihn der Bewegungsmelder, und das Licht ging an, woraufhin die Mäuse in alle Richtungen davonhuschten und im Schatten Schutz suchten. Er ging zu der Werkbank aus Holz, wo Wayne oft vergeblich versucht hatte, die Elektrogeräte, die eins nach dem anderen im Haushalt kaputt gegangen waren, zu reparieren. Mason schaute nach unten auf den Teller in seiner Hand und tastete nach dem vertrauten Abplatzer am Rand. Mit dem Daumenballen drückte er fest zu, bis die scharfe Kante durch seine Haut schnitt.

Dann krümmte Mason den Arm und zerschmetterte den Teller an der Wand.

7

Heute

CHLOE

Erst als ich vor der Post stehe, sacken Ivy Weavers Worte richtig in mich ein. Trotz all meiner Bemühungen wird mir die Kehle eng, und ich muss die Tränen wegblinzeln. Schnell schiebe ich Luisas Briefe in den Briefkasten auf dem Gehsteig und gehe dann zur Rückseite des Gebäudes, wo sich die Postfächer befinden. Diese Seite ist der Straße abgewandt, und ich bin froh, dass außer mir niemand da ist.

Meine Hand zittert, während ich versuche, den Schlüssel ins Schloss zu stecken. Als es mir endlich gelingt, reiße ich die kleine Tür auf, packe den Stapel mit Briefen und Werbeblättchen und schiebe sie in meinen Stoffbeutel.

Deine Schuld.

Sabeen würde sagen, dass Ivy es nicht so meint, dass sie um sich schlägt, weil sie sich hilflos fühlt und jemanden braucht, dem sie die Schuld geben kann. Sie würde sagen, dass ich es nicht persönlich nehmen solle, es hätte jeden von uns treffen können. Ich war bloß zur falschen Zeit am falschen Ort.

Aber Tatsache ist, dass die Nolans eine andere Ivy Weaver zu sehen bekommen als die, die ich kenne. Ivy lächelt sie an, wenn sie Pizza holt, und plaudert freundlich mit ihnen auf dem Gehsteig vor dem Pub. Als Ivy an Silvester völlig betrunken im Park randalierte, haben sich Liv und Sally um sie gekümmert und sie nach Hause gefahren, weil sie es »ein bisschen übertrieben« hat. Sie entschuldigen ihr Verhalten, weil sie »eine harte Zeit« hinter sich hat, aber »das Herz auf dem rechten Fleck«.

Doch ich weiß, dass sie nicht so ist. Oder besser gesagt, dass es nicht die einzige Version von Ivy Weaver ist. Und ich bin ihr über die Jahre oft genug begegnet, um zu wissen, dass sie mich nicht leiden kann.

Als ich ungefähr zehn oder elf war, habe ich versucht, mit meiner Mutter darüber zu reden. Aber sie hat nur gelacht und meinte: »Ich glaube, du verstehst da etwas falsch, Liebes. Erwachsene haben anderes zu tun, als sich Gedanken um irgendwelche Kinder zu machen.« Doch es gab keinen Zweifel, ich wusste genau, was ich fühlte. Kinder *wissen* so etwas. Ihr Bauchgefühl ist noch unverfälscht. Erst später, wenn man älter wird, sucht man nach möglichen anderen Ursachen oder erfindet Ausreden für das Benehmen der Leute.

Ich spürte es in ihrem ausdruckslosen Gruß, wenn ich an ihre Tür klopfte, die sie dann wieder zuschob und mich auf der Treppe stehen ließ, bis Henry kam. Wenn ich bei irgendwelchen Veranstaltungen etwas sagte, dann musterte sie mich durch halb geschlossene Augen, als ob alles, was aus meinem Mund kam, vollkommen langweilig wäre. Als ich dreizehn war, beschuldigte sie mich einmal, ein Mars aus dem Zeitungsladen gestohlen zu haben. Ich musste vor einer Reihe von Gaffern meine Taschen ausleeren. Als der Ladenbesitzer sich schließlich davon überzeugt hatte, dass ich keine Diebin war, bemerkte ich den Blick, den mir Ivy zuwarf. Als ob sie es die ganze Zeit gewusst hatte.

Und jetzt begreife ich, dass sich nichts geändert hat. Im Gegenteil, es ist schlimmer geworden. Ivy macht mich dafür verantwortlich, dass Henry weggelaufen ist.

Es ist deine Schuld, dass er fort ist.

Ich gebe mir ja auch die Schuld, aber aus einem ganz anderen Grund.

Mein Handy gibt mir mit einem Signalton zu verstehen, dass ich eine Nachricht bekommen habe. Sie ist von Sabeen. Ich lese sie, während ich wieder um die Ecke in Richtung Straße gehe.

Ich helfe heute Onkel Bernie. Frühstückspause um halb elf. Treffen wir uns am Bakehous*?*

Ich kaue auf meiner Unterlippe herum und texte ihr, dass ich komme. Insgeheim hoffe ich, dass sie mir erzählen will, was sie und Raf mir verheimlichen. Ich bin eine Viertelstunde zu früh da, aber ich gehe gleich ins Café, damit ich einen klaren Kopf bekommen kann, bevor sie kommt.

Die Fassade des *Bakehouse* sah früher aus wie eine elegante französische Patisserie, mit cremefarbenen Holzleisten und grün gestreiften Markisen. Aber der Hagel und die Sturmböen in der Nacht des Sturms haben die Markisen in Fetzen gerissen und die beiden in Form geschnittenen Buchsbäume geschreddert, die rechts und links des Eingangs standen. Es sei ein »Downburst« gewesen, erklärte das Bureau of Meteorology, bei dem während eines Gewitters verheerende Winde von Regen und Hagel nach unten zur Erde gezogen werden. Ein Downburst befällt ein Areal von maximal vier Quadratkilometern, und unglücklicherweise ging dieses Wetterphänomen ziemlich genau über dem Zentrum von The Shallows nieder. Wie bei anderen Ladenfronten auf der Hauptstraße sind die hübschen Leisten längst Geschichte. Stattdessen ziehen sich Wasserflecken an der Wand entlang nach unten wie verschmierter Mascara oder Tränenspuren.

Die Einheimischen kümmern sich nicht um das zerzauste Äußere des Cafés, denn die meisten Tische sind besetzt, und vor den Vitrinen entlang des Tresens steht eine ziemlich lange Schlange. Ich setze mich an einen der wenigen freien Tische und schiebe eine schmutzige Tasse zur Seite. Aus dem Augenwinkel sehe ich eine Kellnerin mit einem Wischlappen kommen.

»Ich räume das ab«, sagte sie und beugte sich vor, um die Tasse wegzunehmen.

Der Klang ihrer Stimme lässt mich aufschauen. »Rina?«

Ihre Augen weiten sich. »Chloe, hallo!« Ihre anfängliche Überraschung wandelt sich jedoch sofort in Unbehagen. Unser Streit vom Silvesterabend treibt wieder an die Oberfläche und schaukelt zwischen uns auf und ab wie ein Korken. »Ähm, du siehst anders aus.«

Da bin ich nicht die Einzige. Rinas normalerweise dick geschminktes Gesicht ist blank und ungeschmückt, wie die Fassade des Cafés, die Wangen sauber geschrubbt, die Augen ein wenig geschwollen. Die Locken hat sie zu einem straffen Dutt am Hinterkopf zusammengebunden, und auf ihrem Kinn blühen ein paar knallrote Pickel.

»Mum hat mir erzählt, dass du in den Ferien hier bist«, sagt sie und wischt mit ruckartigen Bewegungen den Tisch ab. »Tut mir leid, dass ich es letzte Nacht nicht geschafft habe zu kommen.«

Sie geht nicht ins Detail, und ich frage nicht nach. Mason ist ein Thema, dass wir besser vermeiden. Stattdessen sage ich: »Ich wusste gar nicht, dass du hier arbeitest.«

»Erst seit Februar. Um für eine Reise zu sparen.«

»Du fährst weg?«

Riana kräuselt die Lippen und wendet den Blick ab. »Jetzt nicht mehr.«

Es sieht nicht so aus, als ob sie darüber reden will, aber sie schweigt, als ob sie eine Reaktion erwarten würde.

»Das ist schade«, sage ich schließlich.

Sie runzelt leicht gereizt die Stirn, als ob ich den Test nicht bestanden hätte. »Ich hole dir die Karte.«

»Bitte zwei«, sage ich. »Sabeen kommt auch gleich.«

»Oh, okay.« Ihr Gesicht wird hart. »Wie nett.«

Ich bekomme sofort ein schlechtes Gewissen, weil ich sie ausschließe, obwohl ich erst seit fünf Minuten weiß, dass sie hier arbeitet. Sie und Sabeen sind enger zusammengerückt, nachdem ich nach Sydney gezogen bin, und Sabeen hat wahrscheinlich das Café als Treffpunkt vorgeschlagen, weil sie dachte, dass sie dann Zeit mit uns beiden verbringen könnte. Allerdings ist ihr dabei nicht in den Sinn gekommen, dass sie und ich gemütlich hier sitzen und uns unterhalten können, während Rina uns bedienen muss. Und auch nicht die Tatsache, dass es Rina nicht gefallen dürfte, dass Sabeen jedes Mal, wenn ich in den Ferien hier bin, so viel Zeit mit mir verbringt.

Rina murmelt etwas, das ich nicht verstehe, und verschwindet mit der Tasse in Richtung Küche.

Es dauert noch zehn Minuten, bis Sabeen auftaucht, und obwohl sie pünktlich ist, bin ich gereizt. Ich schaue zu, wie sie Rina beim Hereinkommen mit einer Umarmung begrüßt. Dann stecken sie kurz die Köpfe zusammen und tuscheln ernsthaft. Sabeen legt Rina die Hand auf die Schulter und drückt sie tröstend. Es sieht aus, als ob Rina jeden Moment zusammenbrechen würde, aber sie reißt sich so weit zusammen, dass sie auf mich deuten kann.

»Alles okay?«, frage ich, als Sabeen sich zu mir setzt.

»Die arme Rina«, erwidert sie. Wir sehen ihr beide nach, wie sie mit gesenktem Kopf in die Küche eilt. »Ich hoffe, sie und Mason raufen sich wieder zusammen.«

»Vielleicht ist es so am besten.«

»Was soll das denn bitte bedeuten?«, fragt Sabeen und wischt meine Bemerkung mit einem Lachen beiseite.

Eine andere Kellnerin kommt an unseren Tisch und nimmt unsere Bestellungen auf, und Sabeen ergreift die Gelegenheit beim Schopf und wechselt das Thema. Ich höre höflich zu, wie sie mir von ihrem Vormittag mit Tom und Onkel Bernie im *Shallow Vintage Wares* erzählt, dass sie angeboten hat, den Keller zu entrümpeln, während sich die beiden auf den Laden konzentrieren. Und die ganze Zeit werde ich fast verrückt vor Neugier, was sie und Raf vor mir verbergen. Aber ich kann sie nicht direkt fragen, denn dann weiß sie, dass ich sie gestern Abend belauscht habe. Und ich will nicht, dass Raf davon erfährt.

Rina kommt mit einem Tablett voller Heißgetränke zu uns und stellt zwei Tassen auf unseren Tisch, ehe sie zum nächsten Tisch weitergeht. Ich warte, bis sie außer Hörweite ist, dann beuge ich mich vor.

»Mason hat vorletzte Nacht im Motel ein Fenster zertrümmert.«

Sabeens Mund bleibt offen stehen. »*Waaas?*«

»Und zwar ein großes.«

»Oh mein Gott. Geht es ihm gut?«

Ich schnaube. »Er ist unverletzt. Das Fenster nicht.«

»Wie ist das passiert? Ist er durch das Fenster gefallen?«

Zwischen uns stehen etliche Worte, die wir nicht aussprechen müssen. Wir beide wissen, dass Mason seit einem Jahr viel zu viel trinkt. Dad hat mir erzählt, dass Stu Macleod Mason beinahe gefeuert hätte, weil er einmal zu oft morgens noch betrunken von der Nacht zuvor zur Arbeit erschienen ist.

»Er hat etwas nach der Scheibe geworfen, glaube ich. Ich

habe keine Ahnung, warum. Seine Hände waren ganz zerschlagen, und als ich ihn danach gefragt habe, hat er mir ins Gesicht gelogen.«

Sabeen runzelt die Stirn. »Woher weißt du, dass er gelogen hat?«

»Er meinte, er hätte sich die Hände auf der Arbeit unter einer Motorhaube eingeklemmt, aber Sergeant Doherty hat mir erzählt, dass er sich im *Criterion* geprügelt hat.«

»Da hat Doherty vielleicht übertrieben. Vielleicht hat sich Mason wirklich die Hände auf der Arbeit verletzt.«

»Ich konnte *sehen*, dass er lügt, Sabeen.«

»Wie denn?«, fragt sie trocken. »Hat er eine lange Nase bekommen?«

Sie nimmt ihre Teetasse und trinkt einen Schluck, wobei sie ihren Blick in Richtung Fenster lenkt. Einen Moment lang bin ich sprachlos. Diese Reaktion bin ich von Sabeen nicht gewohnt. Ich habe zwar Widerspruch erwartet, weil ich Mason kritisiere, aber nicht diese wegwerfende Ungeduld.

»Weißt du noch, was wir als Kind immer gespielt haben?«, frage ich sie. »Wir haben es *Gaukler* genannt. Wir haben uns Geschichten ausgedacht und ein Wort darin versteckt, das die anderen erraten mussten. Gleichzeitig hat der Spieler versucht, den anderen ein falsches Wort unterzujubeln.«

»Ja, ich erinnere mich. Du hast immer gesagt, ich hätte unruhige Augen.«

»Jeder hat eine unbewusste Angewohnheit, die ihn verrät, wenn er nicht die Wahrheit sagt«, erkläre ich ihr. »Das habe ich mal in dieser Crime-Doku gesehen. Es ging darum, herauszufinden, wann Verbrecher ihre Reaktion vortäuschen, wann sie lügen. Wie dieser Typ in England, der sogar ins Fernsehen ging, weil er sich von dem Vorwurf, für das Verschwinden seiner Stieftochter verantwortlich zu sein, reinwaschen wollte. Es war nicht seine Körpersprache, die ihn verriet, sondern eine physische Reaktion. Als man ihn befragte, wurden seine Ohren knallrot.«

»Was hat das denn damit zu tun?«

»Ein Experte für Körpersprache hat in der Doku erklärt, dass das ein Zeichen für steigenden Blutdruck ist. In unserer Nase und in den Ohren haben wir Kapillargefäße, und wenn unser Blutdruck steigt, fühlen wir es oft an diesen Stellen zuerst. Zum Beispiel, wenn wir Angst haben.«

»Angst wovor?«

»Angst davor, bei einer Lüge erwischt zu werden.«

»Also hat Mason dich angelogen.« Sabeen zuckt mit den Schultern. »Vielleicht war es ihm peinlich.«

»Das sollte es auch sein. Glaubst du denn, mein Dad kann sich so einfach ein neues Fenster leisten?«

»Er zahlt es deinem Dad bestimmt zurück.«

»Das ist nicht der Punkt.« Ich schaue mich um und senke meine Stimme. »Was ich eigentlich damit sagen will, ist, dass ich herausgefunden habe, wie sich Mason verrät, wenn er lügt.«

Sabeen grinst abfällig. »Rote Ohren? Ich bin nicht sicher, ob das vor Gericht anerkannt wird, Frau Anwältin.«

»Du nimmst die Sache nicht ernst.«

Sie lehnt sich zurück und schiebt sich die langen Haare hinter die Ohren. »Ich weiß nicht einmal, worüber wir hier eigentlich reden.«

»Ich rede über die Nacht, in der Henry verschwunden ist.«

»Häh?«

»Am Morgen nach dem Sturm sind wir alle zum Haus der Weavers gegangen, und Mason hat uns haarklein erzählt, was in der Nacht zuvor passiert ist. Um wie viel Uhr er und Ivy zu

Bett gingen und dass sie nicht gehört haben, wie Henry das Haus verließ.«

Sabeen setzt sich ruckartig auf. Ihre Stirn legt sich wieder in Falten. »Willst du damit sagen, dass Mason da gelogen hat?«

»Pst!« Ich werfe einen Blick über die Schulter. Glücklicherweise ist Rina nirgends zu sehen. Ich rutsche mit meinem Stuhl ein Stück vor und beuge mich über den Tisch. »Ich hatte gleich das Gefühl, dass etwas nicht stimmt. Irgendwas ging zwischen Mason und Ivy vor, aber ich wusste nicht, was. Ich habe Masons Gesicht nicht aus den Augen gelassen, habe förmlich an seinen Lippen gehangen, in der Hoffnung, dass irgendetwas eine Erklärung dafür liefert, wann Henry fortgegangen ist – und warum. Ich weiß noch, dass Masons Ohren dunkelrot waren, aber ich dachte einfach, das liegt an der Aufregung. Und daran, dass er sich schämte.«

»Weswegen?«

»Wegen dem, was zwei Wochen davor am Reservoir passiert ist«, erinnere ich sie. »Vielleicht war das der Auslöser für Henrys Verschwinden.

Und nicht das, was ich *zu ihm gesagt habe. Bitte, bitte, nur nicht das.*

»Oh.« Sabeen zuckt zusammen. »Richtig.«

»Aber jetzt ist mir klar geworden, dass Mason nicht verlegen war. Er hat gelogen.«

Sabeen rutscht auf ihrem Stuhl hin und her. Nachdenklich legt sie ihre Fingerkuppen an die Tasse. »Worüber genau, denkst du, hat Mason an diesem Morgen nicht die Wahrheit gesagt?«

Ich schüttele den Kopf. »Weiß ich nicht. Aber es ist bestimmt nichts Gutes.«

Diesmal ist es Sabeen, die im Café nach Rina Ausschau hält

und dann – für alle Fälle – die Stimme senkt. »Dir ist aber schon klar, dass wir hier über unseren Freund Mason Weaver reden, ja? Über den Typ, den wir fast unser ganzes Leben lang kennen.«

»Ja. Über denselben Typ, der seinen kleinen Bruder ins Reservoir gestoßen hat, obwohl er weiß, dass Henry Angst vor tiefem Wasser hat.«

Wieder legt sich Sabeens Stirn in Falten, und sie schaut mich mit einem fast verzweifelten Ausdruck in den Augen an. »Aber Mason hat sich deswegen entschuldigt – er hat zugegeben, dass er einen Aussetzer hatte. Wir alle haben ihm verziehen. Warum kannst du das nicht?«

»Weil ich diejenige war, die reingesprungen ist und Henry rausgeholt hat. Ich habe gefühlt, wie er gezittert hat, wie sein Herz fast aus seiner Brust gesprungen ist.«

Sabeen macht den Mund zu und nickt kaum merklich. Keiner von uns denkt gern an jenen Moment zurück, an Henry im Wasser. Was, wenn er untergegangen und nicht mehr aufgetaucht wäre? Was, wenn er sich beim Sturz den Kopf am Devil's Rock gestoßen hätte?

»Mason hat es schwer getroffen, dass Henry verschwunden ist«, sagt Sabeen, und ihre Stimme wird weich. »Wahrscheinlich fühlt er sich schuldig. Ich finde, du könntest ein bisschen nachsichtiger mit ihm sein.«

Ihre Worte fallen auf fruchtbaren Boden und graben sich tief in jenen weichen Fleck aus Kindheitserinnerungen, als wir unsere Freundschaft mit Wassereis, Fahrradwettrennen und Wanderungen durch den Busch hinauf zur alten Hütte besiegelten. Als Kind mochte ich Masons trockenen Humor, seine stille Wachsamkeit, die Art, wie er sich zurückhielt und nicht in jeder Situation im Mittelpunkt stehen musste. Jetzt, da wir alle älter geworden sind, betrachte ich seine Haltung als kalt und abweisend, sogar irgendwie trügerisch. Ich weiß nicht, ob es daran liegt, dass Mason mit der Zeit seine Illusionen verloren hat und misstrauischer wurde, oder ob das auf mich zutrifft.

Ich krame in meiner Stofftasche herum, damit ich Sabeen nicht in die Augen sehen muss. So ist es immer, wenn wir über Mason unterschiedlicher Meinung sind. Sie mag keine Unstimmigkeiten zwischen uns; der Kreis soll genauso fest geschlossen sein wie früher, als wir noch Kinder waren. Aber je älter wir werden, desto mehr wachsen und verändern wir uns. Ein Kreis ist nichts anderes als eine Schlinge.

Ich werfe die Post auf den Tisch, damit ich meine Geldbörse aus der Tasche holen kann.

»Wen kennst du in Manly?«, fragt Sabeen und trinkt ihren Tee aus.

»Wie bitte?«

Sie tippt mit dem Finger auf die Ecke einer glänzenden Ansichtskarte, die zwischen zwei weißen Briefumschlägen hervorlugt. Ich verrenke mir den Hals, um die Schrift darauf lesen zu können. *Grüße aus Manly Beach, Australien*, steht in goldenen Buchstaben am unteren Rand der Karte.

Ich ziehe die Karte aus dem Poststapel und starre das Bild von Brandungswellen und Strand an, den breiten Streifen Kiefernwald vor einem wolkenlosen blauen Himmel.

Wen kennt Dad in Manly?

Stirnrunzelnd drehe ich die Karte um. Zu meiner Überraschung ist sie an mich gerichtet, adressiert an das Postfach des Motels. Abgestempelt wurde sie vor neun Tagen.

Hallo Chloe, steht darauf. *Ich habe die Facebook-Seite gesehen. Ich wollte dich nur wissen lassen, dass es mir gut geht. Bitte sag den anderen, sie sollen sich keine Sorgen um mich machen. Henry.*

Scharf sauge ich den Atem ein.

»Was ist los?«, fragt Sabeen.

Ich lese die Worte ein zweites Mal, studiere jede Rundung der handgeschriebenen Buchstaben, die unterschiedlich dicken Kugelschreiberlinien. Ich starre die Sätze so lange an, bis die Worte nicht mehr wie Worte aussehen. Meine Nerven zucken, aber ich weiß nicht, warum.

»Chloe?«

Ich reiche Sabeen die Ansichtskarte und beobachte, wie sie den Text liest. Ich sehe, wie ihre Augen das letzte Wort erreichen. »Oh mein Gott«, sagt sie ausdruckslos.

Kann das sein? Manly ist kaum dreißig Minuten von dem Reihenhaus in Glebe entfernt, wo ich mit meiner Mutter wohne. Die Vorstellung, dass Henry in all den Monaten so nah gewesen ist, kommt mir wie ein grausamer Scherz vor. Warum hat er sich nicht bei mir gemeldet?

»Ich … ich glaube, wir müssen es den anderen sagen«, murmele ich wie in Trance.

Ich hatte keine Ahnung, dass Henry auf Facebook ist. Er hat mir nie eine Freundschaftsanfrage geschickt. Vielleicht hat ihm jemand von der Seite erzählt und er hat sich entschlossen, mich zu kontaktieren.

Bei wem ist er? Wo wohnt er?

Sabeen dreht die Karte vor und wieder zurück. Dann liest auch sie die Worte noch einmal gründlich durch.

»Meinst du, Ivy und Mason haben auch eine bekommen?«, frage ich.

»Chloe«, sagt Sabeen.

»Wir müssen unbedingt die Facebook-Seite updaten …«

»*Chloe*«, wiederholt Sabeen, diesmal drängender. »Ich glaube nicht, dass es das ist, wofür du es hältst.«

Ärger steigt in mir auf, und mein Herzschlag beschleunigt sich. Aus dem Augenwinkel sehe ich, dass Rina sich nähert. Sabeen legt schnell die Ansichtskarte mit der Rückseite auf den Tisch und wirft mir einen warnenden Blick zu. Sag nichts.

»Seid ihr fertig?«, fragt Rina und greift nach unseren Tassen und den zerknüllten Servietten. Ihre Augen huschen unwillkürlich zu Sabeens Händen, die ungewöhnlich flach, mit gespreizten Fingern auf dem Tisch liegen. Das Motiv der Ansichtskarte, Ecken aus Sand und Himmel, blinzelt durch die Zwischenräume. Sabeens Mittel- und Ringfinger rahmen zwei goldene Wörter ein – *aus Manly.*

Rina zögert. Ich schaue zu Sabeen, die ihre Lippen zusammenpresst. Sie bedenkt mich wieder mit einem vielsagenden Blick, auf den ich mit einem Stirnrunzeln antworte. Rina schaut von einer zur anderen, und mir wird klar, dass sie auf eine Antwort wartet.

»Oh«, sage ich. »Ja, wir sind fertig. Danke.«

Sabeen schiebt mit einer schnellen Bewegung die Postkarte vom Tisch auf ihren Schoß. Wenn es nicht schon vorher offensichtlich war, dass wir etwas vor Rina verbergen, dann ist es das spätestens jetzt.

»Hört nicht wegen mir auf zu reden«, murmelt Rina und stapelt die Tassen aufeinander. »Ich bin schon weg.«

»Danke, Rina«, sage ich betont munter, aber es klingt irgendwie abweisend aggressiv.

Sie schenkt mir ein eisiges Lächeln. »Ihr könnt am Tresen bezahlen, wenn ihr geht.«

Ich warte ab, bis sie in der Küche verschwunden ist, dann stöhne ich auf. »Also das war echt blöd.«

Sabeen legt die Ansichtskarte verstohlen wieder in den Stapel, schiebt die Briefe zusammen und reicht sie mir dann. »Sag noch niemandem etwas davon.«

»Warum nicht?«

Sabeen steht abrupt auf. Die Stuhlbeine schaben über den Boden. Sie geht zu meiner Seite des Tischs und bedeutet mir, mitzukommen.

»Es könnten falsche Hoffnungen geweckt werden«, sagt sie leise. Ich blicke auf den Stapel Briefe in meiner Hand und fühle wieder dieses nervöse Flattern. »Kannst du später zu mir nach Hause kommen? Ich schicke dir eine Nachricht, wenn ich bei Bernie fertig bin.«

»Okay.« Ich schlucke. »Aber was hat das alles zu bedeuten?«

»Ich muss dir etwas zeigen.«

Sabeen schaut mir unverwandt in die Augen, und endlich begreife ich. Ich weiß schon vorher, was sie gleich sagen wird.

»Da steht zwar, dass die Nachricht von Henry ist«, flüstert sie. »Aber das ist nicht Henrys Handschrift.«

8

Zehn Wochen vor dem Sturm

HENRY

31. Oktober 2018, 12:49 Uhr
Missy: Happy Halloween! (Wenn du auf so was stehst.)
1. November 2018, 13:07 Uhr
Missy: Scheinbar nicht.
3. November 2018, 17:05 Uhr
Henry: Hey, tut mir leid! Ich kann nicht jeden Tag meine Nachrichten abrufen. Ich benutze den Computer in der Bücherei.
Missy: Kein Problem.
Henry: Wow, blitzschnelle Reaktion!
Missy: Mein Handy gibt einen Ton von sich, wenn du eine Nachricht an mich schreibst.
Henry: Ach so. Nicht schlecht.
Missy: Oder hast du gedacht, ich stalke dich in der Bücherei?
Henry: (⊙_⊙)
Missy: Du hast gerade über die Schulter geguckt, stimmt's? :P
Henry: Nee. Haha. Wie war Halloween?
Missy: Ziemlich ruhig. Hier bei uns ist das keine große Sache.
Henry: Hier auch nicht.
Missy: Ich bin mit meiner kleinen Schwester in unserer Straße von Haus zu Haus gegangen, damit sie Süßigkeiten sammeln konnte.
Henry: Wart ihr verkleidet?
Missy: Sie ist als Ballerina gegangen.
Henry: Mit einem Tutu und dem ganzen Kram?
Missy: Ja, ganz in Rosa. Kleine Geschwister sind ja sooo lustig.
Henry: Echt?

Missy: Oh, richtig. Hatte ich vergessen. Du kommst ja mit deinem Bruder nicht klar.
Henry: Er ist mein Halbbruder. Wir haben unterschiedliche Väter. Meiner wohnt in Sydney.
Missy: Wo denn?
Henry: Northern Beaches, glaube ich.
Missy: Du weißt es nicht?
Henry: Meine Mum will nicht, dass wir Kontakt zu ihm haben?
Missy: Warum nicht?
Henry: Er hat jetzt eine neue Familie. Eine neue Frau, zwei kleine Kinder. Mum meint, er will seine schöne neue Familie, nicht die kaputte alte.
Missy: Das ist echt hart. Wann hat er euch verlassen?
Henry: Als ich etwa vier war.
Missy: Ruft er wenigstens mal an?
Henry: Wir haben zu Hause kein Telefon.
Missy: Also hörst du überhaupt nichts von ihm?
Henry: Er schickt mir Karten zum Geburtstag. In der letzten waren zwanzig Dollar.
Missy: Toll! Das ist doch schon was.
Henry: Ich habe mir an der Tankstelle ein Baseball Cap gekauft. Ich erzähle allen, dass mein Dad es mir geschenkt hat, denn irgendwie stimmt das ja auch.
Missy: Hast du ihn je besucht?
Henry: Ich weiß ja nicht, wo genau er wohnt.
Missy: Was ist mit der Geburtstagspost? Steht da ein Absender drauf?
Henry: Nein, gar nichts.
Missy: Aber deine Mum muss es doch wissen.
Henry: Sie sagt es mir aber nicht. Deshalb bin ich auf Facebook. Ich will ihn suchen.

Missy: Und was machst du, wenn du ihn findest?
Henry: Dann schicke ich ihm eine Nachricht. Aber das kann ich meiner Mum nicht sagen.
Missy: Warum nicht?
Henry: Weil sie mich sonst umbringt.

9

Heute

CHLOE

Ich hatte Henry völlig vergessen.

Das ist die reine Wahrheit. Ich hatte vergessen, dass ich ihn damals im Januar zu einem Filmeabend zu mir eingeladen hatte. Es war geplant, dass er dann bei mir übernachtet. Ich weiß nicht mehr genau, ob wir uns offiziell verabredet hatten oder ob ich es einfach nur vorschlug, jedenfalls kam Henry gegen sieben Uhr abends mit einer grünen *Lucky-7*-Baseballkappe und einem Rucksack zum Motel. Als ich ihn sah, fiel mir siedend heiß ein, dass ich an diesem Abend zwei Verabredungen hatte.

Henry ahnte natürlich nichts. Niemand wusste, dass ich vorhatte, mich um elf Uhr aus dem Haus zu schleichen, was aber nicht möglich sein würde, wenn Henry bei mir übernachtete. Selbst wenn der Film da schon zu Ende war und wir alle im Bett lagen, musste ich durch das Wohnzimmer, um zur Hintertür zu gelangen. Henry würde auf dem Sofa schlafen, und er würde bestimmt noch wach sein. Er würde wissen wollen, wohin ich gehe, mit wem ich mich treffe. Er würde mitkommen wollen, und selbst wenn nicht, müsste ich darauf vertrauen, dass er sich nicht bei meinem Dad verplapperte.

Wenn Henry die Nacht bei uns verbrachte, konnte ich all meine Pläne in den Wind schießen. Am liebsten hätte ich mir eine Ohrfeige verpasst, weil ich nicht daran gedacht hatte, unsere Verabredung abzusagen.

Durch die Sturmwarnung und die Sperrstunde, die meine

Mutter mir auferlegt hatte, war ich so mit der Frage beschäftigt gewesen, wie ich am besten unbemerkt zur Buschhütte gelangen konnte – und was dort zwischen mir und Raf ablaufen würde. Ursprünglich hatte er eine Mutprobe im Sinn gehabt, für meine letzte Nacht in The Shallows – ich sollte mich aus dem Haus stehlen und mich um Mitternacht mit ihm treffen, dann würde er mir sein neues Hobby zeigen. Als er das sagte, wackelte er anzüglich mit den Augenbrauen, und ich verdrehte die Augen und fragte ihn, ob *Hobby* irgendein Codewort sei. Wir witzelten eine Weile herum, um unsere Nervosität zu überspielen.

Seit wir uns kannten bestand die Beziehung zwischen mir und Raf aus lockeren Scherzen und gutmütiger Neckerei. Er war derjenige, der clevere Witze riss, aber eher im Hintergrund, als würde er sie hauptsächlich zu seinem eigenen Vergnügen machen, und wenn jemand darüber lachte, betrachtete er das als unerwarteten Bonus. Er forderte mich ständig heraus, weil er sich einen Spaß daraus machte, wie dickköpfig und ehrgeizig ich war; ich dagegen ließ mich immer nur dann darauf ein, wenn er mitmachte. Letztes Jahr sprangen wir mitten im Winter ins Reservoir, und es fühlte sich an, als ob man durch tausende eisiger Rasiermesserklingen schwimmen würde. Ich bekam nach wenigen Sekunden einen Krampf im Bein, und Raf musste mir wieder ans Ufer helfen. Als er mich die Böschung hinauf stützte, wo unsere Handtücher lagen, gab es diesen einen Moment, als sich ein Blick zwischen uns länger hinzog als gewöhnlich. Alles wäre möglich gewesen, wenn wir uns nur leicht nach vorn gebeugt hätten, aber stattdessen kniffen wir.

Danach musste ich ständig daran denken. Ich musste ständig an *ihn* denken. Ich merkte, wie ich insgeheim jeden Blick und jede Unterhaltung analysierte, dass mir eine Million Dinge an Raf auffielen, die ich attraktiv fand, als ob ich ihn plötzlich mit anderen Augen sah. Ich verknallte mich in ihn, ohne dass ich es merkte, bis mir eines Tages dämmerte, warum ich in all den Jahren immer auf seine Herausforderungen eingegangen war: weil ich so viel Zeit wie möglich mit ihm verbringen wollte. Bei der Vorstellung, mit ihm in der Hütte allein zu sein, brodelte es in meinem Magen vor freudiger Erwartung.

Wenn ich heute daran denke, kommt es mir grausam und selbstsüchtig vor, aber als ich Henry an diesem Abend die Einfahrt hochkommen sah, wusste ich, dass ich ihn irgendwie loswerden musste.

Er sah mich, wie ich das Fenster des Büros putzte, und lächelte mich an. Auf seinem Gesicht lag dieser erwartungsvolle Ausdruck, den ich seit seiner Kindheit kannte. In den vergangenen Monaten war seine Nase breiter geworden und seine Wangen hohler. Trotz der winzigen Sommersprossen, die sein Gesicht überzogen, sah er allmählich nicht mehr aus wie ein kleiner Junge, sondern näherte sich dem Übergang zwischen Kind und Erwachsenem.

Ich drückte das Zewa gegen das Fenster und ließ meinen Arm schneller kreisen, genau wie meine Gedanken kreiselten in dem Bemühen, eine Ausrede zu finden. Er kickte den Fahrradständer heraus, als er abstieg, und bückte sich, um ein paar trockene Grashalme aus den Speichen zu ziehen. Dieses Mountainbike bedeutete ihm alles – Raf hatte es ihm vor zwei Jahren »vererbt«, obwohl er dem Rad noch gar nicht entwachsen war; aber er, Sally und Liv wussten instinktiv, dass Henry das Fahrrad nötiger brauchte.

»Du verschmierst das bloß«, sagte Henry zu mir, als er ins Büro kam. »Von draußen sieht es eklig aus. Ich glaube, du musst noch mehr von dem Zeug draufsprühen.«

Was sollte ich ihm sagen? Ich hatte bisher noch nie einen Grund gehabt, eine Verabredung mit Henry nicht einzuhalten. Das Leben in The Shallows war so gelassen und träge, dass wir uns alle einfach von einem Ereignis zum nächsten treiben ließen. Wenn man vorhatte, irgendwo hinzugehen, ging man einfach hin, und das war's. Hier musste man nichts vorbereiten oder Termine in Kalender eintragen oder sie einen Tag vorher bestätigen, wie in der Stadt.

»Hoffentlich gibt's keinen Stromausfall«, sagte Henry und zog seinen Kapuzenpulli aus.

Als er den Rucksack aufmachte und den Pulli hineinstopfte, sah ich seine orangefarbene Zahnbürste aufleuchten, direkt neben seinem Schlafanzug. Mein Herz wurde schwer.

»Hast du von dem Sturm gehört, der für heute Abend angekündigt ist?«, fragte er atemlos. »Soll ein echter Hammer werden.«

Ich stieg von dem Schemel und warf ein Knäuel Papiertücher zur Seite. »Hör mal, Henry, wegen unserem Filmabend heute …«

»Nee, nee, heute bin ich dran!«, sagte er und drohte mit dem Finger. »Du warst mit *Interstellar* einverstanden. Aber wir sollten bald damit anfangen, der Film dauert ewig.«

»Darum geht es nicht«, sagte er. »Ich fürchte, ich muss dir absagen.«

Sein Lächeln verschwand. »Was? Warum?«

»Mir ist heute nicht danach«, log ich.

»Du kannst ins Bett gehen, wann immer du willst. Dein Dad kann ja den Film mit mir zu Ende gucken.«

»Dad ist auch müde«, sagte ich schnell. Erst viel später erkannte ich, dass es so klang, als ob auch Dad Henry zurückweisen würde.

»Aber du hast mich eingeladen. Warum sagst du mir erst jetzt ab, wo ich schon da bin?«

Er klang mürrisch, und wieder einmal bemerkte ich den Altersunterschied zwischen uns. Seit er in der Highschool war, war er launischer, empfindlicher, unausgeglichener. Obwohl er nicht darüber redete, wusste ich, dass er mit seinen Klassenkameraden in der Schule nicht besonders gut zurechtkam. Er hatte weder ein Handy noch einen Computer, keine Spielekonsole oder Pay-TV, und er konnte sich nur wenige Stunden pro Woche mit dem Computer in der Bücherei ins Internet einwählen. Henry war ein Außenseiter in seiner Altersgruppe, weil er nicht an die entsprechende Technik herankam.

Deshalb liebte er die Ferien so sehr und versuchte, so viel wie möglich in diese Zeit, in der ich zu Besuch kam, hineinzupacken. Aber das war der dritte Filmeabend in einer Woche. Es war doch nicht das Ende der Welt, wenn wir ihn verschieben würden.

»Es tut mir leid«, sagte ich. »Ich hatte es ganz vergessen, bis du aufgetaucht bist.«

»Aber das ist nicht fair«, maulte er. »Wer sagt denn einen Familienabend ab?«

»Aber wir sind doch eigentlich gar keine Familie«, erklärte ich. Allmählich verlor ich die Geduld. »Du wohnst hier nicht.«

Henry zuckte zusammen, als ob ich ihn geschlagen hätte. Sofort bereute ich meine Worte.

»Alles klar«, murmelte er.

»Tut mir leid. Ich hab's nicht so gemeint.« Ich streckte die Hand nach seiner Schulter aus, aber er wich mir aus. »Nur dieses eine Mal, versprochen.«

»Aber du fährst morgen schon wieder heim«, sagte er. »Und dann sehen wir uns monatelang nicht mehr.«

»Ich weiß. Ich habe einfach keine Lust.«

»Keine Lust auf meine Gesellschaft?«

Ich seufzte. »Nein, so ist das nicht.«

»Keine Sorge. Ich bin's gewohnt.« Er packte seinen Rucksack und warf ihn über die Schulter. »Das kriege ich auch immer von Ivy zu hören.«

In diesem Moment hätte ich einlenken sollen. Ich hätte Raf eine Nachricht schreiben und ihm sagen sollen, dass wir die Sache verschieben. Ich wusste, dass Henry mein Zuhause als Zuflucht sah, und ich hatte ihm gerade ohne Vorwarnung den Boden unter den Füßen weggezogen. Heute weiß ich, dass seine wütende Reaktion nichts als Verzweiflung war. Er klammerte sich an unsere Verabredung wie an einen Rettungsring, damit er nicht heimgehen musste.

Aber ich dachte nicht an Henry. Ich dachte an mich selbst. Ich dachte an Rafs haselnussbraune Augen, die Schmetterlinge in meinen Bauch zauberten und mein Herz wilder schlagen ließen, als jeder Sturm toben konnte.

Ich hielt Henry nicht zurück, als er die Glastür aufriss und zu seinem Fahrrad stapfte. Ich rief ihm nicht nach, als er mit hektisch wirbelnden Pedalen zur Einfahrt hinausraste und kaum abbremste, als er auf die Straße fuhr. Selbst jetzt noch, Monate später, durchzieht mich heiße Scham von den Ohrläppchen bis zu den Fußspitzen, wenn ich daran denke. Was ich zu Henry sagte, *wie* ich es sagte – als ob er mir egal wäre …

Kann ich ihm einen Vorwurf machen, dass er wegging, ohne sich zu verabschieden?

Es ist schon spät am Nachmittag, als Sabeen mir eine Nachricht schreibt, um mir Bescheid zu sagen, dass sie jetzt zu Hause sei. Sie werde die Hintertür unverriegelt lassen, damit ich ins Haus kann, während sie unter der Dusche steht. So etwas könnte ich bei Mum und mir in Sydney niemals machen, dann würde ich mich viel zu verwundbar fühlen, und ich weiß auch nicht genau, ob es mir hier behagen würde. Ich sage Dad immer, dass die Leute auf dem Land viel zu vertrauensselig sind. Es mag zwar sein, dass in kleinen Städten jeder jeden kennt, aber wie kann man überhaupt jemanden wirklich *kennen*?

Ich steige die Stufen zu der hinteren Veranda der Nolans hoch. Die Glastür steht einen Spalt offen. Ich gehe ins Haus und nehme mir einen Moment Zeit, um die Aussicht zu genießen. Von hier aus kann man über die dichten, grünen Baumwipfel des Naturschutzgebiets bis zum Shallow Reservoir sehen.

Vom Motel aus ist es ein entspannter, zwanzigminütiger Fußmarsch bis zum Reservoir, was uns einen Vorteil gegenüber dem *Traveller's Rest* auf der anderen Seite der Stadt verschafft. Das Shallow Reservoir versorgt die Gegend mit Wasser, also darf man eigentlich nicht darin schwimmen oder Boot fahren, aber die Leute halten sich nicht immer an die Regeln und riskieren ein enormes Bußgeld, wenn sie erwischt werden. Man darf an drei speziell ausgewiesenen Stellen angeln, und das hat Henry gern und oft getan. Dort, am Ufer des Reservoirs, konnte er mit sich allein sein und nachdenken. Aber jedes Mal, wenn sich seine Schnur zwischen den Steinen oder an einem versunkenen Baumstamm verhakte, musste er sie losschneiden. Er schaffte es nicht, bis zur Hüfte in das Wasser zu waten und sie vorsichtig abzulösen, auch wenn er dadurch einen Köder verlor. Er hatte nie schwimmen gelernt, weil er Angst vor Wasser hatte. »Man weiß nie, was da unten lauert«, sagte er immer. »Und was, wenn man so geräuschlos untergeht, dass niemand etwas bemerkt?«

In meinen Augen wirkt das Reservoir nachts immer irgendwie bedrohlich, als ob in diesen trüben Fluten Geheimnisse versenkt worden wären. Kürzlich habe ich ein Podcast über einen Mann gehört, der in Victoria an einem See seine ältere Nachbarin umgebracht hat. Er hat ihr die Taschen mit Backsteinen aus einer Wand gefüllt, die er auf seinem Grundstück eingerissen hatte, ruderte auf den See hinaus und warf sie über Bord. Als Polizeitaucher ein paar Wochen später ihre Leiche fanden, konnten die Ermittler die Steine zum Grundstück des Täters zurückverfolgen: Die Bruchstücke passten zu dem Steinhaufen, der vor dem Haus des Mannes lag. Die Bewohner der Stadt konnten sich nicht erklären, was geschehen war, denn die beiden Nachbarn waren dreißig Jahre lang befreundet gewesen.

Man glaubt, jemanden zu kennen, aber man weiß nie genau, wozu diese Person fähig ist.

Ich drücke die Glastür zu und lege den Riegel vor. Als ich mich umdrehe, tritt eine Gestalt durch den Türrahmen des Wohnzimmers.

»Schei …!« Ich drücke die Hand gegen meinen Brustkorb und schlucke hinunter, was mir beinahe herausgefahren wäre. »Sabeen! Du hast mich zu Tode erschreckt.«

Sie tapst in einem weißen Bademantel über die Holzdielen, ein Handtuch wie einen Turban um die nassen Haare gewickelt. »Du meine Güte«, sagt sie. »Ich wohne hier, schon vergessen? Warum bist du so schreckhaft?«

»Du solltest wirklich die Türen abschließen, wenn du allein zu Hause bist.« Ich lasse mich auf eins der Wildledersofas fallen. »Nur zur Sicherheit.«

»Ich hab für die Katzen offen gelassen«, sagt sie und geht in die Küche. Wie auf Kommando schlendert einer von ihren

Tigern durch das Zimmer in Richtung Flur, wo er die Tür zu Rafs Zimmer mit der Pfote aufschiebt und aufs Bett springt. Man kann die Ecke von Rafs Schreibtisch und den Rand seines großen Monitors sehen. Hinter dem Schreibtisch hängt eine Pinwand mit Fotos, doch alles ist zu dunkel, als dass ich von meinem Platz auf dem Sofa aus irgendetwas erkenne. Und plötzlich könnte ich morden, um zu erfahren, was für ihn so bedeutsam ist, dass er es an die Wand hängt.

»Wo ist Raf?«, frage ich. »Und wo sind deine Mums?«

»In der Pizzeria.« Sabeen kehrt mit zwei Gläsern Saft zurück. »Ich habe heute frei.«

Sie reicht mir ein Glas und setzt sich dann in den Sessel mir gegenüber, wobei sie die nackten Füße neben sich auf den Sitz zieht. Während sie an ihrem Saft nippt, schaut Sabeen aus dem Panoramafenster auf die Bäume. Ich lasse mein Glas unberührt und warte darauf, dass sie mir sagt, warum ich hier bin.

In der Küche tickt und surrt der alte Kühlschrank. Die Sekunden ticken mit.

»Sabeen«, sage ich ungeduldig. »Was wolltest du denn von mir?«

Sie stellt ihr Glas ab und setzt sich auf. »Tut mir leid, es war ein langer Tag. In Bernies Laden herrscht ein heilloses Durcheinander. Tom wird wohl seine ganzen Semesterferien zu tun haben, wenn er da einigermaßen durchblicken will.« Sie wuchtet sich aus dem Sessel und verlässt kurz das Zimmer. Ich trinke schnell einen Schluck Saft und versuche, meine Beine am Zittern zu hindern.

»Wir haben etwas gefunden«, sagt Sabeen, als sie zurückkommt. »Besser gesagt, ich habe es gefunden. Aber als ich es Raf gezeigt habe, meinte er, wir sollten dir nichts davon sagen.«

Einen Augenblick lang bin ich sprachlos über Rafs Verrat. Ich werde später gründlich darüber nachdenken, aber im Augenblick bin ich wie gebannt von dem, was Sabeen in der Hand hat.

Sie reicht mir ein gefaltetes Blatt Papier und setzt sich dann wieder auf den Sessel. Als sie sich das Handtuch vom Kopf wickelt, fällt ihr nasses Haar in dunklen, schnurartigen Strähnen auf ihre Schultern.

Ich falte den Zettel auseinander und streiche ihn auf meinem Bein glatt. Es ist ein Flyer von unserem Motel, noch mit dem alten Namen, der in fetten Lettern auf der Vorderseite prangt. An einigen Stellen wellt sich das Papier, als ob es nass geworden und dann wieder getrocknet wäre.

AN ALLE MOTEL-GÄSTE:
Betrifft die Nutzung der Waschmaschinen
am 12. und 13. Januar:
Der Waschraum des Motels ist an diesen Tagen geschlossen.
Einen Waschsalon mit Münzwaschmaschinen
finden Sie in der Bridge Road Nr. 31a.
Mit freundlichen Grüßen,
Ihr Motel-Management

»Das ist eine Info über den Waschraum«, sage ich und blicke Sabeen stirnrunzelnd an. »Na und? Die hat mein Dad vor Monaten verteilt.«

»Dreh den Zettel mal um.«

Ich tue es und sehe, dass auf der Rückseite eine auf dem Kopf stehende, handschriftliche Notiz steht. Ich drehe das Blatt um hundertachtzig Grad.

Hallo Chloe,
wo bist du? Ich bin zurückgekommen, aber du bist nicht da. Zu Hause ist es ganz schlimm geworden. Ich brauche wirklich deine Hilfe. Können wir morgen reden?
Dein Henry

Meine Lippen öffnen sich, und ich höre, wie ich scharf einatme. »Wo hast du das her?«

»Das habe ich gefunden, als ich vor ein paar Wochen bei deinem Dad aufgeräumt habe.« Sabeen spielt mit einer Haarsträhne und wickelt sie fest um den Finger. »Er hat mich gefragt, ob ich dein Zimmer durchsaugen könnte, bevor du kommst, und der Zettel blieb im Saugrohr stecken, als ich hinter den Vorhängen saubergemacht habe. Ich wollte ihn schon in den Papierkorb werfen, als ich dachte, ich schaue besser mal nach, ob es etwas Wichtiges ist.«

Ich betrachte die Nachricht.

du bist nicht da

»Wo kommt der bloß her?«

Sabeen beugt sich vor und stützt die Ellbogen auf die Knie. »Er wurde vermutlich durch dein Fenster geworfen, meinst du nicht?«

»Das Fenster klemmt«, sage ich. »Es geht nur ungefähr zehn Zentimeter auf.«

»Na ja, das reicht ja, damit man einen Zettel durchstecken kann.«

Ich nicke wortlos, ohne den Blick von den Worten abzuwenden.

»Vielleicht hat Henry versucht, ihn auf dein Bett zu werfen«, sagt Sabeen. »Weißt du noch, das hat er einmal mit einer Gummispinne gemacht.«

Mein Mund verzieht sich zu dem Hauch eines Lächelns. »Ja. Raf hat ihn dazu angestiftet.« Dann runzle ich wieder die Stirn. Die Falzlinien bilden ein Schachbrettmuster, als ob er sehr klein zusammengefaltet gewesen war, vielleicht, um ihm mehr Gewicht zu verleihen. »Du könntest recht haben. Möglicherweise ist er stattdessen auf dem Boden gelandet. Oder ich habe ihn versehentlich runtergeworfen, als ich ins Bett gegangen bin.«

»Wann, meinst du, hat Henry dir diese Nachricht geschickt?«, fragt Sabeen. »Du warst im Sommer einen Monat lang hier.«

»Da steht kein Datum drauf, also …«

Ich drehe den Zettel wieder auf die Vorderseite und lese die Anweisungen des »Motel-Managements«. Dad hat drei oder vier davon an die Wand im Waschraum geheftet, ungefähr eine Woche, bevor der Wartungstechniker kommen wollte, um die Maschinen zu überprüfen. Hingen sie schon vor dem Sturm dort aus? Vermutlich ja. Der Termin mit dem Techniker war am 12. und 13. Januar. Der Sturm wütete am zehnten jenes Monats.

ich bin zurückgekommen

Henry kam in dieser Woche ein paar Mal ins Motel, es hätte also an einem dieser Tage sein können, dass er später noch einmal wiederkehrte.

Wo bist du?

Wenn Henry durch den Spalt in meinem Fenster nach mir Ausschau gehalten oder mich gerufen hatte, gab es nur eine Nacht, in der er mich nicht angetroffen haben konnte.

»Ich dachte, es könnte wichtig sein«, sagt Sabeen. »Ich wollte den Zettel zu Sergeant Doherty bringen …«

Ich fahre hoch. »Nein.«

Ihr Unterkiefer klappt auf. »Genauso hat Raf auch reagiert! Er wollte mir keinen Grund nennen und meinte, wir sollten dir auch nichts davon sagen. Aber das da …« Sie beugt sich vor und tippt mit dem Finger auf die Rückseite des Zettels. »… wo Henry schreibt, wie schlimm es zu Hause ist. Meinst du nicht, dass Sergeant Doherty das erfahren sollte?«

Ich seufze und knete mit den Fingern meine Stirn.

Einerseits könnte der Zettel Doherty helfen, Henrys Wege nachzuvollziehen, wenn es eine Möglichkeit gibt zu beweisen, dass er in der Nacht, in der Henry verschwand, durch mein Fenster geworfen wurde. Es gibt keinen Anhaltspunkt, um welche Tageszeit er geschrieben wurde, oder auch nur an welchem Tag genau. Und nichts auf dem Zettel deutet darauf hin, dass Henry vorhatte wegzulaufen.

Andererseits müsste ich Doherty erklären, wie meine Theorie über den zeitlichen Ablauf zustande kommt und warum Henry in der Nacht des Sturms ins Motel zurückgekommen sein könnte und mich nicht gefunden hatte. Das wiederum würde dazu führen, dass Doherty mich fragt, wo ich war und warum ich ihn im Januar angelogen hatte, als ich sagte, ich sei zu Hause gewesen. Und obwohl ich bereit bin, die Wahrheit zu sagen und die Strafe auf mich zu nehmen, zu der man mich wegen meiner Lüge verdonnern würde, müsste nicht nur ich allein die Konsequenzen tragen. Raf hat Doherty ebenfalls angelogen, um zu verschleiern, dass ich nach meiner Sperrstunde noch unterwegs war. Und wenn meine Mutter davon erfährt, holt sie den Vorschlaghammer heraus und schmettert die Sorgerechtsvereinbarung in Stücke. Das könnte ich Dad niemals antun.

»Danke, dass du mir das gegeben hast«, sage ich zu Sabeen, während ich immer noch fieberhaft überlege, was ich machen soll. Es gefällt mir nicht, sie im Unklaren zu lassen, aber ich will ihr auch nicht sagen, was mir auf dem Herzen liegt, und sie dann zur Verschwiegenheit verpflichten. Ich habe schon einen Nolan dazu gebracht, für mich zu lügen. Ich will nicht noch einen zweiten in die Sache hineinziehen.

»Siehst du, was ich mit der Handschrift meine?«, fragt sie mich.

Ich sehe es genau. Die Schrift ist an einigen Stellen ein bisschen abgehackt und ein paar Worte sind krakelig, als ob die Notiz in Eile geschrieben worden wäre. Aber die Schrift ist mir vertraut, und ich erkenne sie als Henrys Handschrift.

»Jetzt vergleich das mal mit der Ansichtskarte«, sagt Sabeen. Ich krame in meiner Tasche, hole sie heraus und lege sie neben den Zettel auf den Couchtisch. Sabeen steht auf, geht zu meiner Seite und setzt sich neben mich auf das Sofa. »Okay, sie sind beide in Druckbuchstaben geschrieben. Keine Schnörkel, kein geschwungenes L oder G, das man wiedererkennen könnte.«

Ich schaue sie von der Seite her an. »Seit wann bist du Expertin für Handschriften?«

»Wenn du so viel Zeit damit verplempern würdest, Mums und Mins Sauklaue auf den Bestellzetteln zu entziffern, wärst du auch Expertin.«

Wir beugen uns über die beiden Handschriften, und ich muss zugeben, dass sie nicht vollständig identisch aussehen. Die eine ist mit blauem Stift geschrieben, die andere mit einem roten. Die Schrift auf der Postkarte ist eindeutig ordentlicher, als ob sich der Schreiber mehr Mühe gegeben und mehr Zeit gelassen hätte. Die Schrift auf dem Zettel aus dem Waschraum ist insgesamt etwas größer. Es ist schwer, beide genau zu vergleichen.

»Als ich die Ansichtskarte gesehen habe, ist mir sofort das hier aufgefallen.« Sabeen tippt mit dem Finger erst auf das eine *Ich* im ersten Satz und dann auf das zweite im nächsten. Das I hat jeweils einen Querstrich oben und unten. »Und jetzt schau dir das I in Henrys Botschaft auf dem Zettel an. Einfach senkrechte Striche. Keine Querstriche oben und unten.«

»Du hast recht. Sie sind wirklich verschieden.«

»Und das hier.« Sabeen deutet auf meinen Namen auf dem Zettel. »Siehst du, wie die Buchstaben C und H in *Chloe* miteinander verbunden sind? Fast in Schreibschrift, aber nicht ganz. Genau das Gleiche bei H, E und N in Henry, und auch noch in anderen Worten wie *nicht* und *brauche*.« Sie deutet jeweils mit dem Finger darauf. »Und jetzt die Postkarte: Alle Buchstaben sind in Druckschrift, mit deutlichen Abständen dazwischen.«

»Denkst du nicht, das liegt daran, dass die Nachricht auf dem Zettel in Eile geschrieben wurde und die auf der Karte nicht?«

»Vielleicht. Aber obwohl er es eilig hatte, unterschreibt er auf dem Zettel mit *Dein Henry* und auf der Karte nur mit *Henry*. Das ist zugegebenermaßen nur ein kleiner Unterschied, aber es gibt insgesamt zu viele kleine Unterschiede, um es als Zufall abzutun.«

Ich lehne mich nach hinten. »Ganz schön beeindruckend«, sage ich anerkennend.

Sabeen zuckt nur mit den Schultern. »Das I ist der offensichtlichste Hinweis. Ich weiß auch nicht, warum ich mich daran erinnert habe, wie es auf dem Zettel geschrieben ist.«

»Manchmal setzen sich Kleinigkeiten im Kopf fest«, sage ich, »und später, wenn man sie braucht, holt man sie wieder hervor.«

Wir schweigen beide eine Weile und vergleichen im Stillen die Schriften noch einmal, um zu bestätigen, was wir bereits wissen.

»Wenn Henry die Karte nicht geschrieben hat«, sage ich, »wer war es dann?«

»Vielleicht ist Henry wirklich in Manly«, sagt Sabeen, »und hat jemand anderen gebeten, die Karte für ihn zu schreiben.«

»Wen kennt er denn in Sydney?«

»Wohnt sein Dad nicht dort?«

»Möglich«, sage ich. »Aber der hat ihn vor fast zehn Jahren im Stich gelassen. Henry hat keine Ahnung, wo sein Vater lebt. Sie dürfen in Gegenwart seiner Mutter nicht einmal Waynes Namen aussprechen.«

»Vielleicht hat Henry Wayne allein aufgespürt.«

»Wie hätte er das anstellen sollen?«

Sabeen zuckt mit den Schultern. »Wie hättest du es angestellt?«

»Mit Hilfe des Internets.«

»Na siehst du. Henry hat vielleicht mehr gemacht, als dir E-Mails zu schicken und YouTube zu gucken, wenn er in der Bücherei war.«

Das kommt mir komisch vor. Wenn Henry nach seinem Dad gesucht hätte, hätte er mir davon erzählt. Wir haben oft über Wayne gesprochen, aber es war nie die Rede davon, dass Henry ihn sehen wollte.

Ich nehme den Zettel und die Postkarte und schiebe beides in meine Tasche.

»Was wirst du damit machen?«, fragt Sabeen.

»Ich weiß noch nicht. Ich denke, ich werde unserem netten ›Freund und Helfer‹ einen Besuch abstatten.«

Sie sieht die Grimasse, die ich ziehe, und lächelt mitfühlend.

»Ich weiß, dass du lieber aus dem Abfalleimer der Pizzeria essen würdest, als mit Sergeant Doherty zu reden. Aber wenn es eine Spur ist, die zu Henry führt, ist es das wert, oder?«

Ja, natürlich. Natürlich ist es das wert. Zumindest kann ich Doherty die Postkarte zeigen, damit er diese Spur überprüfen kann, während ich in Ruhe überlege, was ich mit Henrys Zettel mache. Denn wenn Henry die Karte nicht selbst geschrieben hat, gibt jemand anderes vor, er zu sein.

Warum sollte jemand so etwas tun? Warum sollte jemand lügen?

Warum lügt man überhaupt?

Um die Wahrheit zu verbergen.

10

Acht Wochen vor dem Sturm

MASON

Mason schmeckte Blut.

Er fuhr mit der Zunge seine Zähne entlang, um zu überprüfen, ob vielleicht einer locker war, und stieß auf diesen scharfen, metallischen Geschmack. Ein Schneidezahn hatte sich wohl in seine Unterlippe gebohrt, als Darrens Fosters Faust sein Kinn traf. Zugegeben, er hatte Foster ein paar Mal richtig hart zuschlagen lassen. Wenn jemand zugeschaut hätte, hätte er sich vermutlich gewundert, warum Mason aufgehört hatte, sich zu verteidigen. Wie hätte er erklären sollen, dass er tief in seinem Inneren der Meinung war, er würde es verdienen?

Du bist leer.

Er wusste nicht mehr, wie alt er gewesen war, als die Taubheit allmählich in ihn einsickerte. Mit den Jahren war sie immer stärker geworden, als ob er nach und nach absterben würde, bis Mason sich fragte, ob er überhaupt jemals etwas gefühlt hatte. Aber er konnte noch den exakten Moment benennen, in dem er lernte, sich für seine bloße Existenz zu schämen, und seine Lehrerin war niemand anderes gewesen als seine Mutter. Er lernte, dass, wenn er ehrlich zugab, wer er war, sein Leben nur komplizierter werden würde.

Es geschah, kurz nachdem Wayne sie verlassen hatte und Ivy sich auf einer Spirale abwärts bewegte. Sie ging nicht zur Arbeit, sondern verbrachte den größten Teil des Tages im Bett, mit zugezogenen Vorhängen. Mason war acht Jahre alt und hatte längst begriffen, dass es sein Stiefvater gewesen war, der sich in den vergangenen vier Jahren um die Einkäufe und das Kochen gekümmert hatte. Während sie früher alle gemeinsam an einem Tisch gesessen und gegessen hatten, bestanden die Mahlzeiten jetzt aus Liefer-Pizza, die sie auf dem Sofa aßen, gebackene Bohnen auf Toast, später dünner Suppe – wenn man Glück hatte – oder (wenn nicht) aus einer halben Schachtel trockener Cracker. Und wenn in den Küchenschränken nichts mehr zu finden war, mussten sie mit jedem Rest Cornflakes aus den fast leeren Packungen vorliebnehmen, die auf den Regalen in der Vorratskammer standen.

Eines Nachmittags, als ihre Mutter über Kopfschmerzen klagte und den ganzen Tag verschlief, hatte Mason seinen Bruder mit Schmelzkäsescheiben und Tomatensoße gefüttert, weil es das einzig Essbare war, das er finden konnte. Am nächsten Tag in der Schule nahm Masons zweite Klasse die Nahrungspyramide durch, und die Schüler und Schülerinnen mussten malen, was sie am Vortag gegessen hatten. Masons Nachbar kreierte herrliche Menüs mit gebratenem Lammfleisch und Kürbisgemüse sowie Spagetti Bolognese mit Knoblauchbrot. Mason musste seiner Lehrerin erst erklären, was die gelben Quadrate mit den roten Flecken bedeuteten. Mrs. Kruger war nicht beeindruckt. Sie faltete seine Zeichnung mit einer schnellen Bewegung zusammen und steckte sie in ihre Tasche.

Heute konnte er die Geste deuten: *Nimm nicht deine bemitleidenswerte Lage zum Anlass, für Missbehagen zu sorgen. Falte die Scham zusammen und tu so, als ob es nie passiert wäre.*

»Versuch's noch mal«, hatte Mrs. Kruger zu ihm gesagt und ihm ein neues Blatt Papier vorgelegt.

Also hatte Mason gelogen. Er wusste nicht genau, warum er nicht die Wahrheit darüber sagen durfte, was er und Henry zu Abend gegessen hatten, während seine Mutter nebenan in ihrem Schlafzimmer geschnarcht hatte. Und so erschuf er eine wunderbare Mahlzeit aus Hähnchenschnitzeln, Kartoffelbrei, Erbsen und Bratensoße – eine Mahlzeit, die Wayne einmal an Ivys Geburtstag gekocht hatte.

»Oh, lecker«, sagte seine Lehrerin anerkennend. »Das sieht aber wirklich gut aus.« In ihrer Stimme lag Erleichterung. *Wenn du mitspielst, tun wir es auch.*

Mit der Zeit wurde es immer leichter, so zu tun als ob. Bis die Täuschung ihn ganz und gar ausfüllte und er merkte, dass er nur noch eine leere Hülle war und sich von einem Rindvieh aus dem Englischkurs verprügeln lassen musste, um überhaupt etwas zu fühlen.

Allerdings hatte Mason den Faustkampf nicht provoziert. Auch wenn er sich elend fühlte, war er doch kein Masochist. Sich zu Brei schlagen zu lassen, war auch für ihn kein Vergnügen, besonders nicht in der ekligen Schultoilette, wo es nach Pisse und Urinstein stank. Er rutschte ein Stück auf dem gefliesten Boden neben dem Waschbecken zur Seite. Sein Rücken lehnte an der kalten Betonwand. Die Übelkeit war fast vollständig vergangen, und nur noch ein dumpfer Schmerz durchzuckte seinen Unterleib.

Foster hatte den Körperbau eines Panzers, aber er war nicht so hart, wie er glaubte. Er hatte Mason in die Weichteile treten müssen, um die Oberhand zu behalten. Oder vielleicht war diese Attacke auch als eine besondere Botschaft an Mason gedacht für das, was zu der Prügelei geführt hatte.

»Was glotzte denn so?«, hatte Foster gefragt, als er an das Urinal neben Mason trat. Mason hatte nicht einmal gemerkt, dass jemand in die Toilette gekommen war. Er starrte die unleserlichen Graffitibuchstaben an, die in die gestrichenen Betonwände gekratzt waren, und dachte an die Geographie-Hausaufgabe, die er nicht erledigt hatte.

Er machte die Augen schmal und betrachtete Fosters Gesicht mit der platten Nase. »Was?«

»Da kriegste wenigstens was zu sehen«, meinte Foster und schaute nach unten auf sein Gehänge.

Mason drehte das Gesicht wieder zur Wand und zog den Reißverschluss hoch. »Wovon zum Henker redest du?«

Foster machte ebenfalls seinen Hosenschlitz zu, ohne überhaupt gepinkelt zu haben, bemerkte Mason. Und da wurde ihm klar, dass Foster aus einem ganz anderen Grund in die Toilette gekommen war.

Darren Foster hasste Mason seit jenem Tag auf dem Spielplatz. Beide hatten damals keine Ahnung gehabt, dass dieses Ereignis auch ihre Jugend prägen würde. Foster holte sich seine Kicks, indem er Tom auch in der Grundschule herumschubste, und Mason stellte sich grundsätzlich vor seinen Freund, um ihn zu beschützen, was dazu führte, dass er immer wieder mit Foster aneinandergeriet, bis in der fünften Klasse beide Mütter in die Schule beordert und darauf hingewiesen wurden, dass ihren Söhnen ein Schulverweis drohte. Daraufhin ließ Foster Mason anderthalb Jahre lang in Ruhe.

Aber in der Highschool gingen die Hänseleien und die Schikane wieder los. Foster hatte ein derart geringes Selbstwertgefühl, dass er bei jedem Menschen sofort die Schwächen aufdeckte und gnadenlos ausnutzte. Meistens war es Mason gelungen, ihn einfach zu ignorieren, und sie hatten sich nur noch gelegentlich durch die Korridore der Schule geschubst. Niemand achtete darauf, was Foster sagte. Die Tatsache, dass er es bis in die zwölfte Klasse schaffte, ohne die Schule hinzuschmeißen oder rauszufliegen, war ein verdammtes Wunder.

Die einzige Auszeichnung, die Mason ihm zutraute – und gönnte –, war der Darwin Award, denn dafür musste er auf eine ganz besonders dämliche Art und Weise das Zeitliche segnen.

Heute war alles anders. Mason spürte es genau, als er ans Waschbecken ging, um sich die Hände zu waschen. Foster stellte sich zwischen ihn und den Ausgang.

»Jetzt muss ich leider allen erzählen, dass du meinen Schwanz angestarrt hast.«

Mason zwang sich zu einem knappen, sarkastischen Lächeln. »Okay, Dumpfbacke, mach das.«

Er wusste, worum es hier eigentlich ging. Foster war Stu Macleods Neffe, und er hatte es auf die Lehrstelle in der Werkstatt abgesehen. Stu hatte Mason jedoch klargemacht, dass er nie die Absicht gehabt hatte, den faulen Sohn seiner Schwester einzustellen, obwohl sie ihn deswegen seit Jahren bekniete. »Du bist eindeutig der Bessere für den Job«, hatte Stu ihm gesagt. Mason wusste, was ihm deswegen blühte. Einerseits brauchte er den Job und war dankbar für die Chance, die Stu ihm gab, andererseits war ihm klar, dass er jetzt doppelt wachsam sein musste.

Foster hatte Mason schon gedroht, dass er ihn bei Stu schlechtmachen würde, falls er die Lehrstelle antrat. Danach hatte er auf dem Schulparkplatz die Luft aus den Reifen von Masons Subaru gelassen. Jedes Mal, wenn Mason ihm irgendwo begegnete, fühlte er den brodelnden Zorn, der von diesem Typen ausging, und ihm war klar, dass es nur noch eine Frage der Zeit war, wann Foster zuschlagen würde.

Als Mason jetzt versuchte, sich an ihm vorbei zur Tür zu schieben, stemmte Foster einen Arm gegen die Wand und versperrte ihm den Weg. Mason wollte sich ducken, aber Foster ließ den Arm fallen, schlang ihn um Masons Hals und nahm ihn in den Schwitzkasten.

»Geh weg!«, schrie Mason, die Stimme gedämpft gegen Fosters Bauch. Er versuchte, sich nach hinten zu werfen, aber Foster drückte ihn gegen die Wand. Es hatte schon geläutet, die Pause war zu Ende, und die fünfte Stunde hatte begonnen. Draußen auf dem Gang war niemand mehr.

»Wenn du meinen Schwanz betrachtest«, sagte Foster keuchend von der Anstrengung, Mason festzuhalten, »dann wird ja dein kleiner Freund eifersüchtig.«

Mason zog seinen Körper zusammen und zwang Foster gegen die Wand. Der Arm, der ihn umklammert hielt, lockerte sich etwas, so dass Mason seinen Kopf befreien konnte. Er wich ein paar Schritte in die Mitte des Raums zurück, während Foster sich aufrichtete und dann mit gesenktem Kinn und hochgezogenen Schultern auf ihn zustapfte.

»Na komm schon«, höhnte Foster und fasste sich in den Schritt. »Willst du mir einen blasen?«

Mason schlug Foster mit den flachen Händen vor die Brust. »Geh mir aus dem Weg!«

Foster grinste dreckig. »Ach, hast du deine Tage, Prinzessin?«

Aus dem Nirgendwo kam eine Faust, und Fosters Kopf wurde zur Seite gerissen. Erst als er den Schmerz fühlte, der von seinen Fingerknöcheln durch die Hand bis in den Arm zog, realisierte Mason, dass er es war, der zugeschlagen hatte. Was danach passierte, zwischen jenem ersten Schlag und dem Moment, als Fosters Knie in seinem Schritt landete, wusste er später nicht mehr genau. Arme wurden geschwungen, Fäuste trafen manchmal ihr Ziel, es wurde gestoßen und gerungen, und Flüche flogen hin und her. Mason war kein Kämpfer, aber es verschaffte ihm dennoch ein Gefühl der Befriedigung zu sehen, wie Foster mit einer blutigen Nase und eingerissenem Hemd aus der Toilette humpelte.

Ich habe halt ganz kurz die Beherrschung verloren.

Es war wie eine Droge gewesen, ein Aufbrausen von Blut und Zorn und Adrenalin, das ihn schwindelig und unbesiegbar zugleich gemacht hatte. Auch noch als der Schmerz einsetzte und er jede Stelle spürte, wo Foster ihn getroffen hatte, fühlte sich Mason so lebendig wie seit Monaten nicht mehr.

Aber als er jetzt auf dem schmutzigen Boden lag, gewannen die Schmerzen die Oberhand, und eine vertraute Kraftlosigkeit ließ sich in seinen Gliedern nieder. Er fühlte sich noch schwerer als zuvor. Er wusste nicht einmal, ob er aufstehen konnte. Mit den Augen fuhr er die Fugenlinien zwischen den Fliesen entlang, bis alles vor seinen Augen verschwamm. Er musste an ein anderes Badezimmer denken, an einen anderen Vorfall, der schon etliche Jahre zurücklag, sich aber immer noch frisch anfühlte.

Ich habe nichts gemacht, hörte er sich seiner Mutter versichern. *Er ist einfach nach unten gerutscht.*

Mason schlug seinen Kopf gegen die Betonwand und versuchte, das Gesicht seiner Mutter aus seinen Gedanken zu bekommen, diesen Ausdruck von Misstrauen und Enttäuschung, der sich für immer in sein Hirn gebrannt hat. Wie sie ihn zur Seite gestoßen hatte, um Henry aus dem Badewasser zu ziehen, wie sie Mason angefunkelt und gefaucht hatte: »Du bist doch nicht ganz richtig!«, während Henrys Schreie überlaut und allgegenwärtig von den gefliesten Wänden widerhallten.

Nicht ganz richtig. Nicht ganz richtig. Nicht ganz richtig.

Mason stößt den Atem aus, und eine schmerzende Stelle unterhalb seiner Rippen versetzt ihm einen protestierenden

Stich. In der Tasche seiner Schuluniformhose vibriert es. Er steckt die Hand hinein und holt sein Handy heraus. Eine Nachricht von Tom.

Ich hab deine Tasche mit in die Klasse genommen. Wo bist du?

Mason schrieb eine kurze Erklärung, dann wartete er. Er wusste, dass Tom kommen würde. Er hatte Mason schon so manches Mal aus der Patsche geholfen, ohne auch nur ein Wort der Kritik zu äußern, und so wie es aussah, musste Tom das heute wieder tun. Sie standen sich nah, und die Aussicht, dass Tom in ein paar Monaten weggehen würde, um zu studieren, rief in Mason eine merkwürdige Mischung aus Angst, Verleugnung und abgrundtiefer Einsamkeit hervor.

Dein kleiner Freund.

Die Worte drehten sich in seinem Kopf im Kreis. Foster hatte wie üblich nur Müll von sich gegeben, aber anders als seine restlichen Worte hatte sich dieser Teil in Masons Gedanken festgesetzt.

Kurz darauf hörte er draußen auf dem Gang schnelle Schritte. Von zwei Personen, wie sich herausstellte. Tom tauchte im Türrahmen auf, und Raf dicht dahinter. Mason war verblüfft: Raf war nicht in ihrer Jahrgangsstufe. Er war ein Jahr unter ihnen.

»Ich habe Raf eine Nachricht geschickt«, erklärte Tom, während er zu Mason eilte. »Ich wusste ja nicht, in was für einem Zustand du bist. Ich dachte, vielleicht brauche ich Schützenhilfe.«

»Mir ist jede Entschuldigung recht, um mich vor Mathe zu drücken«, witzelte Raf. Aber als er sich Masons Lippe genauer ansah, zischt er leise. »Mensch, Kumpel, du stehst kurz vor dem Abschluss. Hättest du nicht noch zwei Wochen warten können, bis du Fosters Gesicht neu sortierst?«

Mason hätte fast gelacht. »Ich glaube, das habe ich nicht

geschafft. Aber eine blutige Nase habe ich ihm verpasst. Eher zufällig, mit meinen Ellbogen, glaube ich.«

»Warte mal«, sagte Tom und zog ein paar Papiertücher aus dem Spender neben dem Waschbecken, die er kurz unter kaltes Wasser hielt. Er kauerte sich vor Mason hin und tupfte ihm den Mund ab. Masons Unterlippe pochte und fühlte sich doppelt so groß an wie normal.

Scharf sog er die Luft ein und knirschte mit den Zähnen. »Das brennt.«

»Daran hättest du denken sollen, bevor du dich auf die Prügelei eingelassen hast«, sagte Tom und wischte Mason mit dem feuchten Papiertuch das Kinn sauber. Als er das Tuch wegnahm, war es hellrot.

Raf zog ein paar weitere Papiertücher aus dem Spender und hielt sie unter das Wasser.

»Er hat mich in die Ecke gedrängt. Ich hatte keine Wahl, ich musste mich drauf einlassen.«

»Wer hat zuerst zugeschlagen?«, fragte Tom.

»Er hat mich gereizt.«

»Nur so ein Gedanke«, sagte Raf, »aber du könntest ja den Müll, der aus seinem Mund kommt, einfach ignorieren und dich davon nicht reizen lassen.«

»Du hast leicht reden«, murmelte Mason und wünschte sich sofort, dass er das nicht gesagt hätte. Seit der Grundschule bombardierte Foster Raf und Sabeen mit rassistischen Verbalattacken, von beleidigenden Kommentaren über ihre lesbischen Mums mal ganz abgesehen. Dass Raf in der Lage war, diese Bemerkungen von sich abprallen zu lassen, war ein Beweis für sein ausgeglichenes Wesen und dafür, wie wohl er sich in seiner eigenen Haut fühlte. Wie war ihm das gelungen? Wie konnte das irgendjemandem gelingen?

»Was hat Foster gesagt?«, wollte Tom wissen und nahm Mason am Oberarm. Raf beugte sich vor und packte den anderen Arm, und gemeinsam zogen sie Mason auf die Beine.

»Spielt keine Rolle«, sagte Mason und wich ihrem Blick aus. Er lehnte sich gegen das Waschbecken und machte eine Inventur seines Körpers, um festzustellen, welcher Teil am meisten weh tat.

Raf drehte das kalte Wasser auf und bedeutete Mason, seine aufgeschlagenen Knöchel zu kühlen.

Während er seine Hände unter den Wasserstrahl hielt, betrachtete Mason sein Spiegelbild. Seine blonden Haare waren strähnig vor Schweiß, die eine Seite seines Hemdkragens stand hoch. Seine Lippe war geschwollen, aber sonst schien sein Gesicht ganz in Ordnung zu sein. Ein paar rote Flecken, eine Schramme an seinem Kinn, aber kein Blut auf der Schuluniform. Er konnte zurück in die Klasse gehen, ohne dass jemand merkte, was passiert war.

»Was genau ist denn passiert?«, hakte Tom nach.

Das war eine Frage mit vielen möglichen Antworten. Aber Mason hatte nicht einmal die Energie für eine einzige. »Ich weiß es nicht«, sagte er und schüttelte den Kopf. Tom runzelte die Stirn, woraufhin Mason sagte: »Vielleicht habe ich ein kleines Aggressionsproblem, Tommy.«

Raf schnaubte. »Echt? Mach keinen Scheiß!«

Mason grinste reumütig. Der Riss in seine Lippe ging wieder auf, und er zuckte vor Schmerzen zusammen. »Autsch, bringt mich nicht zum Lachen.« Er war insgeheim erleichtert, dass Raf die Sache mit Humor nahm, und er schaffte es sogar, Tom ein zögerliches Lächeln zu entlocken. Mason wollte diese ganze Angelegenheit mit einem Lachen abtun können, sie herunterspielen, alles, nur nicht der Tatsache ins

Gesicht sehen, dass er vollkommen die Beherrschung verloren hatte.

»Wie machst du das?«, fragte er Tom. »Wie schaffst du es, nicht sauer zu werden, wenn die Leute dich schikanieren, weil dein Vater im Gefängnis ist?«

Tom warf die nassen Papiertücher in den Abfalleimer und wusch sich anschließend die Hände. »Man geht innerlich an einen anderen Ort«, sagte er und schob sich die Brille mit dem Handrücken nach oben. »Man kann nicht kontrollieren, was passiert oder was sie sagen, also blendet man es aus und konzentriert sich auf etwas, über das man die Kontrolle hat. Etwas, auf das man hinarbeiten kann. Man muss den Geist trainieren, über dem ganzen üblen Kram zu stehen.«

»Aber wie zum Teufel macht man das?«

»Du musst dich auf etwas konzentrieren, was du gut kannst, oder auf einen Ort, an dem du sein möchtest. Du musst dir immer wieder sagen, dass das, was gerade geschieht, keinen Einfluss auf dein restliches Leben hat, es sei denn, du lässt es zu.«

Einen Augenblick lang schwiegen sie und lauschten dem hohlen *Ping!*, mit dem Tropfen aus dem Wasserhahn in das Stahlbecken fielen.

»Mann, Tommy«, sagte Raf, »Jetzt machst du aber voll einen auf Zen.«

Tom lachte. »Du bist ja bloß neidisch, weil ich erleuchtet wurde.«

Mason kicherte und zuckte dann zusammen. Tom beugte sich vor, um seine Lippe zu untersuchen, und seine Nähe lenkte Mason einen Augenblick lang von den Schmerzen ab. Sein Puls hämmerte laut in seinen Ohren.

»Es hat aufgehört zu bluten«, sagte Tom. »Kannst du gehen?«

Mason schnaubte. »*So* schlimm hat mich Foster nun auch nicht erwischt.«

»Dann los jetzt«, sagte Raf, »oder unsere Lehrer glauben am Ende, wir hätten chronischen Dünnschiss.«

Auf dem Weg in die Klasse versuchte Mason, den Streit in Gedanken noch einmal durchzuspielen und sich daran zu erinnern, welcher Körperteil von ihm mit Fosters Gesicht zusammengeprallt war, wo wer gestanden hatte, was Foster getan hatte. Aber es war, als wäre er unter Wasser gewesen: verschwommene Farbflecke, gedämpfte Geräusche, das Obere war unten und umgekehrt, als ob er da gewesen wäre, aber nicht vollständig anwesend.

Wohin war sein Geist in jenen Minuten verschwunden, als die Wut die Kontrolle übernahm?

Er versuchte, nicht daran zu denken, wozu er womöglich fähig war, wenn es wieder passierte.

11

Heute

CHLOE

Das Spiel *Gaukler* erfanden wir an einem kühlen Junimorgen in der Buschhütte. Ich erinnere mich deshalb so gut daran, weil es das erste Mal war, dass ich mit Raf, Sabeen und Rina ins Buschland gehen durfte. Ich war acht Jahre alt, und bislang hatte mich Mum ohne Begleitung nur zu den Nolans oben auf dem Hügel gehen lassen.

Um die Bäume waberte Nebel, den das schwache Sonnenlicht nicht wegschmelzen konnte. Raf versuchte auf dem ganzen Weg, uns mit einer Geistergeschichte, die angeblich auf wahren Begebenheiten beruhte, Angst zu machen. Die Erzählung nahm die irrwitzigsten Wendungen, bis er sich selbst nicht mehr an den roten Faden erinnern konnte. »Was habe ich doch gleich gesagt?«, fragte er ständig. Und dann betete ich ihm alle winzigen Einzelheiten und die blödsinnigsten Einfälle noch mal vor, die sich mir alle ins Gedächtnis gegraben hatten.

»Hör mal für eine Minute auf, so clever zu sein, Chloe Baxter«, sagte er brummig.

So etwas aus dem Mund des klugen, älteren Bruders meiner besten Freundin klang in meinen Ohren wie das größte Kompliment.

Als wir an der Hütte ankamen, waren Tom und Mason schon da. Sie waren seit dem Kindergarten unzertrennlich, und ich kannte sie beide. Tom war mein Bücherfreund aus dem *Shallow Vintage Wares*, und Mason kam dreimal die Woche zu uns nach Hause, weil seine Mutter arbeiten musste. Sabeen und Raf waren meine Nachbarn, Raf kannte Tom von den Pfadfindern, und mit Rina ging ich zum Jazzballett. Sie war in Rafs Jahrgang in der Schule. Unsere kleine Gruppe war wie die Buschhütte selbst – aus unterschiedlichen Teilen, die sich gegenseitig stützten, bunt zusammengewürfelt und gemeinsam viel stärker als einzeln. Als Henry alt genug war, um an unseren Abenteuern teilzuhaben, rutschte er in die Lücke, die wir für ihn bereiteten, als ob er immer dabei gewesen wäre.

Ich weiß noch, dass Sabeen gar nicht mehr aufhören konnte, über Rafs unglaubwürdige Geistergeschichte zu reden, und er forderte uns heraus, wir sollten es besser machen.

»Es ist wie bei einem Spiel«, sagte Mason. »Die Leute müssen die Geschichte glauben.«

»Dann sollten wir auch Regeln haben«, meinte Tom, der immer darauf bedacht war, dass alles gerecht zuging.

»Und wir brauchen Zweier-Teams«, sagte Sabeen.

»Dann spiele ich zusammen mit Chloe«, sagte Raf, bevor auch nur klar war, wie wir spielen würden.

Von da an entwickelte die Sache ein Eigenleben. Irgendeine Geschichte, in der ein Aspekt der Wahrheit entsprach. Eine wahre Geschichte, in der eine Lüge eingebaut war. Schließlich wurde daraus eine Hand voll Worte auf Zetteln in einem Hut, und jeder Lügner spielte allein.

Welche Form auch immer das Spiel annahm, der Schlüssel zum Sieg war eine fundamentale Erkenntnis, besser gesagt, eine Frage:

Wie gut kennt man seine Freunde wirklich?

Das alles geht mir jetzt durch den Kopf, während ich den Railway Parade entlangtrotte, an der Bücherei vorbei, wo Henry so regelmäßig zu finden war. Was hat er tatsächlich an dem Computer gemacht, außer mir Mails zu schicken? Ich muss ständig an die Ansichtskarte denken, auf der er die Facebook-Seite erwähnt. *Falls* Henry die Karte geschrieben hat; vielleicht hat er tatsächlich einen Facebook-Account, von dem ich nichts weiß.

Nachdem ich zwei weitere Blocks darüber nachgegrübelt habe, setze ich mich auf eine Holzbank vor dem *Criterion*, hole mein Handy aus der Tasche und tippe Henrys Namen in das Suchfeld. Eine Liste mit Ergebnissen für *Henry Weaver* erscheint auf dem Display, und ich scrolle nach unten, aber keines der Profilbilder zeigt meinen Henry. Es sind ein paar Cartoon-Figuren darunter und auch Landschaftsfotos, und einige Einträge haben gar kein Profilbild, nur diese weiße Silhouette auf einem blassblauen Feld. Mir kommt der Gedanke, dass Henry vielleicht gar nicht seinen richtigen Namen benutzt hat, was den Kreis der Möglichkeiten ins Unendliche erweitert.

Ich logge mich aus, woraufhin ich zur Login-Seite komme. Ich tippe Henrys E-Mail-Adresse ein. Als wir sein E-Mail-Konto eingerichtet haben, gab er seinen zweiten Vornamen und sein Geburtsdatum als Passwort ein. Das tippe ich jetzt ein, aber Facebook sagt mir, dass das Passwort falsch ist. Der Cursor im Passwort-Feld blinkt erwartungsvoll.

Mein Gewissen meldet sich zu Wort, dass es einen Eingriff in die Privatsphäre bedeutet, sich in ein fremdes Benutzerkonto zu hacken. Aber wenn Henry auf Facebook ist, könnte Doherty mit dieser Information womöglich etwas anfangen. Ich versuche es nur mit Henrys Geburtstag. Das funktioniert auch nicht. Wie viele Versuche habe ich, bevor Facebook mich blockiert?

Ein dunkles Auto rollt vor mir die Straße entlang, und eine Weile blicke ich ihm nach. Daher dauert es einen Moment, bis mir Masons blauer Subaru auffällt, der ein Stück die Straße hinunter in eine Parklücke einbiegt. Mason steigt aus und kommt den Gehsteig entlang in meine Richtung. Er trägt das gleiche rot-schwarz gestreifte Poloshirt und die dunklen Arbeitshosen wie Stu Macleod (das weiß ich, weil wir unseren Lieferwagen dort reparieren lassen). Mason hat vermutlich gerade Mittagspause.

Eine Reihe von Pflanzkübeln mit Zierbäumen, die in Abständen entlang der Bordsteinkante stehen, verbirgt mich teilweise vor seinen Blicken. Aber als ich mich leicht zurücklehne und um einen Baumstamm herum nach ihm schaue, sehe ich, dass er schnurstracks auf mich zukommt. Wahrscheinlich hat Sabeen ihm von der Ansichtskarte erzählt. Oder von Henrys Zettel. Hoffentlich hat sie meine Vermutung, dass Mason am Morgen nach Henrys Verschwinden gelogen habe, für sich behalten, oder mir steht eine unerfreuliche Begegnung bevor. Ich stecke mein Handy ein und wappne mich.

Kurz bevor er mich erreicht, biegt Mason unerwartet ab, schaut nach rechts und links und joggt über die Straße. Es sieht so aus, als ob er mir absichtlich aus dem Weg gehen würde, aber ich bin mir gar nicht sicher, ob er mich überhaupt bemerkt hat. Hinter mir ragt das *Criterion* empor, das viktorianische Pub mit den dunklen Verzierungen aus Schmiedeeisen und den imposanten Sprossenfenstern. Macht Mason wegen der Prügelei gestern Nacht einen großen Bogen um das Gebäude oder weil seine Mutter da drin ist?

Neugierig schaue ich zu, wie er das Postbüro betritt, nachdem er noch einen flüchtigen Blick in Richtung Pub geworfen hat. Ich wechsele ebenfalls die Straßenseite und biege um die Ecke zu den Postfächern. Von dort aus sehe ich durch ein Seitenfenster, wie Mason an den Schalter tritt.

Leider kann ich durch die Glasscheibe nicht hören, was er sagt. Die Angestellte holt ein Formular unter dem Tresen hervor und geht es mit ihm durch, wobei sie hin und wieder auf das Blatt Papier deutet. Ich kann kein Wort verstehen, und ich will schon aufgeben und mich zurückziehen, als sie Mason bedeutet, zum anderen Ende des Tresens zu gehen. Sie nimmt einen Griff, der an der Wand befestigt ist, und zieht eine weiße Leinwand nach unten.

Ich sause zur Vorderseite des Gebäudes und husche durch die Eingangstür. Rechts von mir befinden sich ein paar Ständer mit Grußkarten und kleinen Geschenken, hinter denen ich mich verstecke. Die Postangestellte weist Mason an, wo er sich hinstellen soll, und deutet auf eine Markierung auf dem Teppich. Er fährt sich mit der Hand durch die blonden Haare und richtet sich zu seiner vollen Größe auf.

»Nicht lächeln«, sagt die Frau zu ihm. »Auf Passfotos muss man ein neutrales Gesicht machen.«

In meiner Brust flattert es. Ein Reisepass? Weiß irgendjemand von unseren Freunden davon? Jedenfalls hat niemand etwas erwähnt. Wo will Mason hin? Wenn er tatsächlich eben dem Pub ausgewichen ist, will er vielleicht auch nicht, dass seine Mutter davon erfährt. Warum soll es ein Geheimnis bleiben? Will er ins Ausland, ohne jemandem etwas zu sagen?

Nachdem das Foto aufgenommen ist, wartet Mason neben dem Tresen, bis er den Ausdruck bekommt. Die Angestellte erklärt ihm noch ein paar Details zu dem Formular, die ich aber nicht verstehen kann. Vermutlich handelt es sich um einen Antrag für einen Reisepass. Während Mason wartet, wirft er gelegentlich einen Blick über die Schulter, und ich bleibe hinter den Kartenständern, was dazu führt, dass ich die Gelegenheit versäume, nach draußen zu gehen. Kurz danach kommt die Angestellte mit vier kleinen Passfotos wieder, die sie in einen Umschlag steckt. Mason bezahlt bar und wendet sich dann schnell zum Gehen.

Wenn er sich nicht so gründlich umgesehen hätte, hätte er mich hinter den Kartenständern gar nicht bemerkt. Aber als seine Schritte langsamer werden, weiß ich, dass er mich gesehen hat. Unsere Blicke treffen sich, und ich erkenne ein Unbehagen in seinen Augen, das vermutlich meinen eigenen Ausdruck widerspiegelt: Jetzt müssen wir uns begrüßen.

»Hey«, sage ich. Ich nehme eine Karte aus dem Ständer und lese die Grußnachricht. »Was machst du hier?«

Er lässt mich nicht aus den Augen, während er versucht, das Formular und die Fotos unauffällig hinter seinem Rücken zu verstecken. Durch die Sonnenbräune seiner Haut und die Sommersprossen fällt die Prellung rings um seine Nase nicht besonders auf.

»Ach«, sagt er, »nur die Wasserrechnung bezahlen.«

Lügner.

Ich stecke die Karte zurück in den Ständer und ziehe eine andere heraus. Er muss doch wissen, dass ich gesehen habe, wie er die Passfotos gemacht hat. Warum lügt er mich an?

»Und du?«

»Ich suche nach einer Geburtstagskarte.«

»Wer hat denn Geburtstag?«

Fast hätte ich Henrys Namen gesagt. Sein Geburtstag ist in ein paar Tagen, und er ist der Erste, der mir einfällt. Masons Gesichtsausdruck nach zu urteilen, muss er ebenfalls daran denken.

Ich stecke auch diese Karte zurück. »Niemand, den du kennst.«

Das klingt sehr abweisend. Ein unbehagliches Schweigen

macht sich breit, und Mason schüttelt leicht den Kopf, als ob er wüsste, dass ich – genau wie er – nicht die Wahrheit sage. Er wendet sich zum Gehen, überlegt es dich dann aber anders und schaut zu mir hin.

»Es kommt mir so vor, als ob du ständig auf mich herabsehen würdest«, sagt er. »Früher konnte man leichter mit dir reden.«

Mein Nacken wird heiß. »Dasselbe könnte ich auch über dich sagen.«

»Woran liegt das?«, fragt er. »Was genau kannst du an mir nicht leiden?«

Ich schlucke und wende den Blick ab.

»Geht es um meine Mutter?«, fragt er weiter. »Wer wir sind? Dass wir kein Geld haben?«

»Was? Nein, natürlich nicht.«

»Dann um meinen Vater? Jeder in der Stadt weiß, dass er gewalttätig war. Du glaubst wahrscheinlich, dass ich wie er bin, stimmt's? Dass ich fähig bin, böse Dinge zu tun.«

Diese Frage ist zu kompliziert, um sie mit ein paar Worten zu beantworten. Wir alle sind fähig, Böses zu tun.

Ich sage nichts, und Masons Kiefer verkrampfen sich.

»Jahrelang hat dir Henry seine Version unseres Familienlebens erzählt«, sagt er. »Hast du auch nur einmal daran gedacht, mich zu fragen, wie ich die Sache sehe?«

»Henry und ich stehen uns nah. Er ist wie ein Bruder für mich.«

»Er ist *mein* Bruder«, fährt Mason mich an. »Und du kennst mich genauso lang wie ihn. Warum warst du der Meinung, dass Henry deine Zeit wert ist und ich nicht?«

»Das stimmt doch nicht, Mason.«

»Ach nein? Stell dir vor: Ich mag Filmeabende ebenfalls.«

Seine Worte kommen völlig unerwartet. Ich hatte keine Ahnung, dass Mason gerne dabei gewesen wäre. Ich dachte, er wäre froh, einmal nicht mit Henry zusammen sein zu müssen – und nicht mit mir, wenn wir schon dabei sind. Wenn ich daran denke, was diese Abende für Henry bedeuteten – von Ivy und den Problemen zu Hause wegzukommen –, dann hätte mir vielleicht klar werden sollen, dass Mason das ebenfalls brauchte. Aber er hatte Rina. Er hatte die Nolans. Er hatte Tom. Er sah in mir keine Schwester, so wie Henry.

»Als wir noch klein waren«, sage ich, »standen wir alle uns nah …«

»Und dann hat sich etwas verändert.«

»Ja«, sage ich ein bisschen zu laut. »Du hast dich verändert. Du hast dich verschlossen und alles in dir aufgestaut. Du warst immer so kalt zu Henry. Du verlierst die Kontrolle, Mason.«

Zwei Frauen am Tresen schauen zu uns hin, und eine runzelt die Stirn. Mason senkt den Kopf und weicht meinem Blick aus. »Scheint so, als ob du alles ganz genau durchschaust.«

Mein Ausbruch tut mir leid. »Hör zu«, sage ich, »was ich …«

Er dreht sich weg und geht. Doch an der Tür besinnt er sich und kehrt um. Als er mit großen Schritten auf die Kartenständer zukommt, weiche ich unwillkürlich vor ihm zurück. Mason bemerkt es, und seine Lippen teilen sich leicht vor Empörung.

»Weißt du was?«, sagt er mit einem Zittern in der Stimme. »Ich weiß ja nicht einmal selbst, wer ich bin. Also woher zum Teufel willst *du* es wissen?«

Seine Worte hallen von den Wänden des Postbüros wider, und jetzt drehen sich alle zu ihm um.

»Entschuldigen Sie, junger Mann«, sagt die Angestellte hinter dem Tresen, »aber Sie können hier nicht so rumschreien. Ich möchte Sie bitten zu gehen.«

Mason schenkt ihr keinerlei Aufmerksamkeit. Seine Augen sind fest mit meinen verschränkt. Sein Blick wird finster, als ob er in meinem Gesicht etwas sehen würde, was ihm nicht gefällt. Dann dreht er sich wieder um und geht zur Tür. Dort angekommen, wirft er mir noch einen letzten Blick über die Schulter zu.

»Tu mir einen Gefallen«, sagt er, »sag deinem alten Herrn, dass er nicht mehr mit meiner Mutter reden soll.«

12

Sieben Wochen vor dem Sturm

HENRY

21. November 2018, 16:05 Uhr
Missy: Hey, wie geht's dir? Hast du deinen Dad schon gefunden?
Henry: Nein. Ich glaube nicht, dass er auf Facebook ist. Ich habe jetzt versucht, ihn zu googeln.
Missy: Was macht er denn beruflich?
Henry: Keine Ahnung. Meine Mum kann ich ja nicht fragen.
Missy: Und was ist mit deinem Bruder?
Henry: Er will nicht über meinen Dad reden. Er meint, wenn wir hier rauswollen, dann müssen wir das allein auf die Reihe kriegen.
Missy: Glaubst du, er will weg?
Henry: Mason?
Missy: Würde er dir das sagen?
Henry: Wahrscheinlich nicht. Er ist hier nicht besonders glücklich.
Missy: Was meinst du damit?
Henry: Es ist nicht einfach, mit unserer Mum auszukommen.
Missy: Vielleicht ist da noch mehr. War er in letzter Zeit irgendwie komisch?
Henry: Er ist immer schlecht gelaunt.
Missy: Glaubst du, er hat was zu verbergen?
Henry: Warum stellst du so viele Fragen über meinen Bruder?
Missy: Tut mir leid, ich bin vom Thema abgekommen. Wirst du dein Zuhause verlassen, wenn du deinen Dad findest?

Henry: Ich will ihn zuerst in Sydney besuchen. Mal sehen, wie er so ist.
Missy: Würde dich deine Mutter gehen lassen?
Henry: Nie im Leben.
Missy: Und was willst du dann machen?
Henry: Ich muss es heimlich tun. Sie kann mich ja nicht mehr aufhalten, wenn ich schon weg bin.

13

Heute

CHLOE

Ich war noch nie auf einem Polizeirevier. Es sieht ein bisschen so aus wie in einer Arztpraxis, allerdings ohne Zeitschriften und Fernseher. Grau gefliester Boden, weiße Wände, eine Reihe festgeschraubte Plastikstühle an einer Wand und ein großer Tresen über die gesamte Breite des Empfangsbereichs. Im Moment ist außer mir niemand da. Vor mir steht ein niedriger Tisch mit Flugblättern, über mir summt ein Deckenventilator.

Wenn ich Mason nicht im Postbüro gesehen hätte, hätte ich diese Sache vielleicht noch ein bisschen aufgeschoben. Ich hätte versucht, einen Weg zu finden, bei dem ich nicht mit dem Ex-Lover meiner Mutter reden muss. Aber Masons Reisepass-Antrag hat mich aufgeschreckt, und jetzt empfinde ich eine Dringlichkeit, die ich nicht erklären kann. Ein Weaver-Bruder wird vermisst, der andere will die Stadt verlassen. Und ich habe den Eindruck, dass mit ihm auch alle Antworten verschwinden werden.

Die Glasscheibe hinter dem Tresen gibt den Blick frei auf einen sehr viel größeren Raum mit Schreibtischen und Computern. Eine junge Polizeibeamtin, die roten Haare zu einem straffen Pferdeschwanz zusammengebunden, tippt auf einer Tastatur. Sie sieht mich, trinkt einen Schluck aus ihrer Kaffeetasse und rollt auf ihrem Bürostuhl nach hinten, um aufzustehen. Dann streicht sie ihre Hosen glatt und geht zu der Tür, die hinaus in den Empfangsbereich führt.

Gerade als sie durch die Tür gehen will, kommt Sergeant Doherty mit ein paar Unterlagen in der Hand auf sie zu. Sie unterhalten sich kurz, wobei ich nicht hören kann, was sie sagen, und die junge Polizistin deutet in meine Richtung. Doherty blinzelt überrascht, dann sagt er etwas zu seiner Kollegin, die daraufhin an ihren Schreibtisch zurückkehrt. Doherty verschwindet durch eine andere Tür.

Was soll ich jetzt machen? Irgendwo eine Nummer ziehen? Ist es normal, dass man Leute auf einem Polizeirevier einfach warten lässt? Ich lehne mich ungeschickt gegen den Tresen und überlege, was Doherty zu der Polizistin gesagt haben könnte, dass sie mich so einfach ignoriert.

Rechts von mir öffnet sich eine Sicherheitstür.

»Chloe?«, sagt Doherty und kommt in den Wartebereich. Die schwere Tür schließt sich automatisch hinter ihm. »Kann ich dir helfen?«

»Oh, ich …« Ich schaue zu der Polizistin hinter der Glasscheibe, dann auf die automatischen Schiebetüren, die zur Straße hinausführen. Mehr Privatsphäre wird mir offenbar nicht zugestanden. »Ähm, ich möchte Ihnen etwas zeigen«, sage ich und ziehe die Ansichtskarte aus meiner Tasche.

Doherty überfliegt die Botschaft und runzelt dann die Stirn. Ich fand früher, dass er mit der scharf geschnittenen Nase und den hohen Wangenknochen jung aussah. Aus der Nähe kann ich die Falten in seiner Haut erkennen und bemerke, dass er neuerdings Schlupflider hat. Seine breiten Schultern und die perfekt sitzende Uniform vermitteln den Eindruck von Fähigkeit und Stärke, aber die dunklen Augenringe sprechen von Müdigkeit. Mir fällt auf, dass ich ihn nur ein paar Mal habe lächeln sehen, und das war in der Zeit, in der er heimlich mit meiner Mutter zusammen war.

»Wann ist die Karte angekommen?«, fragt er.

»Sie lag heute in unserem Postfach.«

Seine Haltung wird streng. »Hat sich Henry schon früher bei dir gemeldet?«

»Was? Nein! Glauben Sie nicht, dass ich Ihnen das gesagt hätte?«

Er gibt keine Antwort, sondern dreht die Karte um und liest den Text noch einmal. »Also keine Anrufe von ihm, keine Whatsapp oder etwas Ähnliches?«

»Gar nichts. Das ist die erste Nachricht, die ich von ihm bekommen habe. Allerdings …« Ich seufze und deute schlaff auf die Karte. »Ich bin nicht mal sicher, ob sie überhaupt von ihm ist. Es sieht nicht wie Henrys Schrift aus.«

Ich halte die Luft an und frage mich, ob er einen Beweis für meine Behauptung haben will. Henrys Zettel brennt ein Loch in meine Tasche.

»Hmmm«, sagt Doherty. Mehr nicht. Er wirkt weder geschockt noch überrascht.

»Sie glauben auch nicht, dass Henry sie geschickt hat, nicht wahr?«, sage ich.

»Ich weiß nicht, von wem die Karte kommt, und es ist alles andere als einfach, das herauszufinden.«

»Können Sie sie irgendwie zurückverfolgen?«

Doherty legt den Kopf schräg. »Ich kann jeden Ladenbesitzer befragen, der Ansichtskarten von Manly Beach verkauft, in der irrwitzigen Hoffnung, dass er sich an die Person erinnert, die diese eine Karte gekauft hat.« Sein Ton ist nicht unfreundlich, aber ich habe trotzdem das Gefühl, dass er mich von oben herab behandelt. »Und in dieser Gegend gibt es Dutzende Briefkästen, die jeden Tag von unzähligen Leuten benutzt werden, und die meisten werden nicht von einer Kamera überwacht. Aber selbst wenn es eine Überwachungskamera gibt, woher sollen wir wissen, wer genau diese Postkarte eingeworfen hat. Wenn das nicht Henrys Schrift ist, nach wem sollen wir dann suchen?«

Natürlich hat er recht, auch wenn ich es nicht gern zugebe. »Ich dachte, das könnte ein Hinweis sein.«

»Ich mache von jeder Seite eine Kopie und lege sie in Henrys Akte«, sagt er.

Ich bleibe am Empfangstresen stehen, während er einen Code in ein kleines Tastenfeld neben der Sicherheitstür eingibt. Die Tür geht auf, und er tritt hindurch. Die Polizistin hinten im Großraumbüro blickt von ihrem Computer auf, und aus irgendeinem Grund fühle ich mich wie ein Kind, dessen Launen man nachgibt. Wenn die Postkarte wichtig wäre, würde Doherty sie behalten wollen.

Nach ein paar Minuten kommt er zurück. »Mach dir nicht zu viel Hoffnungen«, sagt er. »Wir gehen der Sache nach, aber es ist höchstwahrscheinlich nur ein Troll, der die Facebook-Seite kennt und hofft, dass du dort irgendwas über die Karte postest.«

»Ein Troll, der meinen Namen kennt?«, sage ich. »Und die Adresse des Motels?«

»Vielleicht hat die Person gesehen, dass du ein Administrator der Seite bist, und sich zu deinem persönlichen Profil durchgeklickt. Steht auf deiner privaten Seite irgendwas über das Motel?«

»Möglich.« Meine Augen werden schmal. »Woher wissen Sie das mit dem Administrator?«

»Es ist mein Job, Dinge zu wissen.« Er gibt mir die Karte zurück, hält sie aber noch einen Moment fest, als ich danach greife, damit ich ihn anschauen muss. »Ich weiß, wie sehr du dir wünschst, dass dein Freund gefunden wird. Es ist bewundernswert, dass du die ganzen Plakate in Sydney aufgehängt hast.«

Ich starre ihn einen oder zwei Herzschläge lang an. Ein Verdacht schleicht sich in meine Gedanken.

Hat Doherty immer noch Kontakt zu meiner Mutter?

»Du solltest die Angaben über dein Privatleben auf deiner Facebook-Seite überprüfen«, sagt er und geht in Richtung Sicherheitstür. »Und wenn du noch mal eine Postkarte bekommst, sag mir Bescheid.«

Den Rest des Nachmitttags verbringe ich damit, unsere Wohnung sauberzumachen, was mir Gelegenheit gibt, ein bisschen Frust abzuarbeiten. Je mehr ich über mein Gespräch mit Doherty nachdenke, desto wütender werde ich. Es hat mich große Überwindung gekostet, die Polizeiwache zu betreten, nur um abgewimmelt zu werden. Das Schlimmste daran ist, dass ich mich meinem Dad gegenüber schuldig fühle, weil ich überhaupt zu Doherty gegangen bin.

Nachdem ich äußerst aggressiv die Dusche geschrubbt habe, schnappe ich mir den Staubsauger. Ich vergewissere mich, dass Luisa nicht telefoniert, ehe ich den Staubsauger durch den Korridor und dann durch die Tür ziehe, die unsere Wohnung vom Büro trennt. Die welken Topfpflanzen und das verblasste Sofa verleihen dem Wartebereich eine trübe Atmosphäre, die allerdings von Luisas mit Hibiskusblüten gemustertem T-Shirt und dem passenden Haargummi deutlich aufgehellt wird. Sie hat heute Morgen einen großen Strauß mit orangenen Chrysanthemen mitgebracht, die sie von dem Blumenverkäufer im Erdgeschoss unter ihrer Wohnung geschenkt bekommen hat.

Ich stecke das Staubsaugerkabel in die Steckdose, und Luisa schaut von ihrem Computer hoch. Sie wirft die Hände in die Luft, woraufhin die goldenen Armreifen an ihren Handgelenken klimpern.

»Es funktioniert schon wieder nicht«, sagt sie. »Jetzt muss ich wieder eine Stunde lang mit dem technischen Support telefonieren.«

Ich richte mich auf. »Kann ich irgendwie helfen?«

Sie wirbelt auf ihrem Drehstuhl zu mir herum, als wäre sie dankbar für die Ablenkung. »In den ersten zwei Wochen … alles super. Jetzt hängt sich das Programm ständig ab, und ich kann nicht weitermachen.«

Einen Augenblick lang starre ich sie verwirrt an. »Ach, es hängt sich auf?«

»Hängt sich auf! Ja! David und ich waren letzte Woche bis ein Uhr morgens im Büro und haben versucht, das Ding zum Laufen zu kriegen.« Sie steht auf, streckt sich und greift dann nach einer Steinguttasse mit knallgelben Sternen. »Ich brauche mehr Kaffee, wenn ich mit diesem Techniker reden muss. Kannst du mal kurz auf das Telefon aufpassen?«

Sie trottet in Richtung unserer Wohnung, und ich merke, wie vertraut Luisa mit allem ist. Wir lassen die Tür unverschlossen, so dass sie kommen und gehen kann, wann sie will. Sie muss mehrmals am Tag in unsere Küche und ins Bad, als ob sie hier wohnen würde. Aber sie hat mir gerade erklärt, warum sie letzten Donnerstag noch so spät hier war, und ich komme mir blöd vor, weil ich angenommen habe, dass sie hier übernachtet hat. Ich meine, wir reden hier von meinem Vater – wenn er jemals mit einer Frau ausgegangen ist, war es lange vor seiner Hochzeit, und ich bezweifle, dass er sich daran erinnern kann.

Ich sauge jeden Zentimeter des Bodens im Empfangsbereich und schalte hin und wieder den Staubsauger aus, um auf das Telefon zu lauschen. Mit dem Saugrohr fahre ich unter die alte Couch und höre, wie der Dreck und die Krümel durch das Rohr klappern. Es könnten auch kleine Glassplitter dabei sein, die man nicht erwischt hat, als saubergemacht wurde, nachdem Mason das Fenster zertrümmert hat. Das Rohr schlägt gegen etwas Festes, und dann saugt sich die Mündung an einem schweren Gegenstand fest. Ich gehe auf alle viere, schlage die Sofadecke zurück und schaue unter die Couch. Da liegt ein Stein, etwa so groß wie ein Softball, wie ein Wombat in seiner Höhle.

Das muss es sein, was Mason durch das Fenster geworfen hat. Ich vermute, dass in dem Beet draußen im Vorgarten ein Abdruck in der Erde ist, der genau zu diesem Stein passt.

Im letzten Jahr haben wir in einem Forensikkurs in der Schule eine Doku über die Vernehmung eines Mörders gesehen. Dem Schuldigen, der während der Befragung ständig gelogen hatte, wurde der Stein präsentiert, mit dem er sein Opfer erschlagen hatte. Das Schuldgefühl, das der Täter empfand, war so gewaltig, dass er den Stein nicht einmal anschauen konnte, als ob er ihm körperliche Schmerzen zufügen würde. Und das hat schließlich zu einem Geständnis geführt. Der Ermittler sagte später, dass jeder Schuldige seinen eigenen Stein hätte, irgendetwas vom Tatort, in dessen Nähe er aus der Fassung geraten würde.

Wie würde Mason reagieren, wenn ich ihn mit diesem Stein konfrontieren würde. Wäre er zerknirscht? Könnte er ihn ansehen? Statt den Stein wieder in den Garten zu legen, gehe ich damit in Zimmer Nr. 3, das Dad gerade streicht. Ich will, dass er mir erklärt, was genau letzten Donnerstag passiert ist und warum Mason mir gesagt hat, mein Dad solle nicht mehr mit

Ivy Weaver reden. Im Moment habe ich irgendwie bei allem das Gefühl, nur die halbe Wahrheit zu kennen.

»Hey, Dad«, sage ich und betrete den Raum mit den abgedeckten Möbeln. In der Luft liegt der Geruch nach Lösungsmittel und nach Teppichkleber. »Sieh mal, was ich gefunden habe.«

»Ah«, sagt er, nachdem er sich erst zu mir umgedreht und dann wieder seiner Arbeit zugewendet hat, »das also war der Übeltäter.«

»Warum hat Mason den Stein durchs Fenster geworfen?«, frage ich. »Du hast mit Luisa noch spätabends gearbeitet, er hat euch doch bestimmt im Büro gesehen.«

»Hat er«, nickt Dad und zieht den Pinsel in einer ordentlichen, vertikalen Linie am Türrahmen entlang. »Ich wünschte, Luisa wäre nicht da gewesen. Sie hatte Todesangst.«

»Und?«

»Er war betrunken und unglücklich, Kätzchen. Was willst du von mir hören?«

»Warum war er unglücklich?«

»Tja«, sagt er. »Das kann dir nur Mason selbst beantworten.«

Ich schiebe eine Ecke der Plastikfolie zur Seite, damit ich mich auf das Bett setzen kann. »Warum beschützt du ihn? Du hast Sergeant Doherty nichts gesagt.«

Dad tritt an die andere Seite der Badezimmertür und geht mit einem Ächzen in die Knie. Einen Augenblick lang verharrt er, als ob er etwas abwägen würde.

»Ich habe dir doch ein bisschen was über meinen alten Herrn erzählt«, sagt er und bückt sich, um die Wand oberhalb der Fußleiste zu streichen. »Über deinen Großvater Bill.«

»Mm-hmm.« Er starb, als ich vier oder fünf war, und ich kann mich nicht an ihn erinnern. Ich weiß, dass Dad und sein

Bruder Paul keine leichte Kindheit hatten, weil ihr Vater zu Wutausbrüchen neigte. Dad ist nie ins Detail gegangen.

»Er war ein harter Brocken.« Dad taucht seinen Pinsel in den Farbeimer und wischt vorsichtig die überschüssige Farbe ab. »Er hat uns wegen jeder Kleinigkeit verprügelt. Es war, als ob er sich an uns abreagierte.«

»Lieber Gott, wie schrecklich.«

»Man wusste nie, welche Seite von ihm man zu sehen bekommt«, sagt Dad. »Das Schlimmste war, dass alle ihn für einen tollen Kerl hielten. Denn das war er. Bei den anderen.«

Ich verlagere mein Gewicht auf der Matratze. »Was hat deine Mum gemacht?«

»Nicht viel. Ich weiß auch nicht warum. Vielleicht dachte sie, dass er noch brutaler werden würde, wenn sie Ärger macht.« Er zuckt mit den Schultern, als ob dies eine zufriedenstellende Erklärung wäre, was nicht der Fall ist.

»Hat irgendjemand dir und Onkel Paul geholfen?«

»Wir haben nie um Hilfe gebeten«, sagt Dad. »Wir dachten, das dürften wir nicht. Unsere Mutter wusste es und hat nichts dagegen unternommen, also warum sollte es sonst jemand tun?« Er rutscht ein Stück zur Seite, den Blick immer noch auf die Linie gerichtet, die er mit dem Pinsel zieht. »Wir dachten, das sei das Päckchen, das wir tragen müssten.«

»Oh Dad«, sage ich traurig.

Er schaut zu mir hin. »Die Sache ist die, wenn ich Mason ansehe, sehe ich mich selbst. Er hat den gleichen leeren Ausdruck wie ich als Teenager. Als ob er völlig ausgelaugt wäre.«

Durch die offene Tür habe ich einen guten Blick über den Hof zu Zimmer Nr. 15. »Ist das der Grund, warum du ihm das Zimmer überlässt?«

»Das hätte ich schon viel früher tun sollen«, sagt Dad. »Stu

Macleod hat mir vor Weihnachten so einiges erzählt, zum Beispiel, dass Mason bis tief in die Nacht in der Werkstatt herumhängt, damit er nicht nach Hause gehen muss. Als ich ihn an Silvester gesehen habe, wusste ich, dass der Junge einen Platz für sich braucht. Er sah ganz elend aus.«

Ich starre auf meine Beine. Daran bin zum Teil ich schuld. Der Silvesterabend fing so gut an und endete so übel. Die Ereignisse des Abends haben eine tiefe Kluft in unseren Kreis getrieben. Henrys Verschwinden zehn Tage danach brachte uns wieder zusammen, aber nichts war mehr so wie zuvor.

»Was du gesagt hast, darüber, dass du nicht wusstest, welche Seite deines Vaters du zu sehen kriegst«, sage ich, »nun, Henry hat etwas ganz Ähnliches über Ivy erzählt. An manchen Tagen ist sie okay, an anderen Tagen ist sie von dem Moment an, in dem sie aufwacht, schlecht gelaunt. Manchmal schläft sie den ganzen Tag lang, und manchmal macht sie vor lauter Wut Dinge kaputt. Das ist der Grund, warum sich Henry die meiste Zeit in seinem Zimmer verkrochen hat, wenn sie zu Hause war.«

Dad nickt langsam. »Die Leute sagen, dass Ivy jetzt wieder ziemlich stark trinkt. Damit hatte sie schon früher Probleme.«

»Hat irgendwann mal jemand mit ihr darüber gesprochen?«

Dad rutscht wieder ein Stück zur Seite und legt den Pinsel auf den Rand des Farbeimers. »Sally und Liv haben nach Silvester mit ihr geredet, aber Ivy hat abgestritten, dass es ein Problem gibt. Es ist eine heikle Angelegenheit, weil man nie weiß, was hinter geschlossenen Türen passiert.«

»Mason hat mich gebeten, dir auszurichten, du sollst dich zurückhalten und nicht mehr mit seiner Mutter reden«, sage ich. »Wann hast du das getan?«

Dad schaut mich reumütig von der Seite her an. »Am Tag, bevor du angekommen bist. Ich habe mit Stu ein Bier getrunken, und wir haben gesehen, wie Mason mit dem Barmann aneinandergeraten ist, weil er ihm nichts mehr ausschenken wollte. Er hat allein getrunken und war ziemlich übel drauf. Wir fanden, seine Mutter sollte das wissen.«

»Was hast du zu ihr gesagt?«

Dad greift wieder nach dem Pinsel und taucht ihn in die Farbe. »Dass ich glaube, Mason würde eine harte Zeit durchmachen, und dass er vielleicht Hilfe bräuchte.«

»Und was hat Ivy gesagt?«

»Sie sagte, ich solle mich um meine eigenen Angelegenheiten kümmern, sie hätte es satt, dass jeder ständig an ihrer Familie herummeckern würde. Sie hat sich ziemlich darüber aufgeregt. Ich habe die Sache wohl noch schlimmer gemacht.«

»Glaubst du, Mason hat deshalb das Fenster eingeworfen?«

Dad zuckt mit den Schultern. »Ich habe ihn nicht gefragt, und das werde ich auch nicht. Ich halte einfach nur dieses Zimmer für ihn frei.« Er nickt zum Innenhof. »Falls er es braucht.«

»Sei nicht so hart zu dir, Dad. Mason hätte sein Zuhause jederzeit verlassen können.«

»Hätte er das?«

»Warum nicht?«

»Aus demselben Grund, warum ich nicht weglaufen konnte«, sagt er. »Ich hätte Paul nie mit unserem alten Herrn allein gelassen.«

»Aber Henry ist nicht mehr da«, argumentiere ich. »Und Mason ist achtzehn. Er kann gehen, wann er will.«

»Es ist nicht immer so einfach, Kätzchen.«

»Warum nicht?«

»Sie ist immer noch seine Mutter.«

Ich will schon widersprechen, da fällt mir ein, dass wir erst aus Sydney weggezogen sind, als Großvater Bill tot war. Dad hat mir erzählt, dass er seit seinem Schulabschluss davon geträumt hat, aufs Land zu ziehen, aber erst zwanzig Jahre später, nachdem sein Vater in einem Pflegeheim im Süden von Sydney gestorben war, haben wir das Haus verkauft und der Stadt den Rücken gekehrt. Es war so, als ob Dad seinen Vater nicht verlassen konnte, dass er sich aus irgendeinem Grund zum Bleiben verpflichtet fühlte. Es kommt mir unglaublich großherzig und gleichzeitig abgrundtief traurig vor, was ein Kind für seine Eltern zu tun bereit ist, trotz allem, was diese Eltern ihm möglicherweise angetan haben.

»Ich habe gesehen, wie Mason heute in der Post einen Pass beantragt hat«, sage ich.

Dad zieht die Augenbrauen hoch. »Ach tatsächlich? Na, das solltest du nicht unbedingt Ivy stecken, oder wir müssen uns wohl wieder um ein neues Fenster kümmern.«

»Er hat mich deswegen angelogen, als ob er nicht wollte, dass ich es weiß.«

»Ich kann's ihm nicht übel nehmen, wenn er die Sache geheim halten will, bis er wirklich bereit ist zu gehen.«

»Glaubst du, es könnte damit zusammenhängen, was mit Henry passiert ist?«

Dad denkt einen Moment lang darüber nach. »Vielleicht. Jetzt haben die Leute nicht mehr so viele Gründe, ihn am Weggehen zu hindern.«

»Du meinst, *Ivy* hat nicht mehr so viel Gründe«, sage ich.

»Oder seine Freunde, warum auch immer.«

Ein kleines, genervtes Stöhnen entfährt mir. »Ich wünschte, ich wüsste, was Henry gedacht hat! Ich fühle mich, als würde ich im Dunkeln herumtappen.«

»Du kannst nicht erwarten, dass du alles verstehst, Kätzchen«, sagte Dad. »Ich bin achtundvierzig und muss mich immer noch anstrengen, die Dinge zu begreifen.«

Ich lege das Kinn in meine Hände. »Ich werde weiter nach Henry suchen. Das Problem ist, dass ich nicht weiß, was ich als Nächstes machen soll.«

Noch während ich das sage, wird mir klar, dass es nicht stimmt. Ich weiß, wo ich vielleicht mehr Informationen finde, aber das ist ein Ort, der für mich verboten ist.

»Das Wichtige ist doch, nicht aufzugeben«, sagt Dad.

Ich stehe auf und gehe quer durch das Zimmer, um meinen Vater einmal richtig fest zu drücken. »Das war ein gutes Gespräch, Dad«, sage ich und küsse ihn auf die stoppelige Wange.

»Also«, sagt er, »da kannst du dich bei Luisa bedanken. Sie lässt mir das Grunzen und Brummen als Antwort nicht durchgehen.«

»Gut!«, sage ich und meine es vollkommen ernst. Es scheint so, als würde Luisa meinem Dad bei mehr als nur der Büroarbeit unter die Arme greifen.

Ich lasse ihn weiterarbeiten, während ich mir den Kopf darüber zerbreche, wie um alles in der Welt ich in das Haus der Weavers gelangen kann.

14

Sechs Wochen vor dem Sturm

MASON

Henry starrte Mason über den Küchentisch hinweg an. Er saß mit dem Rücken zu Ivy, die mit vor der Brust verschränkten Armen am Fenster stand. Wie er Mason mit seinen großen blauen Augen stumm anflehte, war er wieder der fünfjährige Junge. *Es ist zu spät*, wollte Mason zu ihm sagen. *Wir können nicht weg. Du musst sitzen bleiben und die Sache durchstehen.* Er hatte keine Ahnung, was sie diesmal angestellt hatten. Vielleicht hatte Ivy gemerkt, dass die eine fehlende Whiskyflasche nicht auf ihr Konto ging. Vielleicht hatte sie von der Prügelei mit Darren Foster in der Schule gehört. Oder es ging um etwas viel Unbedeutenderes, zum Beispiel darum, dass Mason das Geschirr nicht gespült hatte.

»Mason?«, fragte Henry vorsichtig.

Er war nicht besonders gut darin, die Zeichen seiner Mutter zu deuten. Jetzt war nicht die Zeit, um zu reden. Jetzt war die Zeit, den Kopf einzuziehen. *Alles wäre so viel einfacher*, dachte Mason, *wenn ich mich nicht auch noch um dich kümmern müsste.*

Viereinhalb Jahre lang war er ein Einzelkind gewesen, dann war Henry aufgetaucht. Seine Mutter arbeitete damals Teilzeit in einem Baumarkt in Mittagong und fuhr einen verbeulten roten Sedan, den sie später zum Ausschlachten verkaufen musste, weil man ihr den Führerschein wegnahm. Mason hatte nachgerechnet und herausgefunden, dass Ivy mit Henry schwanger wurde, gleich nachdem sie Wayne Weaver kennengelernt hatte. Mason hatte seinen zukünftigen Stiefvater nur ein einziges Mal zu Gesicht bekommen, bevor der Mann in ihr Haus einzog, und da war Ivys Bauch schon so rund wie ein Basketball.

Ivy und Wayne heirateten eines Morgens, als Mason im Kindergarten war, auf dem Standesamt, und obwohl Wayne Mason nie adoptierte, nannte man den Jungen fortan Mason Weaver. Offiziell war immer noch Ivys Mädchenname sein Nachname, und erst als er eingeschult werden sollte, nahm sich Ivy die Zeit, die Formulare auszufüllen, um seinen Namen zu ändern. Sie war mit Masons leiblichem Vater, der sich in Masons ersten Lebensjahren hin und wieder mal blicken ließ, nie verheiratet gewesen. Aber Ivy behauptete, dass sein Vater schon damals mit Drogen und den falschen Leuten zu tun hatte.

Er war kein guter Mann. Mason wusste das. Er war zu klein gewesen, um sich an alles zu erinnern, aber im Laufe der Jahre hatten ihm die unterschiedlichsten Leute seinen Eindruck bestätigt. Sein Vater hatte Ivy geschlagen, war für mehr als ein blaues Auge und eine aufgeschrammte Wange verantwortlich, für aufgeplatzte Lippen, die sie mit Schminke zu überdecken versucht hatte. Onkel Bernie sagte, einmal hätte Ivy ein gebrochenes Handgelenk gehabt und behauptet, sie wäre in der Dusche ausgerutscht und hingefallen. Ivy selbst hatte Mason nie irgendwelche Einzelheiten erzählt und wurde immer wütend, wenn Mason sie danach fragte. Aber ihr früherer Nachbar, Mr. Milburn, vertraute Mason an, dass sein Vater Ivy einmal von der Veranda gestoßen hatte, während sie ihr Baby – Mason – im Arm hielt. Die meisten Leute in der Stadt dachten, das würde das Fass zum Überlaufen bringen, aber es dauerte noch weitere zwei Jahre, bis er endgültig aus Ivys Leben verschwand.

Mason fragte sich, wie viel vom Blut seines Vaters durch seine Adern floss, ob eine bescheuerte DNA-Kombination dafür verantwortlich war, dass auch er dazu neigte, Chaos und Unheil anzurichten, wo er auch hinkam.

Es fühlte sich so an.

Es fühlte sich an wie glühende Kohlen, die in seiner Brusthöhle aufeinandergehäuft und dicht zusammengepresst wurden, ohne eine Luke oder irgendeinen Ausweg. Manchmal wurde die Hitze so unerträglich, dass Mason sich am liebsten die Haut von der Brust gekratzt, seine Rippen auseinandergerissen und alles herausgelassen hätte. Er bekam Kopfschmerzen, und sein Herz brannte. Es kam ihm so vor, als ob in seinem Inneren eine andere Person gefangen wäre, von der niemand etwas wissen durfte.

Vielleicht sogar eine sehr böse Person.

Böse – und gefährlich.

Was sollte man bei einer Vermischung von Ivys Genen mit denen seines Vaters auch sonst erwarten?

Henry musste nur mit der Hälfte dieses genetischen Shitstorms fertigwerden. Und das machte ihn weich. Während Mason zynisch und wachsam sein musste, besaß Henry eine Naivität, die ihn anhänglich und verletzlich machte. Er war nicht gewappnet für eine Mutter wie Ivy. Seine Haut war zu dünn für ihren Hohn und ihre Beleidigungen, für ihren Mangel an Wärme und Fürsorge. Mason hatte sich im Laufe der Jahre angepasst, aber Henry war das noch nicht gelungen.

Ivy beobachtete ihre Söhne, während sie einen Teebeutel in einer angeschlagenen Tasse auf und ab tunkte. Rauch kräuselte sich von ihrer frisch angezündeten Zigarette aufwärts. Mason wusste, dass Schweigen schlimmer war als Schreien, denn man hatte keinen Anhaltspunkt, in welche Richtung sich die Dinge demnächst entwickeln würden. Wenn sie betrunken war, war der Verlauf vorhersehbar: Sie polterte und jammerte über ihr Schicksal, verfluchte Gott und die Welt, trank immer weiter und verspielte ihr Geld, dann erbrach sie sich irgendwo und wurde bewusstlos, wachte mit einem Kater auf und fing wieder von vorne an.

Aber wenn sie nicht betrunken war, lag eine ganz besondere Grausamkeit in ihren Worten und Taten. Jeder Blick, den sie verteilte, war gespickt mit Widerwillen. Mason fühlte, wie er unter dem Gewicht dieser Blicke niedergedrückt wurde. *Setz dich gerade hin*, tadelte er sich. *Zeige Rückgrat. Sie soll sehen, dass sie dich noch nicht gebrochen hat.*

Er tat so, als würde er glauben, was er sich da einredete. Ansonsten hätte er gleich aufgeben können.

Ivy warf den Teebeutel in die Spüle und streckte die Hand nach oben, um einen Küchenschrank zu öffnen. An jeder Tür im Haus befanden sich neben den Griffen kleine rote Streifen, wo sie mit den lackierten Nägeln über die Oberfläche geschrammt war. Es sah aus, als ob sich ein Gefangener bei seinem Versuch, zu entkommen, die Fingernägel blutig gekratzt hätte.

Sie holte die Zuckerdose heraus und leerte gemächlich drei gehäufte Teelöffel davon in ihren Tee. Das schrille Kreischen, mit dem der Teelöffel beim Umrühren über den Boden der Tasse fuhr, vibrierte in Masons Zähnen. Dann ein großzügiger Schluck Milch, und wieder kreiselte der Löffel in der Tasse.

Kreisch. Kreisch. Kreisch.

Mason riskierte einen kurzen Blick zu Henry hin. Sein Bruder machte den Mund auf, als ob er etwas sagen wollte, aber Mason hielt ihn mit einem Stirnrunzeln davon ab.

Sie hatten sich nie so nah gestanden, wie man es von Geschwistern erwarten würde. Als sie noch kleiner waren, standen sie wegen ihres Altersunterschieds auf verschiedenen Stufen, und Mason war immer eifersüchtig auf die Zeit und Aufmerksamkeit, die Wayne Henry schenkte. Nachdem Wayne fort war, wurde aus Mason nicht nur ein Babysitter, sondern auch ein Prellbock, der Henry vor Ivys schlimmsten Anwandlungen schützte. Es war ein Job, den er nicht freiwillig übernommen hatte. Es fiel ihm schwer, in Henry etwas anderes zu sehen als eine Last, die ihm noch mehr Arbeit und Mühe bereitete; beides hatte er schon im Überfluss. Es war so, als ob die Vorstellung von *Familie* zusammen mit Wayne das Haus verlassen hatte und sie fortan zu dritt als eine Art WG weiterlebten, in der keiner den anderen mochte, sie einander aber tolerieren mussten, weil sie keine andere Wahl hatten.

Mason hatte versucht, den Schock, den Waynes Verschwinden verursachte, mit ein paar Lügen abzumildern, die vorgeben sollten, dass Henry für Wayne noch wichtig war. Henry musste sich das, was er in seiner Familie vermisste, anderswo suchen, zum Beispiel bei Chloe, die sich wie eine große Schwester um ihn kümmerte, und bei den gesunden und leckeren Mahlzeiten von Sally und Liv. Er lachte mit Raf über schlechte Witze, redete mit Tom über Bücher, und Bernie Lawson behandelte ihn wie einen zweiten Enkel. Henry hatte diese einnehmende Art, für die sich die Menschen erwärmten, ohne dass er sich anstrengen musste. Mason wusste, was die Leute von The Shallows über die Weaver-Jungs dachten. Henry war der sanfte, gutmütige Bruder. Und Mason war … der andere.

Als Mason fünf Jahre alt war, kurz nach dem Vorfall im Badezimmer, sagte Ivy zu ihm, er sei ein kaltherziger kleiner Junge. Er sei leer, meinte sie. Und er hatte keinen Anlass, ihre Worte in Frage zu stellen, denn niemand hatte je das Gegenteil behauptet. Und schließlich: Wer kannte ihn besser als seine eigene Mutter? Mason hatte zu Wayne keine enge Bindung gehabt, und in der Zeit, die sein Stiefvater mit ihnen zusammengelebt hatte, hatte es keinen Zweifel daran gegeben, dass er Henry Mason vorzog, denn Henry war sein leiblicher Sohn. Nachdem Wayne weg war, beendete Ivy ein zweitägiges Besäufnis damit, dass sie Mason anbrüllte, es sei alles seine Schuld.

»Irgendwas stimmt nicht mit dir«, kreischte sie. »Deshalb gehen sie alle weg! Du bist innerlich vollkommen leer, und du weißt es! Du hast sie vertrieben!«

Am nächsten Morgen wusste sie nichts mehr davon, aber Mason hatte ihre Worte nie vergessen. Aus irgendeinem Grund waren sie an diesem Tag ein Teil seines Wesens geworden.

Ivy schlurfte in ihren Ugg-Boots durch die Küche. Ihr Gesicht war wie aus Stein gemeißelt. Sie setzte sich nicht hin, sondern stellte die Teetasse zwischen den beiden Jungen auf den Tisch. »Ich glaube, einer von euch hat mir was zu sagen.«

Henry warf Mason einen panischen Blick zu. Warum hatte er solche Angst? Was konnte er schon angestellt haben, dass er Ärger befürchtete?

»Bringt mich nicht dazu, es mit Gewalt aus euch rauszuholen«, sagte Ivy mit ausdrucksloser Stimme.

Es war unmöglich, sie einzuschätzen. Zu Hause war ihre Stimmung meistens mit einer gehörigen Prise Bitterkeit gewürzt, obwohl Mason schon erlebt hatte, dass sie bei ihren Kumpels im Pub ein völlig anderer Mensch war. Dort lachte und schwatzte sie fröhlich drauflos. Er war ihr einmal auf der Straße vor dem *Criterion* begegnet, und sie hatte in Gegenwart der anderen Raucher ein großes Theater um ihn gemacht, hatte einen schlaffen Arm um seine Schultern gehängt und mit der anderen Hand sein Kinn genommen.

»Dassis mein Junge«, sagte sie mit einem Atem aus Alkohol, Cola und Zigaretten. »Gut aussehender Blondkopf, wie seine Mum, was?«

Das hatte ihr anerkennendes Gemurmel eingebracht, und ein großer Kerl mit kahl rasiertem Schädel und Tattoos auf dem Oberarm hatte gerufen: »Darauf trinken wir!«

»Sie ist'n Prachtkerl, deine Mum«, sagte er zu Mason. »Du musst immer tun, was sie sagt, und sie stolz machen.«

Mason fühlte einen Schmerz im Inneren, als ob man ihn geschlagen hätte. Keiner von diesen Leuten würde ihm glauben, wenn er ihnen erzählte, wie Ivy ihn zu Hause behandelte. Sie war ihr Trinkkumpan, sie kannten sie im Umfeld des Pubs, und nur dort. Sie wollten nichts wissen über die Kotzeflecken auf dem Teppich und das Haushaltsgeld, das sie in die Spielautomaten steckte. Sie wollten nicht wissen, dass ihr Schweigen so boshaft sein konnte, dass man sich am liebsten die Ohren abgerissen hätte.

»Was ist los?«, fragte Henry sie jetzt.

Mason hätte beinahe aufgestöhnt.

Ivy nahm ihre Tasse, trank einen Schluck und stellte sie wieder auf den Tisch. »Das möchte ich von euch wissen.«

»Ich habe keine Ahnung«, sagte Henry. Alle Farbe war aus seinem Gesicht gewichen, und Mason war sowohl nervös als auch fasziniert. Henry verbarg etwas. Mason hätte nicht gedacht, dass er dazu überhaupt fähig war.

Ivy drehte sich um, schlurfte die wenigen Schritte zu ihrer Vitrine und öffnete langsam erst die eine Tür, dann die andere.

Scheiße, dachte Mason. *Der Teller.*

Den hatte er völlig vergessen. Natürlich musste ihr das irgendwann auffallen. Es war ihr Lieblingsteller gewesen. Das hatte ihm ja diese besondere Befriedigung verschafft, als er ihn draußen an der Wand in tausend Stücke zerschlagen hatte. Den kleinen Ständer hatte er in der Werkstatt in einen Abfalleimer geworfen und die übrigen Teller in der Vitrine in einem etwas größeren Abstand voneinander aufgestellt. Seine Mutter bemerkte zwar nicht, dass für ihre Kinder nichts zu essen im Haus war, aber man konnte darauf wetten, dass sie einen ihrer kostbaren Teller vermisste.

»Wo ist er?«, fragte sie und wies mit einer Kopfbewegung zu der offenen Vitrine, wo die Teller einer neben dem anderen standen, wie Zielscheiben. Was hätte Mason in diesem Moment nicht alles für eine Steinschleuder gegeben!

Es war Zeit zu gestehen. Er würde sagen, dass er beim Saubermachen gegen die Vitrine gestoßen war. Sie würde ihn ein paar Wochen lang wie Dreck behandeln und von ihm verlangen, dass er den Teller bezahlte. Aber dann würde es vorbei sein. Jedenfalls fast. Sie würde später immer wieder darauf herumreiten, um ihn daran zu erinnern, wie nutzlos er war.

Henry rutschte auf seinem Stuhl hin und her. »Das warst du«, sagte er. Mason warf ihm einen Blick zu und erwartete, dass sein Bruder auf ihn deuten würde wie bei einer Gegenüberstellung auf einen Kriminellen. Zu seiner Überraschung starrte Henry ihre Mutter an. »Du hast ihn zerbrochen, als du einmal spät abends nach Hause gekommen bist … müde.«

Masons Augen zuckten zu Ivy hin. Ihr Gesicht blieb ruhig. Aber er sah, wie es unter der Oberfläche vor Wut arbeitete.

»Weißt du nicht mehr?«, fragte Henry. »Wir haben dir beim Saubermachen geholfen, und du meintest, du würdest dir bei eBay einen neuen kaufen.«

Es war ein Wunder. Zum ersten Mal in seinem Leben stellte sich Henry vor Mason und half ihm. Hatte er in jener Nacht gesehen, wie Mason den Teller nach draußen trug? Oder vermutete er einfach nur, dass Mason schuld war? Mason wurde das Gefühl nicht los, dass Henry dankbar dafür war, welche Wendung das Gespräch nahm. Er schien froh zu sein, dass sein eigenes Geheimnis – das Mason beim besten Willen nicht erraten konnte – unberührt blieb.

Ivy starrte sie beide an. »Wo ist der Tellerständer?«

»D … der was?«, stammelte Henry. Er schaute schnell zu Mason hin. »Ähm, er ist …«

»Du hast ihn auch weggeworfen«, fiel ihm Mason ins Wort. »Aus Versehen.«

Seine Mutter verengte die Augen. »Tatsächlich.« In ihrem Gesicht stand abgrundtiefe Verachtung.

Mason ahnte, dass etwas passieren würde. Es war das gleiche Gefühl, das er empfand, wenn die Wut in ihm hochstieg – als würde ein hungriges Raubtier im Zimmer herumschleichen, die Schwäche seiner Opfer ausloten und auf den geeigneten Moment warten, um zuzuschlagen. Was immer seine Mutter vorhatte, sie würde es schnell und brutal tun. Sie trat vom Tisch zurück, und Mason packte die Sitzfläche seines Stuhls mit beiden Händen.

Vorsichtig drückte Ivy die beiden Glastüren der Vitrine zu, drehte sich um und ging durch die Küche. Am Kühlschrank blieb sie stehen und streckte die Hand nach dem Besen aus, der in der Lücke zwischen Kühlschrank und Wand stand. Henry verkrampfte sich und riss die Augen auf, so dass er beinahe lächerlich wirkte.

»Ihr beide seid ganz schlimme Lügner«, sagte sie und packte den Besen mit der rechten Hand.

Worauf du dich verlassen kannst, dachte Mason. Er konnte so gut lügen, dass es ihm schon selbst Angst machte.

Henry rutschte von seinem Stuhl und wich mit kleinen Schritten in die Ecke zurück. »W…wir waren's nicht.«

Ihre Mutter drehte ihnen den Rücken zu und ging aus der Küche in die Diele.

»Was …?«, sagte Henry und schaute Mason an. Beide rührten sich nicht, sondern warteten ab, was als Nächstes geschah.

Irgendwo im Haus ertönte ein lautes Krachen. Mason sprang auf und versuchte herauszufinden, woher das Geräusch gekommen war. Ein weiterer Schlag und dann der dumpfe Aufprall von Gegenständen, die zu Boden fielen. Eine Tür knallte gegen eine Wand. Das Schaben von Kleiderbügeln auf der Stange. Mason wechselte einen ratlosen Blick mit Henry und ging dann hinaus in die Diele. Sie war in seinem Zimmer. Und es klang, als würde sie es auseinandernehmen.

Vor der Zimmertür blieb er stehen, Henry dicht auf seinen Fersen, und er hörte seinen Bruder erschrocken aufkeuchen angesichts der Szene, die sich ihnen bot: Ivy hatte die Matratze umgedreht und die Hälfte von Masons Kleidungsstücken aus dem Schrank gerissen. Der Inhalt seiner Schultasche war auf dem Boden verstreut, und die mittlere Schublade seiner Kommode lag leer und verkehrt herum mitten im Zimmer. Erleichtert sah Mason, dass die unterste Schublade noch in der Kommode steckte. An der Unterseite klebte ein blauer Umschlag mit Bargeld.

»Ihr dürft also einfach so meine Sachen kaputt machen, ja?«, knurrte ihre Mutter und packte den Besen mit beiden Händen. Sie holte aus und schwang ihn in einem weiten Bogen über den Nachttisch. Die antike Tischlampe, die Masons Großeltern gehört hatte, flog zur Seite und knallte gegen die Wand, wo sie eine Schramme in der Holzvertäfelung hinterließ. Glücklicherweise blieb der schwere Keramikfuß heil, als er auf dem Teppich aufschlug, nur der Lampenschirm verbog sich zu einer grotesken Form. »Dann darf ich auch eure Sachen kaputt machen.«

»Nein«, sagte Henry, der ahnte, was jetzt kam.

Ivy marschierte quer durch das Zimmer zur Tür, und sie hatten keine andere Wahl, als vor ihr in die Diele zurückzuweichen.

»Nein, nein, nein«, jammerte Henry. Er rannte zur Tür seines Zimmers und breitete Arme und Beine aus wie ein Seestern. Er hielt sein Zimmer peinlich in Ordnung, die wenigen Bücher, die er besaß, standen in Reih und Glied, genau wie die kleinen Trinkgefäße, die er in der Hinterlassenschaft seiner Großeltern gefunden hatte, und die Polaroidfotos, die er mit Onkel Bernies Kamera gemacht und in gebrauchten Bilderrahmen auf dem Fenstersims platziert hatte. Es war das schönste Zimmer im ganzen Haus. Mason verstand, warum Henry sich so oft hier drin verkroch.

Iva machte einen Satz nach vorn, als ob sie durch ihn hindurchlaufen wollte.

»Hör auf!«, kreischte Henry mit aller Kraft, die seine Lungen aufbringen konnten, der Schrei war so heftig, dass sein Hals vermutlich noch tagelang schmerzen würde.

Immer noch mit dem Besen in einer Hand, hob Ivy die andere und legte sie flach gegen Henrys Brust. Dann schob sie seine zarte Gestalt mit einer solchen Wucht nach hinten, dass es ihn von den Füßen riss.

Mason fluchte laut. Er war wie gelähmt. Ein Bild zuckte durch seinen Geist: wie er Darren Foster auf der Schultoilette auf genau die gleiche Art geschubst hatte. *Ich bin wie sie*, dachte er. Aber er hatte noch nie Hand an seine Mutter gelegt. Das war eine Grenze, die er nie im Leben überschreiten wollte.

Henry landete rücklings auf dem Teppich, in einem Gewirr aus Armen und Beinen. Er hob die Hand, um sein Gesicht zu schützen, aber Ivy ging nicht in das Zimmer hinein. Mason starrte an ihr vorbei auf seinen Bruder, der am Boden kauerte, und versuchte abzuschätzen, ob er verletzt war. In Henrys Augen lag eine Wildheit, wie von einem scheuen Tier, das fliehen wollte. *Sie treibt ihn aus dem Haus*, dachte er. Eines Tages würde Henry weglaufen und nie wieder zurückkehren.

Ivy drehte sich um und schlurfte durch die Diele. Im Vorbeigehen stieß ihre Schulter gegen seine. Dann verschwand sie in ihr Zimmer und knallte die Tür hinter sich zu.

Mason schaute um die Ecke ins Zimmer seines Bruders. »Alles klar bei dir?«

Sein Bruder musterte ihn mit einem derart wütenden Blick, dass sich Masons Brustkorb zusammenzog.

»Geh weg«, murmelte Henry und trat mit einem Fuß Mason die Tür vor der Nase zu. Als sie ins Schloss fiel, ratterten die Scharniere.

Henry hatte Mason bei der Sache mit dem Wedgwood-Teller in Schutz genommen, doch Mason hatte nichts getan, um seinen kleinen Bruder zu verteidigen. Aber was hätte er tun sollen? Seine Mutter schlagen? So ein Mensch wollte er nicht sein. Und er war ja rechtlich gesehen auch noch nicht erwachsen. Ivy hatte immer noch alle Macht in ihren Händen, und sie hatte schon oft Drohungen ausgesprochen.

»Ich hätte jemanden holen können, weißt du«, hatte Ivy ihm nach der Sache mit der Badewanne, als Henry beinahe ertrunken wäre, unzählige Male vorgehalten, »ich hätte dich in ein Heim für schwer erziehbare Kinder stecken können. Du hast etwas Schlimmes gemacht, Mason, aber ich habe dich bei mir behalten. Denk immer daran. Du schuldest mir was.«

Mason drückte die Fäuste gegen die Schläfen, immer fester und fester, um ihre Stimme aus seinem Kopf zu vertreiben. Er brauchte etwas zu trinken. Er musste für eine Weile vergessen, wer er war.

Er könnte zum Friedhof gehen – wohin er sich flüchtete, seit er ein kleiner Junge war. Seine Freunde fanden es lustig, dass Mason zwischen den Grabsteinen Ruhe fand und sich entspannen konnte. Für ihn war es der friedlichste Ort in der Stadt. Aber es war heiß draußen, und der Friedhof bot wenig Schatten. Die Buschhütte schien ihm besser geeignet. Dort war es kühl und ruhig, und Mason konnte mit geschlossenen Augen auf dem Holzboden liegen und fühlen, wie er mit jedem Schluck etwas leichter wurde.

Er sollte nicht so viel trinken.

Er wollte nicht so werden wie sie.

Er wollte nicht so werden wie sein Vater.

Als er seine Jacke und die Autoschlüssel aus den Ruinen seines Zimmers klaubte, versuchte Mason, die beharrliche Stimme in seinem Hinterkopf zu ignorieren, die ihm sagte: *Aber das bist du bereits.*

15

Heute

CHLOE

Dad ist vor dem Fernseher, auf dem *Downton Abbey* läuft, eingedöst, als ich das Büro abschließe. Ich hatte ihm angeboten, die Rezeption zu übernehmen, als Luisa nach Hause gegangen ist, damit er sich duschen und etwas von den Nudeln essen konnte, die ich zum Abendessen gekocht hatte. Luisa hat es irgendwie geschafft, die Online-Software wieder zum Laufen zu bringen, und bevor ich den Computer ausschalte, schaue ich mir kurz die Buchungen für die nächsten paar Wochen an. Abgesehen von ein paar Reservierungen für das lange Osterwochenende ist das Motel wie ausgestorben. Etwas muss passieren, und zwar bald. Jetzt, wo Cutler Bend geschlossen ist, kommen nicht einmal mehr Ausflügler, die spontan vom Freeway abfahren. Wie soll das Motel überleben, wenn der einzige Gast ein aufsässiger Teenager ist, der gelegentlich hier schläft – und das auch noch umsonst?

Nachdem ich den Computer und das Licht ausgeschaltet habe, nehme ich die Büroschlüssel und gehe hinaus in den Hof. Wir lassen den Waschraum immer rund um die Uhr offen, denn für die Waschmaschinen und die Waschmittelspender braucht man Kleingeld. Die Gäste schätzen es, dass sie jederzeit ihre Sachen waschen können, besonders, wenn sie am nächsten Morgen abreisen wollen.

Ich schaue auf das Klemmbrett, das an einem Haken neben der Tür zum Waschraum hängt. Es ist ein einfacher Reinigungsplan, damit wir wissen, wann die Waschmittelbehälter zuletzt aufgefüllt und die Fusselfilter entleert wurden. An einer Kette baumelt ein roter Kuli. Ich falte Henrys Nachricht auseinander und halte sie gegen die Wand, um zu sehen, wie weit die Kette mit dem Kuli reicht. Er hat den Zettel vermutlich im Stehen geschrieben, was die teilweise krakeligen Buchstaben erklärt.

Warum kam Henry hierher? Wenn niemand ihm die Tür geöffnet hat und ich auch nicht in meinem Schlafzimmer war, wie die Nachricht vermuten lässt, warum ist er dann nicht wieder nach Hause gefahren?

Vielleicht hat er gewartet.

Vielleicht hat er die Einfahrt beobachtet, in der Hoffnung, dass ich nach Hause kommen würde und er doch bei mir übernachten könnte. Er wusste nichts von Zimmer Nr. 15 und dem Schlüssel unter dem Blumentopf. Dad hatte Mason das Zimmer erst in der Woche vor dem Sturm angeboten und mich gebeten, Henry nichts davon zu erzählen. Henry durfte bei uns übernachten, bei uns essen und Filme gucken. Das Zimmer war für Mason reserviert, wenn er allein sein wollte.

Der Flyer ist an einigen Stellen gewellt. Ist er durch den Regen in jener Nacht nass geworden? Henry hat sich vielleicht hier drin untergestellt, bis das Schlimmste vorüber war. Meiner Berechnung nach musste das so gegen Mitternacht gewesen sein. Als der Sturm mit Regen und Hagel losbrach, war ich schon in der Buschhütte und konsultierte nervös meine WetterApp, in der Hoffnung, dass Raf es auch noch vor dem Sturm zur Hütte schaffen würde.

Obwohl wir den gleichen Weg nahmen, begegnete ich Raf auf dem Weg zur Hütte nicht. Ich kam etwas zu früh, ungefähr um halb zwölf, gerade als die ersten Regentropfen in den

Staub vor meinen Füßen ploppten. Etwa zehn Minuten später tauchte Raf auf, bis auf die Knochen durchnässt.

Wie lange dauerte der Sturm danach noch? Vielleicht zwanzig Minuten. Oder dreißig. Kurz nach Mitternacht hatte er sich weitgehend ausgetobt.

Was hat Henry um Mitternacht hier gemacht?

Worüber wollte er mit mir reden? Und warum hatte er es mir vorher, als er am frühen Abend da war, nicht sagen können?

Ich brauche wirklich deine Hilfe.

Wobei? Um die Stadt zu verlassen? War er zu diesem Entschluss gekommen, nachdem wir miteinander gesprochen hatten? Hatte ich ihn mit meiner Zurückweisung so weit getrieben, dass er weglaufen wollte?

Ich lese seine Nachricht noch einmal von Anfang bis Ende. Mein Bauchgefühl sagt mir, dass er nicht die Absicht hatte, abzuhauen, als er das schrieb.

In meiner Tasche erklingt das *Bing-Bong* eines Skype-Anrufs. Ich hole mein Handy raus, in Erwartung, das Konterfei meiner Mutter in dem runden Profilbild zu sehen. Zu meiner Überraschung ist es Tom.

»Hallo«, sagt er, als ich den Anruf annehme.

»Hey!«

»Ich hoffe, dir macht der Videoanruf nichts aus. Ich musste mal ein freundliches Gesicht sehen.«

Ich betrachte den Hintergrund. »Bist du noch im Laden?«

Er seufzt. »Ich wollte gerade heimgehen. Ich bin immer noch dabei, mich durch den ganzen Kram in Grandpas Aktenschrank zu wühlen. Es war ein laaaanger Tag.« Sein Gesicht kommt näher. »Wo bist du?«

Ich halte mein Handy in Richtung der Waschmaschinen.

»Eine nächtliche Ladung Socken und Unterwäsche?«

»Nein, ich wollte mir etwas ansehen.« Ich überlege, ob ich Tom Henrys Nachricht zeigen soll. Seine Meinung war mir immer wichtig, und er ist gut darin, Argumente von allen Seiten zu beleuchten. Aber dann müsste ich erklären, woher ich den Zettel habe und wo ich in jener Nacht war, und das ist doch wohl eher etwas für ein Gespräch von Angesicht zu Angesicht. »Tom, meinst du, Henry ist in Sydney?«

Seine Augen werden groß. »Was hat das denn mit der Wäsche zu tun?«

»Ich muss heute einfach an ihn denken, das ist alles. Mehr als sonst.«

»Weil er bald Geburtstag hat?«

»Ja.« Ich lehne mich an die Wand. »Und weil ich vor ein paar Tagen eine Ansichtskarte in unserem Postfach gefunden habe, die angeblich von Henry ist.«

»Ist das dein Ernst?« Toms Gesicht fährt ganz nah an die Kamera heran. »Das ist doch großartig! Hat er dir gesagt, wo er ist? Oh mein Gott, alle werden so erleichtert sein.«

»Ich habe die Karte Sergeant Doherty gezeigt.«

»Und? Was hat er gesagt?«

»Er meinte, die Karte sei wahrscheinlich gar nicht von Henry.«

»Was? Wieso nicht?«

Es tut mir weh, die Enttäuschung in seiner Miene sehen zu müssen. Es ist, als hätte ich ihm ein Geschenk gemacht, das ich ihm gleich darauf wieder wegnehme. Deshalb wollte Sabeen nicht, dass ich es irgendjemandem erzähle. »Doherty denkt, es sei irgendein Troll, der sich die Einzelheiten aus meiner Facebook-Seite zusammengesucht hat. Irgendein Typ, der auf eine Reaktion aus ist.«

Tom runzelt die Stirn. »Wirklich? Das glaubt Doherty?«

»Denkst du denn, sie könnte von Henry sein?«

»Natürlich. Warum nicht?« Er reibt sich die Augen, aber ich weiß nicht, ob er die Tränen wegwischen will oder ob er bloß müde ist. »Was steht drauf?«

»Dass es ihm gut geht und wir uns keine Sorgen um ihn machen sollen.«

»Vielleicht hat er's tatsächlich geschafft«, sagt Tom.

»Was geschafft?«

»Vielleicht ist er zu seinem Dad gefahren.«

»Was meinst du damit?«, frage ich. »Henry kennt doch Waynes Adresse gar nicht.«

Tom lehnt sich auf seinem Stuhl zurück, und sein Gesicht wird kleiner. »Er hat mich über Sydney ausgefragt, weil er weiß, dass ich eine Tante dort habe, bei der ich manchmal übernachte. Er interessierte sich besonders für die Northern Beaches.«

»Glaubt er, dass Wayne dort wohnt?

»Als ich ihn danach fragte«, sagt Tom, »meinte er, er würde versuchen, seinen Dad ausfindig zu machen.«

»Mich hat er nie um Hilfe gebeten«, sage ich geknickt.

Tom zuckt mit den Schultern. »Ich vermute mal, er wollte kein Aufhebens davon machen. Ich kann mir nicht vorstellen, dass Ivy besonders begeistert gewesen wäre, wenn sie davon erfahren hätte.«

Ich will Toms Optimismus nicht zerstören und sage deshalb nichts von den Zweifeln, die Sabeen und ich bezüglich der Handschrift haben.

»Chloe«, sagt Tom und beugt sich wieder vor. Er lächelt. »Guck nicht so besorgt. Eine Postkarte aus Manly ist eine *gute* Sache. Wir müssen einfach die Daumen drücken, dass er sich wieder meldet.«

»Du hast recht«, sage ich. »Aber es ist schon spät, und du bist wahrscheinlich völlig erledigt. Du solltest heimgehen.«

»Wollen wir demnächst mal einen Kaffee zusammen trinken? Ich habe dich ja kaum gesehen, seit wir beide wieder hier sind.«

»Klingt gut«, sage ich. »Ich melde mich morgen bei dir.«

Ich schiebe das Mobiltelefon in meine Hosentasche und gehe hinaus in die Nacht. Erst als ich schon halb den Hof in Richtung Motel überquert habe, fällt mir etwas ein: Ich habe Tom gar nicht erzählt, dass die Karte aus Manly kam.

Vor dem Fenster zur Rezeption marschiere ich auf und ab. Immer wieder wechselt mein Blick zwischen Henrys Zettel in meiner Hand und dem Beet mit dem Stein hin und her, den ich vor ein paar Stunden wieder dorthin gelegt habe. Die Situation wird mit jeder Minute unübersichtlicher. Wie kann es sein, dass ich ausgerechnet Tom bei einer Lüge erwischt habe? Es gibt keinen Zweifel daran, dass Sabeen ihm schon von der Karte erzählt hat, aber warum hat er dann so getan, als wüsste er nichts davon?

Mir ist kalt, und ich zittere leicht. Ich ziehe den Reißverschluss meiner dünnen Jacke zu und gehe die Einfahrt entlang, bis ich an der Rasenfläche vor dem Motel ankomme. Von da aus biege ich in den Seitenweg ein, der zwischen dem Motel und dem Feld entlangführt. Ich habe absichtlich meine Vorhänge offen gelassen und mein Fenster nicht verriegelt, weil ich Sabeens Theorie überprüfen will, ob Henry tatsächlich den Zettel in mein Zimmer geworfen haben könnte.

Ich habe gerade das Fenster einen Spalt nach oben geschoben, als ich hinter mir ein Geräusch höre. Nicht direkt hinter mir. Am anderen Ende des Feldes. Jemand hustet.

Ich verkrampfe mich und halte die Luft an. Das Husten hört genauso schnell auf, wie es angefangen hat. Ich betrachte die Baumlinie, wie vor ein paar Nächten, und tatsächlich: Eine schattenhafte Gestalt geht den Wanderweg entlang in Richtung Reservoir. Diesmal bin ich mir sicher.

Eilig klettere ich über den Zaun des Motels, stolpere zunächst querfeldein und fange an zu rennen, als ich den Weg erreiche. Ich habe keine Lust auf ein weiteres Rätsel und bin es leid, auf keine meiner Fragen eine Antwort zu bekommen. Das widerstrebt einfach meinem Bedürfnis nach Ordnung. Sabeen nennt mich einen ›Wiederganzmacher‹. Sie behauptet, das habe angefangen, als sich meine Eltern trennten, und weil ich nicht in der Lage war, meine zerbrochene Familie zu reparieren, versuche ich jetzt, alle anderen kaputten Dinge wieder zusammenzusetzen.

»Du kommst nicht damit klar, wenn sich etwas deiner Kontrolle entzieht«, hat sie einmal zu mir gesagt. »Wenn irgendetwas schiefläuft, hast du dieses fast zwanghafte Verlangen, es wieder geradezurücken.«

Das leugne ich auch gar nicht, aber so war ich schon, lange bevor die Ehe meiner Eltern zerbrach. Seit ich klein war, hatte ich Probleme, mit etwas fertigzuwerden und es zu verarbeiten, wenn ich nicht verstehen konnte, warum es passierte. Den Satz, den ich in meinem Leben vermutlich am häufigsten gehört habe, ist: »Lass es gut sein, Chloe.«

Aber ich weigere mich. Besonders, wenn es um so etwas Wichtiges geht, wie Henry zu finden.

Als ich die Stelle erreiche, wo ich letztens nachts umgekehrt bin, bleibe ich stehen, aber diesmal nur, um zu lauschen. Die Nacht ist klar, und in der Luft liegt ein leichter Rauchgeruch. Kein Windhauch säuselt durch das Laub der Bäume. Ich höre das Schaben von Schuhen, als jemand durch ein Schlagloch auf dem Weg rutscht. Vor mir gabelt sich der Pfad, und wenn ich mich nicht beeile, werde ich nicht wissen, welchen Weg der Unbekannte nimmt. Die eine Abzweigung führt zum Reservoir, die andere zu der alten Buschhütte.

Ich kann so gut wie gar nichts mehr sehen. Der Weg verengt sich, und mächtige Baumfarne breiten von beiden Seiten ihre Wedel über den Pfad aus. Mit den Schuhen bleibe ich ständig an Steinen und Baumwurzeln hängen und hoffe nur, dass ich nicht allzu viel Lärm mache. Es wäre viel zu auffällig, den Weg vor mir mit der Taschenlampe meines Handys zu beleuchten. Also schalte ich die Helligkeit auf ein Minimum und richte das Licht auf den Boden. Da trifft es mich wie ein Schlag, und ich stöhne auf. Mein Handy. Ich hätte es im Hotel lassen sollen. Morgen werden wir erfahren, ob meine Mutter mir nachspioniert. Falls es so ist, wird sie meinen Dad über glühende Kohlen tanzen lassen.

Die Gabelung liegt vor mir, und gleich darauf stehe ich vor einem hüfthohen Hinweisschild und einer Wand aus Bäumen. Das Schild weist nach rechts, und in das Holzbrett ist SHALLOW RESERVOIR 1 KM eingeschnitzt. Ich drücke mein Handy gegen meine Brust, und die Dunkelheit wird undurchdringlich. Erst da bemerke ich ein schwaches Licht etwas weiter den Reservoir-Weg entlang. Es schimmert durch die Bäume wie Funken eines Lagerfeuers.

Wer geht nachts um elf Uhr hier entlang zum Reservoir, wo man überhaupt nichts sehen kann?

Ich werde langsamer und bringe mehr Abstand zwischen mich und das Licht. Hin und wieder schlage ich nach einer Stechmücke. Vermutlich bin ich ein Festmahl für die Moskitos. In der Ferne stößt der Brachvogel seinen klagenden Ruf aus. Es klingt, als habe er Schmerzen. Die Bäume rücken näher und greifen mit schwarzen Ästen nach mir. Alles hier draußen ist lebendig.

Als ich endlich die Lichtung am Rand des Reservoirs erreiche, bin ich überrascht, dass niemand da ist. Ich kann das Licht nicht mehr sehen, und der schwache Mondschein lässt mich die leeren Picknicktische nur undeutlich erkennen. Ich mustere sie einen Augenblick lang, für den Fall, dass dort jemand reglos im Schatten sitzt. Meine Nackenhaare stellen sich auf. Versteckt sich die Person vor mir? Oder ist sie irgendwie an mir vorbeigeschlichen und den Weg, den wir gekommen sind, zurückgegangen?

Ein kaum merkliches Aufflackern erregt meine Aufmerksamkeit. Links von dem Picknickbereich bewegt es sich einen schmalen Pfad entlang, der zu einem über das Wasser hinausragenden Felsen führt. Devil's Rock. Es ist ein riesiger Sandstein, von dem aus man vier Meter tief ins Reservoir springen kann, am besten mit Anlauf, kopfüber oder mit einem Vorwärtssalto, wenn man mutig ist. Wir sind als Kinder hier ständig hinuntergesprungen, obwohl es verboten ist, was natürlich die Sache noch reizvoller machte. Aber seit dem Tag, an dem Mason Henry ins Wasser stieß, betrachte ich diesen Ort mit anderen Augen.

Ich schleiche mich den Weg hinauf und suche an den großen Felsen rechts und links des Weges Halt, um nicht zu stolpern und hinzufallen. Das Licht hat oben auf dem Felsen angehalten, als ob jemand es abgestellt hätte. Ich gehe so nah heran wie möglich, ohne dabei auf den Devil's Rock zu klettern, verstecke mich hinter einem struppigen Baum, der zwischen den Felsen wächst, und luge dann vorsichtig dahinter hervor. Eine Gestalt kauert auf den Knien und hat sich über etwas am Boden gebeugt. Ihre Handbewegungen sind flink und sicher. Rechts von ihr liegt eine kleine Picknickdecke, darauf ein Rucksack und eine wertvoll aussehende Kamera, alles beleuchtet von einer Campinglampe.

Die Gestalt dreht sich um und greift nach dem Rucksack, und ich bin so überrascht, dass ich unwillkürlich aus dem Schatten trete. »Raf?«

Er wirbelt herum.

»Heilige Scheiße!«, sagt er und fährt mit der Hand an die Brust. Schnell steht er auf. »Wo kommst du denn her?«

Ich muss unwillkürlich kichern. »Tut mir leid. … Und du hast immer behauptet, ich könnte mich nicht anschleichen. Ich sei so ›geräuschlos wie ein galoppierendes Nashorn‹, wenn ich mich recht erinnere.«

»Ich nehme alles zurück«, sagt er und hebt die Arme, als wolle er sich ergeben. »Warum lachst du? Hoffentlich kennst du dich in Erster Hilfe aus, denn ich kriege gleich einen Herzanfall.«

Ich schnaube belustigt. Ich bin froh, dass das Eis zwischen uns gebrochen ist und wir wieder miteinander reden.

Mir fallen eine Million Dinge auf einmal ein. Fragen, die ich ihm stellen will, Dinge, die ich erklären muss. Aber hauptsächlich will ich ihm sagen, wie sehr ich ihn vermisst habe.

»Was machst du hier?«, frage ich. Immerhin habe ich mir mittlerweile zusammengereimt, dass er ein Stativ aufstellt.

»Ähm … das sollte ich eigentlich dich fragen.«

»Ich bin dir gefolgt.«

»Ja, das habe ich mir fast gedacht«, sagt er trocken. »Die Frage ist nur: Warum?«

»Ich habe gesehen, wie jemand hinter dem Hotel gelauert hat, und da wollte ich wissen, wer das war.«

»*Gelauert?*« Seine Stimme wandert über das Wasser. »Also entschuldige mal, ich bin von zu Hause in Richtung Reservoir gegangen. Ich habe nicht *gelauert.*«

»Das warst also du, den ich Freitagnacht hier draußen gesehen habe?«

»Ich dachte mir schon, dass du das mitgekriegt hast. Das Licht in deinem Zimmer war an, als ich den Hügel runterkam. Du hast am Fenster gestanden, und ich bin stehen geblieben. Dann ging das Licht aus, und ich bin weitergegangen.«

»Ich bin dir auch in jener Nacht gefolgt.«

Raf lacht. »Echt jetzt?«

»Ich wollte wissen, wer es war«, sage ich. »Aber als ich am Wanderweg ankam, bin ich umgekehrt, weil ich es mit der Angst zu tun bekam.«

»Ich finde es auch manchmal unheimlich hier draußen. Aber all das tritt in den Hintergrund, sobald ich angefangen habe.«

»Nachtfotografie?«, frage ich und werfe einen Blick auf seine Ausrüstung.

»Nacht*himmel*fotografie, um genau zu sein.«

»Du hast also wirklich ein neues Hobby«, sage ich. »Ich dachte, das sei nur eine raffinierte Ausrede, um mich in die Buschhütte zu locken.«

Raf lacht wieder, aber ein bisschen zu laut. »Ich hätte nie im Leben meine Kamera durch diesen Sturm geschleppt. Und … na ja, wir haben ja dann schließlich über andere Dinge … geredet.«

Meine Wangen werden heiß. Ich bin froh, dass es dunkel ist.

Die Wahrheit ist, wir haben geredet. Stundenlang. Raf hatte Pizza und ein paar Biere mitgebracht, die er aus dem Kühlschrank in der Garage seiner Mütter entwendet hatte. Wir haben im Schneidersitz auf dem fadenscheinigen Teppich gehockt und über die Schule geredet, über Netflix, was für eine Art Dessert-Pizza wir erfinden würden, wenn Sally und Liv uns nur ließen. Es ist erstaunlich, wie viel man reden kann, wenn man voller Nervosität darauf wartet, ob man geküsst wird – oder nicht.

»Kommst du oft hierher?«, frage ich.

»Ich muss den Neumond ausnutzen, denn dann ist der Himmel am dunkelsten. Aber sieh mal, der Mond steht schon im ersten Viertel.« Er deutet auf die schmale Mondsichel, die über dem Reservoir hängt, wie eine weiße Banane, deren Spiegelbild sich in dem Wasser darunter kräuselt.

»Was bedeutet das?«

»Er befindet sich zwischen der Neumondphase und dem Halbmond. Schon bei Halbmond ist es zu hell, um die Sterne zu fotografieren.«

»Also stellt der Mond ein Problem dar?«

»Nur bei Sternenfotografie. Wenn ich Fotos von Mondkratern aufnehmen will, ist er der Star.«

»So was kannst du?«

»Ich muss noch viel lernen«, sagt er. »Nächste Woche um diese Zeit haben wir zunehmenden Dreiviertelmond, meine Lieblingsphase. Man kann fast den ganzen Mond sehen, bis auf einen schmalen Teil, der im Schatten liegt. Sozusagen das Gegenteil von heute Nacht.« Ich habe ihn noch nie so lebhaft über ein Thema reden hören. »Und man sieht dann diesen gewölbten Rand, der in die Dunkelheit ausfranst, so dass man alle Krater im Relief erkennen kann. Die Einzelheiten sind echt atemberaubend, wenn man weiß, wie man sie richtig fotografieren muss – was ich noch nicht weiß. Aber ich werde hier sein und versuchen, es rauszufinden.«

Ich betrachte den Aufbau seiner digitalen Spiegelreflexkamera auf dem Stativ. »Ich hätte mir ja denken können, dass du auf so was stehst, wenn man sich überlegt, wie verrückt du nach Science-Fiction-Romanen und Filmen über Außerirdische bist.«

»Was soll ich sagen? Ich bin ein astronomischer Nerd.«

»Und was für einer!«, sage ich, und wir beide kichern.

»Du kannst ja nächste Woche mitkommen, wenn du möchtest«, sagt er. Seine Stimme ist jetzt leiser, fast neckisch. »Ich meine, du wirst mir ja vermutlich sowieso hinterherschleichen, weil du nicht ohne mich sein kannst.«

»Ha, ha.« Ich schlage ihm leicht auf den Arm. »Tja, ich hab wohl eine Schwäche für astronomische Nerds.«

Stille senkt sich zwischen uns. Raf schabt mit dem Schuh verlegen gegen den Felsen.

»Warum hast du's niemandem gesagt?«, fragt er. »Das mit … du weißt schon. Das mit der Buschhütte. Schämst du dich deswegen?«

Ich denke an die Nacht des Sturms, wie Raf alle möglichen Gründe erfand, um immer näher und näher an mich heranzurücken, wie eine kurze Pause in unserem Gespräch zu einem Blick zwischen uns führte, der vor Anziehungskraft förmlich knisterte. Als ich ihn fragte: »Willst du mich küssen?«, lachte Raf nervös mit gesenktem Kopf, ehe er sich vorbeugte und mit seinen Lippen zart meinen Mund berührte. Dieses vorsichtige Abtasten mündete in einem Kuss, der so intensiv war, dass unsere Lippen weh taten, und suchenden Händen, die unter T-Shirts griffen. Ich habe noch nie auf eine Frage eine derart zufriedenstellende Antwort bekommen, und alles, woran ich denken konnte, war mein Wunsch, dass Raf sie wieder und wieder beantworten möge.

»Nein, ich schäme mich nicht«, sage ich. Dann, leiser: »Und du?«

»Natürlich nicht.«

»Aber du hast es auch niemandem erzählt.«

»Ich wollte nicht, dass du Ärger bekommst«, sagt er. »Du hattest Sergeant Doherty bereits angelogen, als er mich vernahm, also sagte ich ihm, ich sei die ganze Nacht im Bett gewesen. Ich habe es nie jemandem erzählt. Ich wollte deiner Version nicht widersprechen.«

Ich seufze. »Ich hatte nicht die Absicht, dich in meine Lüge mit hineinzuziehen. Als Doherty anfing, Fragen zu stellen, bin ich einfach in Panik geraten.«

»Wegen der Sperrstunde deiner Mutter.«

»Sie würde es als Argument einsetzen, warum ich nicht mehr herkommen darf. Sie sucht doch ständig nach Möglichkeiten, die Sorgerechtsbestimmungen zu verschärfen und Dad vor Gericht zu zerren.«

»Schon kapiert«, sagt er. »Und unsere kleine Lüge wegen der Hütte hat ja auch überhaupt nichts mit Henry Verschwinden zu tun.« Er setzt sich auf die Picknickdecke und klopft auf den Platz neben sich. »Also, warum bist du mir gefolgt?«

»Ich suche nach Hinweisen, die mir helfen könnten, Henry zu finden.«

»Das dachte ich mir. Das ist so typisch für dich.« Raf lächelt. »Cool. Ich bin dabei. Was hast du bisher?«

Ich erzähle ihm alles, was ich weiß: über Mason, die Ansichtskarte, Henrys (eventuellen) Facebook-Account. Raf holt sein Handy aus der Tasche und scrollt durch die »Henry Weaver«-Profilbilder. Er versucht es mit ein paar Passwortideen, aber ohne Erfolg. Dann ziehe ich Henrys Nachricht aus der Tasche und streiche sie auf dem Felsen glatt.

Raf verzieht das Gesicht. »Tut mir leid, ich hätte dir davon erzählen sollen.«

»Warum hast du's nicht getan?«

»Ich dachte, es würde dich aufregen«, antwortet er. »Die Wortwahl und das Ganze … Ich wusste, dass du dir die Schuld an Henrys Verschwinden geben würdest.«

»Na ja, da liegst du nicht ganz falsch.«

Ich lege die Ansichtskarte neben den Zettel und erkläre Raf die Unterschiede in der Schrift, die Sabeen aufgefallen sind.

»Sie konstruieren hier einen Fall, Detective«, sagt er. »Das klingt nicht mehr nach einem Ausreißer.«

»Ich weiß noch nicht, wonach es klingt, aber ich grabe weiter.«

»Okay«, sagt er eifrig. »Ich glaube, ich kann der Akte einen Hinweis zufügen. Schau dir das mal an.« Er greift nach seinem Rucksack und zieht den Reißverschluss der Seitentasche auf.

»Du hast es dabei?«

»Dieser Rucksack ist mein Tresor«, sagt er und streichelt das Teil fast zärtlich. »Alles, was mir etwas bedeutet, ist da drin. Kameraobjektive, externe Festplatten, Handy und Portemonnaie. M&Ms.« Er zieht Letztgenanntes aus dem Rucksack, reißt die Tüte auf und bietet sie mir an.

»Warum hast du das alles da drin?«, frage ich und wölbe meine Hand. Er schüttet erst mir eine großzügige Portion in die Handfläche und dann sich selbst.

»Hauptsächlich für den Fall, dass es brennt. Das Buschfeuer im letzten Jahr hat mich geschockt. Wenn wir schnell das Haus verlassen müssen, will ich all meine Wertsachen greifbar haben.«

»Was ist mit euren Katzen? In welche Seitentasche willst du die noch quetschen?«

Er grinst. »Also entschuldige mal! Die werden in einer Babytrage ganz vorsichtig aus dem Haus gebracht.«

Ich schnaube, und Raf wirft ein M nach mir.

»Also gut«, sage ich. »Was wolltest du mir zeigen?«

Er kippt sich die ganze Hand voll M&Ms in den Mund und kramt dann in der Seitentasche des Rucksacks herum. Er kann nicht sprechen, weil sein Mund so voll ist, und reicht mir daher wortlos einen dreieckigen Gegenstand, nicht größer als eine Briefmarke.

Ich schalte mein Handylicht an und beleuchte das Ding in meiner Hand. »Es ist blau.«

Ich muss warten, bis er die M hinuntergeschluckt hat. »Aufpassen, es ist scharf«, sagt er dann.

»Was ist das?«, frage ich.

»Ich glaube, ich weiß es. Aber ich will erst hören, was du darüber denkst. Mal sehen, ob wir beide das Gleiche denken.«

An den flachen Seiten ist es glatt, in der Mitte aber porös. »Porzellan oder so etwas«, sage ich. »Ein Stück zerbrochenes Geschirr.«

Raf wartet und lockt mich mit seinem Blick, mich festzulegen.

»Es ist Keramik. Eine Scherbe von einem Wedgwood-Teller«, sage ich, mehr zu mir selbst als zu ihm. »Wie die, die Ivy Weaver sammelt.«

»Bingo.«

Ich klemme die Scherbe zwischen zwei Finger, wobei ich die scharfe Kante nach außen halte. »Wo hast du das her?«

»Vom Küchenfußboden der Weavers, am Morgen nach dem Sturm. Nachdem Doherty uns alle befragt hat und der Rest gegangen war, sind Tom und ich noch ein bisschen da geblieben und haben einen Tee getrunken.«

»Du Glücklicher. Mich lässt sie nicht über die Türschwelle.«

»Als ich mir einen Küchenstuhl beizog, habe ich das auf dem Boden entdeckt. Und das Merkwürdigste daran ist«, setzt Raf hinzu, »abgesehen davon war die Küche noch nie so sauber wie an diesem Tag. Man hätte praktisch vom Fußboden essen können, und normalerweise sieht es da *nie* so aus.«

»Das ist echt merkwürdig.«

»Und das ist noch nicht alles«, sagt er, nimmt mir die Scherbe aus der Hand und hält sie hoch. »Du hast doch bestimmt schon von dieser Glasvitrine gehört, in der Ivy die Teller aufbewahrt, oder? Keine Spur von dem Ding!«

»Was meinst du damit?«

Raf bläst leicht durch die Lippen und wackelt wie ein Zauberkünstler mit den Fingern. »Verschwunden«, sagt er. »Genau wie Henry.«

16

HENRY

Vier Wochen vor dem Sturm

21. Dezember 2018, 18:02 Uhr

Henry: Frohe Weihnachten! Ich bin ein bisschen früh dran, aber das ist die letzte Gelegenheit, bevor die Bücherei über die Feiertage zumacht.

Missy: Danke! Dir auch frohe Weihnachten. Was machst du an den Feiertagen?

Henry: Nicht viel. Meine Mum hält nichts davon.

Missy: Kein Truthahn? Keine Knallbonbons?

Henry: Das machen wir bei ein paar Freunden zu Hause. Sally kocht ein tolles Mittagessen.

Missy: Sie ist eine gute Köchin.

Henry: Das klingt, als würdest du sie kennen.

Missy: Tut mir leid, da hätte ein Fragezeichen hingehört.

Henry: Ja, eine ziemlich gute Köchin. Was machst du an Weihnachten?

Missy: Bei uns ist es ganz ruhig, nur ich und meine Mum.

Henry: Und die Ballerina.

Missy: Wer?

Henry: Deine Schwester.

Missy: Ach ja, natürlich.

Henry: Was ist mit deinem Dad?

Missy: Kein Dad. Ich möchte lieber nicht darüber reden.

Henry: Ganz wie du willst. Wir haben alle unsere Geheimnisse.

Missy: Du auch?

Henry: Ich habe niemandem verraten, dass ich nach meinem Dad suche.

Missy: Was ist mit dem Mädchen, von dem du erzählt hast?
Henry: Chloe? Der habe ich es auch nicht gesagt.
Missy: Warum nicht?
Henry: Sie macht sich so schon ständig Sorgen um mich. Sie würde die Sache selbst in die Hand nehmen und mir sagen, was ich tun soll.
Missy: Hört sich an, als sei sie rechthaberisch.
Henry: Nee, nicht wirklich. Sie ist wie ein Cop. Sie stellt viele Fragen.
Missy: Also ein gründlicher Mensch.
Henry: Ja.
Missy: Nimm es mir nicht übel, aber sie klingt langweilig. Manchmal muss man spontan sein.
Henry: Zum Beispiel einfach nach Sydney fahren?
Missy: Genau! Das Leben ist zu kurz. Hin und wieder muss man mal was riskieren.

17

Heute

CHLOE

Die Sonne streift schon fast den Horizont, als ich mit dem Fahrrad von der Straße abbiege und über den Bordstein in die Einfahrt der Weavers fahre. Die Wipfel der Eukalyptusbäume ringsum glänzen golden, während alles in Bodennähe düster und blaugrau ist, als ob die Abenddämmerung schon eingesetzt hätte. Der Bungalow steht inmitten von hoch aufragenden Gräsern und Unkraut, das hier und da bis zu den Fenstern reicht. Bei einigen Treppenstufen fehlen Latten, und die Regenrinnen hängen durch. Das Haus sieht verlassen aus, wie die leere Hülle des Heims, das es vielleicht vor vielen Jahren einmal war.

Masons Wagen ist nirgends zu sehen, und in den Fenstern brennt kein Licht. Die Veranda kommt mir irgendwie größer vor, vielleicht weil sie beim letzten Mal voller Menschen war. Ich erinnere mich an den Blick, den Mason an diesem Tag mit seiner Mutter wechselte. Alle redeten hektisch durcheinander, aber Mason und Ivy hatten bemerkenswert wenig zu sagen.

Was verheimlichen sie? Was ist in diesem Haus geschehen, dass Henry sich trotz des Sturms in die Nacht hinauswagte?

Vor der Tür angekommen, sehe ich, dass sie einen Spalt offensteht.

»Hallo …?«, sage ich zögernd und versuche, ins Haus zu schauen. Ich klopfe mit dem Fingerknöchel gegen die Tür. »Hallo?«

In der Einfahrt knirscht der Kies, und ich drehe mich um. Ivy taucht aus dem Carport auf, in einer Hand einen leeren Mülleimer, während sie mit der anderen an ihrem BH-Träger herumfummelt. Sie war vermutlich hinten im Garten. Mit schlurfenden Schritten kommt sie die Treppe hoch, wobei sie mühelos die Löcher in den Stufen umgeht, als ob sie die Stellen im Schlaf finden könnte. Ihr helles Haar ist in einen dünnen Pferdeschwanz zusammengefasst, was ihre hohlen Wangen noch unterstreicht.

»Was willst du?«, fragt sie.

»Hallo.« Unbehaglich verlagere ich mein Gewicht von einem Bein auf das andere. »Ich war mir nicht sicher, ob jemand zu Hause ist.«

»Und?«

»Ich wollte die hier doch vorbeibringen.« Ich greife in meine Tasche und ziehe einen kleinen Stapel DIN-A4-Blätter heraus, mit der Überschrift VERMISST in Großbuchstaben. Ich halte ihr die Zettel hin.

Ivy nimmt sie nicht an, sondern starrt auf Henrys Foto. Sie legt den Kopf leicht schräg, und die harte Linie ihres Mundes wird weich.

Widerstrebend greift sie nach den Blättern. »Das ist ein gutes Foto.«

Ich spüre, dass sie etwas auftaut, aber wohl nicht genug, um mich ins Haus zu bitten.

»Wir müssen einfach hoffen, dass er wieder nach Hause kommt«, sage ich.

Ivys Gesicht wird wieder hart. »Darauf würde ich nicht wetten.«

»Warum sagen Sie das?«

Sie sieht mich an, als würde sie das Gespräch bereits langweilen. »Es passiert mir ständig, dass Leute sich aus meinem Leben verabschieden und nie mehr wiederkommen.«

Sie geht um mich herum und tritt ins Haus. Als sie die Tür hinter sich zudrücken will, mache ich einen Schritt vorwärts.

»Oh, ähm … Henry hat sich im Januar ein Buch von mir ausgeliehen«, sage ich. »Ich wollte fragen, ob ich es wiederhaben kann.«

Eine ziemlich schwache Geschichte, ich weiß. Aber etwas anderes ist mir nicht eingefallen, um ins Haus zu kommen. Ich rechne damit, dass Ivy keine Ahnung hat, welche Bücher in Henrys Zimmer seine eigenen sind und welche nicht. Die meisten davon hat er sowieso von mir geschenkt bekommen, andere sind Science-Fiction- und Fantasy-Romane aus dem *Shallow Vintage Wares*, die Tom regelmäßig für Henry beiseitegelegt hat.

Zu meiner Überraschung hält Ivy die Tür auf und bedeutet mir mit einer Kopfbewegung, einzutreten.

»Danke«, sage ich. »Ich …«

Sie dreht sich um, lässt mich stehen und geht in die Küche.

Also muss ich mich allein zurechtfinden. Das kommt mir sehr entgegen. Ich weiß, welches Fenster zu Henrys Zimmer gehört, also habe ich keine Probleme, mich zu orientieren, und gehe zu der ersten Tür links. Am liebsten wäre ich Ivy in die Küche gefolgt, um selbst nachzusehen, ob Raf mit der Vitrine und den Wedgwood-Tellern recht hat. Aber dann würde sie Fragen stellen. Vielleicht kann ich sie nachher um ein Glas Wasser bitten.

Henrys Zimmer ist nicht besonders groß. Eine Wand wird fast vollständig von Einbauregalen eingenommen, was dazu führt, dass die Möbel ziemlich merkwürdig angeordnet sind. Das Bett steht mitten im Zimmer. Es ist ordentlich gemacht, das Laken glattgestrichen und fein säuberlich eingeschlagen. Ich kann mir nicht vorstellen, dass sich Mason oder Ivy solche Mühe geben würden. Es kommt mir so klein und einsam vor, ein verlorenes Möbelstück, das darauf wartet, dass sein Besitzer nach Hause kommt.

Etwas ragt unter dem Kissen hervor. Ich werfe einen Blick über die Schulter, um sicherzustellen, dass Ivy nicht unerwartet hinter mir auftaucht, dann strecke ich die Hand aus und ziehe den Gegenstand hervor. Es ist ein weißer Umschlag mit Briefmarken, an Henry adressiert. Ich drehe ihn um, aber es steht kein Absender drauf. Doch ich weiß, von wem er stammt. Es ist Henrys Geburtstagskarte von seinem Vater. Er bekommt jedes Jahr eine. Es ist herzzerreißend, dass er seinem Sohn eine Karte schickt, obwohl er weiß, dass diese Karte Henry nicht erreichen wird.

Ein Ruck durchfährt mich.

Wenn Wayne Weaver seinem Sohn eine Karte geschickt hat, dann kann Henry unmöglich bei ihm in Sydney sein.

Ich höre Ivy in der Diele, stecke den Umschlag schnell wieder unter das Kissen und husche zu Henrys Bücherregal. Ich tue so, als ob ich die Titel der Bücher lesen würde, doch stattdessen tanzen meine Augen über die Holzfigürchen und die Tiere aus Porzellan, über einen kleinen Stapel Übungshefte und die halb fertige Skyline von New York City aus LEGO-Steinen. Wir alle haben für dieses Set zusammengelegt, und Henry hat es an Weihnachten von einem *geheimen Weihnachtsmann* im Haus der Nolans bekommen. Henry und Mason hatten uns einmal erzählt, dass sie als Kinder nie mit LEGO gespielt haben, und diese Skyline ist das erste Set, das Henry je besessen hat.

Ivy stellt sich mit vor der Brust verschränkten Armen in den Türrahmen. »Hast du's gefunden?«

»Ich suche noch.«

Und das stimmt, ich suche. Ich suche mit den Augen die Wände ab, die Regale, den Boden, ob ich irgendetwas finden kann, das die Theorie untermauert, dass Henry davongelaufen ist.

Oder widerlegt.

»Vielleicht hat Henry es mitgenommen«, sage ich. »Er hatte seinen Rucksack dabei, nicht wahr?«

Ivy lehnt sich gegen den Türrahmen. »Rucksack, Zahnbürste und die Sachen, die er anhatte. Vielleicht noch ein oder zwei T-Shirts. Schwer zu sagen. Es sieht nicht so aus, als ob irgendwas fehlt.«

»Seine grüne *Lucky-7*-Mütze«, sage ich. »Die von seinem Dad.«

Ivy schnaubt. »Das hat er dir erzählt?«

»Er hat sie sich von dem Geburtstagsgeld letztes Jahr gekauft. Das Geld aus der Karte.«

»Was?« Ivy runzelt die Stirn. »Wayne hat seit dem Tag, an dem er uns verlassen hat, nichts mehr mit Henry zu tun.«

Ich runzele ebenfalls die Stirn. »Sie wissen nichts über die Geburtstagskarten? Henry kriegt jedes Jahr eine von seinem Dad.«

Ivy starrt mich an, als ob ich wirres Zeug reden würde.

»Ich dachte, Sie wüssten Bescheid«, sage ich schnell, »weil Sie doch die Karte unter sein Kissen gelegt haben.«

Ivy geht an mir vorbei und zieht das Kissen weg. Sie nimmt den Umschlag und betrachtet Vorder- und Rückseite.

»Kein Stempel«, sagt sie und hält ihn hoch, damit ich es sehen kann.

Das war mir nicht aufgefallen. Ehe ich noch etwas sagen kann, schiebt Ivy ihren Finger unter die Klappe des Umschlags.

»Moment mal«, stammele ich. »Sie können doch nicht …«

Sie reißt den Umschlag auf und zerrt die Karte heraus. Den zerknitterten Umschlag lässt sie einfach zu Boden fallen. Als sie die Karte aufklappt, flattert ein Geldschein heraus und landet auf dem Bett. Ivy überfliegt die Karte und stößt sie mir dann mit einer ruckartigen Armbewegung entgegen. Ich nehme sie ihr aus der Hand, während sie sich gleichzeitig vorbeugt und den Zwanzig-Dollar-Schein vom Bett klaubt. Unter der gedruckten Grußbotschaft der Karte stehen vier Worte in schwarzem Filzstift: *Alles Liebe von Dad.*

»Wayne hat das nicht geschrieben«, sagt sie. »Sieht mir eher nach Masons Handschrift aus.«

Sie steckt den Geldschein in ihren BH und geht aus dem Zimmer. Ich folge ihr dicht auf den Fersen.

»Aber …«, sage ich, »woher wollen Sie das wissen?«

»Wayne hat den Kontakt schon vor Jahren abgebrochen«, sagt sie. »Dafür hat seine neue Frau gesorgt. Sie hat ihm eingeredet, dass Henry nicht sein leiblicher Sohn sei. Wayne hat mich angerufen, nachdem die Polizei ihn wegen Henrys Verschwinden kontaktiert hatte, und mir gesagt, dass er nichts damit zu tun haben will.«

Sie stößt einen Schwall Schimpfworte aus, um zu beschreiben, was sie von ihrem Ex-Mann hält, und mir dämmert die Erkenntnis, dass Mason all diese Geburtstagskarten an Henry geschrieben hat. Ich empfinde einen Stich des Bedauerns darüber, wie ich Mason im Postbüro angefahren habe, aber es ist trotzdem schwer, eine solch liebevolle Geste mit einer Person in Einklang zu bringen, die Henry in das Reservoir gestoßen hat.

Und es wirft ein neues Licht auf die Dinge: Hat sich Henry tatsächlich nach Sydney aufgemacht, um einen Vater aufzusuchen, der nichts von ihm wissen will? Es kommt mir fragwürdig vor, ob er überhaupt Kontakt zu Wayne geknüpft hat.

»Du weißt ja, wo's rausgeht«, sagt Ivy, die mit kalter Stimme ihre Wut von Wayne auf mich lenkt. Sie macht eine Kopfbewegung zur offenen Haustür hin und lässt mich stehen.

Ich werfe noch einen letzten Blick in Henrys Zimmer, mache ein paar Schritte und bleibe unbemerkt vor der Küche stehen. Der Raum mag ja vor drei Monaten blitzsauber gewesen sein, jetzt ist er es jedenfalls nicht mehr: Schmutziges Geschirr stapelt sich neben der Spüle, und die eingetrockneten Essensreste legen die Vermutung nah, dass es schon eine ganze Weile dort steht. Krümel und Dreck haben sich vor den Fußleisten gesammelt, und auf der Arbeitsplatte stehen diverse Nahrungsmittel, die niemand weggeräumt hat.

Keine Spur von der Glasvitrine oder den Sammeltellern.

Ivy dreht leicht den Kopf in meine Richtung, während sie sich auf einem Stuhl niederlässt. »Du bist ja immer noch da.«

»Tut mir leid.« Ich ziehe den Kopf ein und mache ein paar Schritte zur Haustür hin. Dann bleibe ich stehen. Ich mache den Mund auf, und die Worte kommen einfach so aus mir heraus. »Warum hassen Sie mich so?«

Ivy greift nach Zigarettenschachtel und Feuerzeug und steckt sich seelenruhig eine Zigarette zwischen die Lippen. Erst nachdem sie sie angezündet und einen langen Zug genommen hat, sagt sie: »Ich habe keine Ahnung, wovon du redest.«

»Ich glaube doch«, sage ich und wundere mich über mich selbst. Woher nehme ich ausgerechnet jetzt den Mut dazu? Diese Sache schleppe ich doch schon so lange mit mir herum. Vielleicht liegt es daran, dass sie gerade eben Henrys zwanzig Dollar gestohlen hat. Das hat mich erschüttert. »Ich habe mir den Kopf zerbrochen und begreife einfach nicht, was Sie gegen mich haben.«

Sie mustert mich mit diesem Blick aus halb geschlossenen Augen. Ich hätte mich am liebsten abgewandt und wäre gegangen, aber ich bleibe standhaft, und überrascht sehe ich, wie ihr harter Ausdruck weich wird und sie leicht das Kinn hebt.

»Wie alt bist du?«, fragt sie. Sie zieht einen weißen Keramikaschenbecher über den Küchentisch zu sich hin. Auf der Seite prangt das Logo des *Criterion*.

»Sechzehn.«

»Meine Eltern starben, als ich siebzehn war«, sagt sie. »Meine Mutter hatte mir rein gar nichts beigebracht. Ich wusste nicht, wie man die Waschmaschine bedient oder etwas zu essen kocht. Ich konnte nicht Autofahren, und ich konnte keinen Haushalt führen. Mein älterer Bruder hat von mir erwartet, dass ich in die Fußstapfen meiner Mutter trete, noch bevor sie im Grab lag.«

Ich schlucke und halte ihrem Blick stand. Ich weiß nicht, worauf sie hinauswill, aber so viel wie heute hat Ivy Weaver in ihrem ganzen Leben nicht mit mir geredet.

»Mark hat das ganze Ersparte unserer Eltern verpulvert. Einfach in den Wind geschossen. Ich konnte die Highschool nicht abschließen, weil ich mir einen Job suchen musste. Mark war nie zu Hause, und meine Freunde kamen nicht mehr zu Besuch, weil wir nichts mehr gemeinsam hatten. Und mein Freund hat mir ständig gesagt, ich solle nicht so mies gelaunt sein.« Sie klopft die Asche ihrer Zigarette über dem Aschenbecher ab und setzt sie wieder an ihre Lippen. »Als ich ihm sagte, dass ich schwanger bin, hat er mir ein blaues Auge geschlagen. Drei Wochen später ist mein Bruder nach Bali geflogen und nie wiedergekommen. Die Geburt habe ich ganz allein durchgestanden. Bin allein mit dem Baby nach Hause gekommen. Habe ihn sechs Monate lang allein durchgebracht, bis dieser Nichtsnutz von meinem Freund an meinem neunzehnten Geburtstag zurückgekrochen kam.«

Ich rechne schnell nach: Ivy ist noch nicht einmal vierzig. Sie sieht gut und gerne zehn Jahre älter aus.

»Ich sag dir jetzt was.« Sie deutet mit ihrer Zigarette auf mich. »Es gab einmal eine Zeit, bevor all das hier passiert ist« – sie deutet vage in die Runde – »vor diesem Haus, diesem Leben … da war ich wie du.« Ihr Blick gleitet von mir weg in eine leere Ecke des Zimmers, die sie traurig anstarrt, als ob dort etwas fehlen würde. Als sie weiterspricht, hat ihre Stimme ihren harten Klang verloren. »Und es ist sehr schwer, diesen Gedanken nicht zu hassen.«

Über Ivys Worte nachgrübelnd, gehe ich zu meinem Fahrrad, als ich näherkommende Scheinwerfer bemerke. Die Sonne ist mittlerweile untergegangen, und durch die Bäume schimmert die Mondsichel. Erstes Viertel, denke ich und sehe dabei Rafs grinsendes Gesicht vor mir. Meine Stimmung, die nach der niederdrückenden Rede von Ivy im Keller war, hebt sich ein wenig.

Als die Scheinwerfer auf das Weaver-Haus zusteuern, wird mir klar, dass es wahrscheinlich Mason ist. Auf dieser Straße am Rand des Feldes stehen außer dem Weaver-Bungalow nicht viele andere Häuser, und jetzt, da Cutler Bend geschlossen ist, gibt es auch auf dieser Strecke Richtung Stadt keinen Durchgangsverkehr. Die Straße endet in der Nähe des Naturschutzgebiets, und wer hier entlangfährt, wohnt auch hier.

Als der Wagen näherkommt, zerre ich mein Rad vom Briefkastenpfosten weg und ducke mich hinter einen Busch. Wenn

Mason verlangt, dass mein Vater auf Abstand geht, dann wird er bestimmt nicht erfreut sein, mich hier zu sehen. Ich höre, wie der Wagen langsamer wird und dann über den Bordstein rumpelt. Der Kies der Einfahrt knallt und klickt unter den Reifen. Vorsichtig spähe ich um den Busch herum und sehe, wie sich der Subaru langsam mit rot leuchtenden Rücklichtern auf den Carport zubewegt.

Plötzlich wird alles schwarz. Mason hat das Licht ausgeschaltet und rollt die letzten fünfzig Meter im Dunkeln weiter.

Meine Neugier ist geweckt. Ich lasse das Fahrrad hinter dem Busch liegen und kehre zum Haus zurück. Neben einem Baum bleibe ich stehen, als im Carport ein kleines Licht angeht. Ganz kurz sehe ich Mason, der aus dem Wagen steigt. Er drückt die Fahrertür fast völlig geräuschlos zu, und statt zur vorderen Veranda zu gehen, läuft er weiter durch den Carport nach hinten in den Garten.

Ich folge ihm und bleibe am Ende des Carports stehen. Die Schottereinfahrt zieht sich durch den Garten bis zum Buschland, wo ein alter Geräteschuppen aus Wellblech das Ende des Grundstücks markiert. Der Motor des Wagens hinter mir kühlt tickend ab, und ich überlege, ob ich weitergehen soll. Ich entscheide mich dafür, denn wie oft komme ich schon hier hinaus zum Haus der Weavers? Drinnen habe ich nichts von Bedeutung gefunden. Ich will nicht mit leeren Händen umkehren; vielleicht führt mich ja Mason auf irgendeine neue Spur.

Selbst in der Dunkelheit will ich es aber nicht riskieren, auf der offenen Fläche des Gartens gesehen zu werden, also steuere ich auf eine Ansammlung von Gummibäumen zu, die an dem Zaun zum Nachbargrundstück wachsen. Ich passe mein Tempo dem von Mason an und ducke mich in den Schatten der Bäume. Vor dem Geräteschuppen bleibt er stehen und schaut über die Schulter zum Haus. Ich drücke mich schnell gegen einen Eukalyptusbaum und bete, dass es in der Rinde nicht von Ameisen wimmelt. Als ich mich wieder traue hinzuschauen, ist Mason verschwunden, und aus der offenen Tür des Gerätschuppens fällt goldenes Licht. Mit einer Schaufel in der Hand taucht Mason wieder auf, dann geht das Licht aus.

Mein Herz macht einen Sprung.

Das gefällt mir nicht. Das gefällt mir gar nicht.

Mir wird plötzlich bewusst, wie abgelegen das Grundstück ist, zumal im Haus der Milburns niemand mehr wohnt. An das hintere Ende grenzt das Buschland, auf der anderen Straßenseite erstrecken sich Wiesen, und rechts und links unbewohnte Häuser. Man könnte sich mitten in den Garten stellen und aus voller Kehle schreien, und niemand würde es hören. Niemand würde zu Hilfe kommen. Hier könnte alles Mögliche passieren, und niemand würde es je erfahren.

Mason geht weiter und verschwindet zwischen den Bäumen hinter der Hütte. Dort verläuft ein schmaler Pfad, der offenbar nur selten benutzt wird, weil er fast völlig von Unkraut überwuchert ist. Ich hole mein Handy heraus und überprüfe den Ladezustand, während ich weiterschleiche. Der Akku ist noch fast voll. Als ich die Taschenlampenfunktion aktiviere, sehe ich, dass der kleinste Balken für den Empfang unsicher flackert, mal auftaucht und dann wieder verschwindet.

Erst als ich hinter die Baumlinie getreten bin, bemerke ich ein Licht vor mir. Mason ist ein gutes Stück von mir entfernt; er hat eine Taschenlampe in der Hand. Ich habe das Gefühl, eine halbe Ewigkeit gelaufen zu sein, obwohl es vielleicht nur hundert Meter waren – schwer zu sagen, wenn man in der Umgebung nichts erkennen kann, was einem hilft, die Entfernung abzuschätzen. Ich lasse mich zurückfallen, weil ich nicht in eine Situation geraten will, aus der ich nicht mehr herauskomme.

Der Schein der Taschenlampe gleitet über einen großen, umgekippten Baumstamm. Mason wird langsamer und verlässt den Pfad, wobei er vorsichtig durch das Unterholz stakst. Er legt die Taschenlampe auf ein Ende des Baumstamms und bückt sich.

Ich bleibe, wo ich bin, ohne dass ich erkennen kann, was er tut. Ein Schaben ertönt, wie das Blatt einer Schaufel, die sich in die Erde gräbt, dann das leichte Prasseln von Erdklumpen auf trockenem Laub. Er gräbt etwa eine knappe Minute lang, dann geht er in die Hocke, und ich kann von meiner Position aus nur noch seinen Kopf sehen. Gleich darauf steht er wieder und schaufelt die Erde an ihren Platz.

Chloe, du musst jetzt da weg.

Ich habe keine Möglichkeit, mich hier irgendwo unbemerkt zu verstecken, er würde hören, wie ich durch Farne und trockenes Laub presche, und der Pfad ist so schmal, dass ich mich auch nicht hinter einen der Baumstämme quetschen kann. Mason würde mich sofort entdecken. Also drehe ich mich um und gehe schnell und möglichst geräuschlos den Weg zurück, den wir gekommen sind, wobei ich ein paarmal zurückschaue, wie weit der Schein seiner Taschenlampe noch entfernt ist. Auf dem offenen Gelände jenseits der Bäume gibt es keinerlei Deckung, daher biege ich zur Seite ab, sobald ich den Schuppen erreiche, husche zur Rückseite des kleinen Gebäudes und kauere mich zu Boden.

Wie ich mir gedacht habe, ist Mason dicht hinter mir. Schritte schaben über den Pfad, dann wird es still. Nichts rührt sich. Ich spitze die Ohren, höre aber nur den Schlag meines eigenen Herzens. Ein paar Sekunden lang dehnt sich die Stille quälend aus. Ich bleibe am Boden und halte den Atem an, während ich zur Ecke des Geräteschuppens hochschaue, wo ich jeden Moment erwarte, Mason auftauchen zu sehen.

Quiiiiieetsch. Die Tür des Schuppens geht auf. Ich drücke das Ohr gegen die Wellblechwand und höre auf der anderen Seite einen dumpfen Schlag. Quietschend schließt sich die Tür wieder, und Masons Schritte entfernen sich, bis ich sie nicht mehr hören kann.

Ich weiß nicht, wie lange ich noch hinter dem Schuppen hocken bleibe, bis ich mir sicher bin, dass ich gefahrlos herauskommen kann. Als ich mich wieder am Haus der Weavers vorbeischleiche, ist es Nacht geworden. Gerade als ich mein Fahrrad hole, zeigt mir mein Handy vibrierend an, dass ich eine Nachricht bekommen habe. Ich bin heilfroh, dass ich es auf stumm geschaltet habe. Wenigstens habe ich hier wieder Empfang.

Mit pumpenden Beinen fahre ich nach Hause, und meine Gedanken kreiseln im Rhythmus der Räder, während ich versuche, die böse Vorahnung abzuschütteln, die mir im Nacken sitzt. Sabeen würde sagen, dass ich mir zu viele Krimi-Podcasts anhöre, aber mir gehen immer wieder dieselben Fragen durch den Kopf.

Wofür braucht Mason einen Reisepass?

Warum war die Küche der Weavers nach dem Sturm so aufgeräumt?

Und … was zum Teufel hat Mason hinter seinem Haus im Wald vergraben?

18

Zwei Wochen vor dem Sturm

MASON

Er hatte Henry nicht ins Wasser stoßen wollen. Alles ging so schnell. Es war, als ob der Druck in seinem Kopf irgendwo raus müsste, als ob der Frust ein Ventil brauchte.

Das Schlimmste war, dass der Tag ganz anders angefangen hatte.

Raf und Sabeen hatten am zweiten Weihnachtsfeiertag die Reste des Heiligabendessens für ein Picknick eingepackt und alles auf dem Devil's Rock ausgebreitet. Der eigentliche Picknickbereich wimmelte von Touristen, hauptsächlich Motelgäste. Einige nahmen ein verbotenes Bad im Reservoir, wo kreischendes Gelächter aufstieg, jemand spielte Weihnachtslieder auf einem iPod, und auf der Wiese war ein Kricketspiel in vollem Gang. Es war ein guter Lärm, ein fröhliches Getöse. Mason trat sich die Schuhe von den Füßen und stützte sich auf seine Ellbogen. Der Felsen unter ihm war warm und fest, der weite Himmel über ihm von einem angenehmen Blau.

Tom tat es ihm gleich und lehnte sich neben ihm ebenfalls zurück. Seine nackten Beine wurden in der Sonne schon rosa. Sie hatten jetzt beide das zwölfte Schuljahr beendet, und der Druck war weg – keine Lehrer mehr, keine Prüfungen, kein beschissener Darren Foster. Abgesehen von den Tagen, an denen Mason arbeiten musste, hatten sie den Rest des Sommers frei, konnten sich entspannen und zusammen abhängen. Dieser Tag war der perfekte Anfang. Rina war mit ihrer Mutter nach

Wollongong gefahren, und er genoss es, ihr einmal nicht alle fünf Minuten den Rücken eincremen zu müssen, und Henry half Onkel Bernie mit seinem Wohnwagen. Mason fühlte sich leicht und frei. Entspannt. Niemand verlangte irgendetwas von ihm, und er konnte einfach … sein.

Es war das erste Mal seit langem, dass er sich auch nur ansatzweise glücklich fühlte.

Dann stand Chloe auf und fegte sich Krümel von ihrem geblümten Kleid, das sich in der leichten Brise kräuselte und ihre Oberschenkel entblößte. Mason sah, dass Tom sie fixierte. Seine Augen wanderten gebannt an Chloes Beinen empor, ehe er leicht verlegen den Blick abwandte. Tom beobachtete Chloe, und Mason beobachtete Tom. Und Mason wurde klar, dass er nicht wollte, dass Tom Chloe so anschaute. Um alles in der Welt nicht.

Chloe war Rafs Mädchen. Nicht offiziell. Raf bekam es einfach nicht auf die Reihe, den ersten Schritt zu machen, obwohl er seit Jahren in sie verknallt war. Mason hatte ihn noch nie so niedergeschlagen und düster erlebt wie damals, als er erfahren hatte, dass Chloes Mum The Shallows verließ und ihre Tochter nach Sydney mitnahm. Wenn Chloe zu Besuch kam, flirteten sie jedes Mal heftig miteinander, obwohl keinem von beiden klar zu sein schien, dass sie sich allmählich ein Herz fassen mussten, wenn die Sache irgendwo hinführen sollte.

Mason verstand nicht, was alle an Chloe fanden, besonders, weil sie für ihn nie Zeit hatte, wohl aber für seinen Bruder. Sie hatte sich auch schon ein paar Mal wegen Henry mit Mason angelegt. Sie war dickköpfig. Und Mason hatte den Eindruck, dass seine Mutter sie nicht leiden konnte. Aber wenn er seine Vorbehalte gegen sie außer Acht ließ, dann war da etwas zwischen Chloe und Raf, das irgendwie zu passen schien, und Mason rechnete fest damit, dass sie eines Tages zueinanderfinden würden.

Aber das war nicht der Grund, warum er nicht wollte, dass Tom sie so anschaute.

Es ging nicht um Chloe. Es ging um Tom.

Tom war *sein* bester Freund, *seine* Rückendeckung, *sein* Vertrauter. Nicht Chloes.

Vielleicht war er eifersüchtig. Das konnte er sich eingestehen.

Und dann bekam sie einen Krampf. Ein Schmerz durchzuckte ihre Wade. Sabeen sprang auf, um zu helfen, aber Tom war schon da und befahl Chloe, stillzuhalten, während er seine Hände auf ihre nackte Haut legte und mit seinen Daumen in kreisrunden Bewegungen ihren Wadenmuskel massierte. Raf bemerkte von alldem nichts. Er hatte die Ohrstöpsel eingesteckt, blickte aufs Wasser hinaus und versuchte, sich M&Ms in den Mund zu werfen.

Mason hätte ihm am liebsten gegen den Fuß getreten, um seine Aufmerksamkeit zu erregen.

Tu etwas, Raf!, dachte er. *Tom macht sich an dein Mädchen ran.*

Aber darunter lag ein anderer Gedanke: *Dein Mädchen macht sich an meinen Kerl ran.*

Er hätte beinahe über sich selbst gelacht. Wie idiotisch! So empfand er nicht für Tom. Sie waren Kumpels. Und Mason hatte Rina, verdammt noch mal.

Aber trotzdem … das alles war sehr verwirrend. Er dachte ständig an Tom, wann er ihn wiedersehen würde und worüber sie reden würden. Er erinnerte sich an jede einzelne Gelegenheit, bei der er Tom dazu gebracht hatte, sich vor Lachen den Bauch zu halten, und daran, wie gut es sich angefühlt hatte.

Jedes Mal, wenn Mason Ärger mit seiner Mutter hatte, ging er damit zu Tom, und obwohl ihm Mason nicht direkt erzählte, was passiert war, gab Tom ihm stets das Gefühl, für ihn da zu sein, auch ohne die Einzelheiten zu kennen. Sie waren wirklich gute Freunde. Die besten.

Mason konnte selbst nicht sagen, was ihn veranlasste, die beiden deutschen Rucksacktouristinnen anzusprechen, die auf den Devil's Rock geklettert waren, um die Aussicht zu bewundern. Vielleicht wollte er Tom auch eifersüchtig machen. Er wusste bloß nicht genau, warum.

Die beiden blonden Mädchen wollten ein Selfie schießen. Mason sprang auf und bot ihnen an, das Foto für sie zu knipsen. Die Größere der beiden musterte ihn anerkennend und stupste ihre Freundin an, woraufhin sie anfingen zu kichern und sich in leicht stockendem Englisch vorstellten. Während sich Mason ein wenig mühsam mit den Mädchen unterhielt, sah er, dass Sabeen und Raf Chloe über den Felsen zum Weg zurückbrachten, damit sie ihre Muskeln entspannen konnte.

Gut, dachte er, *lasst euch ruhig Zeit.*

Die Mädchen bestanden darauf, ein paar Selfies zusammen mit Mason zu schießen, und Mason sagte etwas, das sie wieder zum Kichern brachte. Er schaute über die Schulter zu Tom, aber Tom achtete gar nicht auf ihn. Er stand gerade auf und fixierte den Weg, der von der Picknickwiese hoch zum Felsen führte.

»Henry?«, rief Tom. »Alles klar bei dir?«

Mason wirbelte herum. Sein Bruder kam gerade zwischen den beiden großen Felsen hindurchgerannt, und nur wenige Sekunden später stand er schwer atmend auf dem Felsen.

»Mason«, keuchte er. Er war völlig außer Atem, als ob er sein Fahrrad an der Mündung des Trampelpfads liegen gelassen hätte und von dort aus gerannt wäre. »Du musst sofort kommen!«

Mason runzelte die Stirn. »Was?«

»Du musst mir helfen«, flehte Henry, drückte eine Hand unter seine Rippen und zuckte zusammen; offensichtlich hatte er Seitenstechen. »Ich bin nach Hause gekommen, und da war Blut auf dem Küchenboden. Sie hat es überall hingetropft, quer durchs Wohnzimmer. Sie hat was zerbrochen, und überall ist Glas. Komm mit, Mason, bitte. Bitte hilf mir, das in Ordnung zu bringen.«

Eins der deutschen Mädchen kicherte nervös bei der Erwähnung von Blut. Und plötzlich war Mason wieder acht Jahre alt, stand in dem großen Supermarkt in Bowral und sorgte sich um die Verletzungen seiner Mutter. Ivy hatte in der einen Hand eine Einkaufstüte gehalten, in der anderen Henrys Hand und war mit unsicheren Schritten die Betonstufen in Richtung Parkplatz gegangen. Die Art, wie sie sich mit der Kassiererin gestritten hatte, war ein untrügliches Anzeichen für ihren Zustand. Sie hatte sich darüber beschwert, dass ein Zwei-für-Eins-Angebot aus dem Prospekt nicht auf dem Kassenbon ausgewiesen worden war. Ihre Stimme war immer lauter geworden, und alle anderen Kunden hatten zu ihr hingeschaut. Die Kassiererin war knallrot geworden.

Dann lallte seine Mutter das Wort »Manager« und stieß mit ihrer Handtasche ein Kästchen mit Anstecknadeln einer Wohltätigkeitsorganisation von der Ablage vor der Kasse. Eine alte Dame schnalzte mit der Zunge und murmelte etwas, das Mason nicht verstehen konnte. Dann zog ein älterer Mann die Augenbrauen hoch und musterte Ivy von oben bis unten. »Die hatte wohl ein paar zu viel«, meinte er zu seiner Frau.

Mason ging auf die Knie und schob die Anstecknadeln wieder in den Behälter. Seine Mutter stupste ihn mit dem Knie an. »Lass liegen«, sagte sie. »Komm, wir gehen.«

Auf dem Weg hinaus prallte sie mit der Schulter so fest gegen die automatische Tür, dass es sie beinahe um die eigene Achse gewirbelt hätte. Sie fluchte laut, und eine Frau am Zigarettenverkauf schaute herüber und schüttelte den Kopf.

Mason war sich überdeutlich der Tatsache bewusst gewesen, dass die Menschen seine Mutter abschätzten.

Als Henry stehen blieb, um die Sammelbüchse für Blindenhunde zu streicheln und fragte, ob er ein paar Münzen in den Hundekopf stecken dürfte, fuhr Masons Mutter ihn an: »Glaubst du vielleicht, ich hab Geld für einen Plastikhund übrig?« Sie riss ihn weg und ging auf die Treppe zu.

Mason folgte ihr. Er war so damit beschäftigt, den Leuten entschuldigende Blicke zuzuwerfen, dass er den Augenblick verpasste, in dem seine Mutter mit dem Fuß die Stufe verfehlte und ihr Körper wie eine Welle in sich zusammenstürzte und Henry mit sich riss.

Er hörte Glas splittern. Die Plastiktüte hatte einen Riss bekommen. Dosen purzelten heraus und rollten sirrend und knallend die Treppen hinunter. Es waren nur wenige Stufen, aber seine Mutter war schwer unten aufgekommen. Mason hörte, wie sie nach Luft schnappte. Wie durch ein Wunder war Henry auf ihr gelandet, wie sie mit ausgebreiteten Armen und Beinen auf dem Asphalt lag. Er war ein bisschen zittrig vor Schreck, aber ansonsten unversehrt. Ivy blieb einen Moment lang liegen und stöhnte, während sie Henry mit dem Ellbogen anstieß, damit er von ihr herunterkletterte. Sie hob den Arm, um ihre Handfläche zu begutachten, wo die Haut aufgeschrammt war. Mason wusste nicht genau, wie er sich verhalten sollte, lief zwei Dosen mit Bohnen hinterher, hob sie auf und schaute sich auf dem Parkplatz um, in der Hoffnung, jemand wüsste, wie man ihnen helfen konnte.

Der Parkplatz war menschenleer, bis auf drei Mädchen im Teenageralter, die neben den Einkaufswagen herumlungerten und eine Zigarette rundgehen ließen. Eine von ihnen brach in Gelächter aus. Die anderen beiden kicherten, und die erste rief halbherzig: »Brauchen Sie Hilfe?«

Mason konnte sich nicht mehr daran erinnern, was seine Mutter sagte, ob sie überhaupt etwas erwiderte. Woran er sich erinnerte, war, dass sie seine Hand wegschlug, als er ihr aufhelfen wollte.

»Geht weiter«, zischte seine Mutter ihn und Henry an und kämpfte sich auf die Knie. Sie deutete auf die Bushaltestelle an der Straße. Die Mädchen kicherten wieder, diesmal über die Einkaufstüte, die am Fuß der Treppe wie ein überfahrenes Reh liegen blieb. Mason konnte die Augen nicht davon abwenden, als der Bus kam, und musste daran denken, wie schwer sich seine Mutter das Zwei-für-Eins-Angebot erkämpft hatte.

Und jetzt waren da wieder kichernde Mädchen. Eine neuerliche Kränkung. Tom trat mit gerunzelter Stirn vor.

»Hey, Kumpel«, sagte er leise.

Und da sah Mason es: diesen Anflug von Mitleid. Er wollte nicht, dass Tom ihn so ansah. Niemals. Der Tag war perfekt gewesen, und nun war alles verdorben.

»Ich komme heim, wenn ich heimkomme«, sagte Mason zu seinem Bruder. »Ich gehe jetzt schwimmen.«

Er trat an den Rand des Felsens und riss dabei sein T-Shirt aus Henrys Hand. Henry kam ihm nach und trat ihm in den Weg, woraufhin Mason nach rechts auswich. Aber wieder verstellte ihm Henry den Weg. Unter anderen Umständen hätte ihr Tanz komisch gewirkt.

»Beweg dich«, knurrte Mason. »Geh zur Seite.«

»Bitte«, sagte Henry.

Die Rucksacktouristinnen murmelten miteinander und kicherten wieder.

»Mason«, sagte Tom, »wir können doch morgen wieder herkommen.«

Mason konnte es nicht. Er konnte nicht nach Hause gehen und ihren Dreck wegwischen. Er konnte sie nicht wieder zusammenflicken. Er konnte sie nicht ins Bett bringen. Er konnte einfach nicht.

Er würde es nicht tun.

»Geh mir aus dem Weg!«, flehte er Henry mit zitternder Stimme an.

»*Nein!*«, schrie Henry zurück.

Alles rings um Mason wurde weiß und still, als ob alle Farbe und alle Geräusche aus der Welt herausgeflossen wären. Er legte seine Hand auf Henrys Brust und stieß zu.

In dem Bruchteil der Sekunde, als Henrys Körper sich von seiner Hand löste, flexte Mason die Finger, um das T-Shirt zu packen, das nicht mehr da war. Es war ein Reflex – Henry beschützen –, denn in diesem Augenblick war Mason nicht mehr er selbst.

Neben ihm keuchte Tom auf. Mason nahm es kaum wahr. Er betrachtete die Vögel, die am gegenüberliegenden Ufer in die Mangroven niederstießen und wieder aufstoben. Er hörte nicht einmal, wie sein Bruder im Wasser aufschlug.

»Verdammte Scheiße!« Tom packte Mason am Unterarm und drückte zu. Beide schauten nach unten in das blaugrüne Wasser, aus dem Luftblasen aufstiegen. Irgendwo in weiter Ferne hörte Mason Schreie. Chloe. Sie rief seinen Namen. Und den von Henry.

Henry tauchte wieder auf, in einer Explosion aus umherschlagenden Armen und abgehacktem Husten. Die Erinnerung an Henry als Baby, daran wie still und stumm er in der Badewanne nach unten gerutscht war, schob sich in Masons Bewusstsein, wie die winzigen Bläschen sich an Henrys Nase gesammelt und wie Diamanten an seinen Wimpern gehangen hatten. Das hier war ganz anders, all dieser Lärm und das Geschrei, als das Wasser sich wieder seines Bruders zu bemächtigen suchte.

Die kühle Stille des Badezimmers umgab ihn, die ruhige Faszination, die ihn beim Anblick des winzigen Gesichts seines Bruders in der Badewanne überkommen hatte, der aus einem natürlichen Instinkt heraus die Luft anhielt. Mason hatte zu viel Badewasser einlaufen lassen, er hatte sich ablenken lassen. Mit sechs Monaten hatte Henry gerade erst gelernt zu sitzen. Und jetzt lag er auf dem Grund der Badewanne.

Er ist einfach nach unten gerutscht.

Ich hab nichts gemacht.

Ich wollte ihm gerade helfen.

Es war seine Mutter – sie hatte Henry zum Weinen gebracht, als sie Mason zur Seite stieß und Henry so heftig aus dem Wasser riss, dass er zu Tode erschrak. Wie sie ihn an sich gedrückt und auf und ab geschüttelt hatte. Wie sie ihn fast fallen gelassen hätte, weil er so glitschig war.

»*Mason*«, sagte Tom jetzt. »Mach schon!« Er schlug mit der flachen Hand gegen Masons Brust. Und dieser Schlag brachte Mason zurück, als ob ihn jemand wachgerüttelt hätte.

Hinter ihm hörte er hastende Schritte auf dem Felsen. Er drehte sich um und sah, dass Chloe mit Raf und Sabeen im Schlepptau auf ihn zugerannt kam.

»Hilf ihm!«, schrie Chloe und blieb nur stehen, um ihre

Sandalen abzustreifen. Sie warf eine nach Mason, und die Gummisohle traf ihn seitlich am Gesicht.

Und dann sprang sie vollständig angekleidet über die Felskante ins Wasser.

Unten angekommen, schlang sie einen Arm unter Henrys Arme und um seine Brust und drückte ihn an sich, während sie mit tretenden Beinbewegungen in Richtung seichtes Wasser schwamm.

Die deutschen Mädchen flüsterten miteinander und kletterten schnell vom Felsen. Raf und Sabeen hatten bereits kehrtgemacht und rannten den Weg entlang zur Picknickwiese, zum Reservoir, wo Chloe Henry ans Ufer zog. Tom blieb noch einen Moment bei Mason, aber Mason konnte ihm nicht in die Augen schauen. Stattdessen bückte er sich und hob Chloes Sandalen auf.

»Was war das eben?«, fragte Tom ratlos.

Mason gab keine Antwort. Er blieb mit hängendem Kopf stehen, bis sich Tom abwandte und zu den anderen lief.

Ich bin kein guter Mensch, dachte Mason. *Ich verdiene kein Glück.*

Er verließ den Felsen und ging über die Picknickwiese zum Ufer des Reservoirs. Seine Freunde hatten sich um Henry versammelt, und ein paar Erwachsene waren dazugekommen, um nachzusehen, ob sie helfen konnten. Sein Bruder war klatschnass, aber er saß aufrecht da und nickte. Es ging ihm gut. Das war Chloes Verdienst.

Mason blieb ein paar Meter hinter den anderen stehen und stellte Chloes Sandalen vorsichtig in den Kies. Dann drehte er sich um und machte sich auf den langen Heimweg, um seine Mutter zu versorgen.

19

Heute

CHLOE

Vor dem *Shallow Vintage Wares* sitzt Toms Großvater, trinkt eine Tasse Tee und blättert die Lokalzeitung durch. Er hat in demselben Schaukelstuhl Platz genommen, in dem Henry auf dem Foto sitzt, das ich für die neuen Poster benutzt habe.

Ich kann es kaum erwarten, Raf und Sabeen zu erzählen, was ich gestern Abend auf dem Grundstück der Weavers beobachtet habe. Raf hat sich auf meine Nachricht hin noch nicht gemeldet, aber Sabeen hat mir vor einer Viertelstunde geschrieben, ich solle sie hier am Laden treffen.

»Hallo Onkel Bernie«, sage ich und beuge mich nach unten, um ihn zu umarmen. »Schon gut. Bleib sitzen.« Ich gehe vor ihm in die Hocke und lege eine Hand auf die Armlehne des Schaukelstuhls.

Da zwischen meinen Besuchen jeweils mehrere Monate liegen, fällt mir auf, wie schnell Onkel Bernie mittlerweile altert. Wahrscheinlich hat Tom es auch bemerkt. Vermutlich ist er deshalb so sehr darauf bedacht, im Laden zu helfen, wenn er hier ist. Er fürchtet, dass Bernie und Rose die Arbeit über den Kopf wächst, vor allem, weil Rose in letzter Zeit so vergesslich geworden ist.

»Wie geht's dir, Püppchen?« Onkel Bernie streicht mir mit seiner trockenen, schwieligen Hand übers Haar. »Bist du immer schön brav?«

Nicht direkt, denke ich. Ich habe eigentlich keine Lust auf ein gemütliches Schwätzchen, aber ich will Onkel Bernie nicht kränken. Wir unterhalten uns über meine Mum und Sydney und über die Schule. Ich erkundige mich nach Rose und nach der bevorstehenden gerichtlichen Anhörung ihres Sohnes wegen einer eventuellen vorzeitigen Entlassung aus der Haft.

»Ich mache mir Sorgen wegen Tom«, sagt Bernie unvermittelt. »Ich glaube, ihm wird alles irgendwie zu viel.«

»Wieso glaubst du das?«

»Er erzählt nichts, aber ich bin mir sicher, dass er mit seinem Studium nicht glücklich ist.« Er wirft einen Blick über die Schulter nach hinten, durch das Schaufenster in den Laden, dann beugt er sich vor. »Und wusstest du, dass er und Mason nicht mehr miteinander reden?«

»Bist du sicher? Mir hat er nichts davon erzählt.«

Bernie setzt seine Drahtbrille ab und wischt die Gläser an seinem Hemdzipfel sauber. »Ich glaube, sie haben sich gestritten. Mason ist letztens hergekommen, um etwas von Stu Macleod vorbeizubringen. Er hat vor dem Laden geparkt, und Tom ist wortlos nach drinnen verschwunden. Warum ist er nicht stehen geblieben und hat Hallo gesagt?«

»Ich werde Tom danach fragen«, verspreche ich ihm. »Es ist bestimmt nur ein Missverständnis.« Jetzt bin ich es, die seine Hand tätschelt. »Lass dir deinen Tee schmecken.«

Mein Lächeln verblasst, sobald ich den Laden betrete. Die Liste dessen, was ich Tom fragen will, wird immer länger. Er sitzt an dem verzierten Sekretär aus Holz hinten im Raum, umgeben von Papierstapeln. Die Kellertür steht einen Spalt offen, und Musik dringt aus dem alten, blechernen Radio in den Verkaufsraum. Ein paar Kunden stöbern durch die Plastikkisten mit gebrauchten, mit Eselsohren behafteten Taschenbüchern. Ansonsten ist der Laden leer.

Tom schaut auf, als er merkt, dass er beobachtet wird.

»Was machst du da?«, frage ich.

Er nimmt seine Brille ab und reibt sich mit einem müden Lächeln die Augen. »Einnahmen, Ausgaben, Versicherungskram. Ich lege alles zusätzlich online ab.« Er setzt sich die Brille wieder auf. »Bist du wegen unserer Verabredung zum Kaffeetrinken hier? Ich weiß nicht, ob ich das heute schaffe.«

Ich zucke mit den Schultern. »Kein Problem. Ich dachte, ich schaue mal vorbei und sage Hallo.« Ich beiße mir auf die Lippen, weil das nicht der Grund ist, warum ich hier bin. Ich nehme einen Flyer von einem kleinen Stapel am Rand des Sekretärs. »Was ist das?«

Stoppt den Neubau von Cutler Bend, steht da über einem Foto des Erdrutschs im Januar, das von einem roten Kreis eingerahmt ist, durch den quer ein roter Strich verläuft, wie bei einem Halteverbotsschild. *Das von dem Buschfeuer zerstörten Gebiet stellt eine Gefahr für die Bevölkerung dar.*

»Ach das.« Er weicht meinem Blick aus. »Ich drucke ein paar davon für Jack aus.«

»Jack vom *Traveller's Rest*?«, frage ich. Jack Doherty ist ein dubioser Möchtegern-Politiker, dem mehrere Unternehmen in The Shallows gehören, unter anderem das einzige andere Motel der Stadt. Seit ungefähr zehn Jahren ist er Dads direkter Konkurrent. Schlimmer noch: Er ist Sergeant Dohertys Bruder. »Seit wann tust du Jack Doherty einen Gefallen?«

Toms Augenbrauen ziehen sich ärgerlich zusammen. »Na ja, das mache ich doch immer, oder nicht? Jeder bittet mich um einen Gefallen, weil ich der Schwächling bin, der nicht Nein sagen kann.«

»Hey«, sage ich besänftigend. »Niemand hält dich für einen Schwächling.«

Er rollt mit dem Bürostuhl zum Drucker, holt einen weiteren Stapel Flyer heraus und wirft sie auf die anderen.

»Worum geht's denn da überhaupt?«, frage ich und fange an, das Kleingedruckte zu lesen.

Die Wiseman Road soll offen bleiben. Sorgen Sie mit Ihrer Unterschrift dafür. Ihre Stimme zählt!

»Er hat vor, im Stadtrat dafür zu werben, dass sie ihre Pläne für den Katastrophenfall neu verhandeln oder so was Ähnliches«, sagt Tom. »Er will, dass Cutler Bend dauerhaft geschlossen bleibt.«

»Warum?«

»Das gesamte Areal ist anfällig für Erdrutsche, weil das Buschfeuer die Vegetation des ganzen Hügels zerstört hat. Es gibt keine Wurzeln mehr, die die Erde festhalten.«

»Na ja, das stimmt zwar, aber der Stadtrat wird doch den Hang bestimmt befestigen, wenn sie die Straße wieder herrichten, damit so was nicht mehr passiert, oder?«

Tom verzieht zweifelnd das Gesicht. »Genau das hat dein Dad offenbar bei der letzten Stadtratssitzung gesagt. Aber mit welchen Geldern? Grandpa meinte, man habe buchstäblich eine Münze geworfen, ob man das Dach des Postbüros oder das Pfadfinderhaus reparieren soll. Das Geld wird für so viele andere Dinge gebraucht.«

»Wenn Cutler Bend geschlossen bleibt, gibt es nur eine Ausfahrt vom Freeway, und auch nur einen Weg wieder hinaus aus der Stadt.

Tom zuckt mit den Schultern. »Na ja … ja.«

»Direkt am *Traveller's Rest* vorbei. Wie praktisch für Jack Doherty und wie unpraktisch für meinen Dad. Du unterstützt seine Petition?«

»Hey, erschieß nicht den Boten«, sagt Tom und steht auf.

Er schiebt ein paar Papiere in einen Ordner und kramt dann durch einen Aktenschrank. »Ich drucke nur die Flyer und stelle mich nicht auf irgendeine Seite.«

»Sag das mal dem Tumbleweed, das durch unsere leeren Zimmer weht.«

Tom schlägt die Schublade so fest zu, dass der ganze Aktenschrank wackelt. »Ich kann nur verlieren, richtig? Wenn ich einer Person helfe, ist jemand anderes sauer auf mich.«

»Hey!« Abwehrend hebe ich beide Hände. »Ich bin nicht auf dich sauer.«

Er lässt sich auf den Stuhl fallen. »Keinen kümmert es, was ich alles um die Ohren habe.«

»Du meinst die Uni?«

Er lässt die Schultern hängen. »Es ist nicht einfach, auf dem Campus zu wohnen und Nan und Grandpa hier allein zu lassen. Als man bei Nan nach Weihnachten Demenz festgestellt hat, wollte ich die Uni sausen lassen. Sie hat mich angefleht, es nicht zu tun. Noch nie hat jemand aus unserer Familie studiert, und sie meinte, sie wäre so stolz, wenn ich meinen Abschluss machen würde.« Er seufzt. »Ich darf sie nicht enttäuschen. Ich muss zusehen, dass sie versorgt sind.«

»Du schaffst das schon.«

»Ich fühlte mich so schuldig«, sagt er, »weil ich in allem versage.«

»Aber das stimmt doch nicht …«

»Es stimmt!« Er holt eine Packung mit Kautabletten gegen Sodbrennen aus der Tasche. »Wenn ich hier bin, kann ich nicht lernen, und wenn ich in der Uni bin, mache ich mir Sorgen, ob hier alles in Ordnung ist. Ich komme zu spät in die Kurse und habe nicht einmal meine ersten beiden Klausuren bestanden. Ich kriege einfach nichts auf die Reihe.«

»Du musst dich noch einleben«, sage ich tröstend. »Von zu Hause wegzugehen, ist nicht leicht. Es ist ganz normal, wenn man sich überfordert fühlt.«

Er schiebt sich eine Tablette in den Mund und schüttelt den Kopf. »Ich bin nie bei der Sache, denke die ganze Zeit an Nan und den Laden und an …« Er verstummt und kaut seine Tablette.

»Hattest du Stress mit Mason?«

Er schießt mir einen Blick zu. »Hat Mason dir das erzählt?«

»Nein, dein Grandpa denkt, dass ihr euch gestritten habt.«

Er senkt den Blick. »Ich habe kein Problem mit Mason. Wir wollen nur unterschiedliche Sachen. Wir driften auseinander. So was passiert.«

»Was ist mit Henry?«, fragte ich. »Gibt's da irgendwas, das du mir nicht gesagt hast?«

»Was meinst du?«

»Woher wusstest du, dass Henrys Postkarte aus Manly kam?«

»Weil du es mir gesagt hast«, antwortet er.

Ich schüttele den Kopf. »Nein, habe ich nicht.«

Er schaut mich an und zieht die Augenbrauen hoch. »Unterziehst du mich gerade einem Verhör?«

»Woher wusstest du es, Tom?«

»Wollen Sie mich verhaften, Officer?«, fragt er trocken. Dann seufzt er. »Ein paar Tage, bevor er fortging, hat Henry mir erzählt, dass er möglicherweise seinen Vater ausfindig gemacht habe, in Manly. Er hat mich gebeten, es niemandem zu sagen, weil er nicht wollte, dass Ivy davon erfährt. Okay?«

»Also wusstest du die ganze Zeit davon? Und hast es mir nicht gesagt?«

»Herrgott noch mal.« Tom nimmt die Brille ab und wischt sie an seinem T-Shirt sauber, wie sein Großvater. »Da haben wir's schon wieder. Hilft man einer Person, ist jemand anderes sauer. Ich kann einfach nicht gewinnen.«

Das ist nicht der Tom, den ich kenne. Er ist fix und fertig und noch dazu sarkastisch. Normalerweise geht er jedem Streit aus dem Weg. Die ganze Sache mit der Uni und seinen Großeltern setzt ihn offenbar unglaublich unter Druck. Und vermutlich hat er auch die mögliche Bewährung seines Dads noch im Hinterkopf.

»Es tut mir leid«, sage ich mitfühlend. »Ich wünschte, Henry hätte mit mir über die Sache geredet. Ich muss einfach weitermachen, bis ich Antworten habe.«

»Und die Karte ist keine Antwort?«

»Ehrlich gesagt, wirft sie nur noch mehr Fragen auf.«

Ich will noch etwas sagen, aber da taucht Sabeen oben auf der Kellertreppe auf. Sie hat die dunklen Haare zu einem Knoten auf dem Kopf zusammengesteckt. Ihre Schuluniform ist etwas in Unordnung geraten, und ihre Wangen sind knallrot. Sie scheint aufgeregt zu sein.

»Hey«, sage ich.

»Chloe. Hallo.« Ihr Ton ist ungewöhnlich formell. »Schön, dich zu sehen.«

Ich verziehe das Gesicht, weil ich mir auf ihr Benehmen keinen Reim machen kann. »Wollen wir uns einen Smoothie holen?«

»Ich habe viel zu tun«, sagt sie steif. »Wir können unten miteinander reden.«

Tom schaut zu ihr hin und runzelt verwirrt die Stirn. »Du kannst ruhig eine Pause machen, Sabeen. Du bist freiwillig hier, schon vergessen?«

Sie stößt ein kurzes, merkwürdiges Lachen aus. »Das ist schon in Ordnung. Da unten gibt es noch jede Menge zu organisieren. Tja, Müßiggang ist aller Laster Anfang.« Hinter Toms Rücken reißt sie die Augen auf und presst die Lippen zusammen.

Sie will mir etwas sagen. Und Tom soll es nicht hören.

»Klar«, sage ich. »Geh vor.«

Tom wendet sich wieder seinem Papierkram zu, während ich auf Sabeen zusteuere, die noch im Türrahmen zum Keller steht. Sie hält meinen Blick fest und legt ihren Finger an die Lippen. Ich gehe an ihr vorbei, und sie schließt die Tür.

Auf halbem Weg die Treppe hinunter packe ich ihren Arm und flüstere: »Ich muss dir so viel erzählen!«

Der Blick, mit dem sie antwortet, besagt: *Und ich erst!*

Dann sind wir im Keller, und ich schaue mich entgeistert um. Überall stehen offene Kisten, dazwischen stapeln sich irgendwelche Papiere und Unterlagen, in einer Ecke befindet sich ein Sammelsurium an kitschigen Gegenständen und ein paar Möbelstücke, die so in Mitleidenschaft gezogen sind, dass man sie nicht mehr verkaufen kann. Aus einem kleinen Radio ertönt ein Lied über den Regen in Afrika.

»Sag nichts«, winkt Sabeen ab. »Es muss immer erst schlimmer werden, bevor es besser wird.«

»Was um alles in der Welt machst du denn hier unten?«

Sabeen schiebt einen Haufen vergilbter Zeitungen von einem Schemel und bedeutet mir, mich hinzusetzen. »Ich suche hauptsächlich nach irgendwelchen wichtigen Dokumenten«, sagt sie. »Tom hat die Befürchtung, dass Onkel Bernie eine ganze Menge verlegt haben könnte. Und ich versuche auch, Dinge auszusortieren, die man wegwerfen kann.«

Hier unten gibt es keine Fenster, und die Luft ist feuchtkalt und modrig. Die nackten Glühbirnen werfen scharfe Schatten an die Wände. Ich bekomme Platzangst, wenn ich zu lange hier unten bin.

»Ich komme gleich zur Sache und zeig dir, was ich gefunden habe«, sagt Sabeen und ringt die Hände. Vorsichtig stakst sie durch das Labyrinth aus Stapeln und Haufen zu einem großen Gegenstand unter einer dunkelgrünen Plane, der zwischen einem Säulenventilator und der Wand eingeklemmt ist.

»Ich wollte ein paar Sachen wegräumen«, sagt sie, »und dabei bin ich auf das da gestoßen.«

Sie zieht an einer Ecke der Plane, die daraufhin zu Boden rutscht.

Und da, an der Wand, lehnt Henrys rotes Mountainbike.

Wir sitzen nebeneinander im Keller und starren das Fahrrad an. Die Plane liegt immer noch auf dem Boden.

»Ich dachte, es wäre noch bei der Polizei«, sage ich, »oder sie hätten es den Weavers zurückgegeben. Was macht es denn hier?«

»Ich weiß es nicht.«

»Meinst du, Ivy hat es gespendet?«

»Vielleicht.«

»Warum hat Bernie es unter einer Plane versteckt?«

Sabeen rutscht unbehaglich hin und her und schaut auf ihre Hände. Da wird mir klar, dass das Fahrrad nicht das Einzige ist, was sie mir zeigen wollte. Da ist noch etwas.

»Sabeen?«

Sie wirft einen Blick über die Schulter zur Kellertreppe und hebt dann einen Archivkarton vom Boden auf. Sie zieht den Deckel ab und gibt damit den Blick frei auf eine Reihe dick gefüllter Schnellhefter.

»Ich schwöre, ich würde normalerweise niemals irgendwelche persönlichen Sachen durchwühlen«, sagt sie. »Ich versuche doch nur, Tom zu helfen, die ganzen Kontoauszüge und solche Sachen zusammenzutragen.« Sie ist ganz aufgelöst und drückt die Hand gegen ihre Stirn. »Sie waren in einem weißen Umschlag, und ich dachte, da sind Papiere drin …«

»Schon gut«, sage ich, obwohl ich keine Ahnung habe, weswegen ich sie beruhigen muss.

Sie zieht einen großen Umschlag aus dem Karton und reicht ihn schnell an mich weiter, als ob sie froh ist, ihn loszuwerden. Dann schaut sie wieder zur Treppe, ehe sie sich auf den Holzstuhl neben meinem Schemel setzt.

Ich schütte den Inhalt des Umschlags in meine Hand. Es ist ein kleiner Stapel Polaroidfotos.

»Gehören die Onkel Bernie?«, frage ich. Tom hat ihm letztes Weihnachten eine Polaroidkamera geschenkt, weil er nicht mit seiner Handykamera zurechtkommt.

Sabeen nickt. Ihr Schweigen macht mich unruhig; normalerweise ist sie immer so ausgelassen. Sie scheint nicht zu wissen, ob sie die Fotos betrachten soll, die ich durchsehe, oder den Blick abwenden.

Die ersten Fotos zeigen eine kleine, frisch gestrichene Küchenzeile, und auf den weißen Rand ist das Datum und *laufende Arbeiten* geschrieben. Es dauert einen Moment, bis ich erkenne, dass die Bilder in Bernies Wohnwagen aufgenommen wurden. Im Dezember, wenn der handschriftliche Vermerk korrekt ist. Ich schaue Sabeen an. Ich habe keine Ahnung, warum sie sie mir zeigt oder was daran so beunruhigend sein soll. Sie wackelt mit dem Finger und bedeutet mir, die Fotos weiter durchzusehen.

Das nächste zeigt Henry. Er hat kein T-Shirt an.

Ich schaue wieder zu Sabeen, die das Gesicht verzieht. »Da sind noch mehr«, sagt sie.

Nacheinander betrachte ich die Fotos und fühle, wie sich ein schweres Gewicht auf meine Brust legt. Es gibt insgesamt sieben Schnappschüsse von Henry, die Wangen gerötet, lächelnd und lachend, mit dem Pinsel in der Hand. Sein nackter Oberkörper ist aus unterschiedlichen Perspektiven abgelichtet. Auf einem ist sein Kopf nur zum Teil drauf, der Fokus liegt auf dem unteren Rücken und dem Bund seiner Shorts. Wie bei den meisten Polaroids wirkt die Haut flächig und überbelichtet, aber es gibt keinen Zweifel daran, dass die Fotos nicht zeigen sollen, wie Henry den Wohnwagen streicht, sondern Henry selbst.

Ich weiß nicht, was ich sagen soll. »Die sind …«

Sabeen zuckt zusammen. »Ich weiß nicht, was ich denken soll.«

»Aber wir reden hier von Onkel Bernie. Er ist wie ein Großvater für uns.«

»Ich weiß«, sagt sie. »Was sollen wir damit machen?«

Ich muss daran denken, wie Henry immer über Onkel Bernie geredet hat. Onkel Bernie dies, Onkel Bernie das. Die alten Western, die sie sich zusammen angesehen haben. Die langen Sommertage, an denen Henry geholfen hat, Bernies Wohnwagen zu renovieren. Nichts davon kann das ungute Gefühl vertreiben. Im Gegenteil, es macht die Sache nur noch schlimmer. Henry wird vermisst. Und dieses Fotos sind irgendwie … nicht richtig.

»Soll ich die Doherty zeigen?«, frage ich.

Ehe Sabeen antworten kann, geht oben an der Treppe die Tür auf. Sabeen wirft mir einen panikerfüllten Blick zu, während ich die Fotos zusammenfächere wie einen Satz Spielkarten. Tom darf davon nichts wissen; er hat ohnehin schon genug um die Ohren. Etwas wie das hier würde das Fass zum Überlaufen bringen.

Schwere Schritte nähern sich schnell, und ich schaffe es, die Polaroids in meine Tasche zu stecken, als Tom hinter uns auftaucht und seine Brille nach oben schiebt. Wir sind so sehr damit beschäftigt, die Fotos verschwinden zu lassen, dass wir vollkommen vergessen, die Plane wieder über Henrys Fahrrad zu ziehen.

Tom sieht es auf Anhieb. Den Ausdruck in seinem Gesicht kann ich nicht deuten. »Ist das …?«

»Ja«, sagt Sabeen und steht auf. Ihr Blick huscht von meinem Gesicht zu meiner Hosentasche, um sich zu vergewissern, dass die Fotos gut verstaut sind. Ich nicke unmerklich und stehe ebenfalls auf.

»Okay. Schön«, sagt Tom und schüttelt leicht den Kopf. »Das ist … unerwartet. Ich wusste nicht, dass Ivy es gespendet hat.« Der Anblick des Fahrrads hat ihn offenbar ebenfalls erschüttert. Er lässt den Blick durch den Keller wandern, als ob sich in dem ganzen Gerümpel noch mehr Überraschungen verbergen könnten.

»Ich muss gehen«, sage ich zu Sabeen.

»Und du machst das, worüber wir geredet haben?«

Sie meint damit, dass ich die Fotos Doherty übergeben soll. Wir wechseln einen zögernden Blick, denn wenn wir das tun, gibt es kein Zurück mehr. Sabeen schaut zu Henrys Fahrrad, und ich spüre, was in ihrem Kopf vorgeht. Genau das Gleiche wie in meinem.

»Das werde ich«, versichere ich ihr. »Gleich morgen früh.«

Wir müssen Henry finden. Koste es, was es wolle.

20

Eine Woche vor dem Sturm

HENRY

1. Januar 2019, 9:37 Uhr
Missy: Frohes neues Jahr!
2. Januar 2019, 10:55 Uhr
Henry: Hey.
Missy: Hey! Wie geht es dir?
Henry: Nicht gut.
Missy: Was ist denn los?
Henry: Ich hasse es hier zu Hause. Mein Bruder ist ein A* * * * loch.
Missy: Was hat er denn gemacht?
Henry: Wenn ich dir das sage, hältst du mich für ein Baby.
Missy: Nein, ganz bestimmt nicht. Sag's mir. Bitte.
Henry: Letzte Woche hat er mich von diesem echt hohen Felsen ins Reservoir gestoßen.
Missy: OMG.
Henry: Ich kann nicht schwimmen. Jedenfalls nicht richtig.
Missy: Was stimmt denn mit dem Kerl nicht?!?
Henry: Ich weiß nicht. Er ist ausgerastet.
Missy: Hat er so was schon mal gemacht? Ist er gefährlich?
Henry: Er hat noch nie versucht, mir weh zu tun.
Missy: Vielleicht hat sich irgendwas verändert.
Henry: Na toll. Jetzt muss ich mich vor meiner Mutter UND vor ihm in Acht nehmen.
7. Januar 2019, 12:26 Uhr
Missy: Heeey. Geht's zu Hause besser?
9. Januar 2019, 17:31 Uhr

Missy: Hast du Lust zu reden?

11. Januar 2019, 11:47 Uhr

Missy: Wo steckst du?

18. Januar 2019, 11:08 Uhr

Missy: Henry, bitte melde dich.

1. Februar 2019, 2:05 Uhr

Missy: WO BIST DU???

15. Februar 2019, 19:36 Uhr

Missy: Henry …?

21

Heute

CHLOE

Die rothaarige Polizistin scheint alles andere als erfreut, mich zu sehen.

Sie schenkt mir ein knappes Lächeln, legt die Hände auf den Empfangstresen und beugt sich vor. »Du schon wieder.«

»Ich möchte gerne mit Sergeant Doherty sprechen.«

»Er ist beschäftigt. Ich kann ihm was ausrichten.«

Ich schaue an ihr vorbei in den Bereich der Wache, den ich überblicken kann. Hinter dem Großraumbüro befinden sich ein paar kleine Zimmer. Bei einigen sind die Türen geschlossen und die Jalousien an den Sichtfenstern heruntergelassen, und es ist unmöglich zu sagen, was dahinter vorgeht.

»Wie lange wird er beschäftigt sein«, frage ich.

»Das ist schwer zu sagen.« Ihr Ton wird herablassend. »Diese Frage kann ich dir nun wirklich nicht beantworten.«

»Es ist dringend.« Ich fummele an dem Reißverschluss meiner Hosentasche herum. Die Polaroids drücken steif und beharrlich gegen meine Hüfte.«

»Wenn es dringend ist, kann ich dir helfen«, sagt sie. »Oder ein anderer Beamter.«

Ich betrachte wieder die geschlossenen Türen. »Ich warte auf Sergeant Doherty.«

Sie richtet sich zu ihrer vollen Größe auf und verschränkt die Arme vor der Brust. »Wie wäre es, wenn du mir sagst, was los ist, hmm?«

Äußerst herablassend.

»Ich habe neue Beweise, die ihn interessieren werden«, sage ich. »Es geht um Henry Weaver.«

Sie mustert mich eine Sekunde lang und greift dann hinter sich, um einen linierten Block zu holen. Dann zieht sie einen Kuli aus ihrer Brusttasche, klickt die Miene heraus und schaut mich erwartungsvoll an.

»Ich muss ihm etwas zeigen«, sage ich.

»Zeig es mir.«

»Ich möchte die Sache lieber Sergeant Doherty vorlegen.« Wo kommt das denn her? So rede ich doch normalerweise gar nicht.

Die Polizeibeamtin seufzt und fragt mich nach meinem Namen, ehe sie auf die Kunststoffstühle an der Wand deutet. Eine Frau, die ich flüchtig vom Friseur kenne, schaut von ihrem Handy auf, sieht mich, seufzt und nimmt die Tasche von dem Platz neben sich weg. Ich will mich schon hinsetzen, als ich Doherty sehe, der hinten im Büro mit einer Kaffeetasse in der Hand entlangläuft.

Beschäftigt? Aha.

»Sergeant Doherty!«, rufe ich und eile wieder zum Empfangstresen. Er schaut in meine Richtung, geht aber unbeirrt weiter auf ein Zimmer zu, bei dem die Tür einen Spalt offen steht, wobei er der Polizistin mit dem Kopf ein Zeichen gibt, sich um mich zu kümmern.

Er will gerade in das Zimmer gehen, da rufe ich: »Ben!«

Abrupt bleibt er stehen. Ich hasse mich dafür, dass ich ihn beim Vornamen nenne, wie er es immer wollte, aber es ist ein Akt der Verzweiflung.

»Es geht um Henry Weaver!«, sage ich schnell und so laut, dass er mich durch die Glasscheibe verstehen kann. Ich spüre, wie die Friseurin hinter mir ihr Gewicht auf dem Stuhl verlagert. Ein anderer Polizist in dem Großraumbüro schaut von seinem Computer auf.

»Ich habe hier etwas, dass Sie sich ansehen sollten.« Dabei ziehe ich die Polaroidfotos aus der Tasche und halte sie hoch.

Doherty runzelt die Stirn, stellt seine Kaffeetasse auf einer Ecke des Schreibtischs ab und verschwindet dann nach rechts aus meinem Blickfeld. Nur Sekunden später reißt er die Sicherheitstür auf.

»Was hast du da?«, fragt er und deutet auf meine Hand.

Ich gebe ihm die Fotos.

Seine Stirn legt sich in tiefe Falten, als er sie eins nach dem anderen betrachtet. »Wo hast du die her?«

»Ich habe sie im Keller von Bernie Lawsons Laden gefunden. Finden Sie das nicht verdächtig?«

Dohertys Blick gleitet an mir ab zu der Frau, die hinter mir sitzt. Sie ist bis zur Stuhlkante vorgerutscht und versucht zu erkennen, was Doherty in der Hand hält. Schnell gibt er einen Code in das Tastenfeld neben der Sicherheitstür ein und schiebt mich dann in das Großraumbüro.

»Bitte sprich nicht so laut«, ermahnt er mich, als sich die Tür mit einem lauten Klacken schließt. Er geht mir voraus zu dem Computerarbeitstisch, vor dem die rothaarige Polizistin wieder Platz genommen hat. »Ich will nicht, dass sich irgendwelche Gerüchte verbreiten. Bernie ist ein ehrbares Mitglied unserer Gemeinschaft.«

»Was ist daran denn ehrbar?«, frage ich und tippe mit dem Finger auf die Polaroids in seiner Hand. »Warum hat er Fotos von Henry?«

Doherty wirft einen schnellen Blick in Richtung des Zimmers, das er eigentlich hatte betreten wollen. Hört er mir überhaupt zu? Oder denkt er bloß daran, dass er gleich die Füße auf seinen Schreibtisch legen und seinen Kaffee trinken kann?

»Das ist nicht richtig«, sage ich, um seine Aufmerksamkeit wieder auf mich zu lenken. »Sehen Sie doch: Henry hat ja kaum etwas an.«

Dohertys Kiefermuskel zuckt. »Was hattest du in Bernie Lawsons Keller zu suchen?«

»Was?«

»Bist du eingebrochen?«

»Nein! Ich war mit meiner Freundin Sabeen dort.« Ich verschränke die Arme vor der Brust. »Sie arbeitet da.«

»Du aber nicht«, sagt er. »Und jetzt hast du ohne Erlaubnis etwas aus dem Haus eines Bürgers entwendet.«

»Soll das ein Witz sein? Bernie Lawson hat Bilder von Henry, auf denen er halb nackt ist, aber Sie gehen auf *mich* los?«

»Sprich gefälligst leiser!«, sagt Doherty, der jetzt selbst die Stimme erhebt. Ich schaue durch die Glasscheibe zu der Frisörin im Warteraum, aber sie scheint nichts gehört zu haben.

»Wir haben auch Henrys Fahrrad da unten im Keller gefunden«, fahre ich fort. »Unter einer Plane versteckt. Wissen Sie davon?«

Er schaut mich nicht einmal an. Sein Blick liegt auf dem Zimmer hinter mir. Entnervt drehe ich mich um und sehe, dass die Tür nun weit geöffnet ist. Im Türrahmen steht Mason Weaver.

»Geh rein und setz dich«, sagt Doherty zu ihm. »Ich bin gleich da. Hier ist dein Tee, wenn du ihn noch willst.« Er deutet auf die Tasse auf dem Schreibtisch. Mason macht keine Anstalten, sie zu nehmen.

»Du kannst die hier bei mir lassen«, sagt Doherty mit gesenkter Stimme zu mir. Dann deutet er auf die Tür.

»Was werden Sie damit machen?«, fragte ich schnell. »Werden Sie Bernie befragen?«

Wieder zuckt sein Kiefermuskel. »Das geht dich nichts an.«

»Natürlich geht mich das etwas an! Ich habe belastendes Material gefunden!«

Doherty mustert mich und wirft dann Mason einen ärgerlichen Blick zu. »Geh rein. Setz dich hin. Ich bin noch nicht fertig mit dir.«

Er dreht sich um und nimmt mich am Ellbogen – nicht fest, sondern eher sanft. Dann eskortiert er mich durch die Sicherheitstür hinaus in den Warteraum und anschließend durch die Eingangstür ins Freie. Als wir draußen auf dem Gehsteig stehen, schiebt Doherty die Polaroids zu einem ordentlichen Stapel zusammen und steckt sie in seine Brusttasche.

»Ich weiß schon über diese Fotos Bescheid«, sagt er. »Wir haben sie gescannt und in die Akte über Henry Weaver eingeheftet.«

»Was?« Mit einem Mal flattern meine Gedanken in alle Richtungen davon. »Also … haben Sie Bernie in Verdacht?«

»Bernie Lawson hat uns diese Fotos selbst gebracht.«

»Aber …«

Doherty richtet sich auf und wirft seinen Schatten über mich. »Ich werde die Sache nicht weiter mit dir diskutieren.«

»Henry ist mein Freund.«

»Das weiß ich. Aber du kannst nicht wie ein Möchtegern-Zorro in der Stadt herumrennen, mit Verdächtigungen um dich werfen und den guten Namen von Menschen durch den Schmutz ziehen. Lass die Polizei ihre Arbeit machen.«

»Dann *machen* Sie doch endlich Ihre Arbeit«, fahre ich ihn

frustriert an. »Warum haben Sie ihn noch nicht gefunden? Warum haben Sie aufgehört, nach ihm zu suchen?«

»Wir haben nicht aufgehört«, sagt er. »Wir sind allen Spuren nachgegangen, die wir hatten, und im Augenblick liegen uns keine neuen Informationen vor.«

»Das war's also?«

»Nein. Wir werden weiterhin an die Öffentlichkeit appellieren, uns zu informieren, wenn Henry gesehen wurde oder irgendjemand etwas Verdächtiges bemerkt.«

»Henry wird seit drei Monaten vermisst«, sage ich. »Steht er da nicht ganz oben auf Ihrer Prioritätenliste?«

Doherty seufzt und lässt die Schultern hängen. »Hast du eine Ahnung, wie viele Menschen jedes Jahr in Australien als vermisst gemeldet werden? Über dreiundachtzigtausend. Und zwei Drittel von ihnen sind unter achtzehn.«

»Okay. Also …«

»Dreizehn- bis Siebzehnjährige werden sechsmal so oft als vermisst gemeldet wie jede andere Altersgruppe.«

»Was wollen Sie mir damit sagen?«

»Dass *jede Menge* Kinder vermisst werden und viele Ressourcen nötig sind, um nach ihnen zu suchen. Fast alle von ihnen werden in relativ kurzer Zeit wohlbehalten aufgefunden.«

»Und die, die nicht gefunden werden?«

»Die Fälle werden nicht geschlossen, sondern weiter untersucht. Die Polizei will sie genauso dringend finden wie die Familien und Freunde.«

Kommt mir aber nicht so vor, hätte ich am liebsten gesagt.

»Wenn du mich jetzt bitte entschuldigen würdest, ich muss wieder reingehen und Mason Weaver irgendwie erklären, was er da gerade gehört hat.«

»Warum ist er überhaupt hier?«, frage ich, als sich Doherty

zum Gehen wendet. Ich muss an die Schaufel denken, daran, dass Mason hinter seinem Haus etwas vergraben hat. Soll ich es Doherty sagen? Aber womöglich hält er mir bloß einen Vortrag über unbefugtes Betreten.

»Ich werde dir darauf ganz bestimmt keine Antwort gehen. Aber du weißt ja schon Bescheid, dass er sich manchmal danebenbenimmt, wenn er betrunken ist.«

»Er ist ernsthaft gestört«, sage ich, als Doherty an der Schiebetür angekommen ist, die erwartungsvoll zurückgleitet, um ihn einzulassen. »Er und seine Mutter. Wenn Sie nach Gründen suchen, warum Henry verschwunden ist, sollten sie bei den beiden anfangen.«

»Wieso glaubst du, dass wir das nicht getan haben?«

Er geht in die Wache, und ich sehe ihm durch die Glastür nach, wie er durch den Warteraum marschiert. Bevor er durch die Sicherheitstür verschwindet, wirft er mir noch einen letzten Blick zu.

Ich habe gerade die Straße überquert, als ein *Ping* mir eine Textnachricht ankündigt. Sie ist von Raf.

Ich habe Henrys Passwort geknackt. Das musst du dir ansehen.

Sally ist vor dem Haus, als ich die Einfahrt der Nolans hochkomme. Sie kniet mit einer Gartenschere in der Hand in einem Beet. Eine der Katzen liegt langgestreckt auf der vorderen Veranda, ein Auge träge einen Spalt weit geöffnet. Sobald sie mich sieht, steht sie auf und geht langsam weg.

Sally hat meine Schritte auf dem Pflaster gehört und dreht sich um. »Ah«, sagt sie erfreut. »Hallo, Chloe.« Umständlich steht auch sie auf und brummelt etwas über die Schmerzen in ihren Knien. Sie ist ziemlich groß und ragt hoch über mir auf, eine robuste Frau mit einer robusten Pagenfrisur, einer Vorliebe für robusten Jeansstoff und dem Teint einer englischen Rose, der zu Sonnenbrand neigt. Ich kann sowohl Raf als auch Sabeen in ihr erkennen, besonders um Nase und Mund – und besonders bei hitzigen Monopoly-Partien.

Sie reibt sich die Erde von den Händen und streckt die Arme aus, um mich an sich zu drücken. Ich sinke in ihre Umarmung hinein, dankbar für ein freundliches Gesicht, nach meiner Auseinandersetzung mit Doherty.

»Du hast meinem Jungen wieder ein Lächeln auf die Lippen gezaubert«, sagt Sally in mein Haar. »Er redet nur noch von dir.« Sie küsst mich auf den Scheitel und schiebt mich dann auf eine Armlänge von sich weg. »Er hat sogar sein Zimmer aufgeräumt. Du weißt schon, dass er seine Stinkesocken nicht für jeden in den Wäschesammler steckt, oder?« Sie zwinkert mir zu und bedeutet mir dann, ins Haus zu gehen.

Sabeen erwartet mich bereits vor der Tür. Sie sieht aus, als würde sie jeden Moment platzen. Nach einem kurzen Blick über meine Schulter zu ihrer Mum im Vorgarten zieht sie mich schnell ins Haus. »Wie lief's bei der Polizei?«, fragt sie mit gesenkter Stimme.

Ich erzähle ihr, dass Doherty schon über die Fotos Bescheid wusste, weil Bernie sie ihm selbst gezeigt hat.

»Oh, Gott sei Dank«, sagt Sabeen und drückt ihre Hände gegen die Brust. »Das bedeutet ja, dass Bernie nichts Komisches gemacht hat, nicht wahr?«

»Sieht so aus. Aber wir wissen immer noch nicht, warum er die Fotos überhaupt aufgenommen hat.«

»Weil wir gerade von komisch reden«, sagt Sabeen, »komm mit, ich muss dir was zeigen.«

Sie geht durch den Gang zu Rafs Zimmer, und mir wird

klar, dass er das, was er mir sagen wollte, schon seiner Schwester anvertraut hat. Raf sitzt vor seinem Computer mit den beiden Bildschirmen, auf denen verschiedene Aufnahmen des Nachthimmels zu sehen sind. Auf dem einen Bildschirm hat er ein vergrößertes Bild in Photoshop geöffnet, und auf dem anderen sieht man eine Reihe kleinerer Bilder, die aber alle identisch zu sein scheinen. Als wir reinkommen, dreht er sich auf seinem Bürostuhl zu uns um.

»Jaaaa! Endlich bist du da!«, sagt er und stößt die Faust in die Höhe. »Warte kurz, ich muss das erst abspeichern.« Er wendet sich wieder seinem Computer zu und tippt auf seiner Tastatur. »Ich stapele ein paar von den Fotos, die ich letztens nachts aufgenommen habe.«

»Stapeln?«, wiederhole ich fragend und setze mich auf die Bettkante. Dabei kann ich mir Rafs Pinwand anschauen. Jede Menge Fotos seiner Familie, ein paar von Amir im Fußballtrikot und eine Handvoll Bilder von unserer Clique, Schnappschüsse, einige von früher, als wir noch klein waren, andere aus jüngerer Zeit.

»Ich mach's kurz«, sagt Raf. »Wenn ich ein paar Aufnahmen ganz schnell hintereinander mache, kann ich sie in Photoshop übereinanderlegen, um ein viel detaillierteres Bild der Milchstraße zu erzeugen.«

»Beeindruckend«, sage ich.

»Wenn du das schon beeindruckend findest, dann mach dich auf was gefasst.« Er grinst, und Sabeen verdreht die Augen. »Warte, bis du hörst, wie ich das Passwort geknackt habe.« Er schließt den Ordner, an dem er gerade gearbeitet hat, und öffnet seinen Internetbrowser. Mit zwei Klicks hat er Facebook geöffnet. Er steht auf und bietet mir seinen Stuhl an, damit ich besser sehen kann.

»Im Augenblick ist mein Account geöffnet«, sagt er und beugt sich über mich, um an die Tastatur zu kommen. Er tippt Henry Weaver in das Suchfeld, und die lange Liste mit Profilbildern erscheint. »Ich musste herausfinden, welcher von denen unser Henry ist – wenn überhaupt.«

Er fährt mit dem Finger über den Bildschirm, bis er bei dem Profilbild des Zeichentrickpapageien mit dem Piratenhut landet. »Ich musste mich in ihn hineinversetzen«, erklärt Raf. »Und das hier …« Er tippt auf den Monitor, »… ist eine Hommage an seinen Lieblingswitz.«

»Ein Papagei?«

»Ein Pirat«, sagt Sabeen hinter mir, die sich auf das Bett gesetzt hat.

Raf starrt mich erwartungsvoll an. »Ein Pirat kommt mit einem Steuerrad in der Hose in eine Bar. Der Barkeeper fragt ihn: ›Ist das nicht unangenehm?‹ Und der Pirat antwortet: …«

»›Wenn Sie wüssten, wie mir das auf die Eier geht!‹«, sagen wir alle im Chor. Ich muss kichern. »Du hast recht. Das ist sein Lieblingswitz.«

»Ich habe mir überlegt, dass sein Passwort irgendwas mit seinem Profilbild zu tun haben muss.« Er loggt sich aus seinem Account aus und kehrt zum Login-Screen zurück. »Wie wir uns schon dachten, hat sich Henry mit seinem Gmail-Account eingeloggt. Und nach ein paar Fehlversuchen hatte ich das Passwort raus: aufdieEiergeht.« Er tippt das Wort in das Passwort-Feld und drückt dann auf den Login-Knopf. Henrys Seite öffnet sich vor unseren Augen.

»Du bist brillant«, sage ich, während ich mit den Augen den Bildschirm absuche.

Henry hat keine Aktivitäten auf seinem Profil zu verzeichnen und nur einen einzigen Facebook-Freund. Jemand namens Missy Ellwood.

»Es ist nichts da«, sagt Sabeen. »Er hat nie irgendwas gepostet oder sich einer Gruppe angeschlossen.«

»Aber«, sagt Raf und klickt auf das Messenger-Icon, »es gibt einen Thread zwischen ihm und diesem Mädchen, Missy Ellwood.«

»Ein Mädchen?«, sage ich benommen.

Raf weicht vom Schreibtisch zurück und setzt sich neben Sabeen.

»Lies dir den Thread durch«, sagt er.

Ich scrolle zum Anfang. Henry und Missy haben monatelang gechattet. Nach ein paar Sekunden hole ich mein Handy aus der Tasche.

»Was machst du da?«, fragt Raf.

»Sie sagt, dass sie auf die *Airsden High* in Sydney geht, North Shore. Irgendwie kommt mir der Name bekannt vor, aber es ist ein komischer Name für eine Schule, findet ihr nicht? Ich will ihn googeln.«

Sabeen stößt Raf ihren Ellbogen in den Bauch. »Daran hätten wir denken sollen«, sagt sie. Dann, zu mir gewandt: »Und? Was ist?«

»Fehlanzeige. Keine Ergebnisse.« Ich halte ihnen mein Handy hin.

Raf zieht die Augenbrauen hoch. »Oh-oh. Langsam wird's richtig interessant.«

Ich lese weiter. Die Tatsache, dass Henry so viel über die Suche nach seinem Dad schreibt, überrascht mich. Es ist sowohl schrecklich als auch wunderbar, Henrys Stimme in diesem Chat zu »hören«, aber bei einigen Kommentaren von Missy Ellwood runzelt sich unwillkürlich meine Stirn.

»Diese Missy ist eine ausgemachte Schwindlerin«, sage ich. »Ihre Schule gibt es nicht, sie ist zufällig genauso alt wie Henry, und sie vergisst, dass sie eine Schwester hat. Henry muss sie daran erinnern.«

Sabeen nickt zustimmend. »Sehr verdächtig.«

Ich klicke durch Missy Ellwoods Profil. Sie gibt nichts über sich preis, außer ihrem Profilbild: ein Mädchen mit Sonnenhut und Sonnenbrille an einem Strand vor einem Sonnenuntergang. Das Bild ist aus einiger Entfernung aufgenommen, und man kann ihr Gesicht kaum erkennen. Dann lese ich wieder einige Passagen ihres Chats durch. Immerhin wissen wir jetzt, dass Henry tatsächlich nach seinem Vater suchte, allerdings ohne Erfolg. Henry behauptet, ihn nicht gefunden zu haben. Wenn doch, hat er es Missy jedenfalls nicht erzählt.

Meine Kehle wird eng, als ich Missys letzte Nachrichten vom Januar und Februar lese, auf die sie keine Antwort bekommen hat. Henry hat sich auch bei ihr nicht mehr gemeldet.

Es sei denn …

Missy könnte auch einfach versuchen, ihre Spuren zu verwischen. Wenn sie Henry mit einer falschen Identität getäuscht hat, hat sie vielleicht eine andere Möglichkeit gefunden, um mit ihm in Kontakt zu treten und ihn von zu Hause wegzulocken. Hält diese Missy mit Henrys Account noch Kontakt, oder hat sie längst ein anderes Opfer gefunden?

»Okay«, sage ich und halte die Hände einen Moment lang über der Tastatur.

Sabeen stößt sich vom Bett ab und stellt sich neben mich. »Was hast du vor?«

»Ich werde so tun, als sei ich Henry, und Missy eine Botschaft schicken.«

»Ähm …«, sagt Raf und tritt ebenfalls zum Schreibtisch. »Halten wir das für klug?«

»Tun wir«, sage ich. »Wie sollen wir sonst rausfinden, wer Missy ist?«

Ich fange an zu tippen.

»Warte mal«, sagt Sabeen. »Wollen wir diesen Thread nicht zuerst jemandem zeigen?«

»Wem denn?«

Sie zuckt mit den Schultern. »Sergeant Doherty?«

»Warum? Er unternimmt doch sowieso nichts. Er wird die Info nur in Henrys Akte legen und sie dann wieder im Schrank verstauen. Wir dagegen könnten endlich mal was rausfinden.«

Sabeen saugt die Luft zwischen ihren Zähnen ein. »Ja, aber es gibt doch offizielle Wege, um so was zu erledigen, richtig? Ich meine, das ist doch falsch, oder?«

Meine Finger fliegen über die Tasten, und Raf beugt sich vor. »Oh Mann. Was schreibst du?«

Er liest die Zeile.

Hey. Wie geht's? Wir haben lange nicht mehr geredet.

Ich schaue ihn an, den Finger über der Enter-Taste.

»Scheiße«, sagt er, und dann tritt ein Funkeln in seine Augen. »Schick es ab.«

Sabeen quietscht leise auf, als ich die Taste drücke. Aber sie versucht nicht, mich aufzuhalten. Die neue Nachricht taucht in dem Chat-Fenster auf, und wir alle starren einige Sekunden lang auf den Bildschirm. Noch hat niemand die Nachricht gelesen.

»Und was jetzt?«, fragt Raf.

»Jetzt warten wir.«

Nervös knabbert Sabeen an ihrer Unterlippe, und ihre runden braunen Augen zucken zwischen mir und dem Bildschirm hin und her. »Was machst du, wenn sie antwortet?«

»Keine Ahnung«, sage ich. »Was soll ich denn machen?«

Raf hebt die Hände. »Hey, Süße, du bist hier der Boss. Wir gucken nur zu.«

Gerade, als ich etwas sagen will, taucht Missys Profilbild neben meiner Nachricht auf.

»Heilige Scheiße«, platze ich heraus. »Sie hat's gelesen.«

Drei blinkende Punkte signalisieren, dass Missy eine Antwort schreibt. Dann erscheint ein Wort, das nach einer Reaktion schreit: HENRY??

Raf stupst mich an. »Sie wartet auf eine Antwort, Henry.«

»Showtime«, sage ich und fange an zu tippen.

Henry: Hallo.

Missy: Wo hast du bloß gesteckt? Ich hab mir Sorgen gemacht. Bist du in Sydney?

Henry: Warum fragst du?

Missy: Wir müssen uns treffen. Eine richtige Verabredung.

Henry: Ähm, okay.

Missy: Geht es morgen? Oder am Sonntag?

Henry: Morgen ist kein Problem. Um wie viel Uhr?

Missy: Um elf. Im Hyde Park. Da ist ein großer Springbrunnen. *Archibald Fountain.* Kannst du gar nicht verfehlen.

Henry: Das finde ich schon.

Missy: Kommst du auch ganz bestimmt?

Henry: Klar.

Missy: Du musst unbedingt kommen. Bitte.

Henry: Versprochen. Wie erkenne ich dich?

Missy: Ich trage einen roten Mantel. Zieh du auch was Rotes an und stell dich direkt neben den Springbrunnen.

Henry: Ich finde dich schon.

Missy: Henry … nicht böse sein, aber ich bin vielleicht nicht die Person, die du erwartest.

Henry: Ich auch nicht.

22

Zehn Tage vor dem Sturm

MASON

Mason schaute wieder auf sein Handy. Noch eine Nachricht von Rina. Nichts von Tom. Heute würde die Clique zum ersten Mal seit dem zweiten Weihnachtstag wieder zusammen sein, und Mason hatte keine Ahnung, wie die Sache laufen würde. Es war jetzt fast eine Woche her, seit Ivy sich in die Hand geschnitten und überall in der Küche Blut verspritzt hatte. Die ganze Sache hatte sich als Kleinigkeit herausgestellt, ein harmloser Schnitt, der noch nicht einmal genäht werden musste, aber sie hatte ein solches Theater veranstaltet, dass Henry völlig die Fassung verloren hatte. In gewisser Weise war Mason selbst schuld, weil er seinen Bruder jahrelang vor Ivys Launen abgeschirmt hatte. Wenn Henry genauso oft wie Mason hinter ihrer Mutter hergewischt hätte, wäre die ganze Sache vermutlich nicht so ein Schock für ihn gewesen.

Henry redete nicht mit ihm, was Mason ihm nicht verdenken konnte. Er hatte sich auch noch nicht dafür entschuldigt, dass er Henry vom Devil's Rock gestoßen hatte. Als er nach Hause gekommen war, um sich um seine Mutter und das Chaos zu kümmern, das sie hinterlassen hatte, war ihm die Tragweite dessen, was er getan hatte, erst so richtig bewusst geworden. Er war mit einem bohrenden Kopfschmerz ins Bett gekrochen und hatte nicht einmal gehört, wie Henry nach Hause kam. Mason konnte sich selbst belügen und sich einreden, dass es seitdem keine passende Gelegenheit gegeben hatte, die Sache anzusprechen, aber die Wahrheit war, dass er keine Worte dafür finden konnte.

Warum war das so? Ein Teil von ihm fühlte sich schlecht deswegen, aber ein anderer Teil von ihm fühlte … gar nichts.

Sein Handy gab wieder ein *Ping* von sich. Rina. Schon wieder.

Ich bin da. Bis gleich.

Er schaute zum Eingang des Eliza Park, durch den gerade ein paar Leute vom Railway Parade kamen. Einheimische, Touristen und Besucher aus den Nachbargemeinden hatten sich heute Abend hier versammelt. Es war das erste Mal, dass The Shallows eine so große Silvesterparty veranstaltete – Fressbuden, Fahrgeschäfte und ein Feuerwerk um halb zehn. Mason hatte gehört, dass Jack Doherty das meiste organisiert hatte, im Namen des Stadtrats, was vermutlich bedeutete, dass er den Budenbesitzern eine überhöhte Gebühr berechnete und den Gewinn in die eigene Tasche steckte. Jeder wusste doch, dass Jack Doherty ein Halunke war – Stu und die anderen Mechaniker redeten in der Werkstatt oft darüber –, aber es sah ganz so aus, als ob die anderen Stadträte entweder keine Ahnung hatten oder sämtliche Augen zudrückten. Und jetzt hatte sich Darren Foster bei Jack Doherty eingeschleimt und war sein Laufbursche geworden. Er tat so, als seien er und Doherty die Helden, die The Shallows vor dem Untergang bewahrten.

Mason entdeckte Rina, die auf viel zu hohen Stöckelschuhen durch das Gras eierte. Sie trug ein enges schwarzes Top und Hosen aus Lederimitat. Die Locken fielen offen um ihr herzförmiges Gesicht.

»Das wird einfach toll«, sagte sie, als sie zu ihm kam und ihm ihr Gesicht für einen Begrüßungskuss zuwandte. Auf ihrer Nase und ihren Wangenknochen lag ein unnatürliches Schimmern, sie hatte die Augenbrauen nachgezogen und lange, falsche Wimpern angeklebt. Ihm schien das alles ein bisschen viel, wenn man ihre natürliche Schönheit unter all dieser Schminke bedachte, aber was wusste er denn schon! Die Leute drehten sich bewundernd nach ihr um, sowohl Männer als auch Frauen. Mason sollte sich vermutlich glücklich schätzen oder stolz sein oder einen gewissen Besitzanspruch empfinden. Stattdessen fühlte er sich wie ein Schauspieler, der versucht, Gefühle heraufzubeschwören, damit seine Vorstellung glaubwürdig wird.

»Du siehst echt gut aus«, sagte er, und sie strahlte.

Sie schlenderten über den kleinen Jahrmarkt: eine Mischung aus Fressbuden, heimischen Kunsthandwerkern und überteuertem Knabberzeug. Rina machte gute Miene zum bösen Spiel, wenn ihre Absätze in der weichen Erde einsackten. Mason entdeckte Jack Doherty ein paar Buden weiter. Er war korpulenter als sein Bruder, mit schütter werdendem Haar und einer Haut wie ein alter Lederstiefel. Er hielt ein Klemmbrett in der Hand und kläffte seinem neuen Gehilfen Befehle zu. Foster hatte sich in ein enges T-Shirt gequetscht und ein Schlüsselband umgehängt, auf dem SECURITY stand, wie ein aufgeblasener Rausschmeißer in einem Club.

»Da ist Sabeen«, sagte Rina und zog ihn am Arm in Richtung der Fressbuden.

Die Nolans hatten ein weißes Marktzelt aufgestellt, unter dem sich ein tragbarer Pizzaofen befand. Sie verkauften das, was sie am besten konnten. Während Sally und Liv hinten den Teig belegten, nahm Sabeen die Bezahlung entgegen, und Raf holte die Bestellungen aus einem gläsernen Speisewärmer, der fast die gesamte Theke einnahm.

»Hallo ihr zwei!«, sagte Sabeen und schob sich die dunklen Haarsträhnen hinter die Ohren. »Seid ihr gerade erst gekommen?«

Raf schaute über den Speisenwärmer und fragte: »Wollt ihr ein Stück? Sucht euch was aus – geht aufs Haus.«

Mason war wie immer dankbar für die lockere Art der Nolans. Sie waren nicht nachtragend und schienen wegen der Sache am zweiten Weihnachtstag keinen Groll gegen ihn zu hegen. Als er vor ein paar Tagen Raf an der Tankstelle begegnet war, war die Stimmung anfangs ein wenig steif gewesen. Aber Mason hatte das Gefühl, dass sich Raf eher deswegen unbehaglich fühlte, weil Mason ihm leidtat, nicht weil er sich in seiner Gegenwart nicht wohlfühlte. Und Sabeen wollte sowieso, dass alle lieb zueinander waren und jede Meinungsverschiedenheit schnell hinter sich ließen.

Mason hoffte, dass es auch mit Tom so war. Aber er war nervös. Tom hatte zum letzten Mal vor drei Tagen von sich hören lassen und seitdem auf keine von Masons Nachrichten reagiert. Mason versuchte, sich deswegen nicht gekränkt zu fühlen, und auch nicht wegen der Tatsache, dass es zwei Tage gedauert hatte, bis Tom nach dem Ereignis am Reservoir auf seine Nachricht geantwortet hatte. Tom hatte erklärt, dass er Mason ein bisschen Zeit geben wollte; er hielt ihn für angespannt und dachte, er müsste sich erst einmal fangen.

Mason konnte sich nichts Schlimmeres vorstellen als noch mehr Zeit zum Grübeln. Aber das sagte er Tom nicht, sondern gab ihm im Gegenteil recht, um die Sache zu vereinfachen. Es war bestimmt schwer für Tom, sich mit einem durch und durch kaputten Typen wie ihm abzugeben.

Und danach ... Stillschweigen. Mason wollte nicht daran denken, was Tom möglicherweise durch den Kopf ging. Er schaute sich um und fragte sich, ob Tom schon da war.

»Henry ist bei Chloe«, sagte Sabeen, die Masons suchende Blicke missverstand. »Sie stehen drüben bei diesen aufblasbaren Laufbällen an, in der Nähe vom Spielplatz.«

Mason nickte. Er war den ganzen Tag in der Werkstatt gewesen und hatte weder seine Mutter noch seinen Bruder gesehen. Er hatte angenommen, dass Henry mit Chloe unterwegs war, genauso wie er annahm, dass seine Mutter auf einem Barhocker im Pub saß.

»Können wir später auf euer Angebot mit der Pizza zurückkommen?«, fragte Rina. »Ich will erst meiner Mutter Hallo sagen.«

Sie nahm Mason bei der Hand, und er ließ sich an den Fressbuden vorbei zu einer kleinen Bühne mit Scheinwerfern ziehen. Rina winkte ihrer Mutter, die eine Horde Kinder in glitzernden Hip-Hop-Outfits auf die Bühne scheuchte. Vor der Bühne hatten es sich bereits Familien auf Picknickdecken bequem gemacht und warteten gespannt auf die Vorstellung. Es dauerte nicht lange, bis die Kinder in Formation standen und darauf warteten, dass die Musik anfing. Masons Blick wurde allerdings von grölendem Gelächter an einem der Tische hinter dem weißen Lattenzaun angezogen. Eine schlechte Planung hatte dafür gesorgt, dass das Bierzelt, in dem auch harte alkoholische Getränke ausgeschenkt wurden, sowie die dazugehörigen Sitzplätze im Freien direkt neben der Bühne lagen.

Es dauerte nicht lange, da hatte Mason den blonden Pferdeschwanz seiner Mutter in einer größeren Menschengruppe entdeckt. Er erkannte ein paar ihrer Saufkumpane aus dem

Pub, einschließlich des Mannes mit dem kahlrasierten Schädel und den Oberarmtattoos. Dem Geräuschpegel ihrer Stimme nach zu urteilen, war Ivy sturzbesoffen.

Auf der Bühne setzte die Musik ein, aber sie war viel zu leise. Während Rinas Mutter sich an der Stereoanlage zu schaffen machte und die Kinder mit ihrem Tanz anfingen, dröhnte ein weiteres schallendes Gelächter von der Biergartentruppe herüber. Mason wollte nicht hinschauen, aber seine Augen wanderten ganz automatisch dorthin.

Ivy war aufgestanden und bahnte sich mit unsicheren Schritten ihren Weg durch die Tische. Dabei redete sie weiter aus voller Kehle, mit einer Stimme, die so schrill war wie Fingernägel auf einer Schiefertafel. Und während ihre Kumpels das, was sie sagte, zum Schreien komisch fanden, waren die Eltern auf den Picknickdecken ganz und gar nicht belustigt. Nach ein paar Augenblicken stand ein Paar auf, stapfte davon und kehrte mit einem Sicherheitsbeamten zurück. Ausgerechnet mit Darren Foster.

Während sich Foster an den Tischen und Gästen im Biergarten vorbeischob und sich Masons Mutter und ihren Freunden näherte, taumelte Ivy ein paar Schritte rückwärts und fiel über den Zaun. Sie landete mit einigen Zaunlatten, die sich gelöst hatten, auf der anderen Seite im Gras, wobei sie eine ältere Dame und zwei kleine Kinder, die zusammen auf einer Decke saßen, nur knapp verfehlte.

Die Menge stieß einen kollektiven Schreckensruf aus. Mason rannte zu seiner Mutter, während sich Darren Foster von der anderen Seite auf sie zuwälzte. Foster war zuerst bei ihr.

»Aufstehen!«, fuhr er sie an, packte Ivy am Arm und zerrte grob daran. »Der Abend ist vorbei. Kommen Sie.«

»Hey!«, schrie Mason. »Hände weg von ihr.«

Ivy versuchte, auf die Füße zu kommen, schaffte es aber nicht, woraufhin Foster, der sie immer noch festhielt, das Gleichgewicht verlor. Er stolperte nach vorn und wäre beinahe auf sie draufgefallen.

»Aufstehen!«, sagte er noch einmal und grub seine Finger in ihren Oberarm.

Mason legte die letzten Meter zurück und schob sich durch die Zuschauer, die sich um die Szene versammelt hatten. »Mach 'ne Fliege, Foster.«

Foster schaute zu Mason und schob sein Gesicht dann dicht an das von Ivy. »Heilige Scheiße, ist das deine Mutter, Prinzessin?« Er grinste dreckig. »Die ist ja so hackedicht, ich hab sie nicht mal erkannt.«

»Lass sie los«, sagte Mason und versuchte, ruhig zu bleiben. Er wusste, dass alle Augen auf ihnen lagen. Und es waren kleine Kinder dabei.

Immer noch grinsend, öffnete Foster die Hand. Ivy fiel aus ihrer sitzenden Position schlaff nach hinten und schlug mit dem Kopf schwer auf der Erde auf.

Mason machte einen Satz vorwärts und stieß Foster gegen die Schulter. Der wiederum holte aus, schlug zu und verfehlte Mason. Die Zuschauer fingen an, sie anzufeuern, aber noch ehe die Sache eskalieren konnte, fühlte Mason eine feste Hand auf seiner Schulter, die ihn wegzog. Erst nach ein paar Sekunden erkannte er, dass die Hand Chloe Baxters Vater gehörte.

Liv und Sally kamen von ihrem Pizzastand hergerannt und halfen Masons Mutter auf. Ivy starrte durch Mason hindurch, die Augen glasig und todmüde. Der ganze, durchzechte Nachmittag stürzte mit einem Mal auf sie ein.

»Bringen Sie sie hier weg«, sagte Foster. »Sie ist ja völlig erledigt.«

»Ja, ja, schon gut, Darren«, fuhr Sally ihn an. »Treib deine kleinen Machtspielchen gefälligst woanders.«

Mason schaute in die Menge. Aus dem Biergarten, von den Picknickdecken und den Fressbuden starrten ihm Gesichter entgegen. An der Seite stand Henry, hinter ihm Chloe, die ihre Hände schützend auf seine Schultern gelegt hatte. Und Tom. Tom, ein kleines Stück seitlich der Bühne, beobachtete die Szene, neben ihm die entsetzte Rina.

Mason senkte den Blick. Seine Wangen brannten. Er ging auf seine Mutter zu, aber Liv trat ihm in den Weg.

»Schon gut«, sagte sie. »Wir bringen sie nach Hause und stecken sie ins Bett.«

»Ich kann …«

»Nein, mein Lieber«, sagte Liv sanft. »Du bleibst hier bei deinen Freunden. Genieß den Silvesterabend.«

Zu spät, dachte Mason.

Als sich die Menge zerstreute, spürte Mason, wie sich von der Seite her jemand näherte. Es war Chloes Dad.

»Alles klar, Kumpel?«, fragte er.

»Ja.«

»Die Dinge sind ein bisschen außer Kontrolle geraten.«

Mason ließ die Schultern hängen. Er hatte nicht die Kraft, sich irgendeine Ausrede einfallen zu lassen, eine Entschuldigung für das Benehmen seiner Mutter. Was für einen Sinn hätte das? Mr. Baxter hatte doch sowieso alles gesehen. Es war noch nicht einmal acht Uhr abends, und Mason war müde. Das ganze vergangene Jahr hatte ihn ausgelaugt, und er wollte nur noch, dass es zu Ende war.

»Hör mal«, sagte Mr. Baxter. »Wir haben vorhin mit deiner

Mum abgesprochen, dass wir Henry heute mit zu uns nehmen. Er kann bei uns übernachten.«

»Okay.« Mason zuckte die Achseln. »Wahrscheinlich eine gute Idee, besonders jetzt.«

»Willst du auch kommen?«, fragte er. »Du musst nicht bei uns im Haus übernachten, du kannst ein Motelzimmer haben.«

Mason wandte die Augen ab und murmelte: »Das kann ich mir im Moment nicht leisten.«

»Nein, mein Junge.« Mr. Baxter trat einen Schritt vor. »Du kannst umsonst bleiben. Ich lasse einen Schlüssel unter einem Blumentopf liegen, und du kannst kommen, wann immer du willst. Zimmer Nr. 15 ist meistens frei; wie wäre es damit?«

Mason musterte ihn misstrauisch. »Ich kann da übernachten? Ohne zu bezahlen?«

»Wann immer du mal ein bisschen Zeit zum Durchatmen brauchst und wegkommen willst von … na ja, du weißt schon. Von zu Hause.«

»Warum?«

»Warum nicht?«, gab Mr. Baxter zurück. »Weiches Bett, heiße Dusche, Fernseher. Ein bisschen Ruhe und Frieden, hm?«

Masons Gesicht war glühend heiß. Er wusste nicht, wo er hinsehen sollte.

Mr. Baxter schob seine Hände tief in die Hosentaschen. »Weißt du, als ich in deinem Alter war, hätte ich so was auch gut gebrauchen können.« Er trat mit der Zehenspitze gegen einen Stein. »Das Zimmer ist da, wenn du es brauchst. Ich halte es für dich frei. Und das bleibt unter uns.«

Mason fand keine Worte. Die Vorstellung eines ruhigen, sauberen Motelzimmers, einem Ort, wo er sich verkriechen konnte, wenn er den Gedanken, nach Hause zu gehen, nicht ertragen konnte, war fast zu schön, um wahr zu sein. Wo war der Haken? Er hörte die höhnische Stimme seiner Mutter in seinem Kopf. *Was will er als Gegenleistung, häh?* Aber vielleicht wollte Chloes Dad einfach nur helfen, so wie Stu Macleod.

»Danke, Mr. Baxter«, stieß Mason gepresst hervor und blickte auf, damit Chloes Dad sehen konnte, dass er es ernst meinte.

Der ältere Mann kicherte. »Nenn mich Dave, verdammt noch eins. Niemand nennt mich Mr. Baxter, außer meinem Bankmanager.«

Mason dachte, dass Mr. Baxter ihm jetzt vielleicht auf die Schulter klopfen oder ihm die Hand reichen würde. Aber stattdessen sagte Chloes Dad nur: »Na, dann mach's mal gut«, und ging davon.

Die nächste Stunde lief Mason auf Autopilot. Er half am Pizzastand der Nolans aus, bis Liv und Sally zurückkamen, obwohl Raf und Sabeen ihm versicherten, das sei nicht nötig.

»Bitte«, sagte er. »Eure Mums kümmern sich um meine Mutter. Lasst mich als Gegenleistung auch etwas tun.«

Als es Zeit für das Feuerwerk war, packte Sabeen drei Pizzen in Pappschachteln und befahl Raf, ein paar Getränke und die Picknickdecke mitzubringen. Liv und Sally banden sich wieder die Schürzen um und scheuchten die drei Freunde weg. »Macht schon«, sagte Sally. »Geht zu euren Freunden und amüsiert euch.«

Mason wäre am liebsten nach Hause gegangen. Der Flachmann mit dem Whisky steckte noch unberührt in der Innentasche seiner Jacke, und er hatte keine Lust auf Pizza. Aber er folgte den anderen zu einem ruhigen Plätzchen, etwas abseits von den Familien. Vielleicht gab es doch noch eine Möglichkeit, den Abend zu retten. Immerhin war es Silvester.

Sabeen trommelte die anderen mit ihrem Smartphone zusammen, und kurze Zeit später stieß Rina zu ihnen. Sie nahm Mason beiseite und fragte ihn, ob alles okay sei, aber die ganze Zeit hielt er nur Ausschau nach Tom. Wo war er? Ging er ihm aus dem Weg?

Als Nächstes kam Chloe. Sie hatte ein paar Chipstüten dabei.

»Wo ist Henry?«, fragte Mason.

»Er ist bei meinem Dad und Toms Großvater«, sagte sie, »wenn es dich interessiert.«

»Ich habe doch gerade gefragt, oder?«

»Leute«, sagte Sabeen flehend, »setzt euch doch einfach hin und esst Pizza, ja?«

Chloe ging an Mason vorbei zur Picknickdecke, ohne ihn eines weiteren Blickes zu würdigen. »Du hättest mal vor einer Stunde nach ihm sehen können«, sagte sie.

»Da war ich leider beschäftigt.«

»Ja«, sagte sie trocken und legte die Chipstüten auf die Decke. »Das haben wir alle gesehen.«

Masons Kiefer verkrampfte sich. »Willst du damit irgendwas Bestimmtes sagen, Chloe?«

Sie schnaubte, schwieg aber.

»Mach schon«, sagte er. »Spuck's aus.«

Natürlich tauchte Tom ausgerechnet in diesem Moment auf.

Chloe verschränkte die Arme vor der Brust. »Wie oft soll das noch passieren?«

»Was genau meinst du?«

»Dass du die Kontrolle verlierst«, sagte sie. »Dass du gewalttätig wirst.«

Mason schaute zum Biergarten, wo die Zaunlatten immer noch im Gras lagen. »Meine Mutter …«

»Davon rede ich überhaupt nicht!«, rief Chloe. »Was war denn am Reservoir?«

Da haben wir's. Mason wusste, dass diese Diskussion unvermeidlich war.

»Hey«, sagte Raf besänftigend. »Kommt, Leute …«

»Tut es dir überhaupt leid?«, fuhr Chloe fort, als ob Raf gar nichts gesagt hätte. »Es sieht nämlich nicht so aus, als ob dir die Sache schlaflose Nächte bereiten würde.«

Oh Mann, wie er das hasste. Ihre Überheblichkeit war kaum zu ertragen.

»Sag *du* mir doch, wie ich mich fühlen soll!«, verlangte er.

»Also gut.« Chloe musterte ihn von oben bis unten. »Du solltest dich schuldig fühlen. Du solltest dich schrecklich fühlen.«

Mason blickte zu Boden und schüttelte den Kopf. Er fühlte sich die ganze Zeit schrecklich, daher war es schwer zu sagen, wo die alte Schrecklichkeit endete und die neue begann. Chloe konnte sich sicher sein, dass er sich nicht – auch nicht rein zufällig oder für einen einzigen Augenblick – gut fühlte.

»Mach mal halblang, Chloe.«

Bei diesen Worten drehten sich alle um. Überrascht sahen sie, dass Rina vortrat und sich mit hochgerecktem Kinn vor Chloe hinstellte.

Einen Moment lang fehlten Chloe die Worte. »Was?«

»Jeder macht mal Fehler«, sagte Rina. »Du musst nicht ständig auf Mason herumhacken wegen dem, was passiert ist.«

Selbst in der Dunkelheit konnte jeder sehen, wie Chloe rot wurde. »Du warst nicht dabei, Rina. Du hast nicht gesehen, was passiert ist.«

»Mason hat mir erklärt, was passiert ist«, sagte Rina. »Er hatte einen Aussetzer, und es tut ihm leid.«

Chloes Blick glitt zu Mason. »*Ich* habe ihn noch nicht die Worte ›Es tut mir leid‹ sagen hören.«

»Mann, Chloe«, fuhr Rina auf. »Das reicht aber jetzt!« Sie war wunderschön und wild, und Mason war von ihrer Treue beeindruckt und gleichzeitig entsetzt. Er wusste, dass er ihrer nicht würdig war.

»Chloe will Henry bloß beschützen«, sagte Raf besänftigend zu Rina. Er versuchte wahrscheinlich nur, die Situation zu entschärfen, aber Mason war gekränkt. Die Fronten waren abgesteckt, und Raf hatte sich auf die gegnerische Seite geschlagen.

Mason schaute zu Tom, der sich immer noch zurückhielt.

»Verdirb uns doch nicht den Abend«, sagte Rina.

»Ich verderbe gar nichts«, erwiderte Chloe. »Ich war ja nicht diejenige, die Darren Foster rumgeschubst hat und beinahe in eine Schlägerei geraten wäre.«

»Er hat meine Mutter angefasst.«

»Ja und? Und schon verlierst du wieder die Kontrolle?«, versetzte Chloe. »Gibt es irgendwas, das dich nicht auf die Palme bringt?«

»Leute!«, flehte Sabeen. »Bitte!«

Plötzlich erstrahlte am Himmel über ihnen ein glitzernder Kreis, gefolgt von einem lauten, hohlen *Bumm!* Der Schlag vibrierte durch Masons Brust, und einen Augenblick lang erstarrte alles. Dann explodierten über ihnen bunte Lichter. Mason betrachtete die nach oben gerichteten Gesichter seiner Freunde, über die lange Schatten tanzten, während das Feuerwerk sich über ihnen wölbte und den Himmel zum Strahlen brachte.

Er drehte sich um und ging davon. Tom eilte ihm nach und streckte die Hand nach ihm aus. Seine Finger streiften Masons Arm, aber Mason blieb nicht stehen. Als er den Park hinter sich gelassen hatte, zog er den Flachmann aus der Tasche, schraubt den Verschluss ab und setzte ihn an den Mund. Er kippte ihn hoch und schluckte und schluckte, bis er ihn ausgetrunken hatte.

»Frohes Neues Jahr«, murmelte er.

23

Heute

CHLOE

Es ist komisch, nach Sydney zu fahren, obwohl ich doch erst in etwas mehr als einer Woche zurück zu meiner Mum muss. Und noch komischer, weil Raf bei mir ist – ein Stück meines Lebens aus The Shallows hier in meiner anderen Welt.

Ich betrachte diese beiden Orte als getrennte Leben, weil sie so unterschiedlich sind. In Sydney wohne ich bei meiner Mutter, die jeden Tag lang arbeitet und oft mit ihren Arbeitskollegen ausgeht, während mein eigenes soziales Leben aus einem stillen Mädchentrio besteht, das ich aus der Schule kenne. Die drei haben Mitleid mit der »Neuen« und lassen mich am Rand ihrer Clique mitschwimmen.

Wir unternehmen nur selten etwas außerhalb der Schule, und die meisten Wochenenden verbringe ich allein in meinem Zimmer. Mein Stadtleben hat etwas Flüchtiges, als ob ich dort nur existieren würde, um mich von A nach B zu begeben.

Komisch ist auch, dass die Firma, in der meine Mutter arbeitet, nur ein paar Blocks von hier entfernt ist, und obwohl heute Samstag ist, habe ich das Gefühl, ich könnte ihr jeden Moment über den Weg laufen.

Ich breche zwar keine ihrer Regeln, ich darf hier sein; allerdings würde die Sache kompliziert werden, wenn sie herausfände, dass Dad keine Ahnung von meinem Trip nach Sydney hat. Er glaubt, dass Raf mit mir ins *Bradman Cricket Museum* nach Bowral geht.

»Warum hast du denn ausgerechnet *das* gesagt?«, hat Raf mich im Zug gefragt, als ich ihm von meiner Ausrede erzählte.

»Etwas anderes ist mir nicht eingefallen. Es musste ja irgendein Ort sein, wo wir mit dem Zug hinfahren müssen, falls uns jemand am Bahnhof sieht.«

»Dann denkt dein Dad also jetzt, dass ich ein Cricket-Fan bin?« Raf machte ein leicht beunruhigtes Gesicht. »Amir findet Cricket cool, und sogar Mum und Min sehen sich die Spiele im Fernsehen an, aber an mir ist das Cricket-Gen vollkommen vorbeigegangen. Das ist so was von langweilig.«

»Ich weiß. Keine Sorge.«

»Und was, wenn dein Dad jetzt nach irgendwelchen Regeln fragt? Oder wer wann welches Spiel gewonnen hat?«

»Wird er nicht.« Ich schaute Raf an und zog eine Augenbraue hoch. »Warum ist es dir so wichtig, was mein Dad von dir hält?«

Er drehte sich zum Fenster, und ich sah sein sonnenbeschienenes Spiegelbild in der Scheibe antworten. »Ist es halt.«

Als wir jetzt die Treppe in der St. James Station nach oben gehen, gähnt er. Die grünen und cremefarbenen Wandfliesen und der unverkennbare Gestank lassen mich immer an eine Toilette denken, die dringend geputzt werden müsste.

»Missy sagte, elf Uhr. Warum wolltest du unbedingt so früh los?«, fragt Raf.

»Sei immer auf alles vorbereitet, Raf«, antworte ich. »Du warst doch ein Pfadfinder. Ist das nicht euer Wahlspruch?«

»Ja, aber zwischen vorbereitet sein und wie zwei abartige Stalker zwei Stunden zu früh kommen, ist ein himmelweiter Unterschied.«

»Wir sind bloß eine Stunde zu früh«, verbessere ich ihn,

»und das verschafft uns einen Vorteil. Wir können die Gegend erkunden und uns eine gute Stelle suchen, um zu warten und nach ihr Ausschau zu halten.«

Raf gähnt wieder, und als wir den Bahnhof verlassen und ins Sonnenlicht treten, fährt er sich mit der Hand über das Gesicht und durch die Haare. »Wenn ich gewusst hätte, dass wir eine Observation planen, hätte ich wie ein braver Polizist eine Tüte Doughnuts gekauft.«

Ich muss lächeln und schüttele den Kopf, weil er erwartungsvoll die Ladenmeile auf der Elizabeth Street mustert. »Jetzt willst du einen Doughnut, richtig?«

»Jep«, sagt er traurig, weil er nur eine endlose Reihe Designerläden sieht.

Sabeen schickt uns eine Nachricht, wieder einmal.

Sagt Bescheid, wenn ihr im Hyde Park seid.

Sie hängt im *Shallow Vintage Wares* fest, wo sie immer noch hilft, den Keller zu entrümpeln, und hat darauf bestanden, dass wir sie regelmäßig auf dem Laufenden halten. Sie wollte Tom und Onkel Bernie absagen, um uns zu begleiten, besonders, weil sie in Bezug auf Onkel Bernie immer noch ein komisches Gefühl hat. Wir haben Raf von den Polaroids erzählt, aber er hält unsere Befürchtungen für völlig grundlos. Ich hoffe, er hat recht. Schließlich hat Sabeens schlechtes Gewissen doch die Oberhand behalten.

»Rose hat mich angerufen und gefragt, ob ich lieber Erdbeer- oder Himbeermarmelade mag«, erzählte mir Sabeen. »Sie backt Scones und will sie in der Mittagspause in den Laden bringen, weil sie weiß, dass ich sie für mein Leben gerne esse. Wie kann ich sie da im Stich lassen?«

Ich habe Sabeen versichert, dass sie eine Heilige sei, und ihr versprochen, dass wir sie über alles informieren.

Raf und ich biegen um die Ecke zur linken Seite des Bahnhofs und folgen einem breiten, gepflasterten Fußweg zur *Archibald Fountain.* Das sechseckige Becken ist gut und gerne zwanzig Meter im Durchmesser, und im Augenblick sitzen Dutzende Leute auf dem Brunnenrand, stehen daneben oder spazieren darum herum, von den Fußgängern, die auf dem Weg durch den Hyde Park hier vorbeikommen, ganz zu schweigen.

Ich versuche, alles auf einmal in mir aufzunehmen. All meine Sinne sind in Alarmbereitschaft. Einen Augenblick lang vergesse ich, dass wir zu früh sind und dass wir nach jemandem in einem roten Mantel Ausschau halten.

»Wir sollten uns ein Stück zurückziehen«, sagt Raf und geht über das nächstgelegene Rasenstück. Acht Dreiecke aus Gras, zu einem Kreis angeordnet, rahmen den Springbrunnen ein. Auf einigen befinden sich Parkbänke und Blumenbeete. Raf steuert auf eine leere Bank zu.

»Zu weit weg«, sage ich und ziehe ihn an der Jacke zurück. »Hier geht's.« Ich setze mich auf die steinerne Einfriedung des Fußwegs. Mein Blick auf den Brunnen wird kurz von einer Wandergruppe versperrt. Nachdem sie weg sind, kann ich von unserem Platz aus alles überblicken.

»Hör mal«, sagt Raf, »mach dir vielleicht nicht zu viel Hoffnung.«

Ich drehe mich zu ihm um und ziehe die Augenbrauen hoch.

»Na ja, ich meine ja nur …« Er mustert die Leute rechts und links von uns. »Das könnte eine Sackgasse sein.«

»Warum bist du dann mitgekommen?«, frage ich verdrießlich.

Raf holt eine Sonnenbrille aus seiner Brusttasche. »Ich wollte dich nicht allein gehen lassen.«

»A-ha! Also glaubst du doch, dass jemand auftaucht!«

»Vielleicht.

»*Vielleicht* ist besser als *ganz bestimmt nicht*, oder?«

Raf blickt mich einen Moment lang an, ehe er seine Sonnenbrille aufsetzt. »*Vielleicht* ist das, was meine Mums immer gesagt haben, wenn wir etwas haben wollten und sie es nicht über sich brachten, Nein zu sagen.«

Wir schweigen eine Weile, beobachten die Leute und lauschen dem beständigen Dröhnen der Stadt. Die Sonne scheint warm auf meinen Kopf, und Raf lehnt sich nach hinten und wendet sein Gesicht dem Himmel zu. Ich frage mich, ob ich den Mut aufbringen könnte, seine Hand zu nehmen – wenn die Umstände anders wären.

»Weißt du«, sage ich, »ich glaube, ich muss dir was erklären.«

Aus dem Augenwinkel sehe ich, wie Raf den Kopf schräg legt. »Was denn?«

»Wegen der Nacht in der Buschhütte. Warum ich dir danach ausgewichen bin.«

Raf setzt sich auf und schiebt die Beine zu einem Schneidersitz. »Du bist mir nicht ausgewichen.« Er rupft einen Grashalm ab und zwirbelt ihn zwischen den Fingern.

»Wir haben in der Zwischenzeit über alle möglichen Themen gechattet, nur nicht über meine Gefühle für dich.«

Er schaut zu mir hin, schiebt seine Sonnenbrille nach oben, wo sie seine welligen schwarzen Haare zurückhält wie ein Haarband. »Du hast Gefühle für mich?

»Also jetzt bilde dir bloß nichts darauf ein«, sage ich und werde rot.

Er grinst. »Das ist die beste Neuigkeit des Tages.«

Jetzt muss ich auch grinsen. Mein Herz schlägt schneller.

»Aber das kapiere ich nicht«, sagt er. »Wieso hast du mich dann fallen lassen wie eine heiße Kartoffel.«

»Es ist nicht so, dass ich die Kartoffel nicht will. Ich *will* die Kartoffel.«

»Okay«, sagt er und zupft an seinem T-Shirt. »Aber können wir bitte aufhören, mich als Kartoffel zu bezeichnen?«

Mein Lächeln verblasst, und ich senke den Blick. »Ich war verwirrt. Ich habe mir Sorgen wegen Henry gemacht. Du hast es auch nie erwähnt, deshalb …«

Rafs Lippen zucken belustigt. »Hey, *du* hast es nie erwähnt. Und ich war zu verlegen, um es zur Sprache zu bringen.«

Ich nicke. »Dann wurde alles irgendwie komisch.«

»Ja«, sagt er leise, rollt den Grashalm zwischen Daumen und Zeigefinger und schnickt ihn dann auf den Gehweg. Schweigend setzt er seine Sonnenbrille wieder auf.

Wir beobachten eine Weile die Menschen – Leute, die stehen bleiben und ein Selfie machen, Kinder, die ihren Eltern entwischen. Mein Blick fällt auf einen Mann mit grau gesprenkelten Haaren in einem Poloshirt und Jeans, der langsame Runden um den Springbrunnen dreht.

Ich stupse Raf an. »Schau mal. Der Typ im blauen Polo sieht verdächtig aus.«

»Der mit dem Hipster-Bart?«, sagt er. »Meinst du?«

»Warum nicht? Glaubst du wirklich, Missy Ellwood ist ein dreizehnjähriges Mädchen?«

»Ist doch möglich.«

»Schon mal was von gefakten Profilen gehört?«

»Klar. Aber nicht jeder, mit dem man online chattet, tut so, als wäre er jemand anderes.«

Ich starre ihn mit regloser Miene an. »Raf, *wir* tun so, als wären wir ein dreizehnjähriger Junge, um Missy heute herzulocken.«

Er schnaubt. »Gutes Argument.«

»Komm, gehen wir näher ran.« Langsam stehe ich auf, bleibe aber geduckt.

»Ähm, ich bewundere ja deine unauffällige Art, dich anzuschleichen«, sagt Raf, »aber dir ist schon klar, dass du dadurch nur noch mehr auffällst?«

Ich merke, wie lächerlich ich aussehe, und richte mich auf.

»Missy«, fährt er fort, »sucht nach einem dreizehnjährigen Jungen, der etwas Rotes anhat. Wir sind für sie gar nicht sichtbar, wir verschmelzen sozusagen mit dem Hintergrund.«

Er schiebt seine Hand in meine, was mich völlig unvorbereitet trifft. Und noch ehe mir klar wird, was er vorhat, schlendert er gemächlich zur anderen Seite des Brunnens und zieht mich mit sich. Er schwingt meinen Arm vor und zurück und fängt an, über irgendeine Fernsehserie zu reden.

Mit dem Hintergrund verschmelzen, schon kapiert.

Ich lächle und nicke, während Raf plappert und plappert, und lasse gleichzeitig den bärtigen Typen in dem blauen Polo nicht aus den Augen. Er textet auf seinem Smartphone, und ich halte die Luft an, weil ich erwarte, dass gleich mein eigenes Handy mit einem *Ping* eine Nachricht ankündigt. Aber alles bleibt still. Wir stellen uns in seine Nähe, und Raf tut so, als ob er ein Foto von mir vor dem Brunnen schießen will.

Ich hole mein Handy heraus und schicke Missy eine Nachricht.

Ich bin schon da. Du auch?

Ich schicke die Nachricht ab und beobachte den bärtigen Typen. Sein Telefon gibt keinen Mucks von sich, aber irgendwo auf der anderen Seite des Springbrunnens höre ich ein *Ping*.

Raf und ich wechseln einen Blick.

Zwanzig Meter von uns entfernt, zum Teil hinter einer der Bronzeskulpturen des Brunnens versteckt, sitzt mit dem Rücken zu uns eine Gestalt in einem roten Mantel.

Wir haben uns geirrt. Es ist tatsächlich ein Mädchen mit einem Pferdeschwanz aus dunklen Locken. Missy ist bloß ein dreizehnjähriger Teenager, der sich mit seinem Online-Freund treffen will.

»Komm mit«, sage ich zu Raf und nehme wieder seine Hand. Gemeinsam rennen wir hinüber zu ihr.

Missy dreht sich leicht zu uns um, als sie unsere schnellen Schritte hört. Mit den Daumen tippt sie eine Nachricht auf ihrem Handy.

»Moment mal …«, sage ich, als ich ihr Profil sehe. Meine Lippen teilen sich vor Überraschung.

»Rina?«, sag Raf und setzt die Sonnenbrille ab. »Was machst du denn hier?«

Sie dreht sich jetzt ganz um, und ihre Augen werden groß. Mein Handy zeigt mit einem *Ping* an, dass ihre Nachricht an Henry angekommen ist.

»Okay«, sagt sie und hebt abwehrend die Hände. »Ich kann das erklären.«

Am liebsten hätte ich mir selbst einen Tritt verpasst. Sobald ich Rina sehe, wird mir alles klar.

Missys Fragen über Mason. Die Ballerina-Schwester. Dass sie weiß, wie gut Sally kochen kann. Ich sehe uns beide vor mir, wie wir als Kinder bäuchlings auf dem Boden des Pfadfinderraums gelegen haben, während ihre Mum alles für unseren Ballettunterricht vorbereitete. Wir ließen unsere *My Little Ponies* über die staubigen Bodendielen traben und galoppieren, bastelten Hindernisse aus Rosinenschachteln und Plastikflaschen. Mein Pony war zuckerwattepink mit glitzernden Blumen auf dem Rumpf, und Rinas war puderblau mit einer langen Regenbogenmähne.

Luisa hatte versucht, sich an den Namen meines Ponys zu erinnern, aber statt der Endsilbe -chen, wie sie vermutet hatte, war es -chel: Bochel, ein Anagramm von Cloe B. Und jetzt, als ich über den kleinen Kaffeetisch hinweg in Rinas rotes Gesicht starre, fällt mir auch der Name ein, den sie ihrem Pony gegeben hat. Ein Anagramm von Rina de S.

»Airsden«, murmele ich und schüttele den Kopf. »Airsden High.« Der Name der Schule, auf die Missy angeblich geht. Sie rutscht unbehaglich auf ihrem Platz hin und her und weicht meinem Blick aus.

Auf Rafs Vorschlag hin suchen wir uns nach unserem unerwarteten Treffen am Springbrunnen einen Tisch vor einem kleinen Café zwischen dem Park und der St. James Station. In der Nähe haben sich einige Leute um ein Gartenschach versammelt, wo ein gemächliches Spiel im Gang ist, das in krassem Gegensatz zu meinem rasenden Puls und meinen angespannten Nerven steht. Die Bedienung, die uns zu unserem Tisch geführt hat, kommt mit einer Flasche Wasser und drei Gläsern zurück. Sie hat kaum das erste Glas eingeschenkt, da greift Rina danach und leert es in einem Zug.

Raf betrachtet die Speisekarte und wirft mir dann einen vielsagenden Blick zu. Er weiß nicht, wie wir anfangen sollen. »Vielleicht bestellen wir erst mal. Dann haben wir das schon erledigt.«

Rina zieht ihren roten Mantel aus und greift zögernd nach

der Speisekarte. Ich strecke den Arm aus und reiße ihr die Karte aus der Hand. »Was zum Teufel machst du hier, Rina?«

Sie verschränkt die Arme vor der Brust und wirft sich nach hinten gegen die Stuhllehne. »Was wird das? Guter Cop, böser Cop?«

»Beantworte einfach die Frage«, sage ich.

Raf kichert. »Dreimal darfst du raten, wer der böse Cop ist.«

Das ist vermutlich ganz und gar nicht das gemütliche Beieinander, das Luisa im Sinn hatte, als sie mir vorschlug, mit ihrer Tochter einen Kaffee zu trinken.

Die Bedienung kommt wieder.

»Wir brauchen noch ein paar Minuten«, sagt Raf höflich.

»Drei Cola«, sage ich. »Bitte.« Ich will nicht, dass sie uns noch einmal unterbricht. Ich wende mich wieder Rina zu, die sich unter meinem bohrenden Blick windet.

»Warum hast du mit Henry gechattet?«, frage ich. »Warum hast du einen falschen Namen benutzt?«

Rina seufzt. »Weil ich mit ihm reden wollte.«

»Worüber?«

Sie beugt sich über den Tisch und kratzt an einer kleinen Lacknase auf dem Holz. »Über Mason. Ich wollte Informationen von ihm.«

»Was für Informationen?«, fragt Raf.

Sie kann uns immer noch nicht in die Augen sehen. »Ich wollte wissen, ob er sich mit jemand anderem trifft.«

»Warum hast du ihn nicht einfach gefragt?«, will ich wissen.

Rina bläst hörbar die Luft aus, als ob ich etwas Unmögliches vorgeschlagen hätte. »Ist das dein Ernst? Mit Mason reden zu wollen, ist ungefähr so, als wollte man einem Stein Blut abnehmen.«

Aus irgendeinem Grund gefällt mir das Bild von Stein und Blut nicht besonders. Es erinnert mich an den Tag am Reservoir. Devil's Rock. Und Henry, der sich so über das Blut seiner Mutter in der Küche aufgeregt hat.

»Warum glaubst du, dass er eine andere hat?«, fragt Raf. »Wir leben in einer Kleinstadt. Das hätten wir doch mitgekriegt, meinst du nicht?«

Ich ziehe die Augenbrauen hoch und starre ihn an, und er starrt einen Moment lang verständnislos zurück. Dann fällt ihm die Affäre meiner Mum ein. Es ist ziemlich einfach, ein Verhältnis geheim zu halten, wenn man es geschickt anstellt.

»Er hat sich immer mehr von mir zurückgezogen«, sagt Rina. »Er will überhaupt nicht mit mir reden und er zeigt auch kein großes Interesse an … na ja, ihr wisst schon, an körperlichen Dingen.«

Raf und ich wechseln einen unbehaglichen Blick.

»Ich dachte, ihr zwei wolltet zusammen ins Ausland fahren«, sagt Raf.

»Wollten wir auch. Am Ende des Jahres, wenn ich mit der zwölften Klasse fertig bin. Wir wollten eigentlich demnächst buchen.« Sie lehnt sich zurück. »Vor ein paar Wochen hat Mason einen Rückzieher gemacht. Er meinte, er hätte keine Lust mehr.«

Raf schießt mir einen Blick zu. Eine Warnung, Masons Reisepass nicht zu erwähnen.

»Woher wusstest du überhaupt, dass Henry einen Facebook-Account hat?«, fragt er.

Rina schnieft und wendet den Blick ab. »Weil ich ihm geholfen habe, ihn einzurichten.«

»Echt jetzt?«, sage ich. »Du hast für Henry einen Facebook-Account eröffnet, damit du ihn aushorchen konntest?«

»Nein! Wir haben irgendwann mal in der Bücherei darüber geredet. Er fragte mich, wie alt man sein muss, um sich anzumelden, und dann habe ich die Sache mit ihm durchgesprochen.« Sie zögert und schaut von mir zu Raf. »Mir ist aufgefallen, dass er auf Facebook keine Freunde gesucht hat.«

Wieder empfinde ich einen Stich, weil Henry mir nichts davon erzählt hat.

»Nach dem, was er dir erzählt hat – besser gesagt: Missy –, hat er Facebook nur benutzt, um nach seinem Vater zu suchen«, sagt Raf, als ob er genau wüsste, was ich jetzt brauche. »Er hat die Sache nicht an die große Glocke gehängt.«

»Ja«, sagt Rina. »Er meinte, wenn Chloe davon erführe, würde sie ihn doch bloß wieder bevormunden und ihm sagen, was er tun soll.«

Meine Augenbrauen schnellen hoch. »Wie bitte? Ich denke, *bevormunden* ist eher deine Wortwahl, nicht seine.«

»Stimmt es etwa nicht?«, fragt sie und zieht ihre Mundwinkel nach unten. »Du sagst doch ständig allen Leuten, was sie tun sollen. Wie an Silvester, als du Mason förmlich ins Gesicht gesprungen bist. Seitdem ist er völlig am Boden und hält mich noch mehr auf Distanz.«

Da haben wir es. Ich wusste, dass sie das immer noch mit sich herumschleppt.

Ich beuge mich vor. »Also bin ich schuld, wenn Mason Geheimnisse vor dir hat? Es sieht aber ganz so aus, als wäre das schon lange vor dem Silvesterabend der Fall gewesen.«

»Das stimmt«, sagt Raf zu Rina, fast entschuldigend. »Und das sage ich als sein Freund: Im letzten Jahr ist er immer verschlossener geworden. Ich glaube, er trinkt bedeutend mehr, als wir mitbekommen, und zu Hause geht vermutlich auch viel mehr ab, als er uns erzählt.«

»Mag sein …« Rina schnickt ihre Haare nach hinten und kratzt sich mit einer zierlichen Bewegung am Nasenflügel.

»Moment mal.« Meine Augen werden schmal. »Das ist nicht alles, stimmt's?«

»Was meinst du?«, fragt sie und schaut an meiner Schulter vorbei zum Nebentisch. Dann streicht sie sich eine Haarsträhne von der Wange und kratzt sich wieder die Nase.

»Du warst nie ein guter Gaukler«, sage ich.

Raf schaut von mir zu Rina. »Du hast recht. Sie macht immer diese Sache mit der Nase und den Haaren.«

»Geht's um das Spiel, das wir früher immer gespielt haben?« Rina verschränkt die Arme und löst sie dann gleich wieder. »Das hat doch gar nichts zu sagen.«

»Tja«, sagt Raf gedehnt und nippt an seiner Cola, »tut mir wirklich leid, wenn wir das der Person, die wir gerade mit einer falschen Identität erwischt haben, nicht abnehmen.«

Rina verdreht die Augen, und ich spüre, dass sie weich wird. Nur Raf kann eine solche Bombe auf eine Art und Weise werfen, über die man unwillkürlich grinsen muss, statt sich verletzt zu fühlen.

»O-kay«, sagt sie und setzt sich widerstrebend auf. »Da ist wirklich noch etwas.« Sie schaut sich verstohlen um und senkt die Stimme. »Ich habe Masons Auto gesehen. In jener Nacht.«

Ich lege den Kopf schräg. »In welcher Nacht?«

»Als Henry verschwand. Ich konnte nicht schlafen, wegen des Gewitters, also habe ich mich ans Fenster gesetzt und dem Sturm zugeschaut. Ich liebe Blitze, wisst ihr? Ich habe versucht, Fotos davon zu machen.«

»Da kann ich dir ein paar Tipps geben«, bietet sich Raf eifrig an.

Ich werfe ihm einen Blick zu: *Nicht jetzt, kapiert?*

»Oh. Okay. ’tschuldigung. Was wolltest du gerade sagen?«

»Es war ungefähr um Mitternacht, vielleicht ein bisschen später, als ich das Fenster aufgemacht habe, um ein bisschen frische Luft reinzulassen. Da hörte ich einen Wagen näherkommen – das Geräusch von Reifen auf einer nassen Straße.«

»Aus welcher Richtung?«, frage ich. Ich war vor Jahren das letzte Mal in Rinas Zimmer, aber ich weiß, dass das Fenster zum Railway Parade hinausgeht.

»Ähm … aus Richtung der Bibliothek.«

»Süden«, sagen Raf und ich wie aus einem Mund.

»Ja, kann sein. Jedenfalls fuhr der Wagen erst an unserem Haus vorbei und dann an der Pizzeria, als ob Mason auf dem Heimweg wäre. Ich fand das seltsam, weil es schon so spät war. Und wer würde in einem solchen Sturm überhaupt aus dem Haus gehen?«

»Und du bist sicher, dass es Masons Wagen war?«, frage ich.

»Es hat immer noch ein bisschen geregnet, deshalb war die Sicht nicht hundertprozentig, aber ja, ich bin mir ziemlich sicher.«

»Das ist echt komisch«, sage ich. »Mason hat ausgesagt, er sei die ganze Nacht zu Hause gewesen, und Ivy hat das bestätigt.« Aber das erklärt den Blick, den sie am nächsten Morgen auf der Veranda gewechselt haben. Jetzt weiß ich, warum Mason so rote Ohren bekam.

»Danach konnte ich nicht schlafen, weil ich den Verdacht hatte, dass Mason mit einer anderen unterwegs war«, fährt Rina fort. »Ich habe ihm ein paar Nachrichten geschrieben, aber keine davon abgeschickt. Ich war echt durcheinander. Als ich mich dann endlich hingelegt hatte, hörte ich plötzlich draußen wieder Reifen. Es war derselbe Wagen, diesmal in die entgegengesetzte Richtung.«

»Um wie viel Uhr war das?«, frage ich und schreibe diese Information in die Notiz-App auf meinem Handy.

»Über eine Stunde später, eher anderthalb Stunden.«

»Also so gegen halb oder Viertel vor zwei?«, hakt Raf nach.

Rina nickt. »So in etwa. Ich habe dem Wagen nachgeschaut, wie er ein paar Blocks weit fuhr und dann am Bahnhof abbog. Ich dachte, er kehrt vielleicht um, aber es hat ewig gedauert, bis er wieder auftauchte. Mindestens zehn oder fünfzehn Minuten.«

»Warum nur? Um die Uhrzeit fahren doch keine Züge mehr.« Ich öffne den Zugfahrplan auf meinem Handy und suche nach den Verbindungen nach The Shallows. »Der nächste Zug nach Campbelltown geht erst um halb vier, und das auch nur werktags.«

In meinem Kopf dreht sich alles. Warum ist Mason mitten im Sturm zwischen Mitternacht und zwei Uhr morgens durch die Gegend gefahren? Warum hat er behauptet, dass er zu Hause war, und warum hat ihm seine Mutter ein Alibi verschafft? Hat Mason nach Henry gesucht?

»Wem hast du sonst noch davon erzählt?«, frage ich Rina.

Sie sackt auf ihrem Stuhl zusammen. »Niemandem.«

»Nicht mal Sergeant Doherty?«

»Ich habe Mason danach gefragt, und er hat es abgestritten«, sagt sie. »Und als seine Mutter seine Geschichte bestätigt hat, habe ich Zweifel bekommen, ob es wirklich Masons Wagen war. Vielleicht war es irgendjemand in einem ähnlichen Auto. Was hätte ich Sergeant Doherty denn sagen sollen?«

»Und außerdem«, sagt Raf, »wolltest du wahrscheinlich nicht unbedingt deinen Freund in die Pfanne hauen.«

Rina zog die Augenbrauen hoch, als wollte sie sagen: *Korrekt!*

»Glaubst du, du könntest noch mehr Informationen aus Mason herausbekommen?«, frage ich sie.

»Weißt du's noch nicht?« Sie wendet den Kopf ab. »Er hat mich abserviert, vor ein paar Tagen. Wir reden nicht mehr miteinander.«

»Das tut mir leid«, sage ich. Ich empfinde Mitgefühl mit ihr. Trotz unserer jüngsten Meinungsverschiedenheiten und der Sache mit dem falschen Facebook-Profil ist sie immer noch meine Freundin aus Kindertagen. »Ist alles klar bei dir?«

»Muss wohl.«

»Meinst du, ihr kriegt das wieder hin?«, fragt Raf. »Wäre ja nicht das erste Mal.«

»Diesmal nicht«, sagt sie. »Etwas hat sich verändert. *Er* hat sich verändert. Und ich auch. Wir sind fertig miteinander.«

Wir bleiben nicht zum Mittagessen. Zu meiner Überraschung lässt sich Rina darauf ein, gemeinsam mit uns nach The Shallows zurückzufahren. Wir unterhalten uns über Belanglosigkeiten, bis Raf seine Ohrstöpsel einsteckt und sich gegen das Fenster lehnt, um eine Runde zu dösen.

»Kann ich dich um einen Gefallen bitten?«, fragt Rina, als Graffitiwände und Hinterhofzäune wie Schemen an den Fenstern vorbeiziehen. »Ich weiß, du schuldest mir nichts.«

»Okay.«

»Bitte lass mich Sabeen die Sache mit dem falschen Profil selbst erklären.« Sie betrachtet den roten Mantel auf ihrem Schoß und zupft einen Faden aus dem Saum. »Sie ist eine gute Freundin, und es wäre mir lieber, sie würde es von mir erfahren. Sie wird sauer sein, aber wenigstens kann ich es ihr in meinen eigenen Worten erklären.«

»Na, dann doch am besten gleich«, sage ich und halte mein Handy hoch.

Rina nickt resigniert. Ich glaube, wir beide wissen, dass sie es nur endlos hinauszögern wird, wenn sie es nicht sofort tut. Sie zieht ihr eigenes Handy aus der Tasche und zögert dann.

»Kannst du bitte damit warten, es Sergeant Doherty zu erzählen, bis ich mit meiner Mum geredet habe?«, fragt sie. »Ich weiß, du schuldest mir auch das nicht. Aber es würde Mum weh tun, wenn sie es von jemand anderem erfahren würde, besonders von der Polizei. Es wäre ihr sehr unangenehm.«

»Klar«, sage ich. »Kein Problem. Ich möchte deiner Mum auch nicht weh tun.

Ich versuche, nicht zu lauschen, während Rina mit Sabeen spricht. Hin und wieder schaut sie zu mir hin, als ob sie mich trotzdem in das Gespräch mit einbeziehen möchte, vielleicht zur Bestätigung ihrer Geschichte oder als moralische Unterstützung. Als sie die ganze Sache noch einmal aufrollt, öffne ich Henrys Facebook-Account und scrolle mich durch das Gespräch. Als wir in Campbelltown umsteigen müssen, bin ich immer noch nicht schlauer, was Henry nach den letzten Nachrichten im Sinn hatte oder wohin er verschwunden ist.

Als ich schließlich wieder zu Hause bin, fühle ich mich emotional völlig ausgelaugt. Luisa winkt mir vom Vorgarten des Motels aus zu, während ich die Einfahrt hochtrotte. Sie kniet in dem halbrunden Blumenbeet vor dem Springbrunnen. Die Pumpe ist angeschlossen, und das Wasser plätschert von einem Becken ins nächste.

»Du warst aber fleißig«, sage ich zu ihr. »Das sieht sehr schön aus.«

Sie pflanzt gelbe und lila Stiefmütterchen in einem Schachbrettmuster. Dann beschattet sie ihre Augen mit einer behandschuhten Hand. »Wenn alles fertig ist, können wir ein paar neue Fotos für die Website machen.«

»Dabei kann ich dir helfen.« Ich schaue zur Rezeption. »Soll ich die Rezeption besetzen, solange du hier draußen bist?«

Luisa klopft mit der Hand auf ihre Gesäßtasche, aus der das kabellose Telefon ragt. »Für das Telefon ist gesorgt. Es ist ruhig im Moment. Die einzigen Gäste sind heute Morgen zu den Wombeyan Caves gefahren.

Ich kann Dads Lieferwagen nirgends sehen.

»David ist zum Baumarkt«, erklärt sie. »Er hatte den falschen Mulch gekauft.«

Mir ist seltsam zumute, hier zu stehen und freundlich zu plaudern, obwohl ich weiß, was ihre Tochter getan hat. Aber ich habe eine Abmachung mit Rina getroffen, und an die werde ich mich halten. Ich biete Luisa an, ihr eine Tasse Tee zu kochen, und schlendere zum Büro. Ich bin so in Gedanken, dass ich erst überhaupt nicht weiß, was los ist, als ich die Tür nicht aufkriege. Sie klemmt. Etwas blockiert sie von innen.

Ich blicke durch mein transparentes Spiegelbild in der Glasscheibe auf das verblasste Sofa auf der anderen Seite. Es liegt umgeworfen da, die Kissen sind überall im Zimmer verstreut.

»Was …?« Ich drücke mit der Schulter gegen die Tür und schaffe es, das Sofa zur Seite zu schieben. Auf dem Boden liegt ein Durcheinander aus Papieren, der kleine Beistelltisch mit den Zeitschriften wurde zur Seite gekippt und Luisas Stiftebecher auf der Computertastatur ausgeleert. Der Computer selbst scheint unversehrt zu sein. Die Tür zu unserer Wohnung steht weit offen. Ich kann bis zu unserer Hintertür sehen, die ebenfalls geöffnet wurde.

Mein Herz wird schwer, als mir klar wird, dass jemand bei uns eingebrochen ist, während Luisa draußen im Garten war.

Ich ziehe die oberste Schublade des Schreibtischs heraus, wo wir die Kasse aufbewahren. Sie ist immer noch verschlossen. Langsam gehe ich durch die Wohnung und mache mich darauf gefasst, dass Dinge wie der Fernseher oder die Mikrowelle fehlen, dass Küchenschränke ausgeräumt und Schubladen aus den Kommoden gerissen wurden. Aber alles ist noch so wie heute Morgen, als ich das Haus verließ.

Soweit ich sehen kann, wurde nichts gestohlen.

Erst als ich zurück in Richtung Büro gehe, sehe ich ein Blatt Papier, das mit einer Reißzwecke an der Rückseite unserer Wohnungstür befestigt wurde. Es flattert leicht in der Brise, die durch die Hintertür ins Haus kommt.

Eine Botschaft. Drei Worte.

HÖR AUF DAMIT.

24

Ein Tag vor dem Sturm

MASON

Bitte ruf mich an.
Kann ich zu dir kommen?
Wo bist du?
Rede mit mir.
Ich mache mir Sorgen.
Ich vermisse dich.
Willst du mit mir Schluss machen?

Rina hatte ihm in der vergangenen Woche so viele Nachrichten geschickt, dass Mason schon versucht war, sein Handy ganz auszuschalten. Stattdessen schaltete er es nur auf stumm, für den Fall, dass Tom sich meldete. Er arbeitete jeden Tag bis spät abends in Stus Werkstatt, kam nach Hause und kroch ins Bett. Werkstatt. Bett. Werkstatt. Bett. Manchmal Essen. Eine Dusche. Werkstatt. Bett.

Etwas hatte sich verändert. Mason fühlte sich isoliert. Und einsamer denn je.

Er ließ seinen achtzehnten Geburtstag verstreichen, ohne irgendein Aufhebens zu machen, trank nur sein erstes legales Bier allein in einer Ecke an der Bar des *Criterion*. Im Anschluss kaufte er sich seine erste eigene Flasche Whisky und fuhr mit seinem Schlafsack im Gepäck hinaus zur Buschhütte, um sich ungestört betrinken zu können.

In jener Nacht in der Buschhütte kristallisierten sich für Mason einige Dinge heraus. Er hatte noch nie ein so starkes Verlangen gefühlt, The Shallows zu verlassen und irgendwo ganz neu anzufangen. Er hatte den Job bei Stu Macleod angenommen, um sich Möglichkeiten zu verschaffen, aber bislang hatte er es noch nicht über sich gebracht, irgendein Vorhaben in die Tat umzusetzen. Er hatte den Subaru bereits nach sieben Wochen bei Stu abbezahlt, und seitdem hatte er über tausendachthundert Dollar gespart. Er hatte noch nie in seinem Leben so viel Bargeld gesehen. Jetzt, da er ein vollwertiger Lehrling war, hoffte er, dass er den Betrag im Laufe des nächsten Monats verdoppeln konnte.

Masons Handy gab ein *Ping* von sich. Wieder eine Nachricht. Er ignorierte sie. Mit den Fingerspitzen schälte er vorsichtig einen blauen Umschlag von der Unterseite der untersten Schreibtischschublade. Er hatte noch kein Bankkonto eröffnet, aus Angst, man würde ihm irgendwelche Unterlagen mit der Post schicken und seine Mutter würde von der Sache erfahren. Er hatte mit dem Gedanken gespielt, ein Postfach zu mieten, bis er erfahren hatte, was das kostete: über hundert Dollar im Jahr. Wenn man jeden Penny zusammenkratzte, wie Mason es tun musste, dann waren hundert Dollar so viel wert wie tausend.

Noch hatte er seine Geburtsurkunde nicht gefunden und auch nicht die Bescheinigung über seine Namensänderung. Aber die Sachen mussten irgendwo im Haus sein, denn sie hatten niemals woanders gelebt. Er brauchte diese Unterlagen, wenn er wegwollte. Er zog seine Brieftasche aus der Hose und schob zwei grüne Hundert-Dollar-Scheine zu dem restlichen Bargeld in dem Umschlag. Wie viel Geld würde er brauchen, um The Shallows zu verlassen? Fünftausend? Reichte das? Mason vermutete, dass der Tag kommen würde, an dem es einfach reichen musste.

Als er den Umschlag mit dem Geld wieder unter der

Schreibtischschublade befestigte, hörte er hinter sich die Zimmertür knarren.

»Gehst du weg?«, fragte eine Stimme.

Mason wirbelte herum und sah Henry im Flur stehen und durch einen Spalt in der Tür schauen. Er trug die grüne Baseballkappe, die er mit dem letzten Geburtstagsgeld gekauft hatte.

Mason empfand eine merkwürdige Zuneigung zu dieser Mütze, als ob er sie eingepackt und Henry das Geschenk selbst überreicht hätte. Es war schwierig gewesen, zwanzig Dollar abzuzweigen, gerade als sie sich durch einen besonders harten und kargen Monat quälen mussten. Damals hatte Mason noch keinen Job gehabt, und er hatte jede Woche eine Zwei-Dollar-Münze vom Haushaltsgeld beiseitegelegt, bis er sie im Postbüro in einen knisternden orangefarbenen Geldschein umtauschen konnte.

»Gehst du *weg*?«, fragte Henry noch einmal. Er hatte das Geld gesehen. Mason nahm sich vor, es später woanders zu verstecken, nur für alle Fälle.

Henry schob die Tür auf und kam ins Zimmer. »Ich vergebe dir, dass du mich ins Wasser gestoßen hast, okay? Auch wenn du nicht gesagt hast, dass es dir leidtut.«

»Es tut mir leid«, sagte Mason. Und er meinte es ernst. Nach all der Zeit kam ihm die Entschuldigung ganz leicht über die Lippen.

»Dann geh nicht weg. Bitte, geh nicht. Lass mich nicht mit ihr allein.«

»Henry …«

»Nein! Du darfst nicht! Ich weiß nicht, wie man das alles macht! Ich *will* es nicht wissen.«

Mason zog sich an der Seite des Schreibtischs hoch. »Ich bin jetzt achtzehn, und es ist Zeit für mich …«

»Mason!« Henrys Stimme brach, und seine Augen quollen vor Tränen über. »Nimm mich mit. Ich verspreche dir, ich tue, was du willst.«

Mason fühlte, wie etwas in ihm aufbrach. Er schluckte schwer und starrte zu Boden. »Du musst hierbleiben und die Schule fertig machen.«

Er wollte noch mehr sagen, als er draußen quietschende Bremsen hörte. Durch das Fenster sah Mason einen schwarzen Lieferwagen in der Einfahrt, einer von Ivys Trinkkumpanen aus dem Pub. Es gab mehrere, die hin und wieder vorbeikamen und sie abholten. *Ihre Komplizen*, dachte Mason grimmig. Er fragte sich, wie viele Drinks sie ihnen spendierte, um ihre Dankbarkeit für die ständigen Transporte in den Pub zu beweisen – Geld, das sie und ihre Familie eigentlich dringend brauchten, um den Durchlauferhitzer reparieren zu lassen oder Toilettenpapier zu kaufen.

»Du kannst nicht weggehen«, sagte Henry und wischte sich mit dem Handrücken über die Augen. »Ich lass dich nicht gehen.«

Mason seufzte. »Das ist nicht deine Entscheidung.«

Henry Gesicht veränderte sich. Mason konnte nicht genau sagen, was es war, aber die Tränen versiegten, und an ihre Stelle trat eine eiserne Entschlossenheit.

Die Haustür öffnete sich mit einem Knall, und Ivy stakste auf wackeligen Beinen durch die Diele. Sie taumelte an Masons Tür vorbei, ohne zu merken, dass jemand im Zimmer war, und schaffte es zu Masons Erleichterung bis in ihr eigenes Zimmer, wo sie hinter sich die Tür zuschlug.

Henry blieb still. Es war beunruhigend. Er verließ Masons Zimmer ohne ein weiteres Wort, und etwas an seiner Haltung drang Mason durch Mark und Bein. Mason wusste nicht, wie er Henry begreiflich machen sollte, dass es ihn bei lebendigem Leib auffressen würde, wenn er hierbliebe, und wenn er es doch täte, würde es unweigerlich zur Katastrophe kommen. Er hatte das Gefühl, dass am Horizont ein Sturm aufzog und die Verzweiflung wie aufzuckende Blitze durch seine Adern fuhr.

Mason *musste* weg. Nicht mehr lange, und er würde explodieren.

25

Heute

CHLOE

Am Sonntagmorgen sitzen Luisa und ich im Büro des Motels, der Zettel mit der Drohung liegt auf dem Schreibtisch zwischen uns. Luisas Miene ist niedergeschlagen, und sie ist heute in einem schwarzen Kleid und einer grauen Strickjacke zur Arbeit gekommen, als ob sie zu einer Beerdigung will. Ich frage mich, ob Rina schon mit ihr über das falsche Facebook-Profil gesprochen hat, denn sie kommt mir ganz durcheinander vor, was irgendwie auf mich abzufärben scheint. Ich habe mich an Luisas warmes Lächeln und ihre bunten Blusen gewöhnt und empfinde sie mittlerweile als tröstlich.

Tom war vorhin da und hat ein Paar Tischlampen gebracht, die jemand dem *Shallow Vintage Wares* gespendet hat. Er dachte, wir könnten sie für eins der renovierten Motelzimmer gebrauchen.

»Hast wohl ein schlechtes Gewissen wegen Jack Doherty, was?«, neckte ich ihn, und er lachte. Aber seine gute Laune verflog, als er von dem Einbruch hörte.

»Also hat sich jemand bei euch eingeschlichen, während Luisa im Vorgarten war?«, sagte Tom. »Das ist wirklich dreist.«

»Ehrlich gesagt, hätte jeder sich an Luisa vorbeischleichen können, während sie sich im Gartenbeet vergraben hat. Sie hat die Bürotür offen gelassen.«

»Zu ihrer Verteidigung muss gesagt werden, dass wir hier in The Shallows sind«, meinte Tom. »Ich wette, dein Dad schließt nie die Tür ab. So was erwartet man hier einfach nicht.«

»Ja, genau und das ist das Problem, Tom. Es gibt überall verzweifelte Menschen. Ich war schon immer der Meinung, dass hier alle viel zu vertrauensselig sind.«

Das werde ich natürlich Luisa nicht ins Gesicht sagen. Sie wirkt völlig am Boden zerstört, als sie wieder einen Blick auf den Zettel wirft.

»Er ist gleich da«, versichere ich ihr. Ich meine Dad, der nebenan telefoniert. Ich vermute, es ist meine Mutter, denn als er das Gespräch annahm, fiel sein Gesicht förmlich in sich zusammen. Dad versucht, ihre Telefonate so kurz und sachlich zu halten wie möglich, denn Mum hat die Angewohnheit, erst das Motel zu kritisieren, dann die Stadt und schließlich die Leute hier, wenn das Gespräch länger dauert. Manchmal glaube ich, der Grund dafür ist, dass sie das Leben hier vermisst und sich selbst davon überzeugen muss, dass sie in Sydney besser dran ist.

»Nein«, sagt Dad mit erhobener Stimme. »Das werde ich nicht zulassen, Mel. Wir hatten abgemacht, dass sie drei Wochen hierbleibt.«

Luisa und ich wechseln einen Blick. Es *ist* meine Mutter. Will sie mich zwingen, früher zurückzukommen? Ich soll eigentlich bis nach Ostern bleiben, also noch eine ganze weitere Woche.

Durch die Tür zu unserer Wohnung sehe ich Dad in der Diele auf und ab marschieren. Er lässt den Kopf hängen und starrt den Teppich an, während er das Telefon ein paar Zentimeter weit vom Ohr weghält.

»Ich kümmere mich darum«, unterbricht er sie abrupt. »Und wenn dein kleiner Spion dich das nächste Mal kontaktiert, dann sag ihm doch, er soll direkt zu mir kommen. Ich würde ihm zu gerne mal die Meinung sagen.«

Mit großen Augen schaue ich Luisa an, die schnell den Blick senkt, als sie Dad kommen hört. Sie zieht eine Schreibtischschublade auf und tut so, als würde sie etwas suchen, damit Dad nicht merkt, dass wir gelauscht haben. Ich stehe auf, sobald er hereinkommt.

»Was ist los?«, frage ich.

Dad drückt leicht meine Schulter, als er an mir vorbeigeht. »Mach dir darüber keine Sorgen.«

»Wer ist dieser ›kleine Spion‹?« Ich verschränke die Arme vor der Brust. »Etwa Doherty?«

Er tritt hinter den Schreibtisch und stellt das Telefon auf die Ladestation. »Am besten fangen wir damit erst gar nicht an.«

»Dad«, sage ich, während ich versuche, diesen neuen Verrat zu verdauen, »hat Mum etwa immer noch Kontakt mit ihm?«

Beim Klang meiner Stimme dreht er sich um und sieht den Schmerz in meinem Gesicht. Seine Miene wird weich.

»Sieht ganz so aus. Er hat ihr eine E-Mail geschickt.«

»Warum?«

»Er behauptet, ich würde dich nicht beaufsichtigen und du würdest in der Stadt herumrennen und wegen Henry Weaver sämtliche Pferde scheu machen. Er befürchtet, dass du Ärger machen könntest. Oder dass *du* Ärger bekommst.«

»Was soll das denn heißen?«

Dad kommt zu meiner Seite des Schreibtischs und nimmt meine beiden Oberarme.

»Hör zu, Kätzchen. Ich weiß, dass du Henry finden willst, aber deine Mutter regt sich auch so schon darüber auf, wie viel Zeit du mit der Sache verbringst. Die Poster in Sydney, die Facebook-Seite. Sie meint, das hätte Auswirkungen auf deine Leistung in der Schule und dass du kein funktionierendes Sozialleben hättest.«

»Meine Noten sind gut, und ich *habe* Freunde. Die sind nur zufälligerweise alle hier. Sie ist diejenige, die mich von ihnen fernhält.«

Dad seufzt und senkt die Arme. »Ich will damit nur sagen, wenn du noch mehr Staub aufwirbelst, wird das deine Mutter zum Anlass nehmen, dich nicht mehr so oft herkommen zu lassen.«

»Das ist nicht fair!«

»Nein, ist es nicht.«

»Und was jetzt? Ich soll also nichts unternehmen, um Henry zu finden?«

»Ah, Moment mal. Das habe ich nicht gesagt.«

Ich runzle die Stirn. »Aber du sagtest doch …«

»Ich sagte, du sollst keinen Staub aufwirbeln. Niemand mag Staub, und man muss niesen, wenn man ihn in die Nase bekommt. Das ärgert die Leute. Geh langsam und vorsichtig vor, dann bleibt der Staub auf dem Boden.« Er zwinkerte mir zu. »Und du kommst trotzdem voran.«

»David«, sagt Luisa bewundernd. »Das ist sehr poetisch.«

Dad räuspert sich verlegen.

»Es tut mir leid, dass ich die Bürotür offen gelassen habe, als ich im Garten war«, sagt sie. »Ich hätte aufpassen sollen, das war meine Aufgabe. Ich verstehe, wenn du möchtest, dass ich kündige.«

Dad blinzelt verdattert.

»Auf keinen Fall, Luisa«, sage ich kopfschüttelnd. »Dad braucht dich.«

»Und dieser Zettel«, sagt Dad und tippt mit dem Finger darauf, »macht deutlich, dass es keine Diebe waren.«

Ich habe eine ziemlich gute Vorstellung davon, wer es war. Das Bild von Mason auf dem Polizeirevier, wie er die Polaroids anstarrt, die ich Doherty gezeigt habe, geht mir nicht mehr aus dem Kopf. Und er weiß, dass ich gesehen habe, wie er einen Reisepass beantragt hat. Vielleicht hat er mich auch bemerkt, als ich ihm ins Buschland hinter seinem Haus gefolgt bin. Oder Ivy hat ihm erzählt, dass ich da war und in Henrys Zimmer herumgeschnüffelt habe.

HÖR AUF DAMIT.

Ich bin irgendetwas auf der Spur, und ihm gefällt das nicht. Als ob der Stein, den er durch das Fenster geworfen hat, nicht genug war, jetzt hat er uns noch eine weitere Nachricht hinterlassen, damit wir endlich Ruhe geben.

»Ich glaube, ich weiß, was dahintersteckt«, sagt Dad. »Und wer dafür verantwortlich ist.«

»Mason«, sage ich.

Luisa hält mit einem zornigen Blick die Luft an. »Dieser Junge! Ich habe Rina gesagt, dass er nichts taugt. Erst die Prügelei, dann die zerbrochene Fensterscheibe. Und jetzt weint sie sich jeden Abend in den Schlaf ...« Sie verschränkt die Arme vor der Brust und schnalzt mit der Zunge.

»Ich glaube nicht, dass es Mason war«, sagt Dad. »Ich denke eher, es hat mit meinem Widerstand gegen Jack Dohertys Plan zu tun, Cutler Bend geschlossen zu halten. Er schickt mir eine Warnung, dass ich meine Klappe nicht so weit aufreißen soll.«

»Das kann er doch nicht machen!«, protestiere ich. »Ihm gehört doch nicht die Stadt!«

Ich will Dad schon bitten, deswegen zur Polizei zu gehen, als mir die Problematik der Sache bewusst wird: Sergeant Doherty ist Jack Dohertys Bruder. Er wird nichts unternehmen, sondern die Anzeige einfach unter den Teppich kehren.

»Ich will nicht, dass ihr euch deswegen Sorgen macht«, sagt Dad. »Ich kriege das schon hin.«

Ich bin nicht überzeugt. Wenn es Mason war, der in der Nacht des Sturms mit dem Auto unterwegs war, dann verbirgt er mehr, als ich ursprünglich dachte. Und wenn er glaubt, dass ich mit meinen Nachforschungen hinter dieses Geheimnis komme, könnte er tatsächlich so verzweifelt sein, um mich zu bedrohen.

Und er könnte auch so verzweifelt sei, um abzuhauen.

»Wie lange dauert es nach der Antragstellung, bis man einen Reisepass ausgehändigt bekommt?«

»Ich freue mich auch, dich zu sehen«, sagt Raf und hält mir die Tür auf, damit ich eintreten kann. Er trägt ein graues T-Shirt, das er angesichts der Tatsache, wie verwaschen es schon ist, sehr lieben muss, und eine Jogginghose, keine Schuhe. Seine Haare sind zottelig und stehen am Hinterkopf nach oben, als ob er darauf gelegen hätte. »Du bist immer noch im Einsatz?«

Er geht mir voraus in sein Zimmer, obwohl sonst niemand im Haus ist. Das würde ich wahrscheinlich aufregend finden, wenn ich mit meinen Gedanken nicht ganz woanders wäre. Sabeen hat mir eine Nachricht geschickt, dass sie den ganzen Nachmittag mit ihren Mums in der Pizzeria festhängt, weil sie eine große Lieferung für einen vierzigsten Geburtstag fertig machen müssen. Sie hat mich eingeladen, später zum Abendessen zu kommen. Wir haben gestern Abend wegen Rina telefoniert. Natürlich hat Sabeen Rina längst verziehen und will, *dass alles wieder so ist wie früher*. Aber ich konnte die Hilflosigkeit in ihrer Stimme hören, als wüsste sie, dass das immer schwieriger wird. Die Sache mit Mason, der mit seinem Auto in der Nacht des Sturms durch die Stadt gefahren ist, hat sie völlig aus der Bahn geworfen, deswegen habe ich ihr von dem

Einbruch im Motel und der Drohung noch gar nichts erzählt. Das mache ich heute Abend, wenn ich persönlich mit ihr sprechen kann.

»Ich meine es völlig ernst, Raf«, sage ich. »Du warst doch schon im Ausland. Wie lange dauert das?«

»Keine Ahnung. Das haben meine Mums alles organisiert. Warte mal.« Er nimmt sein Smartphone vom Schreibtisch, während ich mich auf die Bettkante setze. Ich hätte selbst daran denken können, die Sache zu googeln, aber meine Gedanken springen ständig von einer Frage zur nächsten. Ich fühle mich zappelig und unbehaglich, als ob ich zu viel Zucker gegessen hätte.

»Hier steht«, sagt er, »dass man in der Regel maximal drei Wochen warten muss, bis das Dokument ausgestellt ist.«

Es ist jetzt fast eine Woche her, seit ich beobachtet habe, wie Mason den Antrag abgegeben hat, also müsste es noch eine oder zwei Wochen dauern, bis sein Pass eintrifft. Meine verkrampften Schultern entspannen sich ein wenig. Wir haben immer noch Zeit, der Sache auf den Grund zu gehen.

»Oh«, sagt Raf. »Es gibt einen Express-Service. Man kann ihn schneller bekommen, wenn man eine Extra-Gebühr bezahlt.«

»Wie schnell?«

»Innerhalb von zwei Werktagen.«

»Zwei Tage?!« Mein Herz verdoppelt sein Tempo.

Raf legt das Handy auf den Schreibtisch und lässt sich auf den Drehstuhl fallen. Er hat wieder an seinen Fotos gearbeitet; von beiden Monitoren starrt mich ein friedlicher Sternenhimmel über dem Reservoir an. Aber der Anblick beruhigt mich nicht im Mindesten; im Gegenteil, das tiefschwarze Wasser auf den Bildern wühlt mich auf.

»Warum regst du dich so auf?«, fragt Raf. »Glaubst du, Mason macht die Biege, sobald er den Reisepass hat?«

»Möglich wär's. Hier, schau mal.« Ich reiche ihm mein Handy, auf dem ein Foto des Zettels mit der Drohung zu sehen ist, der an unserer Wohnungstür hängt. »Jemand hat das Büro des Motels verwüstet und das hier hinterlassen.«

»Und du glaubst, das war Mason?« Rafs Stimme klingt zweifelnd. »Warum sollte er das tun?«

»Ich glaube, er merkt, dass ich ihm auf die Schliche komme. Wir müssen rausfinden, was er gemacht hat, als Rina ihn in der Nacht des Sturms in seinem Wagen gesehen hat.«

»Wenn er es war.« Raf kaut auf seinen Fingernägeln und lässt sein Bein schnell auf und ab wippen. Scheinbar ist meine Nervosität ansteckend. »Das wissen wir ja nicht.«

Mir war klar, dass Raf so etwas tun würde: Obwohl er über all die fragwürdigen Dinge, die Mason gesagt und getan hat, Bescheid weiß, bleibt Raf ein treuer Freund. Er enthält sich eines Urteils, bis die Schuld einwandfrei bewiesen ist, selbst wenn die Indizien erdrückend sind. Mason ist sein Freund, und Raf wird so lange eine Erklärung für sein Verhalten finden, bis Mason etwas tut, das Raf nicht mehr entschuldigen kann. Henry in das Reservoir zu stoßen und die Fensterscheibe im Motel einzuschlagen, kamen dem schon ziemlich nahe. Aber irgendwie hat Raf es geschafft, Masons Handlungen rational zu erklären und zu begreifen, wieso er es getan hat. Ich könnte Raf naiv und vertrauensselig nennen, aber die Wahrheit ist, dass er einfach nur von Grund auf gütig ist.

»Kannst du dir vorstellen, wo Mason in jener Nacht hinwollte?«, frage ich. »Irgendwelche Orte, wo er sich gern aufhält?«

Wieder zappelt Rafs Bein. »Ich habe darüber nachgedacht«,

sagt er. »Wir wissen, dass er nicht bei Rina war. Wenn er wirklich der Fahrer des Wagens war, fallen mir eigentlich nur drei Gründe ein.«

Ich setze mich auf und warte, dass er weiterspricht.

»Erstens: Das Motel, Zimmer Nr. 15. Er hat zwar dort nicht übernachtet, aber vielleicht war er einfach nur ein paar Stunden da. Wenn er zwischen Mitternacht und zwei Uhr im Motel abgestiegen ist, hättest du es nicht mitbekommen. Du warst ja nicht da.«

»Stimmt«, sage ich. »Aber dafür hätte er nicht über den Railway Parade fahren müssen. Es sei denn, er hat einen Umweg gemacht.«

»Du hast recht. Weswegen ich die zweite Möglichkeit auch für wahrscheinlicher halte: der Friedhof.«

»Echt jetzt? Mason hängt da immer noch rum?«

»Ich glaube schon«, sagt Raf. »Ich habe ihn ein paar Mal nicht auftreiben können, und ich vermute, dass er dann dort war.«

»Aber das ist ein *Friedhof*. Ein Haufen Grabsteine und jede Menge Unkraut. Würde jemand wirklich in einem Gewitter dorthin fahren? Da gibt es keinen Unterstand.«

Raf nickt. »Ich weiß. Was mich zu Möglichkeit Nr. 3 bringt.«

»Und die wäre?«

»Kannst du dich noch daran erinnern, dass wir die Buschhütte erst nicht verlassen wollten, weil wir dachten, wir hätten etwas zwischen den Bäumen gesehen?«

»Moment mal«, sage ich. »Du denkst, das war Mason?«

Raf lehnt sich nach hinten und kaut auf seiner Unterlippe. »Was hältst du von einem kleinen Ausflug?«

Es ist wieder bewölkt und für die Jahreszeit ungewöhnlich schwülwarm. Die Hitze drückt von oben auf uns nieder, hängt in der Vegetation neben dem Wanderweg, wo kein Lüftchen geht. In den Bäumen ringsum pulsiert das in Wellen ansteigende und abfallende schrille Zirpen der Zikaden. Ich betrachte Rafs Nacken, wo ein Rinnsal aus Schweiß aus seinen Haaren in den Ausschnitt seines T-Shirts läuft. Der kleine Rucksack, den ich trage, drückt mir auf den Rücken und lässt das T-Shirt an meiner Haut kleben.

Ich bin nicht überzeugt von Rafs Idee, dass Mason in jener Nacht in der Nähe der Buschhütte war, hauptsächlich, weil Raf und ich zu der Zeit dort waren, als Rina Masons Wagen gesehen hat. Allerdings würde der Zeitpunkt passen – der Wagen, der auf dem Railway Parade um Viertel vor zwei in Richtung Süden fuhr –, denn Raf und ich haben die Buschhütte vor zwei Uhr verlassen. Es besteht durchaus die Möglichkeit, dass Mason ans südliche Ende des Reservoirs gefahren ist und von dort aus den kürzeren Weg in die Buschhütte genommen hat. Aber das erklärt nicht, wo er vorher war.

Als wir die Weggabelung erreichen, wo das Hinweisschild zum Shallow Reservoir steht, bleibe ich kurz stehen. Ein vager Gedanke formt sich in meinem Kopf. Mason, Henry, das Reservoir – eine ganz miese Kombination.

»Kommst du?«, fragt Raf, der zwanzig Meter weiter stehen geblieben ist. Ich schließe zu ihm auf und wische mir mit dem Handrücken den Schweiß von der Oberlippe.

Nach weiteren fünfzehn Minuten, in denen wir stetig leicht bergauf gehen, erreichen wir die Buschhütte – beide mit klatschnassen Achselhöhlen und völlig außer Atem. Zwischen den Bäumen steht ein Haus aus grob behauenen Holzstämmen, etwa fünf oder sechs Meter lang und nicht ganz so breit, aufgebockt auf ein paar kurzen Baumstümpfen. Niemand weiß, wer die Hütte erbaut hat, obwohl Onkel Bernie behauptet, dass sie schon alt war, als er und seine Freunde als Kinder darauf stießen. Über die Jahrzehnte hat jede Generation etwas daran verändert, hat Möbel ausgetauscht, Nippes aufgestellt und hin und wieder etwas repariert. Irgendwann hat jemand ein altes Ölfass hergeschleppt, das als Feuerbecken dient, vielleicht derselbe, von dem die beiden verwitterten Liegestühle stammen. Wir haben einen alten Teppich und ein batteriebetriebenes Radio gespendet, und einmal sind Sabeen und ich mit Putzmitteln hier aufgetaucht, um zumindest halbwegs sauberzumachen.

»Wonach genau suchen wir?«, fragt Raf. Er geht langsam über die kleine Lichtung und betrachtet die Hütte von unterschiedlichen Positionen aus. Die Holzbohlen sind vor Feuchtigkeit aufgequollen und mit Flechten bedeckt; ringsum stehen Farne, manche grün, manche braun und vertrocknet.

»Ich weiß nicht genau«, sage ich und schaue durch eins der Fenster. »Nach einem Hinweis, dass Mason hier war, denke ich.«

Raf schiebt die wackelige Tür auf, und ein langer Spinnwebfaden schwebt im Türrahmen zu Boden.

»Sieht noch genauso aus wie damals«, sagt er.

Ich folge ihm hinein. Die Hütte riecht modrig, und drinnen ist es düster, weil es nur ein kleines, dreckiges Fenster gibt. Die Kerzen, die wir in der Nacht des Sturms angezündet haben, stehen noch immer auf einer Holzkiste, die hochkant an die Wand gerückt ist. Mein Unterleib zieht sich nervös zusammen, als ich den Teppich betrachte, wo Raf und ich im Schneidersitz saßen, bei Kerzenschein Pizza aßen und lachten, bei besonders lauten Donnerschlägen zusammenzuckten und hofften, dass die Hütte nicht auseinanderfallen würde. Alles, woran ich denken konnte, war, ob ich Knoblauchbrot essen sollte, für den Fall dass ich den Mut aufbringen würde, ihn zu küssen.

Raf geht durch die Hütte, nimmt wahllos Gegenstände in die Hand und stellt sie wieder hin. Er deutet auf ein paar alte Whiskyflaschen, die schon vorher dastanden. Ich zucke mit den Schultern. Es scheint nichts darauf hinzudeuten, dass jemand kürzlich hier war. Rafs Blick verharrt ebenfalls einen Moment lang auf dem Teppich, und er wirft mir einen kurzen Blick zu, wobei er eine Augenbraue belustigt hochzieht. Ich presse die Lippen zusammen, um ein Lächeln zu unterdrücken.

»Tja, das ist eine Sackgasse«, sagt er und stemmt die Hände gegen die Hüften. »Ich hatte irgendwie gehofft, dass uns etwas auffallen würde, dass uns etwas ganz spontan anspringen und schreien würde: ›Seht her, ich bin ein Hinweis!‹«

Ich atme langsam aus und gehe hinaus auf die Lichtung. Nachdenklich tippe ich mir gegen das Kinn. Was hat Mason in jener Nacht gemacht? Wo war er?

»Was, wenn am Reservoir irgendwas passiert ist?«, sage ich.

Raf folgt mir und duckt sich unter der niedrigen Tür. »In der Nacht des Sturms?«

»Mason hat Henry schon einmal hineingestoßen. Was, wenn er es noch einmal gemacht hat?«

Sein Gesicht fällt in sich zusammen, als ich das sage. »Das würde er nicht tun.«

»Vielleicht ist Henry ihm gefolgt. Vielleicht haben sie sich gestritten. Vielleicht ist es im Affekt passiert.«

Raf verschränkt die Arme und marschiert zwischen dem rostigen Ölfass und der Hütte auf und ab. »Er stößt ihn also ins Wasser und lässt ihn ertrinken? Das ist ein ziemlich übler Gedanke, Chloe, sogar für dich.«

»Meinst du vielleicht, mir gefällt die Vorstellung?«, sage ich entgeistert. »Abgesehen davon, was es für ein Licht auf Mason werfen würde, würde es bedeuten, dass Henry …«

Ich kann den Satz nicht zu Ende sprechen. Rafs Gesicht wird nachsichtig, und er macht einen Schritt auf mich zu. »Okay, wir sollten nichts überstürzen. Man hat Henrys Fahrrad am Bahnhof gefunden, weißt du noch? Es ist viel wahrscheinlicher, dass er in einen Zug gestiegen ist und das, was Mason in jener Nacht getan hat, *damit* zusammenhängt.«

Ich will nicht aussprechen, was ich denke, aber die Saat dieses Gedankens ist bereits aufgegangen. »Was, wenn Mason das Fahrrad dort abgestellt hat, damit es so aussieht, als ob Henry mit dem Zug die Stadt verlassen hat?«

Rafs Mund klappt auf. Er starrt mich wortlos an, und ich habe Angst, dass ich zu weit gegangen bin. Doch dann sagt er leise: »Rina meinte, dass sie sein Auto am Bahnhof gesehen hat.« So schnell er die Worte herauslässt, so schnell verleugnet er sie wieder. »Nee. Nie im Leben. Das geht nicht! Mason würde das nicht tun. Das würde er nicht!«

»Er hat Probleme, Raf. Vielleicht hat er wieder die Beherrschung verloren und etwas getan, was er später bereute, und dann versucht, es zu vertuschen.«

»Aber wir reden hier von *Mason.*« Ich habe ihn noch nie so verunsichert erlebt. »Wir kennen ihn unser Leben lang.«

»Wie gut kennen wir unsere Freunde wirklich?«

Er starrt mich entgeistert an. »Hey, mal halblang. Das reicht jetzt mit dem Krimi-Gerede. Es geht hier um Leute, mit denen wir aufgewachsen sind.«

»Jeder Kriminelle hat Freunde, mit denen er aufgewachsen ist«, sage ich. »Jeder von ihnen war mal ein Nachbar, ein Kollege oder ein Schulfreund. Menschen tun schlimme Dinge, Raf. Sie machen Fehler und treffen falsche Entscheidungen.«

Er schüttelt den Kopf, den Blick zu Boden gesenkt und tritt mit der Schuhspitze in den Staub.

»Was, wenn Mason wirklich draußen im Sturm war, um etwas zu vertuschen, einen schrecklichen, schrecklichen Fehler?«, sage ich. »Immerhin warst du es, dem aufgefallen ist, wie ungewöhnlich sauber die Küche der Weavers am nächsten Morgen war.«

Raf reibt sich mit einer groben Bewegung über das Gesicht. Er wirkt völlig überfordert.

»Okay«, sagt er, »nehmen wir mal an, Henry ist tatsächlich zu Hause etwas zugestoßen. Oder am Reservoir. Wie passt seine Nachricht an dich in das Bild? Soweit wir wissen, ist er zum Motel zurückgekehrt, während wir beide hier waren.«

»Ich weiß es nicht«, sage ich. »Die Zeitleiste ist der Schlüssel.«

»Genauso wie Beweise, von denen wir im Augenblick keinen einzigen haben. Die einzige Spur, die wir von Henry haben, ist der Zettel und sein Fahrrad am Bahnhof.«

»Vielleicht ist Mason herumgefahren, um andere Spuren zu verwischen – Spuren von etwas, das vielleicht irgendwie aus dem Ruder gelaufen ist.«

»Aber wie und wo?«, fragt Raf und deutet auf die hohen Bäume ringsum. »Wenn du etwas verstecken willst, wo würdest du es hinbringen?«

»Ins Reservoir werfen«, sage ich. »Oder vergraben.« Mein Puls beschleunigt sich, als mir einfällt, dass Mason hinter seinem Haus tatsächlich etwas vergraben hat. »Und wenn man wirklich alle Spuren auslöschen will, dann verbrennt man es.«

Raf schaut mich an. Ich blinzle kurz, und dann wird mir klar, dass wir beide das Gleiche denken. Wir drehen uns zu dem Ölfass um.

Raf holt sein Handy heraus und schaltet das Licht an. Er hält das Smartphone über die runde Öffnung des Fasses, und wir beide beugen uns darüber. Unten liegen verkohlte Holzstücke und Zweige und eine dicke Schicht Asche.

»Was ist das?« Ich deute auf eine Stelle. Raf richtet das Licht auf eine Lücke zwischen zwei Holzscheiten, wo etwas Grünes vor dem rußigen Schwarz aufblitzt.

»Feuer zerstört alle Spuren«, sage ich, greife nach unten und krame herum. Als ich meinen Arm wieder herausziehe, werden Rafs Augen groß angesichts dessen, was ich in meiner geschwärzten Hand halte: die Überreste einer verkohlten grünen Baseballkappe mit den Worten *Lucky-7* über dem Schirm aufgestickt. »Oder auch nicht.«

26

Eine Stunde vor dem Sturm

MASON

Es war weg. Das Geld war weg.

Mason tastete grabschend die Unterseite der Schublade ab, aber er spürte nichts außer Holz. Er zerrte sie heraus und drehte sie um, wobei er sich nicht darum kümmerte, dass er den Inhalt auf den Boden kippte.

Nein.

Nein!

Er suchte den Boden unter dem Schreibtisch ab, ob der Umschlag vielleicht abgefallen war. Er überprüfte die anderen Schubladen. Er kroch auf Händen und Knien über den gesamten Boden seines Zimmers.

Zweitausend Dollar. Alles Geld, was er besaß. Sein Fluchtgeld.

Weg.

Masons Herz hämmerte so hart, dass er Angst hatte, es würde ihm die Brust durchschlagen. Mit zitternden Händen fuhr er sich durch die Haare, fasste sie zwischen seinen Fingern und zog daran, verdrehte sie, riss sie aus.

Nein, nein, *nein!*

Sie hatte es gefunden. Er war ja so *dumm*. Warum hatte er kein Konto eröffnet? Selbst wenn sie davon erfahren hätte, hätte sie nicht an das Geld herankommen können. Ivys Schikane hätte er ausgehalten. Er hätte *alles* ausgehalten, *alles* wäre besser gewesen als dieses Gefühl der Hilflosigkeit.

Wo war sein Geld?

Wie konnte er es zurückbekommen?

Hatte sie es schon verspielt?

Wie konnte er das ungeschehen machen?

Wie konnte er die Zeit zurückdrehen?

Wie, wie, wie?

Sie saß in der Küche und starrte die verdammte Vitrine an, als ob es ein ganz normaler Donnerstagabend wäre. Als ob sie ihm nicht gerade den Boden unter den Füßen weggezogen hätte.

Er verließ sein Zimmer, ging in die Küche und sah nur aus dem Augenwinkel, wie Henry hinter seiner Zimmertür hervorschaute.

»Wo ist mein Geld?«, verlangte Mason zu wissen. Er beugte sich über den Tisch und stützte sich mit den Händen auf der Platte ab.

Ivy betrachtete ihn von oben bis unten. Es dauerte eine Weile, bis seine Worte zu ihr durchdrangen. »Was für Geld?« Sie nahm ihre Kaffeetasse in die Hand, in der sich eine klare Flüssigkeit befand, die aussah wie Wasser. Die leere Wodkaflasche, die neben ihr stand, sprach eine andere Sprache.

»Du weißt, was für Geld. *Mein* Geld«, sagte er und schlug sich mit der Faust gegen die Brust. »Die Ersparnisse von *meinem* Job.«

Sie schnaubte verächtlich und zog an ihrer Zigarette. »Du hast Geld versteckt? Obwohl du weißt, wie dringend wir welches brauchen?«

Der Wodka hatte ihrer Stimme die Härte genommen, aber das Kräuseln ihrer Lippen war Beweis genug für die Grausamkeit, die unter ihren Worten verborgen lag. *Gemein* war ihre Standardeinstellung. Bei *gemein und betrunken* suchte Mason normalerweise das Weite.

Diesmal nicht.

Nicht ohne sein Geld.

»Du hast kein Recht dazu«, sagte er.

»Wenn du Geld in dieses Haus bringst, habe ich jedes Recht darauf.« Sie knallte die Kaffeetasse so fest auf den Tisch, dass der Wodka über den Rand schwappte. »Nach allem, was ich für dich getan habe. Das schuldest du mir.«

»Ich schulde dir *gar nichts*. Nicht mehr«, sagte er. »Darum geht es überhaupt nicht.«

»Darum geht es immer«, fuhr sie ihn an und stand so schnell auf, dass der Stuhl gegen die Wand prallte. »Ich habe dich beschützt. Ich bin deine *Mutter*!«

Mason ballte die Hände seitlich an seinen Oberschenkeln zu Fäusten. Seine Fingernägel bohrten sich schmerzhaft in seine Handballen. Seine Kehle brannte vor lauter Anstrengung, das Brüllen, das herauswollte, zu unterdrücken.

»Eine Mutter bestiehlt ihre Kinder nicht!«, sagte er. »Eine Mutter verspielt nicht das Haushaltsgeld und lässt ihre Kinder hungern. Eine Mutter besäuft sich nicht dermaßen, dass ihr Kind ihren betrunkenen Arsch vom Boden aufkratzen und sie unter die Dusche stellen muss, um ihr die Kotze abzuwaschen. Du bist keine Mutter. Du bist eine Last!«

Mason glaubte, dass er sich leichter fühlen würde, jetzt, wo die Worte heraus waren, aber sie auszusprechen, hatte ihn lediglich mit neuem Selbsthass gefüllt. Er schaffte es nicht einmal, ihr ein für allemal den Rücken zu kehren. Er war sogar dazu zu schwach und zu nutzlos.

Sie schnickte ihre Zigarette auf den Boden und griff nach der leeren Wodkaflasche.

»Tu das nicht!«, schrie Mason. »Wenn du die nach mir wirfst, kann ich für nichts garantieren …«

Die Flasche kreiselte bereits durch die Luft. Er duckte sich nicht schnell genug, und der Flaschenboden schlug ihm quer gegen den Unterkiefer. Mason hörte, wie das Glas mit einem nass klingenden Geräusch auf seiner Haut aufprallte, fühlte die Wucht in seinem Kopf vibrieren. Die Flasche polterte auf seine Schulter und fiel dann zu Boden. Sie zerbrach nicht, sondern rollte nur über den Küchenboden nach draußen in die Diele, wo sie liegen blieb.

Schmerz. Ein pochender Schmerz. Ein heißes Stechen. Es trieb ihm die Tränen in die Augen, aber vielleicht waren die schon vorher da gewesen.

»Wie *kannst* du es wagen?«, sagte seine Mutter. »Nur weil du achtzehn bist, denkst du, du hast hier das Sagen, oder was?«

Er konnte sie über dem Klingeln in seinem linken Ohr kaum verstehen. Alles war gedämpft, und vor seinen Augen tanzten weiße Punkte. Aber daran war nicht die Wodkaflasche schuld. Es war seine Wut. Sie stieg unaufhaltsam höher. Er fühlte sie tief aus seinem Inneren kommen.

Er wirbelte herum und ging mit großen Schritten durch die Küche zum Kühlschrank, wo er den Besen aus der Nische holte. Seine Glieder zitterten so sehr, dass er sie nicht unter Kontrolle bringen konnte, und es fühlte sich an, als würde sein Geist irgendwo außerhalb seines Körpers schweben. Er ging auf seine Mutter zu, die hinter dem Küchentisch an die Wand zurückwich.

»Wenn du mich damit schlägst«, sagte sie, »war's das für dich. Ich lasse dich verhaften. Ich werde ihnen sagen, dass sie dich einsperren und den Schlüssel wegwerfen sollen!«

Mason holte aus und schlug die Kaffeetasse wie einen Baseball zur Seite. Sie zerbrach mitten in der Luft, und Porzellansplitter spritzten in alle Richtungen. Ein Schluck Wodka klatschte gegen die Wand.

»Ich werde ihnen sagen, was du getan hast! Dann wissen sie, dass du einer von diesen Soziopathen bist. Du hast versucht, deinen kleinen Bruder in der Badewanne zu ertränken, und jetzt willst du mich umbringen!«

Mason hob den Besen über seine Schulter, wie einen Baseballschläger.

»Du bist genau wie *er*!«, kreischte sie und duckte sich.

»Ich bin *überhaupt* nicht wie er!«, schrie Mason. »Und ich bin auch nicht wie *du*!«

Er sah, wie sie zusammenzuckte, als er den Besen in einem weiten Bogen durch die Luft sausen ließ. Er schlug damit gegen die Vitrine, direkt mitten hinein. Eine der Türen explodierte in einer Gischt aus funkelnden Glassplittern. Wieder holte er aus und schlug zu, diesmal gegen die andere Tür. Eine der Seitenwände ging ebenfalls zu Bruch. Teller hüpften und kullerten von ihren Ständern. Das Geräusch, mit dem sie auf dem Fliesenboden zerplatzten, befriedigte ihn ungemein.

Er schlug wieder zu. Und wieder. Er schlug, bis ihm der Arm weh tat, und auch dann noch machte er weiter. Er warf den Besen beiseite und nahm sich die Teller einzeln vor, schnickte sie mit einer Drehung seines Handgelenkes kraftvoll zu Boden. Er zertrat sie unter seinen Füßen, ließ sie knirschen wie Kekse, und jedes Knacksen unter seinen Arbeitsschuhen war wie ein Ausrufezeichen für das, was er getan hatte.

Als er fertig war, betrachtete Mason sein Werk mit einer Mischung aus Euphorie und Schrecken. Seine Brust hob und senkte sich mit bebenden Atemzügen, und er sackte in sich zusammen, als das Gewicht wieder in seine Glieder zurückkehrte. Er fühlte sich verändert, irgendwie freier und gleichzeitig gefangen.

Hinter sich hörte er, wie Henrys Schlafzimmertür mit einem Klicken ins Schloss fiel. Dann wurde etwas Schweres durch den Raum geschoben. Ein Schlag gegen die Tür verriet Mason, dass er sie mit dem Bett verrammelt hatte.

Um Mason auszusperren.

Und da wusste er, dass Henry ihr gesagt hatte, wo das Geld war.

Henry hatte ihm angedroht, dass er ihn nicht weglassen würde. Und ein einziges geflüstertes Wort ins Ohr seiner Mutter hatte ausgereicht, um alles zu zerstören. Mason würde ihm nie verzeihen.

Draußen grollte Donner durch den Himmel. Die Fenster bebten, und die Wände zitterten leicht, als Mason auf Henrys Zimmertür zuging.

27

Heute

CHLOE

»Hey, hey«, sagt Sabeen, als wir durch den Fadenvorhang in die Pizzeria kommen. Draußen wird es gerade dunkel. Die Begrüßung fällt nicht ganz so begeistert aus wie sonst. Aber sie bringt ein Lächeln zustande. Wir haben uns darauf geeinigt, die Sache mit den Polaroids Tom gegenüber nicht zu erwähnen, bis wir mehr wissen. Und ich habe mit Raf das gleiche Abkommen in Bezug auf unsere Entdeckung vor der Buschhütte getroffen.

»Lass uns erst mal was essen«, schlug Raf vor, »und dann überlegen wir, was wir als Nächstes tun.«

Ich war einverstanden, aber jetzt bin ich so angespannt, dass ich beinahe platze.

Tom und Rina sind schon da. Sie sitzen am Tresen und unterhalten sich mit Sally, die Pizzateig ausrollt. Ich vermute, dass Rina Tom nichts über ihre falsche Facebook-Identität erzählt hat, ansonsten hätte er sich bestimmt bei mir gemeldet. Obwohl ich auf den zweiten Blick eine leichte Steifheit in seiner Haltung erkenne, die mich an meiner Vermutung zweifeln lässt.

Liv kommt aus der Küche und umarmt Raf. Dann hängt sie das GESCHLOSSEN-Schild in die Tür.

»Wenn Mason da ist, schließen wir ab«, sagt sie. »Nach dem Riesenauftrag heute müssen wir mal früher Feierabend machen.«

Raf schaut zu mir hin. Sabeen hat wirklich alle eingeladen,

auch Mason. Sie versucht wohl, das Wiedervereinigungstreffen von letzter Woche nachzuholen. Entweder hat Rina Sabeen nicht gesagt, dass sie Mason in der Sturmnacht gesehen hat, oder Sabeen behält sich vor, ihr Urteil erst dann zu fällen, wenn sie mit Mason gesprochen hat. Sabeen ist treu, genau wie ihr Bruder. Sie würde weder Rina, noch Mason aus unserer Gruppe ausschließen, nur weil sie sich getrennt haben.

Henrys verkohlte Baseballkappe in meinem Rucksack fühlt sich bleischwer an. Raf und ich sind uns einig, dass wir sie nicht erwähnen wollen, bis wir sie Sergeant Doherty gezeigt haben. Ich habe Angst, dass Doherty sie nur zu Henrys Akte legen und nichts unternehmen wird, aber wenn ich nicht damit herumwedeln will, um zu sehen, wer ein schuldbewusstes Gesicht macht, weiß ich auch nicht, was ich sonst damit tun soll.

Ich helfe Sabeen, einen Tisch am Fenster mit Tellern und Servietten zu decken. Dann setze ich mich Raf gegenüber und stelle den Rucksack zwischen unsere Füße. Rina gesellt sich zu uns, entscheidet sich aber, neben Raf Platz zu nehmen, anstatt neben mir. *Der gute Cop*, denke ich leicht zerknirscht. Ich würde mich auch für Raf entscheiden.

»Was ist mit deiner Hand?«, fragt Rina. Da erst sehe ich, dass schwarze Asche sich in den Hautfalten und unter meinen Fingernägeln festgesetzt hat.

»Oh. Ähm …«

»Wir haben einen Spaziergang im Busch gemacht«, sagt Raf, geht aber nicht näher darauf ein.

Rina scheint sich damit zufriedenzugeben. Sie hat sich bereits dem Fenster zugewandt: Mason ist vorgefahren.

»Ich gehe mir schnell die Hände waschen«, sage ich leise zu Raf. Er nickt mir kaum merklich zu, und ich berühre kurz unter dem Tisch sein Bein mit meinem, ehe ich mich von der

Bank schiebe. Als ich schon aufgestanden bin, fällt mir ein, dass ich meinen Rucksack besser mitnehme, falls er auch dreckig ist.

Ich gehe nach hinten ins Restaurant und dann weiter nach draußen zu den Toiletten im Hof. Während ich meine Hände einseife und mir den schwarzen Staub abwasche, empfinde ich plötzlich eine Welle aus Traurigkeit, die allmählich den ursprünglichen Schock über den Fund von Henrys Mütze verdrängt. Das Eigentum eines anderen Menschen zu verbrennen, erfordert Herzlosigkeit. Warum sollte jemand so etwas tun, wenn nicht, um jemanden zu verletzen oder um etwas zu verbergen?

Ich drehe das Wasser ab und lehne mich gegen das Waschbecken. Ich brauche einen Moment, um mich wieder zu fangen. Ich will gerade nach einem Papierhandtuch greifen, als Stimmen aus dem Hof zu mir dringen. Ich wische mir die Hände an meinen Jeans ab und schleiche zur Tür.

»Du gehst also einfach so an mir vorbei, ohne mich auch nur anzusehen?«

Mason? Das klingt jedenfalls wie seine Stimme.

»Ich muss auf die Toilette.«

Tom. Das ist Tom, kein Zweifel.

»Ja, schon klar«, sagt Mason trocken. »So sieht's also aus, ja? Ich bin heute eigentlich nur hier, weil das die einzige Möglichkeit ist, dich mal zu Gesicht zu bekommen.«

»Was soll ich deiner Meinung nach sagen?«, zischt Tom. »Du hast mich in eine unmögliche Lage gebracht.«

»Also bin ich jetzt für dich gestorben?«, sagt Mason. »Wegen dem, was ich getan habe?«

Ich lege die Hand vor den Mund und presse die Lippen aufeinander. *Was hat Mason getan?*

Schritte schaben auf dem Pflaster des Hofs. Jemand seufzt tief auf.

»Glaub mir, ich würde es liebend gern ungeschehen machen«, sagt Mason inbrünstig. »Jetzt ist alles kaputt.«

Wieder das Schaben von Sohlen, eine unbehagliche Stille, bis Tom sagt: »Was geschehen ist, ist geschehen. Du kannst es nicht wieder zurück in die Kiste packen.«

Mason schnaubt. »Na toll«, sagt er, »ganz super. Vierzehn Jahre Freundschaft, einfach so ins Klo geschüttet.«

»*Du* bist derjenige, der alles verändert hat«, flüstert Tom böse. »*Du* bist derjenige, der alles verdorben hat. Herrgott noch mal, warum muss sich immer alles um dich drehen?«

»Machst du Witze?« Masons Stimme bricht. »*Nichts* dreht sich jemals um mich!«

In meinem Kopf hämmert es, während ich versuche zu verstehen, worüber sie reden. Ich drücke mich gegen die Wand und warte, bis sie weitersprechen.

»Es ist besser, wenn wir eine Weile Abstand halten«, sagt Tom. Er spricht jetzt ruhiger, wieder mehr wie er selbst. »Mit der Zeit werden sich die Dinge beruhigen.« Er klingt, als wolle er nicht nur Mason überzeugen, sondern auch sich selbst.

»Schön«, sagt Mason. »Das war's. Du hast mir geholfen, eine Entscheidung zu treffen.«

»Worüber?«, fragt Tom. In seine Stimme schleicht sich Sorge. Ich höre, wie sich Schritte über den Hof entfernen.

»Worüber?«, ruft Tom jetzt lauter. Dann flucht er leise. Die Tür zur Herrentoilette geht auf und knallt wieder zu. Auf der anderen Seite flucht Tom wieder.

Was ist da bloß los?

Ich nutze die Gelegenheit, mich leise wegzuschleichen und durch den Hof in Richtung Pizzeria zu gehen. An der

Hintertür bleibe ich kurz stehen und atme tief durch, ehe ich eintrete.

Sally hat einen kleinen, quadratischen Tisch neben den gestellt, den wir schon eingedeckt haben, damit wir alle Platz haben. Mir wird klar, dass mir das schlimmste Abendessen meines Lebens bevorsteht, ausgenommen vielleicht den Abend, an dem ich meine Mutter gefragt habe, warum sie den Leseclub hat ausfallen lassen und stattdessen zu Sergeant Doherty gefahren ist.

Mason sitzt jetzt Raf gegenüber am Fenster. Das blonde Haar ist wirr und unordentlich, der Hals rot und fleckig. Er sieht völlig fertig aus, als ob er seit Tagen nicht geschlafen hätte. Rina sitzt ihm schräg gegenüber, die Arme vor der Brust verschränkt, und schaut betont zur Decke. Ich warte, bis Sabeen wiederkommt, damit sie sich neben Mason setzen kann, und lasse mich dann an dem kleinen Beistelltisch nieder. Kurz danach kommt Tom von der Toilette und setzt sich zu mir. Er schenkt mir ein breites Lächeln, das nicht seine Augen erreicht.

»Jetzt sind alle da«, sage ich und erhebe mein Glas. »Ich wünsche Henry, wo auch immer er ist, nachträglich herzlichen Glückwunsch zum vierzehnten Geburtstag.«

»Auf Henry«, sagen Sabeen und Rina und stoßen mit mir an.

Mason schaut weiterhin aus dem Fenster. Raf blickt sich während der Stille, die folgt, unbehaglich am Tisch um. Dann nimmt er den Korb mit dem Knoblauchbrot und bietet ihn reihum an.

»Gibt's was Neues, Mason?«, frage ich, denn es käme mir komisch vor, nicht zu fragen. »Hat Sergeant Doherty irgendetwas berichtet?«

Raf wirft mir einen verzweifelten Blick zu. *Nicht, Chloe*, sagt er mit seinen Augen.

Zu spät.

Mason richtet sich auf und räuspert sich. Zum ersten Mal heute Abend schaut Rina ihn an.

»Nein«, sagt er, an niemand Bestimmten gewandt. »Aber wenn es etwas Neues gibt, Chloe, dann werde ich dafür sorgen, dass du es zuerst erfährst.«

Sein Ton ist nicht sarkastisch, aber das ist auch nicht nötig. Die Spannung schlägt rundherum am Tisch Wellen und fällt mir direkt vor die Füße. Ich weiß nicht, was ich sagen soll, und Rafs Miene fleht mich an, den Mund zu halten. Aber noch ehe ich eine Chance habe, mir etwas einfallen zu lassen, kommt Tom mir zuvor.

»Du musst nicht gleich grob werden«, sagt er zu Mason.

Mason wendet sich Tom zu. Seine Kiefer sind verkrampft. »Wie gut, dass du da bist, um sie in Schutz zu nehmen, was, Tommy?«

»Was soll das denn heißen?«, will Tom wissen und schiebt seine Brille hoch.

»Dir ist doch klar, dass du in der *Friendzone* bist, oder?«, gibt Mason zurück. »Sie steht auf Raf.«

Rafs Augen werden groß; riesengroß und braun blinzeln sie mich an. Ich merke, wie meine Haut anfängt zu glühen. Mason hat recht, und Raf und ich wissen das, aber es so beiläufig beim Abendessen auf den Tisch geworfen zu bekommen, ist kaum auszuhalten.

»Du hast sie doch nicht mehr alle«, sagt Tom. »Hast du auf dem Weg hierher ein paar gehoben?« Er wackelt mit der Hand, als ob er eine unsichtbare Flasche halten würde.

Mason zuckt zurück, als ob er geschlagen worden wäre. Er

schluckt und starrt die Tischplatte an, die Lippen fest zusammengepresst.

»Weil wir gerade von meinem dusseligen Bruder sprechen«, sagt Sabeen, um das Thema zu wechseln. »Gehst du heute raus, um deinen komischen Viertelstundenmond zu fotografieren?«

Raf zwingt ein Lachen hervor und geht auf ihren Scherz ein. »Dreiviertelmond. Nein, heute Nacht nicht. Es war ein langer Tag.« Er fängt meinen Blick ein. »Vielleicht morgen.«

»Was hast du heute gemacht?«, fragt Sabeen.

»Eine Buschwanderung«, sagen Raf und ich wie aus einem Mund. Alle blicken auf. Es klingt wie eine Lüge, aber es ist die reine Wahrheit.

Mason grinst Tom höhnisch an, als ob wir seine Behauptung gerade untermauert hätten.

»Siehst du?«, sagt er. »Keine Chance, Tommy.«

»Warum trinkst du nicht einfach noch ein Glas, Kumpel«, faucht Tom zurück.

»Hey, hey, hey!« Sabeen macht das Time-Out-Zeichen. »Jungs!«

»Wir brauchen unbedingt ein paar Pizzas!«, ruft Raf seinen Mums zu. »Der Hunger macht alle ein bisschen reizbar.«

Rina hat bisher kein Wort gesagt. Sie hängt an Masons Lippen und wirft hin und wieder Tom einen Blick zu. Als ich denke, dass sich alle wieder beruhigt haben, sagt sie unvermittelt: »Wo warst du in jener Nacht, Mason? Als du sagtest, du wärst zu Hause?«

Stille legt sich über den Tisch. In der Küche schwatzen Sally und Liv sorglos, und aus dem Radio ertönt ein Ed-Sheeran-Song.

»Was?«, stammelt Mason verwirrt. »Welche Nacht?«

»Die Nacht, in der Henry verschwand.«

Ich spüre, wie Raf mich anstarrt, lasse aber Mason nicht aus den Augen. *Bitte, Sabeen, jetzt nur nicht das Thema wechseln.*

Mason starrt Rina an. Sein Gesicht ist ausdruckslos und besteht nur aus scharfen Linien und Schatten. Er fixiert sie, als ob er sich überlegen würde, was er als Nächstes sagen soll.

Keine Lüge. Lüg ihr nicht ins Gesicht. Selbst im gedämpften Licht des Restaurants sehe ich, wie sich seine Wangen röten. Das Rot zieht bis zu seinen Ohren.

»Ich war zu Hause«, erklärt er. »Wie oft soll ich dir das noch sagen?«

Rina funkelt ihn an, bemüht sich aber um einen ruhigen Ton. »So oft, bis du mir die Wahrheit sagst.«

»Du willst die Wahrheit hören?«, gibt er zurück. »Wir waren viel länger zusammen, als gut für uns war, Rina. Ich hatte nie eine andere, ich wollte einfach nicht mit dir zusammen sein.«

»Mason«, keucht Sabeen auf.

Rina senkt den Blick.

»Hey«, sag Raf, »mach mal halblang, Kumpel …«

»Sie wirft mir ständig vor, ich hätte sie betrogen«, sagt Mason. »Wenn sie die Wahrheit will, das ist sie.«

»Tatsächlich?«, lässt sich Tom vernehmen.

Mason wirft ihm einen Seitenblick zu. »Nennst du mich jetzt auch noch einen Lügner?«

Ich beuge mich vor. »Du bist also in jener Nacht nicht mit deinem Auto unterwegs gewesen?«

»Verdammt noch mal, nein!«, schreit Mason. Er nimmt die Gabel und tippt dagegen wie bei einem Mikrofon. »Ist das eingeschaltet? Test, Test …«

»Mason?«, ruft Liv aus der Küche. »Alles klar, mein Lieber?«

Ich habe schon meinen Rucksack auf dem Schoß und ziehe den Reißverschluss auf. Raf schaut von meinen Händen zu meinem Gesicht und schüttelt hektisch den Kopf. *Nein, nein, nein.*

»Du gehst jetzt wohl besser«, sagt Tom, reibt sich mit der Hand über die Brust und verzieht das Gesicht.

Mason runzelt die Stirn. »Ach ja, Tommy, sollte ich das? Würdest du dich dann besser fühlen?«

»Ist alles okay?«, fragt Liv vom Tresen aus.

»Alles bestens, Min. Alles bestens«, versichert ihr Raf, eine Hand auf Masons Arm, den Blick immer noch flehend auf mich gerichtet.

Der Reißverschluss ist offen. Meine Hand ist im Rucksack. Rina murmelt etwas vor sich hin und vergräbt den Kopf in den Händen. Sally holt klappernd Pizzableche aus dem Ofen, und Sabeens Kopf ruckt unwillkürlich in Richtung des Geräuschs.

Rafs Augen betteln mich an, es nicht zu tun. Ich weiß, dass er die Situation nicht eskalieren lassen will. Aber das ist vielleicht die einzige Möglichkeit, Mason dazu zu bringen, seine Deckung zu verlassen und zuzugeben, dass er mehr weiß, als er sagt.

Ich werfe die grüne Mütze auf den Tisch.

»Weißt du, was das ist?«, frage ich Mason.

Es dauert nur den Bruchteil einer Sekunde, bis ihm klar wird, was er da vor sich hat. Der grüne Stoff ist verkohlt und voller Brandlöcher. An einigen Stellen ist der Rand komplett verbrannt. Doch die Stickerei ist unversehrt.

Rafs Hand schießt vor und packt die Mütze. Er zieht sie auf seinen Schoß, unter den Tisch, und blickt mich stirnrunzelnd an. »Nicht ausgerechnet jetzt.«

»Was ist das?«, fragt Rina.

»Nichts.« Raf wirft mir einen eindringlichen Blick zu. »Wir reden später darüber. Wenn sich alle beruhigt haben.«

»Das ist Henrys Mütze«, sagt Mason mit rauer Stimme. Er streckt die Hand aus. »Gib sie mir, Raf.«

Raf schließt kurz die Augen. »Hör mal, ich finde, wir sollten …«

»Gib sie mir!« Mason erhebt sich leicht und stößt Raf an der Schulter an, so dass er nach hinten gegen die Abtrennung der Nische knallt.

»Hey!« Sabeen greift nach Masons Arm, aber er schüttelt sie ab.

»Gib sie mir!«, knurrt Mason. Plötzlich fängt er an, wild um sich zu schlagen, wie ein Bär im Käfig. Er ist gefangen am Fenster, kann nicht heraus. Liv und Sally kommen aus der Küche gerannt.

»Beruhige dich!«, ruft Rina und duckt sich auf ihrem Platz ihm gegenüber. Tom ist aufgesprungen und weicht vom Tisch zurück. Ich stehe ebenfalls auf und mache Liv und Sally Platz.

»Lass mich raus«, presst Mason durch die zusammengebissenen Zähne. Sein Atem geht so schwer, als ob er gleich explodieren würde. Sabeen beeilt sich, von der Bank zu rutschen.

»Mason, Lieber, was ist denn los?«, fragt Liv mit zusammengezogenen Augenbrauen. »Wie können wir dir helfen?«

»Tut mir leid, ich muss gehen.« Mason tritt dicht an mich heran, als er von der Bank klettert. Er ist ein Stück größer und blickt mir von oben in die Augen. »Hasst du mich wirklich so sehr?«

Ich verstehe nicht, was er meint.

Tom macht einen Schritt nach vorn.

»Oh, was denn, Tom? Was denn?«, sagt Mason und dreht sich zu ihm um. »Bist du auch an diesem kleinen Hinterhalt beteiligt? Ich dachte immer, ich könnte mich auf dich verlassen. Was für ein Witz!«

»Das reicht«, sagt Tom. »Ich bin dann mal weg.« Er stapft zur Tür. »Tut mir leid, Sally, Liv.« Er stößt die Tür auf und verschwindet durch den Fadenvorhang.

Mason geht zur Hintertür hinaus.

»Ich haue auch ab«, sagt Rina und schultert ihre Tasche. »Das war eine miese Idee.«

Sabeens Ausdruck ist eine Mischung aus Schmerz und Hilflosigkeit. »Ich dachte, wenn wir alle …«

»Du kannst es nicht erzwingen«, sagt Rina traurig. »Merkst du nicht, dass wir keine Kinder mehr sind? Alles ist anders geworden.« Sie schüttelt den Kopf und geht hinter Tom zur Vordertür hinaus.

In betretenem Schweigen stehe ich neben den Nolans.

»Tja«, sagt Sally zu ihrer Frau. »Ich habe keine Ahnung, was wir in die Getränke geschüttet haben, aber ich brauche jetzt irgendwas zur Stärkung.«

»Ich hoffe, du hast Hunger, Rafi«, sagt Liv, als sie und Sally zur Küche zurückgehen. »Wir haben nämlich jede Menge Pizza übrig.«

Ich setze mich Raf gegenüber an den Tisch.

Er hebt die Hände. »Warum?«

»Es tut mir leid. *Es tut mir leid.*« Ich lasse den Kopf hängen. »Es war nur die Art, wie er auf Rina losgegangen ist. Dass er so unverblümt gelogen hat.«

»Du kannst es einfach nicht lassen«, sagt Raf.

Sabeen setzt sich neben mich. Sie sieht vollkommen elend aus. »Sie ist ein Wiederganzmacher.«

»Wo ist die Mütze?«, frage ich und strecke die Hand aus.

»Oh nein«, sagt Raf. »Die behalte ich.«

»Meinst du das ernst?«

»Todernst. Die Mütze kommt in den Tresor.«

»Wenn ihr beide nichts dagegen habt«, sagt Sabeen, »würde ich wirklich liebend gern erfahren, was zum Teufel eigentlich los ist.«

Während des Abendessens, als Liv und Sally nach Hause gegangen sind, bringen wir sie auf den neuesten Stand. Dann helfe ich Raf und Sabeen beim Abwaschen und Saubermachen der Küche, und nachdem wir ausgefegt und abgeschlossen haben, ist meine Sperrstunde schon lange vorbei. Ich rufe Dad an, um ihm zu sagen, dass Raf und Sabeen mich nach Hause fahren würden.

Die Hauptstraße liegt leer und verlassen da, wie jeden Sonntagabend. Raf schaltet die blinkenden Lichter auf der Veranda der Pizzeria aus und zieht die Tür mit einem Klacken hinter sich zu, das von den stillen Häuserwänden widerhallt. In der Luft liegt ein starker Rauchgeruch, obwohl es viel zu warm ist, um den Kamin anzuzünden. Ich frage mich, wer um diese Uhrzeit etwas verbrennt. Wir haben gerade die Wagentüren der silbernen Fließhecklimousine geöffnet, als wir etwas weiter die Straße entlang einen Tumult hören. Jemand schreit. Ein Wagen parkt in einem ungewöhnlichen Winkel vor dem Supermarkt; die Fahrertür steht offen. Mein Blick wird von dem seltsamen orangenen Leuchten im Schaufenster des *Shallow Vintage Wares* angezogen.

»Was ist denn …?«, setzt Sabeen an. Ein lautes Splittern von Glas schneidet ihr das Wort ab.

Flammen lecken am Rand des leeren Fensterrahmens und fressen sich knisternd an der Veranda vor dem Geschäft entlang.

Onkel Bernies Laden brennt.

28

Der Sturm

MASON

Er warf sich mit der Schulter gegen die Tür. Wieder und wieder. Henrys Bett rutschte Stück für Stück nach hinten, bis Mason sich durch den Spalt in der Tür zwängen konnte. Sofort sah er, dass die Jalousie schief hochgezogen war und das Fenster weit offenstand. Draußen wehte das lange Gras in einem böigen Wind, der dem Sturm vorauseilte.

Henry war fort.

Mason trat gegen die Kante der Matratze, die zu Boden rutschte. Wie ein wildes Tier lief er im Zimmer auf und ab, doch seine Wut glitt schnell in eine Hoffnungslosigkeit. Was sollte er tun? Was? Es gab keinen Ausweg. Er war besiegt. Er tat alles, um seine Lage zu verbessern, aber seine Familie riss ihn ein ums andere Mal zurück in den Abgrund. Sie konnten ihn nicht einmal leiden, sie wollten ihn gar nicht haben, aber sie ließen ihn auch nicht gehen. Er fühlte sich wie eine Marionette, aufhängt an Fäden und hin und her gestoßen, innerlich vollkommen tot.

Es reichte.

Es reichte ihm. Er konnte nicht hierbleiben. Er musste weg. Selbst wenn er ohne Geld wegging und in seinem Auto leben musste. Die Vorstellung, Henry hier bei ihrer Mutter zurückzulassen, hatte ihm schwer zu schaffen gemacht, aber der kleine Scheißer hatte ihn verraten, ohne mit der Wimper zu zucken. Von nun an musste er sich um sich selbst kümmern, so wie Mason es die ganze Zeit für sie beide getan hatte.

Seine Mutter stapfte in der Küche knirschend durch Glasscherben, als Mason durch die Diele ging. Es war ihm egal. Ihm war alles egal. Sollte sie doch ausnahmsweise einmal das Chaos selbst beseitigen. Er fühlte sich seltsam abgehoben, als ob er einen Film anschauen würde. Er fühlte seine Arme und Beine, fühlte die Kraft, die er aufbringen musste, um sie zu bewegen, die Schritte, die seine Füße machten, einen vor den anderen, bis zur Haustür.

Sie brüllte ihm etwas nach, als Mason die Tür hinter sich zufallen ließ. Ein starker Wind fuhr ihm ins Gesicht und wehte ihre Worte weg. Er konnte an nichts weiter denken als daran, wezugrennen, irgendwo hinzufahren, an Stille und Dunkelheit. An betäubende braune Flüssigkeit, die durch seine Kehle rann und die gähnende Leere in seinem Inneren wärmte.

Er griff nach der Whiskyflasche, die auf dem Rücksitz des Subaru lag, und trank einen anständigen Schluck, ehe er sich hinter das Steuer setzte. Er hatte die Flasche gestern Abend gekauft, als Rina ihn im Kühlbereich des Supermarktes in die Enge getrieben hatte. Er wollte bloß Milch kaufen, als sie mit einem Einkaufskorb und einem Stirnrunzeln auf ihn zumarschiert gekommen war. Sie hatte ihn beschuldigt, jemand anderen zu lieben und bloß zu feige zu sein, um mit ihr Schluss zu machen. Und er hatte geschwiegen, weil sie recht hatte. Andere Kunden hatten sich umgedreht und sie angestarrt, und Mason hatte sich wieder gefühlt wie an jenem Tag, als seine Mutter die Anstecker von der Kasse gefegt hatte; wie die Leute getuschelt und die Köpfe geschüttelt hatten.

Ein Blitz zerriss den Himmel hinter den Bergen, und ein paar Sekunden später grollte Donner. *Es geht los*, dachte er, obwohl es noch nicht angefangen hatte zu regnen. Im Moment lag nur ein trockenes Knistern in der Luft. Mason fuhr ziellos durch die Gegend, trank aus der Flasche, genoss die leeren Straßen, gab Gas und bremste wieder ab und fuhr einfach nur im Kreis. Er wollte ins Motel gehen, in das Zimmer, das Mr. Baxter für ihn freihielt. Er war schon ein paar Mal dort gewesen und hatte sich immer frühmorgens, bevor jemand am Empfang war, wieder hinausgeschlichen und das Zimmer so hinterlassen, wie er es vorgefunden hatte. Er wollte keinen Ärger machen, in der Hoffnung, dass das Angebot unbegrenzt bestehen bleiben würde. Obwohl er es nicht oft in Anspruch nahm, war es ein Trost, dass er dort unterkommen konnte, wenn es nötig war.

Aber Henry war wahrscheinlich zum Motel gefahren. Zu Chloe. Mason würde dort nicht willkommen sein, nicht wenn Chloe erfuhr, dass er schon wieder die Kontrolle verloren und Henry Angst eingejagt hatte.

Er fuhr an der Einfahrt zum Motel vorbei und immer weiter, während der Whisky seine Konzentration aufweichte. Er lenkte den Wagen zum Friedhof und blieb dann mit laufendem Motor und eingeschalteten Scheinwerfen einfach dort stehen und starrte über die Grabsteine. Dann holte er sein Handy heraus und öffnete Toms Kontakt. Noch ein Schluck Whisky. Was zum Henker sollte er sagen?

Ich brauche dich, tippte er und löschte alles sofort wieder.

Du musst kommen. Löschen, löschen, löschen.

Ich brauche Hilfe.

Er starrte die Worte so lange an, bis das Display seines Handys schwarz wurde. Er wusste, dass es die Wahrheit war. Er fühlte sich wie ein Ertrinkender. Aber er hatte noch nie um Hilfe gebeten, einfach weil er nicht glaubte, dass irgendjemand ihm helfen konnte.

Mason schaltete den Motor aus und verließ den Wagen. Als

er den Autoschlüssel einstecken wollte, verfehlte er die Hosentasche, und der Schlüssel fiel zu Boden. Es dauerte endlos, bis er ihn wieder aufgehoben hatte. Als er sich aufrichtete, schlug die Wirkung des Whiskys mit voller Wucht auf Mason ein. Er taumelte den gepflasterten Weg in Richtung Friedhof. Bis er einen Fehltritt machte, sein Schuh an der Kante eines flachen Grabsteins hängen blieb und er mit dem Gesicht nach vorn ins Gras fiel. Liegen zu bleiben war einfacher als aufzustehen. Er rollte sich auf den Rücken und starrte hinauf in die wirbelnden Wolken.

Der Himmel leuchtete eine Sekunde lang so gleißend hell auf, dass er die Augen zukneifen musste. Trockenes Laub raschelte um die Grabsteine und sauste an ihm vorbei, als der Wind auffrischte. Er roch den Regen, und einen Moment später fielen die ersten Tropfen.

Mason holte wieder sein Handy heraus und blinzelte die Nachricht an, die er noch nicht abgeschickt hatte.

Ich brauche Hilfe.

Wieder löschte er die Worte und schrieb neu.

Du musst mir einen Gefallen tun.

Dann drückte er auf SENDEN.

Tom antwortete schon nach wenigen Sekunden. Mason hatte es gewusst.

29

Heute

CHLOE

Am Montagmorgen steht vom *Shallow Vintage Wares* nur noch ein tropfendes, kohlschwarzes Gerippe. Ein paar Stützbalken sind intakt geblieben, aber das Dach ist eingestürzt und liegt nun zusammen mit den verbrannten Gegenständen als Schutthaufen in dem einstigen Innenraum. Die Polizei hat das Gebäude sowie die umliegenden Häuser abgesperrt, bis ein Statiker die Lage überprüft hat.

»Jetzt auch noch das«, höre ich an der Supermarktkasse einen Kunden zu einem anderen sagen. »Noch mehr Läden geschlossen. Diese Stadt stirbt einen langsamen Tod.«

Es wird von Brandstiftung geflüstert, obwohl die meisten Leute denken, dass eine der alten Bodenlampen der Übeltäter ist. Die Brandermittler werden der Sache auf den Grund gehen. Bislang haben sie nur bestätigt, dass das Feuer im Keller ausgebrochen ist.

Im Keller. Wo Henrys Fahrrad stand.

Ich bezahle die beiden Fruchtsafttüten, gehe wieder hinaus auf den Railway Parade und jogge zu der Bank vor dem Friseur, auf der Tom sitzt. Sie steht auf der anderen Straßenseite, direkt gegenüber vom Laden seiner Großeltern, und er starrt die Ruine mit einem leicht verdatterten Gesicht an. Er hat kaum geschlafen. Seine Brille sitzt schief, und er trägt einen ausgeblichenen Kapuzenpulli und Jogginghosen. Er sollte heimgehen und versuchen, noch etwas zu schlafen. Hier kann er sowieso nichts mehr tun.

Ich biete ihm einen Saft an. Er rümpft die Nase und lehnt ab. Kurz darauf steckt er sich eine Magentablette in den Mund.

»Ehrlich gesagt ist mir ein bisschen übel«, sagt er. »Ist das der Schock?«

»Vielleicht.« Ich zucke mit den Schultern. »Das kann ich wirklich nicht sagen.«

»Ich muss immerzu an diese ganzen alten Fotoalben denken, an die Bücher und die Antiquitäten«, sagt er. »All die Sammlungen von Grandpa. Weg. Verbrannt.«

»Es ist schrecklich«, sage ich, »aber das sind nur Sachen. Wenigstens seid ihr alle unverletzt, und es war niemand im Laden, als das Feuer ausbrach.«

Tom nickt und schaut auf seine Hände. »Wir kommen schon zurecht«, sagt er. »Grandpa ist versichert. Gott sei Dank haben wir die meisten Unterlagen in der Cloud abgespeichert.«

»Tja, das sieht ganz nach einem vorzeitigen Renteneintritt für ihn aus. Vielleicht können er und Rose dann endlich mal den Wohnwagen nutzen.«

Ich versuche, Tom Mut zuzureden, weiß aber immer noch nicht, was ich von Onkel Bernie halten soll. Ich habe Schuldgefühle, weil ich wegen der Polaroids schlecht von ihm gedacht habe, gleichzeitig frage ich mich, was sonst noch in diesem Keller versteckt gewesen sein könnte, das jetzt verbrannt ist. Aber ich wünsche wirklich niemandem ein Feuer im Haus. Es ist ein großer Verlust für die Lawsons, und Tom nimmt es besonders schwer.

»Ganz ehrlich, ich glaube, ihm ist der Laden zum Schluss über den Kopf gewachsen«, gesteht Tom. »Vielleicht kommt uns das alles eines Tages eher wie ein Segen vor. Im Augenblick ist es natürlich ziemlich bitter.«

Ich lege ihm einen Arm um die Schulter und ziehe ihn zu

mir heran. Schweigend sitzen wir da und sehen zu, wie die letzten Rauchfähnchen sich um den verbrannten Kadaver des Hauses kräuseln.

»Wenn es vorsätzlich gelegt wurde«, sage ich, »dann kriegen sie den, der's getan hat.«

»Ich weiß.« Toms Stimme ist rau, als ob er mit den Tränen kämpfen würde.

»Du schaffst das, Tom«, sage ich, schlinge auch meinen anderen Arm um ihn und ziehe ihn an mich. »Du berappelst dich wieder. Das machst du doch immer.«

Er nickt, seine Wange liegt an meiner. Einen Augenblick lang sagt er nichts. Dann: »Es stimmt doch nicht, oder?«

»Was denn?«

»Was Mason gestern Abend gesagt hat.«

»Mason hat eine ganze Menge gesagt.« Ich will mich zurückziehen, aber Tom hält mich fest. »Was genau?«

»Bin ich in der *Friendzone*?«, fragt Tom.

Ich verkrampfe mich. Ich lasse meine Arme sinken, und er tut es ebenfalls. »Mit mir?«

Er lehnt sich zurück und blickt auf die Straße. »Ist das so abwegig – du und ich?«

»Nein, gar nicht. Ich habe nur nie daran …«

»Vergiss, dass ich was gesagt habe.«

»Tom.«

Er nimmt seine Brille ab und wischt mit der Vorderseite seines Pullis die Gläser sauber. »Nein wirklich. Es ist alles okay. Du hast meine Frage beantwortet, ohne dass wir ein peinliches Gespräch darüber führen mussten.«

»Mir ist deine Freundschaft echt wichtig«, sage ich, obwohl ich weiß, dass es nicht das ist, was er hören will. Es stimmt zwar, aber es klingt selbst in meinen Ohren ganz furchtbar.

»Ist es Raf?«, fragt Tom und wirft mir einen kurzen Blick zu.

Ich muss ehrlich zu ihm sein. »Ja.«

Er presst die Lippen zusammen, als ob er etwas Saures gegessen hätte. Doch dann hat er sich wieder in der Gewalt. »Alles ist gut«, sagt er kalt.

»Bist du sicher?«

»Das Leben geht weiter oder so ähnlich.« Er dreht sich wieder der Straße zu.

Zögernd stehe ich auf. Ich will Tom nicht einfach hier sitzen lassen, aber er hat mir deutlich zu verstehen gegeben, dass er im Moment keinen Wert auf meine Gesellschaft legt.

»Wir sehen uns später, okay?«, sage ich. »Tom?«

»Mach's gut«, sagt er leise, ohne mich anzuschauen.

Nachdem ich ein paar Dinge für Luisa erledigt habe, kehre ich zurück, weil ich nachsehen will, ob Tom noch da ist. Die Bank ist verwaist. Schweren Herzens gehe ich heim. Ich weiß noch, wie ich mich in den vergangenen Monaten gefühlt habe, als ich dachte, dass Raf kein Interesse an mir hätte. Ich war am Boden zerstört. Tom braucht jetzt dringend einen Freund, aber leider darf das nicht ich sein.

Bist du zu Hause?, texte ich Raf.

Ich gehe am Motel vorbei, weiter zum Haus der Nolans. Raf antwortet mir, als ich gerade den Gartenweg entlanglaufe. Er ist da. Sally und Liv knien im Garten und verbringen ihren freien Tag mit Unkrautjäten. Ich erzähle ihnen, was ich über das Feuer weiß.

»Ist Sabeen zu Hause?«, frage ich beiläufig. Liv wirft ihrer Frau einen Blick zu, und beide müssen sich ein Grinsen verkneifen.

»Sie ist bei Rina«, sagt Sally. »Aber Raf ist da. Meinst du, du könntest mit ihm vorliebnehmen?«

»He, ich bin doch kein Trostpreis!«, protestiert Raf, der auf die Veranda tritt. »Ich bin dein Erstgeborener!«

Ich folge ihm ins Haus und warte, bis seine Mums außer Hörweite sind, ehe ich anfange zu reden.

»Okay«, sage ich, »neue Theorie.«

»Geht das schon wieder los …« Er verdreht die Augen und geht Richtung Küche. »Da brauche ich aber erst mal einen Kaffee.« Er schaltet den Wasserkocher ein.

»Feuer zerstört alle Spuren, richtig?«

»›Oder auch nicht‹«, zitiert Raf meinen Ausspruch von gestern.

»Ich glaube, Mason hat das Feuer in Onkel Bernies Laden gelegt.«

»O-kay …« Raf schüttelt den Kopf, sowohl entgeistert, als auch belustigt. »Und … ähm, warum?«

»Um Henrys Fahrrad zu zerstören. Mason wusste, dass es im Keller stand. Er hat gehört, wie ich Doherty davon erzählt habe. Wenn Mason das Fahrrad am Bahnhof abgestellt hat, hatte er vielleicht Angst, dass seine Fingerabdrücke oder seine DNA oder so was drauf sind.«

Raf schüttet einen Löffel Instantkaffee in die Tasse. »Willst du auch einen?«

»Das ist wichtig, Raf. Wo ist Henrys Mütze?«

»Im Tresor.«

Ich werfe einen Blick über die Schulter in sein Zimmer. Sein Rucksack steht unter dem Schreibtisch.

»Denk nicht mal dran, Hand an den Tresor zu legen«, sagt er, und ich merke, dass er es ernst meint.

»Was willst du damit machen?«

»Sie morgen früh Sergeant Doherty bringen. Constable Deakin meinte, Doherty käme heute Nacht aus Goulburn zurück. Du kannst dir überlegen, ob du mitkommen und ihm selbst alles erzählen willst.«

»Warum denn? Damit Doherty die Sache zu den Akten legen und uns wieder wegschicken kann?«

Raf legt den Kopf schräg. »Du solltest nicht so vorschnell urteilen. Doherty ist ganz in Ordnung. Er will Henry auch finden, das weißt du doch, oder? Es ist sein Job.«

Ich atme leicht genervt aus und schließe kurz die Augen. »Das weiß ich. Mir geht es nur darum, wie ernst er uns nimmt – oder auch nicht –, wenn die Beweise, die wir ihm vorlegen, so löchrig sind. Doherty hält mich sowieso schon für eine Mischung aus Pest und Cholera, die es auf die Weavers abgesehen hat.«

Raf hebt die Augenbrauen, als ob er das Bild durchaus nachvollziehen könnte.

Ich verschränke die Arme vor der Brust. »Doherty wird nichts unternehmen, solange wir nicht diese ganzen Puzzleteile irgendwie miteinander verbinden können. Ich habe genug Crime-Dokus gesehen, um zu wissen, dass sie einzeln allenfalls als Indizien gewertet werden.

Raf blinzelt ein paarmal. »Okay, ich stehe eher auf Sci-Fi als auf True Crime. Was genau meinst du mit ›als Indizien gewertet‹?«

»Indizien sind keine direkten Belege. Sie deuten zwar auf die Schuld einer Person hin, können sie aber nicht zweifelsfrei beweisen. Das Problem ist, dass das, was wir haben, nicht ausreichend belastbar ist. Wir müssen noch mehr finden. Oder etwas, das als Beweis durchgeht.«

»Und was wäre das?«

»Ein Zeuge zum Beispiel. Oder ein Geständnis.«

»Wir wissen doch nicht mal, auf welchen potenziellen Schuldigen diese Mütze hinweist. Wen sollte sie belasten? Und warum?« Raf setzt sich mit einem Schwung auf die Arbeitsplatte. »Henry hätte die Mütze selbst in der Hütte verstecken können. Oder irgendjemand hat sie in der Nähe des Bahnhofs gefunden.«

»Und warum hätte derjenige sie verbrennen sollen?«

»Keine Ahnung? Warum tut überhaupt jemand irgendwas?«

»Bring sie noch nicht zu Doherty«, bitte ich ihn.

»Er wird die Sache ernst nehmen.«

»Meinst du wirklich? Und wie hat er mich behandelt, als ich ihm die Polaroids gezeigt habe?«

»Ja, aber das war etwas anderes«, sagt Raf. »Doherty wusste schon über die Fotos Bescheid, und er wollte, dass du aufhörst, falsche Anschuldigungen gegen Onkel Bernie zu verbreiten.«

»Mensch, Raf, auf wessen Seite stehst du eigentlich?«

Er reißt die Augen auf. »Warum muss ich auf irgendeiner Seite stehen? Ich weiß, dass du Doherty nicht magst, aber das heißt nicht, dass er kein guter Polizist ist. Wir haben doch alle dasselbe Ziel. Wir alle wollen Henry finden.«

»Nicht alle«, sage ich. »Derjenige, der den Zettel bei uns hinterlassen hat, ganz bestimmt nicht.«

»Wenn die Drohung wirklich dir galt und nicht deinem Dad.«

»Lassen wir doch mal die Kirche im Dorf«, sage ich. »Jemand weiß, wo Henry ist, und will nicht, dass wir ihn finden.«

»Ich habe so eine Ahnung, dass du dich schon auf einen Schuldigen festgelegt hast.«

»Wenn wir nach den Indizien gehen, dann ja, die deuten eindeutig in eine bestimmte Richtung.«

Raf seufzt. »Wenn Mason wirklich schuldig ist – wessen auch immer –, dann wird Doherty ihn früher oder später kriegen.«

»Ja, aber *später* ist das Problem«, argumentiere ich. »Was, wenn nichts davon für Doherty konkret genug ist? Was, wenn Mason abhaut?«

Er schüttelt langsam den Kopf. »Du steigerst dich da in etwas hinein.«

»Doherty wird mich abwimmeln, Raf.«

»Vielleicht nicht …«

»Er wird es wieder meiner Mutter sagen!«, falle ich ihm ins Wort. »Und dann verfrachtet sie mich zurück nach Sydney. Das ist meine letzte Chance, um etwas Hieb- und Stichfestes zu finden.«

»Aber es ist nicht deine Aufgabe, Beweise zu finden«, sagt Raf.

»Warum nicht? Warum, denkst du, ist es nicht meine Aufgabe?«

»Weil du kein Kriminalbeamter bist.«

»Doherty auch nicht«, versetze ich. »Er ist nur ein stinknormaler Sergeant. Und trotzdem bearbeitet er den Fall.«

»Gibt es denn einen Fall?«

»Du hast die ganze letzte Woche zusammen mit mir an der Sache gearbeitet!« Meine Stimme klingt überlaut in dem stillen Haus. Es kostet mich Mühe, leiser und ruhiger zu sprechen. »Es gibt zu viele verdächtige Aspekte, um zu glauben, dass Henry einfach weggelaufen ist. Doherty verlässt sich lieber auf irgendwelche Statistiken und führt Personalmangel an, um zu begründen, warum er seinen Hintern nicht hochkriegt und Nachforschungen anstellt.« Ich schnaube höhnisch. »Er möchte keinen ›Staub aufwirbeln‹, für den Fall, dass er jemanden verletzen könnte. Das ist echt gut, ausgerechnet Doherty!«

Raf atmet langsam aus. Er lässt den Kopf hängen und starrt auf seine Beine, während er nachdenkt. Aber ich weiß, dass ich verloren habe, als ich persönlich geworden bin. Er glaubt, dass meine Vorbehalte gegen Doherty mein Urteil trüben.

»Ich will Henry auch finden«, sagt er schließlich. »Mehr als alles andere. Und genau das ist der Grund, warum ich morgen früh zu Doherty gehe und mit ihm rede.« Er runzelt die Stirn, und in seinen Augen steht ein flehender Ausdruck. »Können wir das zusammen machen? Wir beide?«

Ich nicke wie ein Roboter. Es fühlt sich an wie eine Niederlage, als ob ich aufgeben würde. Sobald Doherty Mason Fragen stellt, warum er in der Nacht des Sturms auf dem Railway Parade unterwegs war, wird Mason sich aus dem Staub machen. Alles wird sich in Luft auflösen. Alles wird umsonst gewesen sein. Wir werden Henry nie finden.

Als ich mich umdrehe und zum Gehen wende, rutscht Raf hinter mir von der Arbeitsplatte.

»Hey, komm schon, Chloe …«

Auf dem ganzen Weg zurück zum Motel muss ich die Enttäuschung herunterschlucken. Ich bewege mich wie auf Autopilot und stolpere mehr als einmal, weil ich nicht darauf achte, wohin ich gehe. Ich wünschte, ich wüsste, wie ich die Indizienkette verstärken könnte. Wenn ich noch etwas finden könnte, was auf Mason als Schuldigen weist, dann muss Doherty mich ernst nehmen.

Als ich in die Einfahrt einbiege, sehe ich Luisa mitten im Vorgarten stehen. Sie bückt sich und hebt ein Stiefmütterchen auf, das vor ihren Füßen liegt.

»Luisa?«, sage ich und gehe auf sie zu. Auf dem Rasen liegen überall die kleinen Pflanzen verstreut, samt Erdklumpen und Wurzelballen. Sie hat schon ein paar davon aufgesammelt und zu einem kleinen Haufen aufgeschichtet. Traurig deutet sie auf den Springbrunnen. Er spuckt fauliges schwarzes Wasser aus.

»Ein Gast hat an der Rezeption angerufen und gemeldet, dass mit dem Brunnen etwas nicht stimmt«, sagt sie. »Und als ich rauskomme, sehe ich das hier …« Sie deutet zu Boden. »Meinst du, es war wieder Jack Doherty?«

»Wo ist Dad?«

»Er wollte zur Post.«

»Luisa«, sage ich. »Hast du daran gedacht, die Bürotür abzuschließen, als du nach draußen gegangen bist.«

Ihre Hand fährt zu ihrem Mund. »Nein. Du glaubst doch nicht …«

Ich renne in Richtung Büro.

»Chloe!«, ruft sie und folgt mir. Ihre Sandalen klatschen auf das Pflaster. »Wir sollten auf deinen Vater warten!«

Ich stoße die Glastür auf und blicke mich fieberhaft in der Rezeption um. Ich erwarte Chaos und Zerstörung, aber alles ist ganz normal. Ich schaue in der Schreibtischschublade nach, aber die Kasse ist unberührt. Luisa ist jetzt auch da und fällt förmlich über die Schwelle. Die Tür zu unserer Wohnung ist zu, aber nicht verschlossen. Nirgends ein Zettel oder eine Drohung.

Nur ein gemeiner Streich?

Nein. Das kann kein Zufall sein.

Ich betrete unsere Wohnung und überprüfe zuerst die Küche und das Wohnzimmer. Keine Schränke wurden geöffnet, nichts fehlt. Ich schaue in Dads Schlafzimmer auf dem Weg durch den Gang. Alles ist unverändert. Aber noch bevor ich mein eigenes Zimmer erreiche, erkenne ich einen seltsamen

Schatten, der durch den Türrahmen in den Flur fällt. Ich gehe langsamer und bedeute Luisa, im Büro zu warten, von wo aus sie mich mit dem Telefon in der Hand nervös beobachtet. Als ich in die Tür zu meinem Zimmer trete, sehe ich, dass meine Matratze vom Bett gerissen und hochkant gegen die Wand gestellt wurde. Jede Schublade in der hohen Kommode ist herausgezogen, und beide Schranktüren stehen offen. Selbst meine Koffer liegen geöffnet und verkehrt herum auf dem Boden.

»Nein«, sage ich und gehe zu meinem Nachttisch. Auch dort wurden die Schubladen durchwühlt. »Nein!«

Ich ziehe die unterste Schublade heraus und krame zwischen meinen Socken und meiner Unterwäsche herum. Ganz hinten hatte ich Henrys Karte und seinen Zettel versteckt, aber sie sind nicht mehr da. Ich schaue unter dem Nachttisch nach. Nichts.

Ich fluche laut.

»Chloe?«, ertönt Luisas besorgte Stimme aus dem Büro.

»Mir geht's gut, Luisa«, sage ich. »Ruf Dad an und erzähl ihm von dem Garten. Du solltest ein paar Fotos machen, ehe du aufräumst.«

Ich bezweifle, dass es ein Motelgast war, der Luisa angerufen hat; es war vermutlich dieselbe Person, die für die Verwüstung in meinem Zimmer verantwortlich ist – jemand, der eine Gelegenheit gesucht hat, sich durch das Büro in unsere Wohnung zu stehlen und mein Zimmer zu durchwühlen.

Mein einziger Beweis ist fort. Ich habe keine Wahl. Ich muss schnell handeln, wenn ich nicht will, dass Mason mir durch die Finger schlüpft.

Mein erster Impuls sagt mir, ich sollte Raf anrufen, aber er wird bei dem, was ich vorhabe, ganz bestimmt nicht mitziehen, nicht nach dem Gespräch, das wir gerade eben geführt haben. Stattdessen rufe ich seine Schwester an.

Sabeen nimmt nach dem zweiten Klingeln ab.

»Hey«, sage ich zu ihr, »ich brauche deine Hilfe. Aber ich verstehe, wenn du Nein sagst.«

»Okay …«

»Was hast du heute Abend vor?«

Sie lacht nervös. »Ich habe das Gefühl, das wirst du mir gleich sagen …«

30

Der Sturm

MASON

»Hier sind also die Turners untergebracht«, sagte Tom, als er das steinerne Mausoleum betrat. Er musste laut sprechen, um den heulenden Wind zu übertönen. Seine Kapuzenjacke war glitschig vom Regen, er zog sie aus und ließ sie auf den Boden fallen. Draußen vor den schmalen Holztüren ging ein wahrer Wolkenbruch nieder. Wasser lief in Strömen vom Dach des Mausoleums. An beiden Türen befanden sich im oberen Bereich Fenster mit Querverstrebungen, und Mason war froh, dass die Glasscheiben noch heil waren. Der Regen kam von der Seite, und als Mason Tom eingelassen hatte, war ein ganzer Schwall hereingeweht worden. Tom meinte, es hätte fünf Minuten, nachdem er das Haus seiner Großeltern verlassen hatte, angefangen zu regnen. Von dort aus ist es ein Fußmarsch von einer Viertelstunde.

»Jonathan, Polly und Oswald«, sagte Mason und beleuchtete mit dem Licht seines Handys die Wand an einer Seite, wo drei Schiebegräber horizontal übereinandergestapelt waren. Bis auf ein paar Marmorplatten mit eingravierten Namen war nicht viel zu erkennen. Die andere Wand des Mausoleums war leer.

»Wie zum Teufel bist du hier reingekommen?«

»Das Schloss ist kaputt«, sagte Mason und prallte gegen die Wand. Jetzt, da Tom hier drin war, fiel ihm zum ersten Mal auf, wie eng der Raum war: ungefähr so hoch und breit wie eine Zimmertür und etwa so tief wie hoch. Mason schwankte leicht und lehnte sich dann mit dem Rücken an den kühlen

Marmor. Er knickte die Knie ein und ließ sich nach unten sinken, bis er mit dem Hintern auf dem Boden saß.

Der Wind rüttelte klappernd an den Türen, und ein Blitz glühte weiß durch die Fenster. Aber das kleine Gebäude war solide. Es stand hier schon seit über hundert Jahren. Tom betrachtete durch die Sichtfenster in der Tür den Friedhof; vermutlich versuchte er, die Entfernung bis zu Masons Auto abzuschätzen. Er seufzte, als ihm klar wurde, dass der Sturm in vollem Gang war.

»Setz dich«, sagte Mason und klopfte auf den Boden neben sich. Er legte das Handy mit dem eingeschalteten Licht auf seine andere Seite und hielt die Whiskyflasche hoch. »Sieht so aus, als würden wir 'ne Weile hierbleiben.«

Tom stemmte die Hände in die Hüften und musterte Mason von oben bis unten. Mason gab sich Mühe, nüchterner zu wirken, als er war, aber er wusste, dass es ihm nicht gelang.

»Willst du heute ausnahmsweise mal drüber reden?«, fragte Tom. »Oder bin ich mal wieder nur der unbezahlte Babysitter?«

Mason setzte die Flasche an die Lippen. Er hatte Tom gesagt, dass er ihm einen Gefallen tun müsse, aber er hatte sich nicht darüber ausgelassen, was das sein sollte. Er hoffte, dass Tom merken würde, in welch elendem Zustand er war, und dass er vorschlagen würde, Mason könne bei ihm übernachten. Für ein paar Tage. Vielleicht ein bisschen länger. Aber das bedeutete, dass Mason erklären musste, was passiert war. In allen Einzelheiten.

»Es ist besser, wenn du sitzt«, sagte Mason.

Tom ließ sich neben Mason nieder, so nah bei ihm, dass sich ihre Ellbogen berührten. Mason bot ihm die Whiskyflasche an, aber Tom lehnte ab. Den Blick auf Polly Turners Namen in der Platte auf dem weißen Marmor gerichtet, erzählte Mason, was an diesem Abend vorgefallen war.

»Warum sagt deine Mutter, du würdest ihr was schulden?«, wollte Tom wissen. »Was genau hat sie gegen dich in der Hand?«

Mason gestand, dass Henry im Alter von sechs Monaten in der Badewanne nach unten gerutscht war, als er kurz nicht aufgepasst hatte.

»Das ist doch lächerlich«, sagte Tom. »Du warst fünf Jahre alt! Wo war sie denn, während du auf das Baby aufgepasst hast? *Sie* war für Henry verantwortlich, nicht du.«

»Ich hab Angst, dass ich genauso bin wie sie, Tommy.«

»Nein, bist du nicht.«

»Man sagt doch, dass die Kinder die Sünden der Eltern erben.«

Tom schnaubte. »Dann bin ich genauso verkorkst.«

»Nein, du nicht.« Mason lächelte und wurde dann schnell wieder ernst. Er drehte sich zur Seite und betrachtete Toms Profil. »Du bist mein Vorbild, Mann.«

Tom grinste und schüttelte leicht den Kopf. »Ach, komm schon …«

»Nein, im Ernst. Ich bewundere dich. Du hattest es auch nicht leicht, aber du hast dich reingekniet und hart gearbeitet, und jetzt hast du dir eine Fahrkarte hier raus verdient. Das schaffe ich nie.«

Tom lehnte sich ein Stück zurück und schaute Mason an. Sein Hosenboden schabte leicht über den Stein. »Das stimmt doch gar nicht. Du kannst machen, was du willst. Du könntest morgen von hier weg.«

»Und wo soll ich hin?«

»Du kannst überall hinfahren. Dir Arbeit suchen.«

»Ich habe kein Geld. Und ich hab den Highschoolabschluss nicht geschafft.« Mason zupfte an dem Etikett der Whiskyflasche. »Wer würde mich einstellen wollen?«

»Viele Leute. Du könntest als Verkäufer arbeiten oder in einer Werkstatt. Stu Macleod würde dir bestimmt ein Zeugnis schreiben.«

»Wo soll ich wohnen?«

Tom gab ein kleines, knurrendes Geräusch von sich, halb belustigt, halb genervt. »Mensch, das weiß ich nicht! Ich habe ehrlich gesagt noch nicht viel über deine Zukunft nachgedacht. Ich habe mit meiner weiß Gott genug zu tun.«

»Wieso?«, fragte Mason. »Was stimmt denn damit nicht, Mr. Stipendium-Genie? Es ist ja schon nicht mehr mitanzusehen, wie stolz alle auf dich sind!«

Tom schnaubte wieder. »Tut mir leid, wenn dir das, was ich tue, nicht in den Kram passt.«

»Tut es tatsächlich nicht!«, sagte Mason mit gespielter Empörung. Beide kicherten, und Mason nahm wieder einen langen Zug aus der Flasche. »Ich bin neidisch. Du weißt genau, was du willst und wie du es kriegst. Du hast immer dein Ziel vor Augen, ruhig und beharrlich.«

»Na, das ist doch mal eine Mega-Inschrift für meinen Grabstein«, sagte Tom und nickte in Richtung des vom Regen durchgeweichten Friedhofs. »›Hier liegt Tom Lawson. Er war ruhig und beharrlich.‹«

Mason zuckte mit den Schultern. »Hey, lass es nicht an mir aus, Kumpel. Deswegen lieben wir dich doch alle.«

Tom warf ihm einen Blick zu, ohne etwas zu sagen, und Mason merkte plötzlich, dass die Worte zwischen ihnen in der Luft hingen. In der Enge des feuchten Mausoleums fühlten sie sich greifbar und schwer an. Bedeutungsschwanger.

Ein ohrenbetäubender Donner ließ sie zusammenfahren. Dann lachten sie. Der Wind brüllte wie ein herannahender Güterzug, und unter der Tür sickerte allmählich Wasser durch. Tom stand auf und schaute durch die Fenster.

»Der Sturm ist echt heftig«, sagte er. »Wahrscheinlich gibt's überall Überschwemmungen. Ich glaube, einer von den großen Feigenbäumen ist abgeknickt.«

Mason versuchte aufzustehen, aber der Whisky tat seine Wirkung. Seine Glieder waren wie Gummi, und seine Lippen kitzelten. Über seinen Rücken lief ein angenehmes, schwebendes Gefühl, das ihm den Eindruck vermittelte, er sei unbesiegbar. Er blieb, wo er war, und sah zu, wie die Pfütze größer wurde. Hier zwischen den Marmorwänden waren sie gut geschützt. Wenn er einen Schlafsack und ein Kissen hätte, könnte er es sich hier die ganze Nacht lang gemütlich machen.

»Na komm«, sagte Tom nach einer Weile, hob seine Jacke vom Boden auf und schüttelte sie aus. »Es wird allmählich besser. Sehen wir zu, dass wir zu mir nach Hause kommen.«

Die Erleichterung machte ihn schwindelig. Mason hätte es nicht über sich gebracht, nach Hause zu gehen und sich dieser Frau und dem Chaos, das er angerichtet hatte, zu stellen. Nicht heute.

Mason streckte die Hand nach oben. »Hilf mir mal«, sagte er.

Tom packte Masons Arm mit beiden Händen und wuchtete ihn auf die Füße. Mason konnte den Schwung nicht abbremsen und landete geradewegs an Toms Brust. Beide prallten hinten gegen die Wand. Toms Kopf schlug gegen den Marmor, und er riss ihn instinktiv nach vorn, wobei er mit seiner Stirn gegen Masons schlug.

»Au!«, sagte Tom. Der Rahmen seiner Brille bohrte sich neben seinem Auge in seine Haut. Gleichzeitig rieb er sich den Hinterkopf.

»Lass mal sehen«, sagte Mason und begutachtete Toms Brille. »Nichts kaputt. Aber ich glaube, ich habe ein Glas verschmiert.«

Plötzlich wurde Mason bewusst, wie nah beieinander sie standen. Seine offene Jacke schabte gegen die von Tom. Das Gesicht seines besten Freundes war nur wenige Zentimeter von seinem entfernt. Und Mason fühlte es – das Hämmern seines Herzens gegen seine Rippen. Dann überlief ein heißer Schauer seine Haut, wie Tausende brennende Nadeln.

Alles schien so einfach zu sein.

Er fasste mit der Hand nach Toms Nacken und beugte sich vor, drückte seinen Mund auf den von Tom. Sein Kopf wurde leicht, und er erkannte etwas, das er schon seit Jahren vergeblich zu verstehen versuchte.

Ich bin nicht leer.

Ich bin nicht kalt.

In diesem Moment wusste er genau, wer er war.

Dann merkte Mason, dass Toms Lippen völlig starr waren. Sein Rücken war verkrampft, und seine Arme hingen steif herab. Toms Mund löste sich von seinem, und er wandte das Gesicht Masons Schulter zu.

»Nee, Kumpel«, sagte er. »Das ist nicht das, was …«

Er verstummte und blickte zu Boden.

Das ist nicht das, was ich will, dachte Mason den Satz für ihn zu Ende. *Du bist nicht das, was ich will.*

Tom trat unmerklich einen Schritt zurück, und für Mason öffnete sich ein Abgrund zwischen ihnen.

Mason stieß schwer den Atem aus. »Verdammt«, sagte er leise.

»Das wusste ich nicht«, sagte Tom. »Tut mir leid, wenn ich dir einen falschen Eindruck vermittelt habe.«

Mason fuhr sich mit der Hand über das Gesicht und hielt die andere Tom entgegen. *Bitte, nicht reden.* Selbsthass flutete ihn, so absolut, so überwältigend, dass er sich beinahe wieder hingesetzt hätte.

»Das liegt nur am Whisky«, sagte Mason und schaute überallhin, nur nicht zu Tom. »Ich hab nur Spaß gemacht.«

Tom stieß ein verlegenes Seufzen aus, als ob er wusste, dass der Whisky lediglich Masons Hemmungen so weit gelockert hatte, dass die Wahrheit ans Licht gekommen war.

Die Scham durchdrang in bis ins Mark. Es war ein Gefühl, an das sich Mason wohl nie gewöhnen würde, obwohl er mittlerweile Übung darin hatte.

»Ich muss los«, sagte er und tastete in seiner Hosentasche nach dem Autoschlüssel. Dabei trat er aus Versehen gegen die Whiskyflasche, die daraufhin auf dem Boden kreiselte, an der Wand abprallte und dann langsam zum Stillstand kam. Der Hals wies auf Tom, als hätten sie Flaschendrehen gespielt.

»Du kannst nicht fahren«, sagte Tom.

»Ich komm schon klar.« Masons Stimme klang selbst für ihn schwach und fremd.

»Gehen wir einfach zu mir.«

»Das kann ich nicht«, sagte Mason und schob sich an Tom vorbei zur Tür. »Jetzt nicht.«

Noch vor wenigen Minuten hatte er die Intimität des Mausoleums genossen. Jetzt fand er den Raum beengt und bedrückend. Er war froh, als er endlich hinaus auf den schlammigen Friedhof taumelte. Der kühle Südwind biss ihm in die Haut.

Es regnete immer noch, und der Boden war rutschig. Tom folgte ihm auf dem ganzen Weg zu seinem Auto.

»Gib mir den Schlüssel«, sagte er und packte Mason am Arm. »Du bist zu betrunken.«

»Was kümmert's dich?«, murmelte Mason. »Lass mich einfach heimfahren.«

»*Gib* ihn mir.« Tom riss an seinem Arm, und Mason ließ den Schlüssel los. Er landete in einer schlammigen Pfütze vor einem Grabstein.

Mason und Tom griffen gleichzeitig danach.

31

Heute

CHLOE

Um halb eins stehen wir vor dem Haus der Weavers. Wir sind zu Fuß gekommen. Die Nacht ist kühl und klar, und eine leichte Brise spielt mit den dunklen Strähnen um Sabeens Gesicht, als sie über die Schulter zu mir blickt.

»Was für ein schöner Abend für das unbefugte Betreten eines Grundstücks«, sagt sie und lächelt mich nervös an.

Ich antworte ebenfalls mit einem schwachen Lächeln und schlucke die Trockenheit in meiner Kehle hinunter. Ich bin ihr dankbar, dass sie mitgekommen ist. Ich hätte nicht gedacht, dass sie sich darauf einlässt. Aber nach allem, was passiert ist, ist auch Sabeens Bereitschaft, an Masons Unschuld festzuhalten, ins Wanken geraten.

»Denk dran, das Buschland hinter dem Haus ist kein Privatbesitz«, sage ich. »Wir dürfen da jederzeit hin.«

Selbst in der Dunkelheit kann ich sehen, wie sie die Augenbrauen hochzieht.

»Das ist Haarspalterei«, sagt sie. »Wir müssen trotzdem durch den Garten der Weavers, um dorthinzukommen.«

Aber sie macht keinen Rückzieher. Sabeen ist hier, weil sie hier sein will. Mein verwüstetes Zimmer, Henrys verbrannte Mütze und das Feuer in Onkel Bernies Laden – das Maß ist voll, selbst für Sabeen.

»Etwas stimmt nicht«, hat sie am Nachmittag zu mir gesagt. »Etwas stimmt ganz und gar nicht. Ich komme mit, solange du mir versprichst, dass wir das, was wir finden, sofort zu Sergeant Doherty bringen.«

Wenn wir irgendetwas entdecken, das uns zu Henrys Aufenthaltsort führen könnte, dann stehe ich noch vor dem Frühstück vor Sergeant Dohertys Haustür.

»Rein und raus«, sage ich zu Sabeen. »Wir halten uns nicht länger auf als nötig.«

»Hast du dein Handy auf stumm geschaltet?«

Ich hole es aus der Tasche und sehe zur Sicherheit noch mal nach. »Hier draußen kriege ich sowieso kein Signal. Wie ist es bei dir?«

Sie checkt ebenfalls ihr Mobiltelefon. »Geht so.«

In der Nähe der Einfahrt zum Haus der Weavers verstecken wir uns hinter ein paar Bäumen und warten. Der Mond scheint heute viel heller als beim letzten Mal, als ich hier war. Wir können zwar besser sehen, aber auch besser gesehen werden.

»Okay, wir halten uns an den Plan«, flüstere ich. »Direkt hinters Haus und durch die Bäume. Der Carport hat einen Bewegungsmelder, aber auf der Seite des Hauses gibt es keine Fenster. Wenn wir nach hinten kommen und irgendein Licht geht an, renn los. Irgendwohin. Wenn wir getrennt werden, treffen wir uns hier auf der Straße wieder.«

Sabeen nickt. Ihr Gesicht sieht in der Dunkelheit aus wie das einer Eule.

Langsam schleichen wir durch die Einfahrt und versuchen, im Mondlicht den Schlaglöchern und verräterisch knackenden Zweigen auszuweichen. Ich mustere das Haus. Die Vorhänge sind zu und die Fenster dunkel. Es ist nichts zu hören, außer den zirpenden Grillen und dem Wind, der durch die Bäume wispert.

Masons blauer Subaru steht rückwärts eingeparkt im Carport. Die rechteckigen Scheinwerfer scheinen uns zu beobachten wie Augen – ein riesiger Metalllöwe, der uns beim Anschleichen zusieht. Ich bin von dem Anblick so fasziniert, dass ich nicht merke, wie Sabeen vor mir stehen bleibt. Ich pralle gegen sie, und wir beide zucken erschrocken zusammen. Sabeen hält sich mit der Hand den Mund zu, um nicht aufzuschreien.

»Was ist denn?«, flüstere ich und schaue mich hektisch um. Was hat sie gesehen? Schaut Mason uns vom Fenster aus zu? Sitzt Ivy auf der Veranda und raucht eine Zigarette? Ich wende mein Gesicht nach oben und schnüffele, ob ich Zigarettenrauch riechen kann.

»Nichts, schon gut«, flüstert sie zurück. »Ich dachte, ich hätte was gehört.« Das hat sie schon dreimal auf dem Weg hierher gesagt. Wir drehen uns um und schauen zur Straße. Nichts. Ihre Nerven sind zum Zerreißen gespannt, dabei haben wir noch nicht einmal angefangen zu graben.

Wir steuern auf den Schutz der hohen Bäume zu, die entlang des Zauns stehen, und erst jetzt fällt mir ein, dass wir genauso gut über das Grundstück der Milburns hätten kommen und über den Zaun klettern können. Das Haus steht ja leer. Als wir den Geräteschuppen erreichen, durchzieht mich ein Gefühl der Erleichterung, dass wir es bis hierhin geschafft haben, ohne erwischt worden zu sein.

»Jetzt wird's kniffelig«, sage ich. »Bleib hier.«

Ich schiebe mich an der Wand des Schuppens entlang bis zur Tür. Nach einem weiteren Blick zum Haus ziehe ich sie langsam auf.

Quiiieeetsch.

In der Stille, die dann folgt, flucht Sabeen leise. Aber im Haus bleibt alles dunkel, und ich husche durch die Tür in die

Hütte. Es riecht nach Motoröl und Mäusedreck. Etwas krabbelt schabend die Wand hoch. Ich will mein Handylicht nicht einschalten, und glücklicherweise reicht der Mond aus, um die Schaufel zu finden, die an einem Haken neben der Tür hängt.

Mit der Schaufel in der Hand schleiche ich wieder nach draußen und lasse die Tür offen. Ein weiteres ohrenbetäubendes Quietschen will ich nicht riskieren.

»Komm mit«, sage ich zu Sabeen und gehe ihr voraus über den schmalen Pfad in Richtung Buschland.

Wir tapsen in dem schattengefleckten Mondlicht voran, bis wir so weit gekommen sind, dass ich mich traue, das Handylicht einzuschalten. Je weiter wir gehen, desto kälter scheint es zu werden. Oder vielleicht spielen mir auch nur meine Sinne einen Streich.

Nach etwa fünfzig Metern bleibt Sabeen stehen. »Warte mal.« Sie leuchtet mir mit ihrem Smartphone ins Gesicht.

Ich hebe die Hände, um meine Augen vor dem Licht zu schützen. »Sabeen, mach doch das Licht …«

»Pst!«, sagt sie und neigt ihr Handy nach unten. »Hörst du das? Das klingt, als ob ein Auto angelassen wird.« Sie legt den Kopf schräg und dreht sich in die Richtung, aus der wir kommen.

»Ich höre nichts.« Ich stemme das Schaufelblatt in die Erde und schaute den Pfad entlang in Richtung Buschland. Ich glaube nicht, dass wir noch weit von dem umgestürzten Baum entfernt sind. Aber sicher bin ich mir nicht.

»Dort drüben«, sagt Sabeen und leuchtet den Pfad entlang zurück zum Haus. »Jetzt fährt er los, die Straße entlang.«

Ich senke den Kopf und starre zu Boden, während ich die Ohren spitze. »Sonst wohnt doch hier niemand.«

»Glaubst du, es ist Mason?«

»Ich weiß nicht.« Mein Herz schlägt schneller. »Lass uns weitergehen. Ich will das so schnell wie möglich hinter mich bringen.«

Sabeen folgt mir schweigend, bis wir schließlich zu dem Baumstamm kommen. Ich lege mein Handy darauf ab, so dass das Licht nach oben in die Baumkronen scheint. Dann packe ich mit beiden Händen den Stiel der Schaufel und bitte Sabeen, ihr Handy nach unten zu richten. Bereits nach wenigen Sekunden habe ich eine Stelle gefunden, wo keine Äste und kein trockenes Laub liegen. Dicht am Baumstamm, halb darunter verborgen, sehe ich frisch umgegrabene Erde.

»Hier«, sage ich. »Da ist es.«

Sabeen hält das Licht ruhig. Ich hole tief Luft und fange an, die Erde mit der Schaufel abzutragen. Meine Hände zittern, und Sabeen geht es vermutlich ähnlich. Das Licht ihres Handys wackelt hin und her. Keine von uns weiß, was wir finden werden, aber uns beiden ist klar, dass es nichts Gutes sein kann, wenn Mason das Bedürfnis hat, es zu vergraben.

»Was ist das?«, sagt Sabeen plötzlich und deutet in das Loch. Etwas Helles und Glänzendes lugt aus der Erde. Ich knie mich hin und fege die restliche Erde mit den Händen ab, grabe mit den Fingern nach unten, bis ich den Gegenstand herausziehen kann. Dann halte ich ihn hoch, und Sabeen leuchtet ihn mit ihrem Handylicht an. Es ist ein großer Plastikbeutel mit Zippverschluss, der einen anderen Plastikbeutel einschließt, in dem sich ein Reisepass, ein paar Unterlagen und eine große Menge Bargeld befinden.

Ich fange Sabeens Blick ein. Sie scheint erleichtert zu sein, doch plötzlich wird sie zappelig, wirbelt herum und leuchtet mit ihrem Handy den Weg entlang zurück zum Haus. Ich stehe auf und nehme ebenfalls mein Smartphone, die Plastiktasche immer noch in der Hand. Diesmal spielt uns Sabeens Einbildung keinen Streich: Schwere Schritte kommen schnell näher. Ich schiebe das Handy in meine Tasche und greife nach der Schaufel zu meinen Füßen. Meine Finger umschließen den Griff, genau in dem Moment, in dem eine Gestalt aus dem Schatten bricht.

»Was zum Teufel ist hier los?«, fragt Mason und blinzelt in Sabeens Handylicht. »Was macht ihr da?«

Mit unsicheren Schritten kommt er auf uns zu. Er trägt ein zerknittertes T-Shirt und Jogginghosen sowie ein paar alte Turnschuhe ohne Socken. Seine Haare sind zerwühlt, und er blinzelt, als müsste er sich anstrengen, um klar zu sehen. Aber er scheint eher schläfrig zu sein als betrunken.

Sabeen weicht vor ihm zurück und stellt sich neben mich.

»Was macht ihr da?«, fragt er noch einmal. Seine Augen zucken zu der Plastiktüte. »Was habt ihr mit meinen Sachen vor?«

»Woher weißt du, dass wir hier sind?«, fragt Sabeen. Ihre Stimme erinnert an das leise Quieken einer Maus.

Mason deutet hinter sich. »Glaubt ihr, ich kann euer Licht vom Haus aus nicht sehen? Wer zum Teufel hat meinen Wagen geklaut?«

»Was?«, sage ich. Sabeen und ich schauen uns an. Sie hat also tatsächlich einen Wagen gehört. »Damit haben wir nichts zu tun.«

Mason flucht leise. Irgendwo in seiner Schimpftirade fällt Ivys Name.

»Deine Mum hat ihn gestohlen?«, sagt Sabeen.

»Wer sollte es sonst gewesen sein?«, knurrt Mason. »Und jetzt stehlt ihr meine Sachen. Warum lasst ihr mich nicht einfach abhauen?«

Seine Stimme hallt von den Bäumen wider, und in meiner Magengrube sammelt sich Angst. Ich habe Angst um mich und Sabeen, aber auch um Henry. Wo ist er? Was hat Mason getan?

»Warum hast du einen Reisepass?«, will ich wissen und packe die Schaufel fester. »Warum willst du abhauen?«

»Herr*gott* noch mal, Chloe! Kannst du nicht *einmal* damit aufhören?«, schreit er. »Es geht dich nichts an, kapierst du das denn nicht? *Nichts* von alledem geht dich etwas an.«

Sabeen hebt besänftigend die Hand. »Mason …«

»Und du«, sagt er und wirbelt zu ihr herum. »Ich dachte, auf dich könnte ich mich verlassen. Deine Familie war immer gut zu mir. Jetzt habe ich niemanden mehr. Ich habe *gar niemanden mehr*!«

In seiner Stimme liegt Panik. Er verliert die Kontrolle.

»Wir werden jetzt gehen«, sage ich. »Jetzt sofort.«

»Ach, werdet ihr, ja?«, höhnt er. »Ihr geht also einfach mit meinem Geld weg?«

Ich habe vollkommen vergessen, dass ich den Beutel noch in der Hand habe. Ich betrachte ihn kurz, und mir fällt ein, wie wir hier rauskommen können. Aber wir müssen rennen wie der Wind.

Ich flüstere Sabeen Anweisungen zu, und sie nickt. Mason sieht, wie wir uns beraten, und macht einen Schritt auf uns zu, während ich den Arm zurückziehe und den Plastikbeutel hinter mich schleudere. Er landet irgendwo in der Dunkelheit, inmitten von ein paar großen Farnen. Mason zögert kurz, als ob er nicht glauben könnte, was ich gerade getan habe. Dann rennt er los in das dunkle Dickicht.

»Lauf«, sage ich zu Sabeen und stoße sie vor mir her. Sie stürmt den schmalen Pfad entlang und leuchtet uns mit ihrem Handy den Weg. Ihr langer Pferdschwanz wippt wild und schlägt mir immer wieder ins Gesicht, während ich dicht hinter ihr laufe. Die Bäume und Büsche rechts und links verschwimmen zu einem Schemen. Alles, was ich hören kann, ist mein eigener Atem und das Klappern der Schaufel gegen irgendwelche Pflanzen und Steine. Und dann Schritte hinter uns, die näherkommen. Wie ist es Mason gelungen, den Beutel so schnell wiederzufinden? Hat er ihn überhaupt gefunden? Oder ist es für ihn wichtiger, uns nicht davonkommen zu lassen?

Ich versuche, neben Sabeen zu laufen, aber der Pfad ist kaum breit genug für eine Person, geschweige denn zwei.

»Er ist direkt hinter uns«, keucht sie voller Angst. Vor uns durch eine Lücke zwischen den Bäumen sehe ich den Geräteschuppen. Wir haben es fast geschafft. Mason kommt immer näher. Ich habe das Gefühl, dass ich schon seinen Atem in meinem Nacken spüren kann.

Sabeen erreicht das offene Gelände eine Sekunde vor mir und rennt, ohne innezuhalten, in Richtung Haus. Mir ist klar, dass wir uns trennen müssen. Ich kann Mason in Richtung Naturschutzgebiet locken, während Sabeen irgendwo Hilfe holt.

»Sabeen«, rufe ich. »Wenn wir …«

Meine Stimme wird abgeschnitten, als er mich nach hinten reißt. Mason hat mich an der Kapuze gepackt und hält den Stoff meines Pullis mit seiner Faust umklammert. Er zerrt mich zu Boden, und wir beide rutschen seitlich über die Erde. Die Schaufel fliegt mir aus der Hand und poltert außerhalb meiner Reichweite auf den Kies.

Ich versuche aufzustehen. Mason reißt mich wieder nach unten. Ich trete nach hinten aus und treffe sein Knie.

»*Hör auf damit!*«, schreit er.

»Chloe!«, schreit Sabeen und kehrt um. »Mason, lass sie los!«

»Nein«, sagt er, was ihm einen weiteren Tritt von mir einbringt.

Er drückt mein Gesicht nach unten ins Gras und legt sich mit dem Oberkörper über meinen Rücken. Ich versuche, ihn abzuwerfen, aber es hat keinen Sinn. Er hat mich im Schwitzkasten.

Sabeen tanzt um uns herum, unsicher, was sie jetzt tun soll. »Du zerquetschst sie ja, Mason. Hör auf!«

Ich zappele und winde mich, aber er ist zu stark. Seine Arme sind hart und voller Adrenalin.

»Mason!«, schreit Sabeen. »Sie kriegt keine Luft mehr! Geh runter von ihr!«

Mein Atem drückt heiß gegen die Erde. Wieder versuche ich zu treten.

»Halt still!«, sagt Mason und drückt noch fester, während er versucht aufzustehen. »Jetzt sag mir endlich …«

Über mir höre ich ein Zischen, gefolgt von einem hohlen Scheppern. Masons Körper bricht über mir zusammen. Er ist schwer wie Blei und rührt sich nicht mehr.

»Was …?« Ich rolle ihn von mir weg und reiße den Kopf zu Sabeen herum, die mit der Schaufel in der Hand über uns steht.

»Oh nein«, sagt sie mit kleiner Stimme. »Oh nein, oh nein.«

Ich rappele mich auf und drehe mich um. Mason liegt zusammengesunken auf der Seite. Reglos.

»Was habe ich getan?«, stammelt Sabeen. »Ich habe Mason niedergeschlagen. Ich habe Mason niedergeschlagen.«

»Schon gut.« Vorsichtig winde ich die Schaufel aus ihren

Fingern. Ihre Hände zittern. »Alles in Ordnung. Er wird einen Brummschädel haben, wenn er aufwacht, aber mehr nicht.«

Sabeen sieht mich an, als ob sie mir nicht glauben würde. Dann fangen Masons Beine an zu zucken. Er stöhnt.

Sabeen drückt die Hände gegen ihre Wangen. »Oh Gott, er wird mich hassen.«

»Er wird drüber wegkommen«, sage ich.

»Dann los.« Sabeen zupft mich am Ärmel. »Gehen wir.«

»Ich kann jetzt noch nicht gehen. Er hat uns noch nicht gesagt, wo Henry ist.«

»Das ist mir egal! Wir müssen jetzt …«

»Aber mir ist es nicht egal!«

Sabeen verzieht verzweifelt das Gesicht. »Ich schlage ihn nicht noch mal, Chloe. Du musst damit aufhören.«

»Und ihn davonkommen lassen?« Ich schüttele den Kopf. »Erst, wenn ich Antworten habe.«

»Ich will nicht hierbleiben«, sagt Sabeen, die den Tränen nahe ist. Sie holt ihr Smartphone aus der Tasche und wählt eine Nummer. »Kein Empfang«, krächzt sie.

Mason stöhnt wieder und krallt schwach die Finger in die Erde. Ich blicke mich eilig um, dann fällt mein Blick auf den Geräteschuppen. Die Tür steht immer noch offen.

»Lauf zum Haus«, sage ich zu Sabeen, »und sieh zu, ob du da einen besseren Empfang hast. Wenn nicht, geh so lange auf der Straße weiter, bis du telefonieren kannst.«

»Wen soll ich anrufen?«

»Sergeant Doherty. Deine Mums. Meinen Dad. Okay?«

Sabeen wirkt verunsichert. »Was hast du vor?«

»Ich warte hier und sorge dafür, dass er nicht abhaut.«

»Aber wie denn?«, fragt sie mit erstickter Stimme. »Er ist doch viel zu stark für dich.«

Ich nehme sie an den Schultern und drehe sie zum Haus. »Lass das meine Sorge sein. Bitte geh.«

»Geh mit mir«, fleht sie.

»Ich komme schon klar«, beruhige ich sie. »Schick Sergeant Doherty her, so schnell wie möglich.«

Sie drückt meine Hand, dann rennt sie los. Sobald die Dunkelheit sie verschluckt hat und sie nicht mehr sehen kann, was ich vorhabe, krabbele ich zu Mason und schiebe meine Arme unter seine Schultern. Ich konnte Sabeen nicht bitten, mir dabei zu helfen. Sie ist auch so schon fix und fertig.

Mason grunzt, als ich seinen Oberkörper hochhieve. Er leistet keinen Widersand. Sein Kopf rollt schlaff von einer Seite zur anderen. Ich grabe meine Fersen in den Boden und zerre ihn Meter für Meter hinter mir her. Meine Schultern brennen vor Anstrengung. Als wir den Schuppen erreichen, bin ich schweißgebadet, und mein Atem geht keuchend.

Mason stöhnt und murmelt irgendetwas Unzusammenhängendes. Er schafft es, den Kopf zu heben, als ich ihn über den Betonboden des Schuppens schleife. Ich lasse ihn auf dem Rücken im Dunkeln liegen.

»Auuu«, sagt er, als ich die Tür hinter mir zuschlage.

Mit dem Handylicht suche ich in der Dunkelheit nach der Schaufel, mit der ich die Tür verrammele. Ich schiebe das Ende des Stiels unter den Türgriff und trete das Blatt so lange in der Erde fest, bis sich die Schaufel nicht mehr rührt. Das wird halten. Vorläufig.

Auf der anderen Seite der Tür erklingt ein Schaben, als Mason sich rührt. »Mein Gott, was hast du mit mir gemacht?«

Ich lege die Hand gegen die kalte Metallwand des Schuppens. »Mason, du musst mir die Wahrheit sagen.«

»Ich *muss* dir gar nichts sagen, Chloe.« Etwas tut einen

Schlag, dann höre ich ein Klicken. Ein dünner Streifen Licht fällt unter der Tür durch.

»Warum hast du behauptet, dass du in der Nacht, in der Henry verschwunden ist, zu Hause warst? Rina hat deinen Wagen gesehen, zweimal, auf dem Railway Parade.«

Wieder ein Schaben auf dem Boden. »Mein Gott, Chloe! Ich war auf dem Friedhof, okay?«

»Warum?«

Er atmet hörbar aus. »Zu Hause ging einiges zu Bruch.«

»Zu Bruch?« Ich rücke näher an die Tür heran. »Was ging zu Bruch?«

»Ich habe die Vitrine meiner Mutter zerschlagen. Pulverisiert, könnte man sagen. Sie war nicht glücklich darüber.«

Also hatte Raf recht mit der verschwundenen Vitrine und Ivys blauen Tellern. War das der Grund, warum die Küche am nächsten Tag so aufgeräumt war?

»Was ist mit Henry?«, frage ich. »Hast du ihm was getan?«

»Nein! Allerdings hätte ich ihm zu gern gesagt, was ich von ihm halte. Aber als ich in sein Zimmer kam, war er weg. Er ist aus dem Fenster geklettert.

Ich setze mich hin. »Um wie viel Uhr war das?«

»Mensch, das weiß ich nicht … gegen elf vielleicht? Er hat wahrscheinlich stundenlang auf einen Zug warten müssen.«

»Glaubst du wirklich, er ist mit dem Zug weggefahren?«

Einen Moment lang ist es still, dann fragt Mason: »Du nicht?«

»Ich weiß nicht, was ich glauben soll.«

»Man hat sein Fahrrad am Bahnhof gefunden«, sagt er.

Ich wende das Gesicht der Tür zu. »Hast du es da abgestellt?«

»Was?«

»Damit es so aussieht, als ob Henry weggelaufen wäre?«

Von der anderen Seite der Tür höre ich ein entgeistertes Schnauben. »Wow. *Wow*. Das denkst du also von mir? Dass ich Henry etwas angetan habe? Ist das der Grund, warum du mich in den Schuppen gesperrt hast? Ich kann's nicht fassen!«

»Hat deine Mutter ihm was getan?«

»Tja, wenn du mich so fragst: Ja. Eine ganze Menge. Sie hat uns verhöhnt, unsere Sachen kaputtgemacht, uns beleidigt, wo sie nur konnte. Aber sie hat meinen Bruder nicht *ermordet*, Chloe.«

Ohne darüber nachzudenken, trete ich die Schaufel zur Seite, so dass die Tür aufschwingen kann. Ich muss ihm ins Gesicht sehen. Mason sitzt mit einem Arm über die Knie gelegt an der Wand, eine Taschenlampe neben ihm auf dem Boden.

»Warum hast du gelogen, als du sagtest, du wärst zu Hause gewesen?«, frage ich und stehe auf. »Warum hat deine Mutter deine Lüge bestätigt?«

Er bleibt sitzen. »Ivy hatte einen schrecklichen Kater am nächsten Morgen. Sie hat erst gegen zehn Uhr überhaupt gemerkt, dass Henry nicht da war; sein Bett war unberührt. Ihr war klar, dass sie herumtelefonieren musste, aber wenn jemand zu uns käme, würde er sehen, was bei uns los war.« Er verlagert sein Gewicht und lockert die Muskeln in seinem Nacken. »Sie hat mich gezwungen, die Küche aufzuräumen und sauberzumachen, und dann hat sie sich eine Geschichte ausgedacht und mir eingeschärft, mich daran zu halten. Sie sagte, sie hätte es satt, dass alle in der Stadt sich in unsere Angelegenheiten einmischen. Sie sollten ihre Nasen nicht überall hineinstecken.« Er schüttelte den Kopf. »Sie dachte wohl, Henry würde jeden Moment auftauchen und die ganze Sache würde sich in Wohlgefallen auflösen.«

»Warum hast du Doherty später nicht die Wahrheit gesagt?«

Mason lässt den Kopf hängen. »Weil es etwas gab, von dem ich nicht wollte, dass irgendjemand davon erfährt. Es schien mir einfacher zu sein, bei Ivys Geschichte zu bleiben, denn nichts von dem, was ich für mich behalten wollte, hätte etwas an der Tatsache geändert, dass Henry fort war.«

Ich muss daran denken, dass auch Raf und ich die Wahrheit über unseren Aufenthaltsort in jener Nacht vor Doherty geheim gehalten haben, aus ganz ähnlichen Gründen.

»Und du bist sicher, dass deine Mutter zu Hause war?«, frage ich. »Du bist sicher, dass sie die Wahrheit gesagt hat?«

»Ich weiß nicht genau, wann sie heimkam. Aber es muss vor ein Uhr gewesen sein. Ich war nur etwa zwei Stunden weg, und als ich heimkam, war sie auf dem Sofa vor dem Fernseher eingeschlafen. Der Teil war nicht gelogen.«

»Und du hast Henry in jener Nacht nicht gesehen?«, frage ich. »Auch nicht, als du zum Bahnhof gefahren bist?«

Mason schaut mich an. »Ich war nicht am Bahnhof.«

»Doch, warst du. Rina hat dich gesehen.« Ich hole mein Handy aus der Tasche und öffne meine Notizen. Dann scrolle ich durch die Einzelheiten von Rinas Bericht. »Etwa gegen halb oder Viertel vor zwei sah sie deinen Wagen vom Railway Parade in Richtung Bahnhof einbiegen. Nach einer Weile kam er wieder zurück und fuhr nach Süden.«

Mason runzelt die Stirn. »Ich war im Bett. Ich bin nicht mehr rausgegangen. Das muss ein anderer Wagen gewesen sein.«

»Rina war sich ziemlich sicher, dass es deiner war.«

»Ja, sie hat mir auch gesagt, dass sie in der Nacht mein Auto gesehen hat, aber ich habe es abgestritten, weil ich bei der Geschichte bleiben musste, die mir meine Mutter eingetrichtert hat. Ich dachte aber, sie meinte vorher, vor dem Sturm, als ich zum Friedhof gefahren bin.«

Ich schiebe mein Smartphone wieder in die Tasche. »Vielleicht deine Mutter? Wenn sie heute keine Hemmungen hatte« – ich deute in Richtung Carport – »dann hat sie ihn vielleicht auch damals gefahren.«

»Nie im Leben. Glaub mir, sie war total ausgeknockt. Ich weiß, was passiert, wenn sie betrunken ist. Damit habe ich reichlich Erfahrung.«

»Also hat Rina sich geirrt?«, frage ich. Sie war sich so sicher gewesen, und sie konnte sich auch deshalb so gut an die Sache erinnern, weil sie Mason zur Rede stellen wollte.

»Na ja, die einzige andere Person …« Mason bricht ab. Er starrt an mir vorbei auf eine Stelle in der Dunkelheit des Gartens, als ob ihm etwas einfallen würde.

»Mason?«

Mason fährt mit den Händen zu seinem Bauch. »Oh mein Gott.«

32

Der Sturm

HENRY

Henry war froh, als er sah, dass die Tür zum Waschraum des Motels offen stand. Er stellte sich unter und schaute von drinnen aus zu, wie die Regenrinnen überflossen und der Wind unter das Sonnensegel fuhr, es aus der Verankerung löste und in Fetzen riss. Irgendwann wurden Wind und Regen so stark seitwärts getrieben, dass es aussah, als hätte jemand eine riesige Wasserbombe aus dem Himmel geworfen. Der Sturm war genauso schlimm, wie die Frau von der Wettervorhersage es prophezeit hatte.

Chloe war nicht da, und es sah auch nicht so aus, als ob sie bald zurückkommen würde. Henry hatte keine Ahnung, wo sie war. Sie hatte gesagt, sie wollte früh zu Bett gehen, aber jetzt war sie nicht einmal zu Hause. Henry hatte erst an ihr Fenster geklopft, dann an die Hintertür und sogar an die Tür zum Büro des Motels.

Wenn Chloe bei Sabeen übernachtete, hätte sie ihm das doch sagen können. Sie hätte ihn nicht belügen müssen. Henry hatte viel Zeit zum Nachdenken, während er im Waschraum darauf wartete, dass sich der Sturm draußen austobte. Er beschloss, dass es Zeit war, Chloe von der Suche nach seinem Dad zu erzählen und sie vielleicht um Hilfe zu bitten. Er würde morgen mit ihr darüber reden, bevor sie wieder nach Sydney fuhr. Und er wollte Missy kennenlernen, entschied er. Sie war eine gute Freundin für ihn geworden, und sie hörte zu, wenn er wegen Mason Dampf ablassen musste. Es war schön, jemanden zum Reden zu haben, wenn Chloe nicht da war.

Henry fragte sich, ob Mason sich mittlerweile beruhigt hatte. Er hatte noch nie erlebt, dass sein Bruder dermaßen an die Decke gegangen war. Er hatte die Sache mit dem Geld erklären wollen, aber Mason war so wütend gewesen, dass er nicht zugehört hätte. Henry hatte es nur genommen, damit Mason nicht fortging, ehe er nicht seinen Vater gefunden und selbst einen Ausweg gefunden hatte. Er musste weg von ihr. Er konnte nicht allein bei seiner Mutter bleiben.

Henry tastete in der Innentasche seines Rucksacks nach dem blauen Umschlag. Es war nicht besonders klug von Mason gewesen, ihn unter der Schublade zu lassen, besonders weil Henry Ivy letzte Woche dabei erwischt hatte, wie sie ihre Schränke durchwühlte und in ihren Jackentaschen nach Geld suchte. Er setzte seinen Rucksack auf, zog die grüne Mütze tiefer ins Gesicht und machte sich bereit, in den Sturm hinauszufahren. Es donnerte immer noch, aber Hagel und Blitz hatten sich verzogen, und der Regen war nicht mehr annähernd so schlimm wie noch vor ein paar Minuten. Es konnte noch stundenlang weiterregnen, aber Henry hatte keine Lust, die ganze Nacht hierzubleiben. Sein Hintern war schon ganz taub von dem harten Boden des Waschraums.

Er stieg auf sein Fahrrad und radelte quer über die Einfahrt und den durchweichten Rasen zum Haupthaus. Er duckte sich unter den kleinen Wasserfällen, die aus den Regenrinnen tropften, und schob Chloes Fenster mit beiden Händen ein Stück weit nach oben, bis es sich – wie immer – verklemmte. Er holte den Zettel aus der Tasche, den er vorhin geschrieben hatte, faltete ihn zusammen, schob den Vorhang zur Seite und warf ihn in Richtung Bett. Es war ein schlechter Wurf gewesen, und in

Chloes Zimmer war es dunkel, aber er war sich ziemlich sicher, dass der Zettel auf dem Bett gelandet war. Sie würde ihn schon finden. Sie war wie ein Detektiv und bemerkte immer die Dinge, die nicht so waren, wie sie sein sollten.

Als Henry auf die Straße hinausfuhr und sich Richtung Railway Parade wandte, sah er, dass eine ganze Reihe hoher Bäume entwurzelt waren. Überall auf der Straße lagen Blätter und abgebrochene Äste, und Wasser strömte durch die Rinnsteine wie Bachläufe. An der tiefsten Stelle des Railway Parade hatte sich ein großer See aus braunem Wasser gebildet, der die Straße und den Gehweg überspülte. Aus den Kanalöffnungen sprudelte es wie aus einem Springbrunnen. *Bei Überflutung – umkehren!*, dachte er und sah unwillkürlich die Warnsendungen vor sich, die in regelmäßigen Abständen im Fernsehen liefen. Er kehrte um und fuhr zur Bridge Road und suchte sich einen anderen Weg, wobei er im Zickzack um Müll und Äste herumfahren musste, die überall verstreut auf der Straße lagen.

Diese Strecke aus der Stadt hinaus war noch schwieriger zu bewältigen. Unglaublich viel Geröll war auf den Asphalt geschwemmt worden. Cutler Bend hinaufzufahren, war im Normalfall schon anstrengend. Die Straße kurvte um den Berg, verlief teils nur leicht bergauf, teils sehr steil, und es gab ein paar schwer einzusehende Biegungen. Mit dem ganzen Schlamm, der den Berg hinuntergewaschen wurde, und dem Regen, der ihm ins Gesicht peitschte, kam er noch langsamer voran als gewöhnlich. Zum tausendsten Mal wünschte sich Henry, dass seine Familie nicht am Stadtrand wohnen würde.

Als er sich der Stelle näherte, wo im letzten Jahr das Buschfeuer gewütet hatte, wurden die geisterhaften Baumskelette von einem Blitz erhellt. An einigen wuchsen bereits neue Blätter. *Die halbe Strecke ist geschafft*, dachte er. Er konnte es kaum erwarten, aus dem Regen rauszukommen. Er bog um die Kurve und stemmte sich dem Anstieg entgegen, bis das Vorderlicht des Fahrrads eine Bewegung auf der Straße vor ihm auffing. Er bremste ab, wobei sein Hinterrad unter ihm ausscherte und er Mühe hatte, das Fahrrad aufrecht zu halten. Über die Straße strömte schnell fließendes Wasser, stürzte den Berg hinunter und klatschte über beide Fahrbahnen. Es war schlammig und braun, an einigen Stellen hatten sich weiß schäumende kleine Wirbel gebildet, die über Stöcke und größere Äste sprudelten. Er blieb stehen, einen Fuß auf dem Pedal, den anderen auf der Straße. Ob er da durchkam? *Überflutet*, dachte er. Wäre er doch im Motel geblieben.

Plötzlich wurde die Straße hell. Ein Auto kam um die Kurve. Der Motor war über dem Tosen des Wassers kaum zu hören. Würde der Fahrer die Flut auf der Straße rechtzeitig bemerken? Henry war es kaum gelungen. Er hatte gerade noch abbremsen können, und er fürchtete, dem Wagen würde es nicht besser ergehen. Er stieg vom Rad und ließ es am Straßenrand liegen, ehe er sich bis zum Rand des Sees vortraute. Dann nahm er seine Mütze ab und schwenkte sie wie eine Fahne, um den Fahrer zu warnen.

Der Wagen nahm die Kurve zu weit. Und zu schnell. Henry hatte kaum die Arme gehoben, als er sah, dass die Scheinwerfer die falsche Straßenseite beleuchteten – die Seite, wo er stand. Die Räder blockierten sofort, aber der Wagen rutschte weiter und schlitterte über die schlammige, glitschige Straße, bis er gegen ihn prallte. Er hörte den Schlag mehr, als er ihn fühlte, dann flog er durch die Luft, rückwärts über das Wasser, das er hatte umfahren wollen. Sein Rucksack krachte auf die Leitplanke, und sein Körper landet wie ein Sandsack auf der Standspur.

Der Schock des kalten Wassers in seinem Gesicht ließ ihn aufkeuchen. Die Strömung drückte ihn gegen die Leitplanke und warf seine Glieder hin und her wie die einer Lumpenpuppe. Er sah die Scheinwerfer. Dann eine Silhouette. Jemand war ausgestiegen. Henry versuchte zu rufen. Aber da war Wasser in seinem Mund, seinen Augen, seinen Ohren. Ein kleineres Licht fuhr über das Wasser hin und her, und dann fand es ihn, leuchtete ihm direkt ins Gesicht. Das musste Mason sein. Sein Bruder suchte nach ihm.

Ich bin hier!, dachte Henry. *Mach schnell, Mason. Komm und rette mich.*

33

Heute

CHLOE

Ich gehe in den Schuppen. Mason starrt immer noch auf etwas, das ich nicht sehen kann, als ob sich vor seinem inneren Auge eine Szene abspielen würde. Dann schaut er mich an. Sein Atem geht schnell, seine Stimme ist wie in Trance, irgendwie schwebend und flüchtig. »Was, wenn er noch mal mit dem Wagen weggefahren ist, nachdem er mich abgesetzt hat?«

»Wer?«

Er redet weiter, als ob er mich nicht gehört hätte. »Er sagte, wir wären gegen einen Baum gefahren, der auf die Straße gestürzt war. Er ist sogar ausgestiegen und hat nachgesehen.«

Ich gehe vor ihm in die Hocke. »Wer, Mason? Von wem redest du?«

»Tom«, sagt er. »Tom saß am Steuer.«

Ruckartig fahre ich hoch und weiche zurück. Er weiß nicht, was er da redet. Sabeen hat ihn doch härter mit der Schaufel getroffen, als ich dachte. »Nein.«

»Ja«, sagt er. »Tom war mit mir auf dem Friedhof. Tom hat mich nach Hause gefahren.«

»Nein«, sage ich noch einmal. »Er hat uns gesagt, dass er in jener Nacht zu Hause war.«

»Weil ich ihn gebeten habe, niemandem etwas zu verraten. Als er mich abgesetzt hat, habe ich ihm gesagt, er solle so tun, als ob das alles nicht passiert wäre.«

»Als ob was nicht passiert wäre?«

Mason wendet den Blick ab. »Das ist privat. Ich will nicht darüber reden, schon gar nicht mit dir.«

»Mason.«

Er versucht aufzustehen, zuckt dann zusammen und legt sich wieder auf den Rücken. Vorsichtig betastet er seinen Hinterkopf. »Diese Sache hat nichts mit Henry zu tun. Aber auf dem Heimweg vom Friedhof ist Tom gefahren.«

»Tom hat nicht mal einen Führersein.«

»Das ist ja auch der Grund, warum ich Sergeant Doherty nichts davon sagen wollte.«

Ich kriege das einfach nicht in meinen Kopf, und dabei habe ich noch nicht einmal weitergedacht – über das, worauf Mason da anspielt.

»Wir sind gegen irgendetwas geprallt«, sagt er. »Auf dem Rückweg. Tom ist mit dem Wagen gegen irgendwas gefahren.«

Ich schlage die Hände vor den Mund und schüttele hektisch den Kopf. Mason schluckt. Sein Blick ist immer noch glasig.

»Er sagte, es sei ein Baum gewesen, der umgestürzt wäre. Er hatte ihn nicht gesehen und konnte nicht mehr rechtzeitig bremsen. Die Straße war zu rutschig. Ich habe den Schlag gehört, es schien gar nicht so schlimm zu sein. Tom ist rausgegangen, um nachzusehen, aber ich habe mich nicht weiter darum gekümmert. Ich wollte einfach nur nach Hause.«

»Wo war das?«, flüstere ich mit zugeschnürter Kehle.

Masons zuckt entschuldigend mit den Achseln. »Ich weiß es nicht. Ich war nicht ganz bei mir. Tom und ich hatten … eine Meinungsverschiedenheit, und ich habe auf der Fahrt die Augen zugemacht und meinen Kopf an das Fenster gelehnt. Ich weiß nicht, wo es passiert ist. Die Fenster waren beschlagen, es hat geregnet, und ich war betrunken. Ich weiß es wirklich nicht.«

Ich will Mason nicht glauben. Aber sobald er es ausgesprochen habe, höre ich einen der Ermittler von meinem Crime-Podcast sagen: *Wenn man die Wahrheit herausfindet, passt plötzlich alles zusammen.* Ich muss an diese Sendung denken, dass jeder Schuldige seinen *Stein* hat, etwas vom Tatort, das ihm zu schaffen macht: Für Tom ist es Masons Auto. Er kann den Wagen kaum anschauen.

»Tom hat Probleme in der Uni«, sage ich. »Er hat viel Gewicht verloren, und er leidet ständig unter Sodbrennen.«

Mason nickt langsam. »Er kann mir nicht in die Augen sehen. Ich dachte, das wäre, weil … na ja, wegen unserer Meinungsverschiedenheit.«

Die Ansichtskarte aus Manly. Sabeen hat Tom nie davon erzählt. Er wusste, woher sie kam, weil er sie selbst geschickt hat. Er war in der Woche, bevor sie in unserem Postfach landete, in Sydney und hat sich zum Mittagessen mit mir getroffen.

»Henrys Fahrrad«, sagt Mason. »War es wirklich in Onkel Bernies Keller?«

Mason hatte gehört, wie ich Doherty auf dem Polizeirevier davon erzählt habe. »Ich dachte, du wärst es gewesen.«

»Ich?«

»Ich dachte, du hättest das Feuer im Laden gelegt, um die Beweise zu vernichten.«

Mason stößt ein kurzes, bitteres Lachen aus. »Meine Güte, Chloe, du hältst wirklich nicht viel von mir, was?«

Ich knie mich vor ihn hin. »Es tut mir leid, Mason. Ganz ehrlich. Ich wusste tief in meinem Inneren, dass an Henrys Verschwinden etwas merkwürdig war, aber ich hatte den Falschen im Visier.«

»Wer würde auch jemals Tom verdächtigen?«, sagte Mason. »Ich glaube, ich weiß gar nicht, wer er wirklich ist.«

»Doch, wir *wissen*, wie er ist. Er ist klug und einfallsreich. Er ist der cleverste Mensch, den wir kennen. Und er hasst Konfrontationen. Er vermeidet sie um jeden Preis. Er würde nie zugeben, was er getan hat, besonders nicht dir oder mir gegenüber.«

»Wo ist Henry?«, sagt Mason mit zitternder Stimme. »Wenn Tom Henrys Fahrrad am Bahnhof abgestellt hat, damit es so aussieht, als wäre er mit dem Zug weggefahren, was hat er dann mit …«

Er schafft es nicht, den Satz zu Ende zu sprechen. Und ich schaffe es nicht einmal, so weit zu denken. Ich habe Angst, dass ich jeden Moment auseinanderfalle. *Reiß dich zusammen. Reiß dich zusammen.*

»Ich weiß es nicht. Aber wir müssen es rausfinden, und zwar schnell«, sage ich. »Wenn er den Laden seines Großvaters niederbrennt, ist er echt verzweifelt. Glaubst du, es war Tom, der deinen Wagen genommen hat?«

Mason zuckt bedrückt mit den Schultern. »Könnte sein. Er weiß, wo die Schlüssel liegen. Aber warum sollte er das tun?«

Ich denke nach. Onkel Bernies ausgebrannter Laden. Mein verwüstetes Zimmer. Der gestohlene Wagen.

»Er vernichtet die Beweise«, sage ich.

Mason kämpft sich hoch. Er schwankt leicht. Ich strecke die Hand aus, um ihn zu stützen. Er hat vielleicht eine Gehirnerschütterung.

»Meinst du, er fackelt mein Auto ab?«, fragt er besorgt.

»Vielleicht …«

Ich habe eher Angst, dass Tom mit dem Wagen die Stadt verlässt. Wenn er abhaut, finden wir nie heraus, wo Henry ist.

Und es gibt noch etwas, das mir keine Ruhe lässt. Irgendetwas übersehe ich. Ich gehe zur Schuppentür, halte draußen nach Sabeen Ausschau. Der Mond scheint so hell, dass man das Haus problemlos erkennen kann, aber sie sehe ich nicht. Wie weit muss sie laufen, um Handyempfang zu bekommen?

Moment mal.

Der Mond.

Meine Augen wandern zu dem hellen Dreiviertelmond. In diesem Augenblick ist Raf damit beschäftigt, seine Fotos zu schießen. Er hat uns allen gestern Abend erzählt, was er vorhat. Und er hat seinen Rucksack dabei. Den *Tresor*.

»Er hat sie in meinem Zimmer nicht gefunden«, sage ich.

Mason dreht mir sein Gesicht zu. »Was?«

»Henrys *Lucky*-7-Mütze. Das ist ein Beweis. Tom hat mein Zimmer auf den Kopf gestellt, auf der Suche nach der Mütze.«

»Wo ist sie?«

»Raf hat sie«, sage ich und hole mein Handy aus der Tasche.

Mason tritt neben mich und sieht zu, wie ich Rafs Nummer eingebe. Ich drücke das Telefon ans Ohr.

Stille.

»Kein Empfang«, sage ich. Ich spüre, wie sich mein Puls beschleunigt.

»Hier im Tal gibt es überall Funklöcher.«

»Ich muss gehen«, sage ich und renne los. »Ich muss zum Devil's Rock.«

Mason will mir nach. Doch er stolpert und wäre beinahe hingefallen. Ich bleibe stehen und laufe zurück. Er macht wieder ein paar wankende Schritte.

»Mason, nicht. Du hast vermutlich eine Gehirnerschütterung. Setz dich hin und warte auf Sabeen.«

»Nein, ich muss mitkommen. Warte nur eine Sekunde.« Er drückt seine Hand gegen den Bauch, als ob er sich übergeben müsste.

»Bitte, Mason. Ich muss los. Warte hier, bis Sabeen zurückkommt. Sie holt Sergeant Doherty.«

Er nickt und krümmt sich. »Okay, beeil dich. Beeil dich!«

Ich renne auf geradem Weg in Richtung Carport.

»Lass ihn nicht weg, Chloe!«, ruft Mason mir nach. »Lass ihn nicht gehen!«

Das letzte Wort ist nur noch ein ersticktes Schluchzen. Ich renne noch schneller.

Es gibt nur mich und das Klatschen meiner Sohlen auf dem Asphalt. Ein Streifen aus lilablauem Dunst markiert den Horizont, schwarze Bäume bohren zerklüftete Löcher in den klaren Nachthimmel. Es ist fast zu schön, zu friedlich hier im Tal. Es ist schwer zu glauben, dass hier irgendetwas Schlimmes geschehen könnte.

Aber ich weiß, dass es so ist.

Ich weiß, es wird etwas Schlimmes passieren, wenn ich nicht rechtzeitig komme.

Im Rennen hole ich mein Handy aus der Tasche. Das helle Display ist ein schwebendes Rechteck in der Dunkelheit. Während ich mit zitternden Händen Rafs Nummer wähle, rutsche ich mit dem Schuh an der Straßenkante aus und lande im Kies. Beinahe wäre mir das Telefon aus der Hand gefallen, aber es gelingt mir, es fest an mein Ohr zu drücken. Der Ruf geht durch. Ich höre es klingeln. Mein Blick sucht nach einer Lücke zwischen den Bäumen, nach dem Holzschild am Anfang des Wanderwegs. Als ich es sehe, stürze ich mich förmlich in die Richtung. Niedrig hängende Zweige peitschen mir ins Gesicht.

Geh ran!

Meine Füße hämmern auf den Feldweg. Durch mein eigenes, rasselndes Atmen hindurch warte ich auf seine Stimme.

Geh ran, geh ran, geh ran!

Fünfmal klingelt es, und eine halbe Ewigkeit später geht der Ruf durch.

»Hallo.«

Meine Beine hätten vor Erleichterung fast unter mir nachgegeben. »Oh, Gott sei Dank, du …«

»Bin grade echt beschäftigt, hinterlasst 'ne Nachricht, ich ruf später zurück.«

»Nein!«, schreie ich. In meinem Ohr gellt ein schriller Piepton, dem eine erwartungsvolle Stille folgt. »Ich bin's«, keuche ich. »Wenn du das hörst, …«

Mein Fuß knickt in ein Loch, und ich falle nach vorn. Ich kann den Sturz nicht mehr verhindern und strecke instinktiv die Arme aus, um mich abzufangen. Ich lande bäuchlings auf dem Boden, und meine Rippen schlagen gegen eine große Baumwurzel. Schmerz zerreißt mir die linke Seite. Meine Handflächen schrammen über die raue Erde, und mein Handy schlittert ein Stück weiter.

Die Luft wird mir aus den Lungen gepresst, und ich versuche krampfhaft, Atem zu schöpfen. Ein Teil von mir will einfach liegen bleiben, sich im Dreck zusammenrollen und sich dem Schmerz ergeben.

Mach schon, Chloe! Steh auf!

Ich kämpfe mich auf die Beine und verziehe angesichts des Schmerzes in meinem Rippenbogen das Gesicht. Das Display meines Handys ist dunkel, und die Glasscheibe sieht aus wie ein Spinnennetz. Ich versuche, es einzuschalten, aber es passiert nichts.

Ich zwinge meine Beine zum Rennen, bis meine Oberschenkelmuskeln brennen und meine Schienbeine sich anfühlen, als seien sie aus Glas gemacht, das jeden Moment zersplittert. Ich schlinge die Arme um meine Taille, um mich am Auseinanderfallen zu hindern.

Nur noch ein bisschen weiter.

Zu weit.

Ich muss dorthin.

Zu spät.

Bitte.

Bitte lass mich noch rechtzeitig kommen.

Normalerweise nehme ich nicht die nördliche Route zum Reservoir; dieser Weg ist mir nicht vertraut. Ich kann mich schlecht orientieren und gerate in Panik. Wie weit ist es noch? Dann sehe ich einen kleinen hölzernen Pfosten, der zu den öffentlichen Toiletten weist, was bedeutet, dass ich in der Nähe des Parkplatzes an der Nordseite des Reservoirs bin. Hat Tom auch diesen Weg genommen? Ich biege um eine Kurve und erreiche eine Lichtung. Am Ende des geschotterten Parkplatzes steht ein einzelner Wagen. Masons Subaru.

Das letzte Stück ist das schwierigste, weil ich mich anschleichen muss. Ich verspüre den unbändigen Drang, so schnell zu rennen, wie ich kann, aber dann würde mich Tom kommen hören. Wenn er sich in die Enge getrieben fühlt, wird er die Flucht ergreifen. Ich presse die Hand gegen meine Rippen und versuche, meine Atmung zu beruhigen. Ich bin so fix und fertig, dass ich Angst habe, mich übergeben zu müssen.

Stimmen.

Ich halte den Atem an und lausche. Devil's Rock ist direkt vor mir; wie eine steinerne Welle in einer mächtigen Brandung ragt der Felsen über das Wasser. Toms harte Worte schlagen auf die Dunkelheit ein und hinterlassen hässliche Schrammen in der Stille. Ich husche näher, bis ganz an den Rand des Felsens, und gehe hinter einem hohen Farn in Deckung.

»Daran ist doch nichts merkwürdig!«, sagt Tom. »Ich tue nur das, was Chloe mir aufgetragen hat. Ich komme gerade von ihr. Sie sagte mir, du wärst hier.«

»Ich habe sie nicht«, sagt Raf.

»Ich habe gesehen, wie du sie in der Pizzeria an dich genommen hast.« Tom stößt einen leisen Fluch aus. »Ich habe keine Zeit für so was. Wo ist sie?«

»Tommy, es ist mitten in der Nacht«, sagt Raf. »Was ist denn los?«

Ich schiebe mich näher heran und verstecke mich hinter einem der großen Felsen. Tom steht mit dem Rücken zu mir, und Raf mit dem Rücken zum Wasser. Rafs Kamera thront neben ihm auf dem Stativ, und sein Rucksack liegt auf der Picknickdecke ein Stück entfernt.

»Chloe vertraut dir nicht; sie will, dass ich die Beweise aufbewahre«, sagt Tom. »Gib sie mir einfach, okay?«

Ich will laut protestieren, doch stattdessen presse ich die Lippen zusammen.

Raf verlagert sein Gewicht von einem Bein auf das andere. »Das hat Chloe gesagt?« In seiner Stimme liegt Unglauben und auch Schmerz. »Trotzdem, ich werde dir nicht verraten, wo Henrys Mütze ist. Ich habe Chloe schon erklärt, dass ich sie morgen zu Sergeant Doherty bringe.«

»Verdammt noch mal!« Tom fährt sich mit den Händen durch die Haare und macht ein paar Schritte in meine Richtung. Ich ducke mich wieder hinter den Felsen, doch dann dreht er sich um und marschiert erneut auf Raf zu. »Hast du eine Ahnung, wie anstrengend das alles ist? Immer einen Schritt voraus zu sein? Ich wollte nur Mason sicher nach Hause bringen, und plötzlich steht mein ganzes Stipendium auf dem Spiel. Meine ganze Zukunft. Alles, wofür ich so hart gearbeitet habe.«

»Wovon redest …?«

»Mein Großvater hat geweint, als er erfuhr, dass ich auf die Universität gehe. Niemand in seiner Familie hat jemals studiert, und er und Nan erzählen mir ständig, wie stolz sie auf mich sind. Das erdrückt mich!«

»Ehrlich, Kumpel, ich habe keine Ahnung, was du meinst. Ich weiß nicht, was hier los ist. Wir sollten nach Hause gehen und in Ruhe darüber reden.«

»Reden ändert nichts!«, schreit Tom. Seine Stimme hallt über das Wasser.

Raf ist so verblüfft, dass er schweigt.

»Tom«, sage ich und trete aus dem Schatten des Felsens.

Raf zuckt erschrocken zusammen. Tom wirbelt herum.

»Reden ändert *alles*. Wir werden Sergeant Doherty die Sache erklären. Wir kriegen das hin.«

Tom starrt mich an, und sein Gesicht wird schlaff. »Ich weiß nicht, wie ich die Sache wieder hinkriegen soll. Ich *kann* sie nicht wieder hinkriegen.« Seine Stimme geht in ein Schluchzen über.

Raf schaut von Tom zu mir, die Augen groß vor Beunruhigung.

Ich hebe besänftigend die Hände. »Es ist okay. Wir müssen nur allen erklären, was passiert ist, das ist alles.«

»Aber du hasst mich jetzt. Du *hasst* mich.« Seine Augen fließen über vor Tränen. Er reißt die Brille vom Gesicht und wischt sich mit den Handrücken die Tränen ab. »Alle werden mich hassen. Ich wollte das nicht. Ich habe ihn erst gesehen, als es zu spät war.«

»Es war ein Unfall, nicht wahr?«, sage ich. »Du bist in Panik geraten.«

Aber ich muss ständig daran denken, wie akribisch Tom

seine Spuren verwischt hat, und ich weiß, dass die Sache sehr, sehr schlecht für ihn aussehen wird, wenn alles herauskommt. »Er wurde gegen die Leitplanke geschleudert und hat sich nicht mehr bewegt. Ich wusste nicht, was ich tun sollte.« Toms Stimme ist jetzt flehend. »Ich musste Mason wegbringen, damit er nichts merkt. Ich *wollte* nicht, dass er es erfährt.«

Aus dem Augenwinkel sehe ich, wie Raf in sich zusammensackt, als er eins und eins zusammenzählt. Ich schaue ihn an; sein Gesicht ist starr vor Schock. Am liebsten würde ich zu ihm gehen und ihn trösten.

»Als ich zurückkam, war es zu spät«, sagte Tom. »Er war fort.«

Schluchzen schüttelt seinen Körper, und in meinem Herzen breitet sich ein unerträglicher Schmerz aus.

»Wo, Tom?«, stoße ich hervor.

»Ich hatte keine andere Wahl«, krächzt er, als ob er mich nicht gehört hätte. »Ich musste die Sache mit einer Lüge vertuschen. Und dann die Lüge mit einer anderen Lüge. Und noch einer. Und noch einer.«

»Das verstehe ich«, sage ich, obwohl ich nichts verstehe.

»Und du hast ständig Antworten gesucht und gefragt und gefragt. Du wolltest einfach nicht loslassen.« Er tupft sich die nasse Nase mit dem Ärmel ab. »Jetzt stecke ich zu tief drin. Ich habe keine andere Möglichkeit, als abzuhauen.«

Mir dreht sich der Magen um. »Nein. Nein, Tom. Es gibt eine andere Möglichkeit. Du musst uns sagen, wo Henry ist.«

Er starrt zu Boden und schüttelt wild den Kopf.

»Komm schon, Tom«, sage ich. »Ich weiß, dass es dir leid tut. Mach doch nicht alles noch schlimmer! Du kannst dich selbst stellen und Sergeant Doherty alles erzählen.«

Die Tränen sind versiegt, und Tom runzelt die Stirn, als

ob ich etwas Ungeheuerliches vorgeschlagen hätte. »Ich gehe nicht ins Gefängnis wie mein Dad.«

»Rede mit Sergeant Doherty«, sage ich. »Erkläre ihm, was passiert ist.«

»Glaubst du, den kümmert es, ob es ein Unfall war?«, sagt Tom. »Oder Mason oder Ivy? Alle werden sich gegen mich stellen.«

»Tom …«

Er macht einen Schritt auf die Picknickdecke zu. »Gib mir den Rucksack.«

Raf tritt ihm in den Weg. »Fass meine Sachen nicht an.«

»Also hast du sie doch da drin!«, sagt Tom. »Gib sie mir einfach, und dann war's das.«

Er macht einen Satz nach vorn, aber Raf ist schneller. Er reißt den Rucksack von der Picknickdecke und will ihn weit wegschleudern, außerhalb von Toms Reichweite.

»Tom«, flehe ich, »du musst uns sagen, wo Henry ist.«

Er achtet gar nicht auf mich. Sein Blick ist fest auf Rafs Rucksack geheftet. Er greift danach und drückt Raf dabei zur Seite. Die beiden rangeln miteinander, Körper stoßen zusammen, Schuhe schaben auf dem Felsboden. Raf knickt auf ein Knie ein, und ich springe vor, um Tom an der Schulter wegzuziehen. Er schüttelt mich ab und schiebt mich von sich. Ich falle hin und lande hart auf dem Hintern, meine Ellbogen schlagen auf dem Stein auf. In meinen Händen kribbelt es, und einen Augenblick lang kriege ich keine Luft mehr.

Mein Sturz lenkt Raf ab, und Tom gelingt es, ihm den Rucksack aus den Händen zu reißen. Raf hebt die Arme abwehrend hoch und schaut zu mir hin, während ich versuche, mich aufzusetzen. Tom holt mit dem Rucksack aus und schlägt Raf damit ins Gesicht. Ich schreie etwas, als Rafs Kopf zur

Seite gerissen wird. Er stürzt und schlägt mit der Stirn auf dem Felsen auf. Das Geräusch ist entsetzlich – ein Geräusch, das mir sagt, dass Raf nicht versuchen sollte, aufzustehen.

Aber er versucht es trotzdem. Er krabbelt auf allen vieren, zieht einen Fuß unter den Körper und will sich nach oben kämpfen. Im Mondschein sehe ich etwas Dunkles, Glänzendes an seinem Haaransatz, das schnell über seine Schläfe und seine Wange läuft. Dann ist er oben und schwankt, will das Gleichgewicht wiederfinden.

Von rechts nach links.

Dann nach hinten.

Nach hinten. Nach hinten. Nach hinten.

Über die Felskante.

34

Heute

MASON

Mason schlurft über die Veranda. Die Haustür steht weit offen. In seinem Kopf hämmert es. Die Panik und die Anstrengung, vom Schuppen zum Haus zu laufen, jagen das Blut rasend schnell durch seinen Körper. In seinen Ohren schrillt ein hoher Pfeifton, den er einfach nicht loswird. Er fühlt sich benebelt, als ob er zu viel getrunken hätte.

Er hört die Stimme seiner Mutter, trocken und krächzend, so wie sie immer klingt, wenn sie gerade aufgewacht ist. Er ist irgendwie erleichtert, dass nicht sie es war, die seinen Wagen gestohlen hat, bis er sich daran erinnert, wer ihn genommen hat. Und warum das noch viel schlimmer ist.

»Kommt er gleich?«, fragt Ivy.

»Ja. Meine Eltern auch. Ich muss wieder in den Garten und Chloe Bescheid sagen.«

Sabeens Stimme. Unwillkürlich betastet Mason seinen Hinterkopf. Das ist etwas, was er nicht so schnell vergessen wird – wie die sanfte und fröhliche Sabeen versucht hat, ihm den Schädel einzuschlagen. Er kann immer noch das Geräusch hören, mit dem das Blatt der Schaufel auf seinen Schädelknochen getroffen ist, kurz bevor ihm schwarz vor Augen wurde.

»Sie ist fort«, sagt Mason und kommt in die Küche. Seine Mutter blinzelt verschlafen. Sie hat ihren Morgenmantel übergeworfen, eine nicht angezündete Zigarette in der einen und ein Feuerzeug in der anderen Hand. Sabeen zuckt erschrocken zusammen und weicht bis zum Kühlschrank zurück. »Chloe hat mich rausgelassen, okay? Ich habe ihr nichts getan.«

»Wo ist sie?«, fragt Sabeen und gleich darauf, noch bevor er antworten kann: »Wie geht's deinem Kopf?«

Ihre Augen sind blutunterlaufen, ihre olivfarbene Haut wachsbleich. Sie sieht so elend aus, wie er sich fühlt.

»Ganz ehrlich? Als ob ihn jemand als Football benutzt hätte«, sagt er. Sabeen verzieht das Gesicht. »Ist Sergeant Doherty schon unterwegs?«

Sie nickt. »Willst du dich freiwillig stellen?«

Aus dem Augenwinkel sieht er, wie seine Mutter nähertritt und auf eine Antwort wartet. Er braucht einen Moment, um seine Antwort zu formulieren. Vielleicht hat er tatsächlich eine Gehirnerschütterung.

»Ich war es nicht, Sabeen«, sagt er. »Ich habe Henry nicht angerührt. Es war Tom.«

Sabeen saugt mit einem scharfen Geräusch die Luft ein, und Mason wäre am liebsten weinend auf dem Küchenboden zusammengesackt. Er hatte noch keine Zeit, um den Schock zuzulassen. Henry. Tom. – Das ist die schlimmste Nacht seines Lebens.

»Wovon redest du?«, will seine Mutter wissen.

Er kann ihr nicht in die Augen sehen. Er will nicht derjenige sein, der es ihr sagt. *Bitte, bürde mir das nicht auch noch auf.*

»Und du wusstest davon?«, fragt Sabeen mit einer kleinen Stimme.

»Natürlich nicht! Chloe und ich haben es gerade eben erst herausgefunden.«

Seine Mutter sagt etwas. Mason holt sein Smartphone aus der Tasche und wählt Toms Nummer. Vielleicht ist das alles nur ein Missverständnis. Er kann sich geirrt haben. Er war so betrunken in jener Nacht. Wie sehr kann er seinem Erinnerungsvermögen vertrauen?

Ihm ist klar, dass er sich vor der Wahrheit verschließt, aber er lässt es trotzdem klingeln. Nichts. Als Nächstes ruft er Toms Großvater an. Vielleicht ist Tom eingeschlafen und hat sein Handy auf stumm gestellt.

»Hallo ...?«

»Onkel Bernie? Hier ist Mason.« Er verstummt. Er hat keine Ahnung, was er sagen soll.

»Mason? Es ist ziemlich spät für einen Anruf. Du hast Rose einen Schrecken eingejagt.«

Sie wird bald noch einen größeren bekommen, denkt Mason. Aber er wird nicht derjenige sein, der das erklären muss. Das ist Sergeant Dohertys Job.

»Es ist nur ...« Mason wirft sein müdes Gehirn an. »Könntest du bitte mal Tom ans Telefon holen? Ich muss unbedingt mit ihm sprechen.«

»Also, es ist wirklich sehr spät«, sagt Bernie. »Tom schläft schon.«

Masons Kehle brennt. Mit rauer Stimme sagt er: »Könntest du bitte mal für mich nachsehen?«

Es raschelt und schabt, als Onkel Bernie das Telefon hinlegt, und Mason fleht innerlich – bitte, bitte, bitte. Das könnte doch alles nur ein großer Fehler sein. Henry ist in Sydney. Und Tom liegt ihm Bett.

Er hört, wie sich seine Mutter und Sabeen leise unterhalten. Sie wissen nicht, was hier los ist. Hoffentlich sind Sabeens Mums schon unterwegs. Ivy braucht jemanden, der ihr zur Seite steht, wenn die Wahrheit ans Licht kommt.

»Mason?« Onkel Bernie ist wieder am Telefon. »Das ist wirklich seltsam. Tom ist nicht da. Sein Bett ist leer.«

Masons Beine geben nach.

Tom. Sein Tom.

Endlich wird ihm das ganze Ausmaß klar.

Onkel Bernie redet immer noch, dass Toms Bett unberührt ist und etliche Dinge aus seinem Zimmer fehlen. Bücher, Kleidung, sein Laptop. Mason macht nur *hm-mm*, weil er Angst hat, was passiert, wenn er etwas sagt.

In der Küche ist es zu hell. Die Wanduhr tickt wie an jedem Abend. Der Kühlschrank: ganz normal. Die Mikrowelle, die Teedose, das schmutzige Geschirr auf der Ablage neben der Spüle – alles wie immer.

Aber in dieser Nacht ist nichts wie immer.

Die ganze Welt hat sich verändert, und nichts wird mehr so sein, wie es war.

»Danke, Onkel Bernie«, murmelt Mason und legt auf. Rückwärts tapst er aus der Küche. »Du musst Sergeant Doherty zum Reservoir schicken«, sagt er zu Sabeen. »Ruf ihn noch mal an.«

»Wo gehst du hin?«

Mason taumelt durch die Diele und zur Haustür hinaus. Im Laufschritt torkelt er zum Carport, bis ihm einfällt, dass sein Auto nicht da ist. *Komm schon, Gehirn. Komm schon!* An Waynes alter Werkbank lehnt sein Fahrrad.

Weil Cutler Bend geschlossen ist, gibt es jetzt nur noch einen Weg zum Freeway. Mason hat keine Ahnung, wie er Tom daran hindern soll, mit dem Auto wegzufahren, oder was er überhaupt machen soll, falls er ihn auf der Straße erwischt. Er weiß nur, dass er irgendetwas tun muss.

Er muss wissen, wo Henry ist, und Tom ist der einzige Mensch, der ihm das sagen kann.

35

Heute

CHLOE

Irgendwo in der Dunkelheit ertönt ein tiefes *Pa-dusch*. Rafs Kamerastativ steht einsam im Mondlicht, und die Kamera scheint die Szene zu beobachten. Raf war eben noch da, und jetzt ist er im Wasser.

Sein Kopf.

Das Blut.

Ich rappele mich auf, während Tom sich Rafs Rucksack aufsetzt. Er will an mir vorbei zum Wanderweg rennen, aber ich strecke die Hand aus und packe ihn am Arm. Er versucht mich abzuschütteln, und ich greife mit der anderen Hand nach dem Rucksackgurt.

»Chloe, es ist vorbei!«, sagt Tom mit rasselnder Stimme. Er dreht sich ruckartig zur Seite, in dem Bemühen, sich loszureißen. »Du musst mich gehen lassen.«

»Das kann ich nicht. Du musst es uns sagen. Wo ist Henry?«

Er ruckt und zappelt in meinem Griff. Meine Hand rutscht von seinem Arm. Mit der anderen packe ich den Rucksackgurt fester.

»Hörst du das?«, fragt er und deutet zur Felskante.

Ich spitze die Ohren, ob ich Raf unten im Wasser auf dem Weg zum Ufer platschen und prusten höre. Doch dann läuft es mir eiskalt den Rücken hinunter.

Ich höre nichts. Absolute Stille.

Raf macht keinerlei Geräusche.

»Du kannst mich festhalten, oder du kannst Raf helfen«, sagt Tom. »Was willst du?«

Beides.

Mir ist, als würde meine Brust aufgerissen. Der Schmerz ist unerträglich. Ich verliere Raf. Ich verliere Tom. Ich habe Henry verloren.

Ich kann es nicht in Ordnung bringen.

Ich muss loslassen.

Um Raf zu retten, muss ich Henry gehen lassen. Ich muss aufhören, nach ihm zu suchen.

Lass gut sein, Chloe. Meine Finger, die ich um den Gurt verkrampft habe, öffnen sich. Tom macht einen Satz rückwärts und rennt in Richtung des Wegs, der durch das Buschland führt. Seine Schritte hallen durch die Dunkelheit.

Ich haste zur Felskante und blicke hinunter ins Wasser. Scherben aus Mondlicht tanzen auf der Oberfläche wie schimmernde Juwelen.

Wo ist er?

Er ist wie ein Stein nach unten gefallen.

Ich sehe ihn nicht.

Er hat das Bewusstsein verloren.

Benommen vor Angst zerre ich mir die Turnschuhe von den Füßen, setze mich hin und schwinge meine Beine über die Felskante. Dann stoße ich mich ab und falle senkrecht nach unten ins Wasser.

Die Kälte trifft mich wie ein Schock und raubt mir den Atem. Ich lasse zu viel Luft aus meinen Lungen, und sofort fängt mein Kopf vom Sauerstoffmangel an zu hämmern. Das Mondlicht schafft es kaum bis hier nach unten; alles ist dunkel und trüb. Ich schlage mit den Armen und trete um mich, in der Hoffnung, irgendwo auf ihn zu stoßen, aber meine Hände greifen ins Leere. Wie tief ist er gesunken? Ist er abgetrieben?

Wo ist er?!

Ich fahre mit den Armen durch das Wasser, öffne und schließe meine Finger, drehe mich im Kreis und recke mich in alle Richtungen. Verzweiflung schäumt wie Säure durch meine Kehle. Ich wende das Gesicht der Wasseroberfläche zu und sehe den zuckenden Schatten des Felsens über mir.

Mein Fuß berührt etwas Weiches, Festes. Da ist er! Mit Schwimmbewegungen schiebe ich mich nach unten, bis meine Hände seinen Arm packen können. Sein heller Körper hängt in der Dunkelheit wie ein Astronaut, der in einem Meer aus Sternen schwimmt.

Ich fasse mit der Hand um seinen Oberarm und fühle seine Muskeln. Schlägt sein Herz noch? Wie lange ist er schon im Wasser? Wie lange kann er die Luft anhalten?

Ich stoße und trete gegen das Wasser, seitwärts, nach oben, auf das Licht zu. Weiße Punkte tanzen vor meinen Augen, und ich werde immer schwächer und zittriger.

Halte durch, Chloe! Gib nicht auf!

Mein Kopf durchstößt die Wasseroberfläche, und ich sauge einen langen, rasselnden Atemzug ein. Dann rolle ich mich auf den Rücken, hieve Raf ein Stück nach oben und manövriere mich unter seinen Körper. Sein Gewicht drückt uns beide unter Wasser. Ich trete mich wieder nach oben und reiße ihn an mich, klemme seinen Kopf zwischen meine Schulter und Kiefern. Sein nasses Haar liegt wie Seegras über seinem Gesicht. Es klebt an meinen Wangen, ganz kalt, ganz falsch. Aber sein Hals an meinem Schlüsselbein ist warm, und ich konzentriere mich auf diese Wärme. Unsere Gesichter sind kaum über Wasser, aber ich kann atmen. Ich lege meine Hand unter Rafs Kinn und hebe sein Gesicht dem Himmel entgegen.

»Nicht«, keuche ich. *Nicht untergehen. Nicht aufgeben. Verlass mich nicht, Raf.*

Wassertropfen hängen in seinen langen schwarzen Wimpern. Ich möchte sie wegwischen. Mit einseitigen Schwimmbewegungen – mit dem anderen Arm und Bein stütze ich Rafs leblosen Körper – bewegen wir uns langsam, ganz langsam auf das Ufer zu.

Woran kann ich mich aus dem Erste-Hilfe-Kurs in der Schule noch erinnern? Dass sich die Luftröhre automatisch verschließt, damit kein Wasser in die Lungen eindringen kann. Wie lange überlebt das Gehirn ohne Sauerstoff? Fünf Minuten? Sechs? Wie lange sind wir schon im Wasser?

Wie lange, wie lange, wie lange?

Unter meinem Hintern spüre ich den sandigen Grund und stoße einen Schrei der Erleichterung und Verzweiflung aus. Ich muss schneller vorwärtskommen, aber es geht nicht. Im seichten Wasser sind wir beide unglaublich schwer. Ich schiebe meinen Arm unter den von Raf und klemme ihn über seiner Brust fest, wuchte seinen Körper nach oben, grabe die Fersen in den Untergrund. Zentimeter für Zentimeter kämpfe ich mich das Ufer hinauf, bis unsere Oberkörper über dem Wasser sind.

Ich winde mich unter Raf heraus, und sein Kopf rollt zur Seite. Blut sickert aus dem Schnitt an seiner Stirn und sammelt sich in seiner Augenhöhle. Sein Hals liegt frei, und ich habe Angst, ihn zu berühren. Was, wenn er keinen Puls hat? Meine Hand zittert, als ich die Finger an die Wölbung seines Halses lege.

Bitte.

Ich kann nichts fühlen.

Bitte.

Ich kann nichts fühlen!

Ich schiebe meine Hand unter seinen Nacken und lege

seinen Kopf nach hinten. Aus seinem Mundwinkel läuft ein kleines Rinnsal Wasser. Ich beuge mich zu seinem Mund und lausche auf Atemgeräusche, obwohl ich weiß, dass da nichts ist. Aus meinen Haaren tropft Wasser auf sein Gesicht, während ich seine Kapuzenjacke öffne. Das nasse T-Shirt klebt an seinem Körper wie eine zweite Haut.

Ich lege meine Hand auf seinen Bauch und flehe ihn innerlich an, sich zu bewegen.

Nichts passiert.

Ich setze mich auf und lege eine Hand mit dem Handansatz auf Rafs Brustbein, wie wir es in der Schule an der Puppe geübt haben. Dann lege ich meine andere Hand darauf, verschränke die Finger und drücke mit beiden Händen auf seine Brust.

Eins. Zwei. Drei. Vier …

… Wasser sprudelt aus Rafs Mund …

Fünf. Sechs. Sieben. Acht. Neun. Zehn. Elf. Zwölf …

… sein Körper zuckt und zittert …

Dreizehn. Vierzehn. Fünfzehn. Sechzehn. Siebzehn. Achtzehn. Neunzehn. Zwanzig. Einundzwanzig. Zweiundzwanzig …

… die Arme an seinen Seiten schießen in die Höhe und fallen wieder zu Boden …

Dreiundzwanzig. Vierundzwanzig. Fünfundzwanzig. Sechsundzwanzig. Siebenundzwanzig. Achtundzwanzig. Neunundzwanzig. Dreißig.

Ich positioniere wieder meine linke Hand unter seinen Nacken und lege seinen Kopf nach hinten, während ich mit der rechten Hand seine Nase zuhalte. Ich lege meinen Mund auf seinen; seine Lippen sind kalt. Seine Brust bläht sich auf, als ich Luft in ihn hineinblase. Und noch einmal. Ich drehe den Kopf und lausche auf seinen Atem.

Nichts.

Wieder lege ich die Hände auf seine Brust und fange an zu pumpen. Ich drücke fest zu, meine Arme tun weh, aber ich halte den Rhythmus.

Fünfzehn. Sechzehn. Siebzehn. Achtzehn. Neunzehn. Zwanzig.

»Mach schon!«, schreie ich Raf an. Mich selbst. Uns beide.

Siebenundzwanzig. Achtundzwanzig. Neunundzwanzig. Dreißig.

Mein Mund auf seinem. Ein Atemzug. Und noch einer.

»MACH SCHON!« Meine Stimme zersplittert.

Hände falten, auf seine Brust legen. Drücken.

Ich kann nicht aufhören. Ich werde niemals aufhören.

Eins. Zwei. Drei. Vier. Fünf. Sechs …

Rafs Brust wölbt sich zum Himmel. Wieder quillt Wasser aus seinem Mund, über meine Hände, über seine Brust.

Sein Körper verkrampft sich, und noch mehr Wasser sprudelt heraus.

»Atme!«, rufe ich und schüttele ihn. Aber er saugt bereits keuchend Luft in seine Lungen. In einem brutalen Strom schabt sie durch seine Kehle, aber es ist das herrlichste Geräusch, das ich je gehört habe. Seine Brust kann sich gar nicht so schnell bewegen, wie er einen Atemzug nach dem anderen einsaugt. Er zittert wie Espenlaub, während seine Lungen wieder ihre Arbeit aufnehmen.

Erleichterung durchflutet mich, und einen Augenblick lang bleibe ich über ihn gebeugt, sehe zu, wie er atmet, hustet, lebt.

Ich rolle ihn in die stabile Seitenlage und lege mich hinter ihn, vergrabe mein Gesicht in seiner tropfnassen Kapuze. Mein Astronomie-Nerd. Mein süßer, lustiger Raf.

»Hilfe ist unterwegs«, sage ich zu ihm, obwohl ich keine Ahnung habe, ob das wirklich stimmt.

Plötzlich zittere ich am ganzen Körper. Ich versuche, mich zu entspannen, aber meine Arme und Beine haben ein Eigenleben entwickelt. Es ist der Schock. Das alles ist einfach zu viel.

Raf. Tom. Henry.

Henry.

Wir werden nie erfahren, wo er ist.

Ich schließe die Augen und ziehe Raf an mich. Er murmelt leise. Etwas in mir löst sich. Es fühlt sich an, als würde ich auch Henry umarmen.

Irgendwo in den Bäumen ruft jemand. Mein Kopf fährt hoch, und ich wende mich dem Geräusch zu. Schwere Schritte, die sich schnell nähern. Das Echo hallt über das Wasser. Ich kann nicht erkennen, woher sie kommen.

»Chloe!«, ruft eine tiefe Männerstimme. »Tom!«

Ich lasse Raf los und stehe taumelnd auf.

»Chloe!«, ruft die Stimme wieder. Sie ist jetzt näher – auf dem Weg vom südlichen Parkplatz. Nicht dem nördlichen. Verdammt. Sie sind von der falschen Seite gekommen.

»Hier!«, rufe ich und wedele mit dem Arm, obwohl ich rein gar nichts sehen kann. »Schnell!«

Etwas bewegt sich krachend durch das Unterholz, dann stürmt eine Gestalt auf die Lichtung. Der Kopf ruckt von einer Seite zur anderen. Es ist Sergeant Doherty.

»Ben!«, rufe ich. »Ben, hierher!«

Er wendet sich meiner Stimme zu, rennt über die Picknickwiese und springt über die niedrigen Büsche und Steine, die als Begrenzung dienen. Er hat nur ein weißes T-Shirt und helle Jogginghosen an. Unter seinen Turnschuhen spritzen kleine Kiesel auf.

»Bist du unverletzt?«, fragt er atemlos, als er vor mir steht.

Ich nicke und deute auf Raf.

»Rafi Nolan?«, sagt er verwirrt. Er geht neben Raf in die Hocke und beugt den Kopf vor, um sicherzugehen, dass Raf atmet. Sanft legt er ihm die Hand auf die Schulter und murmelt ihm ein paar beruhigende Worte zu.

Raf nickt kaum merklich. Die kleine Bewegung ist ein so schöner Anblick, dass ich am liebsten anfangen würde, vor Freude zu weinen.

»Du hast ihn reanimiert?«, fragt Doherty mich.

Ich nicke.

Er steht auf, holt sein Mobiltelefon aus der Hosentasche und geht ein Stück von mir weg zum Ufer. Ich höre, wie er mit schnellen Worten Rafs Situation beschreibt, einen Krankenwagen anfordert und darum bittet, dass man Rafs Mums benachrichtigt. Dann noch etwas über meinen Dad. Über mich und einen Schock oder so etwas Ähnliches.

Doherty nimmt das Handy vom Ohr und fragt mich: »Wo ist Tom Lawson?«

Mit zitternder Hand deute ich nach Norden. »Er hat Mason Weavers Subaru. Auf dem nördlichen Parkplatz.«

Doherty wendet sich wieder ab und spricht schnell ins Telefon.

Meine Beine fangen wieder an zu zittern, wobei ich mir gar nicht sicher bin, ob sie das nicht die ganze Zeit schon tun. Ich mache ein paar wackelige Schritte auf Rafs schlaffen Körper zu. Meine nassen Kleider jagen kalte Schauer durch meinen Körper. Meine Zähne klappern, und meine Kehle verkrampft sich. Unwillkürlich krümme ich mich nach vorn.

Doherty kommt zu mir geeilt und steckt im Laufen sein Telefon in die Tasche. Er nimmt mich an den Oberarmen und zieht mich an seine Brust.

»Ich hab dich.« Seine Hand an meinem Hinterkopf streichelt mir über die Haare. »Ich hab dich, Chloe.«

Ich lasse mich gegen ihn sinken, schluchze laut und abgehackt und weine sein weißes T-Shirt nass.

36

Heute

MASON

Die Fahrt durch die Dunkelheit ist zermürbend. In seinem Kopf hämmert es unablässig. Mason hat ständig das Gefühl wegzudösen und muss sich immer wieder selbst wachrütteln. Mittlerweile müsste Sergeant Doherty das Reservoir erreicht haben. Vielleicht ist er noch rechtzeitig gekommen. Vielleicht konnten Chloe und Raf Tom aufhalten.

Tommy.

Immer wenn Mason Toms Gesicht vor sich sieht, fühlt er einen unbändigen Schmerz in der Brust. Der Verrat sticht wie tausend glühende Nadeln. Aber trotzdem weigert er sich zu begreifen, was Tom getan hat, denn dann müsste er an Henry denken. Und wenn er diesen Gedanken weiterverfolgt, dann würde er zusammenbrechen und nie wieder aufstehen.

Bring das hier einfach nur zu Ende.

Er biegt auf die Roberts Road in Richtung Shallow Reservoir ein. Das ist der einzige Weg hinaus aus der Stadt, egal, von welchem Parkplatz aus man kommt. Wenn er noch einmal versuchen würde, Chloe anzurufen, müsste er anhalten oder zumindest langsam fahren. Beim letzten Mal war nur die Voicemail dran, woraufhin Mason gleich das Schlimmste befürchtete. Was ist da unten los? Haben sie Tommy erwischt, oder hat er schon die Stadt verlassen?

Vielleicht wird Mason ihn nie wiedersehen.

Nein. Mit einem gestohlenen Auto ist er leicht zu finden. Mason wünschte, er hätte Tom im letzten Jahr keine Fahrstunden gegeben – er kennt den Subaru in- und auswendig. Mason muss daran denken, dass sein Wagen ein Beweismittel ist, wenn man Tom fasst. Die Polizei wird ihn untersuchen, auf Spuren von …

Henry.

Für einen Moment kneift er die Augen zu und schüttelt das Gesicht seines Bruders ab.

Nein, nein, nein. Nicht daran denken.

Noch nicht.

Fahr einfach weiter.

Straßenlampen sprenkeln den geschwungenen Verlauf der Roberts Road, mit Weiden auf der einen Seite und einer kahlen Böschung auf der anderen. Die Strecke ist einfach zu fahren, aber seine Beine fühlen sich an wie Pudding. Beinahe hätte er angehalten, um sich zu übergeben. Speichel sammelt sich in seinem Mund. Er atmet tief durch die Nase und schluckt den Würgereiz hinunter.

Scheinwerfer.

Die zwei hellen Lichtkegel vor ihm werden immer größer. Sie wippen auf der unebenen Straße auf und ab. Mason hört den Motor. Als das Fahrzeug unter einer Straßenlaterne durchfährt, sieht er es blau aufblitzen.

Sein Wagen. Der schnell näherkommt.

Viel zu schnell für diesen Straßenabschnitt.

Plötzlich wird das Motorengeräusch leiser. Tom hat ihn gesehen. Mason verkrampft seine Arme, packt den Lenker und radelt so schnell, dass seine Muskeln aufbrüllen vor Schmerz. Sein Geist begibt sich an jenen leeren Ort, wo er sich scheinbar von seinem Körper löst. Es ist ihm völlig egal, was als Nächstes geschieht. Er kann Tom nicht davonkommen lassen.

Das Licht der Straßenlaternen gleitet über die Motorhaube

des Wagens, der auf ihn zugerast kommt. Mason fährt auf die Mittellinie der Straße. Der Wagen weicht nach rechts aus. Wie ein Spiegelbild ahmt Mason die Bewegung nach. Dann nach links. Mason zieht nach. Der Wagen kehrt in die Mitte zurück, und Mason fährt direkt auf ihn zu. Er wird nicht langsamer. Mason hört den Motor aufheulen.

Mason bleibt auf Kurs. Der Wagen ist noch hundert Meter entfernt. Fünfzig.

Das wird weh tun.

Mason widersteht dem Impuls, die Augen zu schließen. Stattdessen zieht er die Schultern noch und starrt in die Windschutzscheibe des Subaru.

»Mach schon!«, schreit er. »Bring mich auch noch um!«

In dem Moment weiß er, dass er das nicht will. Die meiste Zeit will er nicht da sein, aber das heißt nicht, dass er *gehen* will.

Mason reißt den Lenker nach links. Im letzten Moment blockieren die Reifen des Subaru, als Tom in die Eisen steigt. Der Wagen schleudert rechts an Mason vorbei und prallt gegen die Böschung. Dunkle Erde spritzt auf die Straße. Der Subaru steigt in die Luft, dann schlägt er mit der Motorhaube gegen einen Baum und wird zur Seite gerissen. Er bleibt auf der rechten Wagenseite liegen, die Schnauze in die Richtung, aus der er gekommen ist.

Mason schlingert mit dem Fahrrad zum Straßenrand, und das Rad rutscht unter ihm weg. Er landet mit dem Bauch im Schotter, während das Fahrrad in den Straßengraben rollt. Ruckartig dreht er sich auf den Rücken und achtet nicht auf die spitzen Steine, die sich in seine Handflächen gebohrt haben.

Sein Wagen ist nur noch Schrott. Überall sind Glassplitter.

Rauch steigt aus der zerknautschten Motorhaube auf, und die Beifahrertür ist nach innen gedrückt. Ein Frontscheinwerfer hat sich aus der Halterung gelöst und hängt wie ein loser Augapfel an den Kabeln. Er hört etwas tropfen – *tick, tick, tick*. Stu Macleod wird stinksauer sein.

Mason sucht mit den Augen nach Tom.

Die Windschutzscheibe ist zerbrochen, und beide Airbags haben ausgelöst. Er beobachtet die Fahrertür und wartet darauf, dass Tom sie auftritt und herausspringt. Aber nichts geschieht.

Mason fühlt einen angstvollen Stich, dass Tom verletzt sein könnte, und hasst sich gleichzeitig dafür. Seine Gefühle sind so durcheinander, dass er am liebsten gar nichts mehr denken will.

Er hält den Blick weiter auf den Wagen gerichtet. Sein Körper schmerzt viel zu sehr, als dass er aufstehen könnte. Er muss blinzeln, damit nicht ständig alles vor seinen Augen verschwimmt, und immer wieder sackt seine Konzentration weg. Erst als er blau und rot blinkende Lichter aus der Ferne näherkommen sieht, legt Mason den Kopf nach hinten ab.

Jetzt darf er an Henry denken. Und als die Tränen kommen, hält er sie nicht zurück.

37

Heute

CHLOE

Die Erinnerung an jenen Nachmittag im letzten Jahr, als Henry und ich an der Tankstelle auf der Bridge Road standen, kommt mir fast wie ein Traum vor. Ich sehe seinen sehnsuchtsvollen Blick, als er mir sagt, dass er The Shallows eines Tages verlassen wird.

»Manchmal, wenn ich aufs Rad steige, dann will ich einfach nur weiterfahren und nicht zurückschauen.«

An diese Worte denke ich jetzt, als wir am Bahnhof vorbeifahren. Mein Blick wandert automatisch zum Wartebereich, wo Henrys Fahrrad gefunden wurde. Obwohl ich die Wahrheit kenne, wird ein Teil von mir sich immer vorstellen, dass Henry in der Sturmnacht in einen Zug gestiegen und einem großen Abenteuer entgegengefahren ist.

Heiße Tränen brennen in meinen Augen, und ich drücke ein feuchtes Taschentuch an meine Wangen, um mich zu sammeln. Ich glaube nicht, dass ich schon jemals so viel geweint habe wie in den vergangenen drei Tagen.

»Bist du sicher, dass ich nicht mitkommen soll?«, fragt Dad und parkt den Lieferwagen in der Nähe des Polizeireviers. Er hat mich keinen Moment mehr aus den Augen gelassen, seit wir von der Ausgrabung bei Cutler Bend gehört haben. Ich bin sehr froh, dass er bei mir war und meine Hand gehalten hat, als Sergeant Doherty uns erzählte, dass man Henrys Leiche in der Schlammlawine gefunden hat. Tom hat alles gestanden und der Polizei haarklein erzählt, wie sich die Sache zugetragen hat.

Und trotzdem kommt mir alles unwirklich vor.

»Es geht schon«, sage ich zu Dad. »Wartest du hier auf mich?«

»Natürlich, Kätzchen.« Er beugt sich zu mir und küsst mich auf den Scheitel.

Ich hole tief Luft und gehe mit weichen Knien zum Polizeirevier. Wieder einmal stehe ich im Empfangsbereich und starre durch die Glasscheibe, aber diesmal muss ich nicht warten. Die rothaarige Polizistin springt auf und geleitet mich umgehend durch die Sicherheitstür, wo mich Sergeant Doherty auf der anderen Seite erwartet.

»Bist du sicher, dass du das tun willst?«, fragt er mich freundlich und blickt forschend in mein Gesicht.

Meine Augen sind blutunterlaufen und meine Nase wund vom vielen Putzen, aber ich nicke entschlossen. »Ja.«

»Nur weil er dich sehen möchte, heißt das nicht, dass du dich darauf einlassen musst.«

»Ich weiß«, versichere ich ihm.

Dohertys Stirnrunzeln glätten sich leicht. Er hat dunkle Ringe unter den Augen, und ich frage mich, wie viel Schlaf er in den letzten paar Tagen bekommen hat, besonders, seit die Medien über die Stadt hergefallen sind.

»Also schön«, sagt er. »Wie du ja weißt, hat er ein umfassendes Geständnis abgelegt. Aber in dem Raum befindet sich eine Überwachungskamera, die alles aufnimmt, für den Fall, dass noch weitere Einzelheiten zur Sprache kommen. Er hat darum gebeten, dass sein Anwalt bei dem Gespräch nicht dabei ist, weil er mit dir vertraulich reden will. Ich werde erst dazukommen, wenn du es möchtest.«

»Ich verstehe.«

Er schaut hinter mich in den Empfangsbereich. »Mason ist also nicht mitgekommen?«

Ich schüttele den Kopf. »Er schafft es nicht. Noch nicht.«

Er führt mich zu einem Vernehmungszimmer. Die Tür ist geschlossen, und die Jalousie an dem Sichtfenster heruntergelassen. Er sagt mir, ich könne eintreten, wenn ich bereit bin. Ich greife nach der Klinke, atme tief durch und öffne dann die Tür.

Tom sitzt am Tisch, die Ellbogen auf die Tischplatte gestützt, den Kopf in den Händen vergraben. Seine Brille liegt neben ihm. Als ich hereinkomme, ruckt sein Kopf nach oben. Er sieht blass und erschöpft aus, als ob er krank wäre, dabei hat er den Unfall unverletzt überstanden. Die Airbags in Masons Auto haben gute Arbeit geleistet.

Ich setze mich ihm gegenüber und schweige, weil ich keine Ahnung habe, was ich sagen soll. Tom hat um dieses Treffen gebeten, also warte ich, dass er anfängt.

»Kommt Mason auch?«, fragt er. Seine Stimme ist rau, und er räuspert sich.

»Nein.«

Toms Gesicht wird schlaff. Dann presst er grimmig die Lippen zusammen und setzt sich die Brille auf.

»Ich wollte nur …«, setzt er an. Tränen treten in seine Augen. »Ich wollte dir nur sagen, wie leid es mir tut. Alles, was geschehen ist. Henry, die Lügen, dass ich weglaufen wollte. Es ist alles außer Kontrolle geraten.« Mit zitternden Händen fährt er sich durchs Haar. »Ich würde alles dafür geben, wenn ich es ungeschehen machen könnte. Ich würde alles tun, um Henry zurückzubringen.«

Einen Moment lang sage ich nichts, weil ich nicht weiß, was ich antworten soll. Es ist immer noch unfassbar, dass ich dieses Gespräch mit Tom führe. Wie lange, dachte er, würde er damit durchkommen? Irgendwann wäre die Schlammlawine weggeräumt worden, um die Straße zu erneuern. Kein Wunder, dass er Jack Dohertys Bemühungen, Cutler Bend nicht zu sanieren, unterstützt hat. Er wollte damit Zeit gewinnen. Vielleicht hatte er eine Art Masterplan, zu dem auch gehörte, dass er seine Großeltern mit dem Geld aus der Brandversicherung abgesichert wissen wollte, ehe er verschwunden wäre – und bevor man mit der Arbeit an der Straße begonnen hatte.

So viele Fragen. Aber nur eine ist wichtig.

»Warum hast du ihm nicht geholfen?«, frage ich erstickt.

Tom schluckt, während die Tränen aus seinen Augen quellen. »Ich weiß es nicht. Ich weiß es nicht.« Er schüttelt den Kopf und setzt die Brille wieder ab. Dann drückt er seine Finger in die Augenhöhlen. »Ich habe Panik gekriegt. Ich wusste nicht, was ich tun sollte. Er hat sich nicht bewegt, und da war so viel Wasser auf der Straße. Ich ...«

»Du bist weggefahren und hast ihn liegen gelassen?« Meine Stimme klingt ungläubig. Und wütend.

»Ich musste Mason wegbringen!«, ruft er. »Ich wollte nicht, dass er es weiß. Ich wollte nicht, dass irgendjemand davon erfährt! Meine Großeltern ... wie hätte ich ihnen das antun können?«

»Also hast du Henry der Flut überlassen.«

Mit dem Ärmel wischt sich Tom über die Nase. »Ich bin zurückgekommen. Ich hatte Panik und bin abgehauen, und darauf bin ich wirklich nicht stolz. Aber ich bin zurückgekommen, um nach Henry zu suchen. Er war nicht mehr da. Er war nirgends zu sehen. Er war ...«

»Fort«, stoße ich hervor.

Seine Unterlippe zittert. »Die Straßenkante war abgebrochen. Und der ganze Schlamm ist wie eine Lawine nach unten gerutscht, und ...«

Ich hebe die Hände. »Stopp.«

Tom verbirgt das Gesicht in den Händen. Seine Schultern beben. Meine Wut versiegt, und alles, was bleibt, ist eine verzweifelte Traurigkeit. Der Gedanke an Henry zerreißt mir das Herz. Und auch der Gedanke an Tom. Nach dem Aufprall müssen sich beide so unglaublich allein gefühlt haben.

»Ich habe keine Ahnung, wie ich dir das vergeben soll, Tom.«

»Ich weiß«, sagt er heiser. »Ich kann dich verstehen.«

»Du hättest es jemandem sagen sollen. Stattdessen hast du die Sache vertuscht.« Ich wische mir mit den Händen über die nassen Wangen. »Du hast Henrys Fahrrad zum Bahnhof gebracht und seine Mütze verbrannt. Dann hast du in seinem Namen eine Karte aus Sydney geschickt. Du hast uns alle glauben lassen wollen, dass Henry weggelaufen ist.«

Er sackt förmlich unter dem Gewicht meiner Worte zusammen.

»Ich dachte, das sei besser als …« Er verstummt. »Die Wahrheit hätte dich völlig kaputt gemacht.«

»Tom«, sage ich, und beinahe versagt mir die Stimme. Es stimmt, die Wahrheit zerreißt mich, aber die Tatsache, dass Tom sie vor uns verschleiert hat, macht alles hundertmal schlimmer. »Wir mussten es erfahren. Mason und Ivy mussten es wissen.«

»Es hat die ganze Zeit an mir gefressen«, sagt er und reibt sich über die Brust, als ob er einen Schmerz vertreiben wollte. In dem grellen Licht der Neonbeleuchtung fällt mir einmal mehr auf, wie viel Gewicht Tom in den vergangenen Monaten verloren hat. Seine Wangen sind hohl, sein Schlüsselbein tritt scharfkantig hervor, genau wie die Knochen in seinen Handgelenken und Ellbogen. »Sagst du Mason bitte, dass ich ihn unbedingt sehen muss?«

»Er kommt nicht, Tom. Er kann noch nicht.«

Er lässt wieder den Kopf hängen und schnieft. In einem Augenblick tut er mir leid, und im nächsten würde ich ihn am liebsten schütteln. Henry mit dem Auto anzufahren, war ein bedauerlicher Unfall, aber die ganze Sache unter den Teppich zu kehren, war verschlagen und tückisch.

Falsche Entscheidungen, falsche Wege – das passiert jedem. Fehler beweisen, dass wir Menschen sind, aber es kommt darauf an, wie wir mit ihnen umgeben. Das zeigt, wer wir wirklich sind.

»Ich muss jetzt gehen«, sage ich zu Tom.

»Besuchst du mich wieder? Vor der Verhandlung?«

Ich fixiere den Boden und überlege, was ich sagen soll. »Vielleicht nach der Beerdigung.«

Wieder werden Toms Augen nass, und er nickt schnell. Ich stehe auf, aber er bleibt sitzen. Ich zögere, weil es sich so seltsam anfühlt, ihn nicht zum Abschied zu umarmen. Als ich zur Tür gehe, werfe ich einen Blick über die Schulter. Tom schenkt mir ein schwaches, trauriges Lächeln.

»Danke, dass du gekommen bist«, sagt er.

»Wir unterhalten uns bald wieder«, sage ich, und dann wird mir klar, dass ich das wirklich will. Er lässt vor lauter Erleichterung die Schultern hängen, und ich ziehe die Tür hinter mir zu.

Sergeant Doherty eilt mit großen Schritten auf mich zu, als ich das Verhörzimmer verlasse.

»Alles in Ordnung?«, fragt er und begleitet mich durch den leeren Gang.

»Was passiert jetzt mit ihm?«

»Na ja, die Anklage umfasst mehrere Punkte, wobei der Hauptanklagepunkt fahrlässige Körperverletzung mit Todesfolge aufgrund unterlassener Hilfeleistung ist.«

»Bekommt er auch Ärger, weil er Henrys Fahrrad weggebracht hat? Und wegen der Postkarte aus Sydney?«

Doherty nickt. »Ebenso wegen Behinderung der Ermittlungen, Fahren ohne Führerschein und Fahrerflucht.«

Ich schlucke. »So viele Anklagen.«

»Ja.«

»Und was nun?«

»Im Augenblick ist er auf Kaution frei, bis zur Verhandlung«, sagt Doherty. »Er wohnt zu Hause und wird vom Jugendamt überwacht. Das alles ist passiert, als er siebzehn war, also wird er nach Jugendstrafrecht abgeurteilt, nicht nach dem Strafrecht für Erwachsene.«

»Kommt er ins Gefängnis?«, frage ich.

»Wenn er schuldig gesprochen wird, erwartet ihn Jugendarrest.«

»In einem Jugendgefängnis?«

»Genau. Aber sobald er einundzwanzig ist, wird er in ein normales Gefängnis verlegt.«

»Okay.« Mir dreht sich der Magen um. Ich muss ständig an Toms strahlende Zukunft denken, an sein Potenzial, seine Möglichkeiten – alles zunichte gemacht. Doch dann denke ich an die Zukunft, die Henry hätte haben können, und dass Tom die Verantwortung dafür trägt, dass auch das alles vorbei ist. Unter anderen Umständen hätte ich diese Person, die für Henrys Tod verantwortlich ist, liebend gern bestraft gesehen. Aber die Tatsache, dass es Tom ist, bringt alles durcheinander.

»Komm«, sagt Doherty. »Ich bringe dich raus.«

Auf dem Weg nach draußen, erfahre ich noch einige andere Dinge. Tom hat abgestritten, den Brand in Onkel Bernies Laden gelegt zu haben, und die Sache wird noch untersucht.

Sollte sich herausstellen, dass es Brandstiftung war, hat das Konsequenzen für die Versicherung der Lawsons.

»Sie schienen nicht überrascht zu sein, als ich ihnen sagte, dass Henrys Rad bei ihnen im Keller steht«, sage ich.

Doherty seufzt. »Bernie dachte, Ivy Weaver hätte es dem Laden gespendet. Er hoffte, Henry würde eines Tages zurückkommen und es wiederhaben wollen.«

»Und was ist mit den Polaroids?«

Erst macht er ein Gesicht, als wollte er mir sagen, dass mich das nichts anginge und es sich um vertrauliche Polizeiinformationen handele, doch dann besinnt er sich anders. »Bernie glaubte, auf Henrys Rücken einen blauen Fleck gesehen zu haben, und er hat versucht, ein paar Beweisfotos zu schießen. Er hat sie mir gleich gezeigt, weil er Angst hatte, dass Henry zu Hause misshandelt würde. Hat Henry dir gegenüber jemals etwas in diese Richtung erwähnt?«

»Nein«, sage ich. »Jedenfalls nicht körperlich. Obwohl er meinte, dass es schwer sei, mit seiner Mutter auszukommen.« Auf dem Gehsteig vor dem Polizeirevier bleiben wir stehen. »Ich habe die falschen Schlüsse gezogen, als ich das Fahrrad und die Fotos gesehen habe«, sage ich.

»Hör zu«, sagt Doherty, »obwohl du mit einigen Dingen falschgelegen hast, bewundere ich deine Hartnäckigkeit. Henry konnte sich glücklich schätzen, dich als Freundin zu haben. Wenn du nicht so unermüdlich gewesen wärst, würden wir uns immer noch fragen, was mit ihm geschehen ist.«

»Ich habe so vieles falsch verstanden«, sage ich, »und so viele Hinweise gar nicht gesehen.«

Er zieht die Augenbrauen hoch. »Glaubst du vielleicht, Polizeiermittlern geht es anders? Wie viele Kollegen sagen genau das Gleiche von sich, was nicht bedeutet, dass es schlechte Polizisten sind. Es bedeutet nur, dass der Job nicht leicht ist. Aber du bist der Wahrheit ständig ein Stück näher gekommen.«

Er begleitet mich zu Dads Lieferwagen. Durch das offene Beifahrerfenster begrüßen sich die beiden mit unbehaglich gemurmelten Worten und einem kurzen Nicken.

»Wie geht es Rafi Nolan?«, fragt mich Doherty und hält mir die Wagentür auf.

»Wir wollen ihn jetzt besuchen«, sage ich, und sofort hebt sich meine Stimmung. »Er ist gestern Abend aus dem Krankenhaus gekommen. Sie haben ihn ein paar Tage lang dortbehalten, um Folgeschäden auszuschließen.«

»Na, dann grüß ihn mal von mir«, sagt er und schlägt die Beifahrertür zu. Er geht ein paar Schritte in Richtung Polizeirevier, dreht plötzlich auf dem Absatz wieder um und beugt sich zum Autofenster herunter.

»Ach ja, ehe ich's vergesse«, sagt er, zu meinem Dad gewandt. »Es hat sich ein Zeuge gemeldet, der gesehen hat, wie ein Junge namens Darren Foster an dem Nachmittag, an dem in Ihr Büro eingebrochen wurde, Ihr Grundstück verlassen hat. Er hat zugegeben, dass er dafür bezahlt wurde, von ... ähm ... von meinem Bruder Jack.«

Dad und ich wechseln einen schnellen Blick.

»Nun, wie auch immer«, sagt Doherty und klopft zum Abschied leicht auf das Wagendach, »sagen Sie mir Bescheid, wenn Sie Anzeige erstatten wollen.«

Dad und ich werden im Haus der Nolans herzlich begrüßt, und genau das brauche ich jetzt nach meinem Gespräch mit Tom. Rina und ihre Mum sind auch da und haben Raf Blumen mitgebracht. Luisa versichert uns, dass sie die Tür zum Büro des Motels abgeschlossen hat und auch gleich wieder zurückgeht. Ich bemerke den langen Blick, den Luisa und mein Dad wechseln, als sie sich zum Gehen wendet. Er besteht darauf, sie zu begleiten, obwohl wir gerade erst gekommen sind. Rina schaut mich an und hebt fragend die Augenbrauen. Ich erwidere ihre Geste.

Sally und Liv machen viel Aufhebens um mich, genauso wie im Krankenhaus, als ich Raf besucht habe. Sie drücken mich ständig und bedanken sich, weil ich ›ihren Jungen gerettet habe‹. Jedes Mal, wenn ich das höre, habe ich den Eindruck, dass sie über jemand anderen reden. Die ganze Sache ist wie ein verschwommener Fleck in meiner Erinnerung, von dem Moment an, als Raf über die Kante des Devil's Rock ins Wasser fiel, bis uns Sergeant Doherty am Ufer gefunden hat. Und immer, wenn mein Gedächtnis aufklart und ich ein deutliches Bild vor mir sehe, wird mir übel, und ich gerate in Panik, als ob ich jeden Moment umkippen würde. Dad hat vorgeschlagen, dass ich mit einem Therapeuten rede, wenn ich wieder in Sydney bin, und ich finde, die Idee klingt gut. Es gibt eine Menge, was ich verarbeiten muss.

»Hallo«, sagt Sabeen, die aus dem Wohnzimmer kommt, und umarmt mich fest. »Geht's dir gut? Wie war's?«

Bis zu diesem Moment ist es mir gut gelungen, mich zu beherrschen. Aber bei dem sorgenvollen Ausdruck in Sabeens Augen kommen mir die Tränen. Ich versuche, sie wegzublinzeln, aber eine entwischt und läuft mir über die Wange. Kummer droht mich zu überwältigen. Uns alle. Monatelang haben wir uns in einem quälenden Stillstand befunden, wir haben Henry vermisst, auf Neuigkeiten gewartet und gehofft, dass er zurückkommt. Es ist schwer zu begreifen, dass nun alles anders ist. Die Realität legt uns ständig einen Hinterhalt, als wollte sie uns einen bösen Streich spielen.

»Wir schaffen das«, sagt Sabeen.

Ich nicke schnell und wische mir mit dem Ärmel über die Wange. »Ja.«

»Ich meine es ernst«, sagt sie. »Wir alle, zusammen.«

Noch nie war ich für Sabeens unerschütterliche Treue so dankbar: dass sie darauf bestanden hat, uns als Gruppe zusammenzuhalten, dass sie unsere Freundschaft nicht zerbrechen ließ, trotz der Spannungen des vergangenen Jahres. Sie ist der Kitt, der uns verbindet. Und wir brauchen sie heute mehr als je zuvor.

»Ich gehe Mum und Min mit dem Mittagessen helfen«, sagt sie. »Bleibst du hier?«

»Natürlich.«

»Gut. Dann reden wir später über Tom.« Sie dreht sich um und deutet in Richtung Wohnzimmer. »Da drin ist übrigens ein Trottel, der mich alle fünf Minuten fragt, wann du endlich kommst. Du solltest ihn von seinen Qualen erlösen.«

Ich ringe mir ein Lächeln ab. Trotz allem brodelt es in meinem Bauch vor Nervosität, wenn ich an Raf denke. Sabeen wirft mir einen wissenden Blick zu, und ich frage mich, ob ihr Bruder ihr verraten hat, wo wir in der Nacht des Sturms waren. Es wird sowieso bald herauskommen, alles, was mit dieser Nacht zu tun hat. Es ist Zeit, dass jeder die Wahrheit sagt.

Raf liegt auf dem Sofa. Eine Katze hat sich auf seinem Schoß zusammengerollt, die andere streckt sich auf dem Polsterhocker neben ihm. Er trägt ein NASA-T-Shirt und karierte Pyjamahosen. Die Haare fallen weich und ungekämmt in seine Stirn.

»Du hättest dich nicht so schick machen müssen«, sage ich, als ich ins Zimmer komme.

Er lächelt, wirft sein Handy auf den Hocker und setzt sich

auf. Die Katze lässt sich von seinem Schoß zu Boden gleiten und huscht davon. »Befehl des Arztes. Ich darf so viel abhängen, wie ich will.«

Ich hatte noch keine Gelegenheit, unter vier Augen mit ihm zu reden. Im Krankenhaus war immer entweder eine seiner Mums oder Sabeen dabei.

»Wie geht es dir?« Ich setze mich neben ihn. Aus der Nähe sehe ich, dass die tiefen Schatten unter seinen Augen blasser werden. Und seine Wangen haben wieder Farbe bekommen.

»Die Nähte fangen an zu jucken«, sagt er und zupft an dem rechteckigen Pflaster an seinem Haaransatz. »Aber der Husten ist nicht mehr so schlimm. Es rasselt nur noch ein bisschen.«

Eine Pause entsteht, ein Moment, in dem ich mich zu ihm hinbeugen und ihn umarmen könnte, aber ich bin plötzlich verlegen, denn ihn zu berühren, bedeutet so viel mehr. Raf zupft an seinem T-Shirt, und ich kaue auf meiner Unterlippe. Und dann ist der Moment vorbei.

»Hast du mit deiner Mum gesprochen?«, fragt er.

»Ja. Ich darf bis zu Henrys Beerdigung bleiben. Sie kommt auch, und dann fahren wir zusammen wieder nach Sydney.«

»Das wird ein schwerer Tag«, sagt Raf und schluckt.

Ich schaue nach unten. »Ja.«

»Aber im Augenblick gibt es keine leichten Tage, stimmt's?« Seine Stimme bebt. Ich beuge mich vor und lege meine Hand auf seine. Er verschränkt seine Finger mit meinen und begegnet meinem Blick.

»Ich hatte echt Angst«, flüstere ich. »Ich dachte, ich hätte dich verloren.«

»Gott, es tut mir so leid.«

»Was denn?«

»Ich war bewusstlos und kann mich an rein gar nichts erinnern«, sagt er. »Du musstest ganz allein mit dieser Sache fertigwerden.«

Ich sage ihm nicht, wie sehr ich mit der Erinnerung an all das zu kämpfen habe. »Mit der Zeit wird es leichter.«

Er zieht unsere verschränkten Hände an seine Lippen und küsst meinen Handrücken.

»Habe ich mich schon bei dir bedankt?«, sagt Raf und grinst mich schelmisch an. »Weil du mir das Leben gerettet hast?«

»Schon ungefähr vier Mal.«

»Na, dann runden wir es doch zu fünf Mal auf.« Er zieht seine Finger aus meinen und legt meine Hand auf sein Herz. »Danke, Chloe Baxter.«

Ich drücke die Handfläche gegen sein T-Shirt und fühle seine Körperwärme durch den Stoff. Ich bilde mir ein, dass ich auch seinen Herzschlag fühle, aber dieses zuckende Pochen ist höchstwahrscheinlich mein eigener Puls.

»Cloe?« Dad steckt den Kopf durch die Tür. »Ich gehe nach Hause.«

Zögernd ziehe ich meine Hand weg und drehe mich zu ihm um.

»Du siehst schon viel besser aus«, sagt Dad zu Raf. »Wenn du wieder auf den Beinen bist, können wir uns ja mal zusammen ein Cricket-Match anschauen.«

»Oh. Ich meine … klar, warum nicht?«, stammelt Raf.

Ich sehe das Lachen in Dads Augen.

»Er nimmt dich bloß auf den Arm«, sage ich zu Raf. »Er weiß genau, dass du Cricket nicht ausstehen kannst.«

Raf atmet erleichtert auf.

Dad zwinkert ihm zu. »Dann komm eben stattdessen mal zum Abendessen, okay?«

»Also, das mache ich doch glatt!«, sagt Raf.

»Hör mal, Kätzchen«, sagt Dad zu mir. »Mason ist da. Willst du mit ihm reden? Wegen der Sache, über die wir gesprochen haben?«

»Ja. Unbedingt.«

Als Dad geht, taucht Sabeen mit einem Krug Wasser und ein paar Gläsern auf. Sie bringt sie nach draußen auf die Veranda, wo wir zu Mittag essen wollen.

»Ich gehe mal und helfe ihr«, sage ich und stehe auf. Doch nach ein paar Schritten in Richtung Küche drehe ich mich um und kehre zu Raf zurück.

Er schaut erwartungsvoll zu mir hoch. »Was ist?«

Ich beuge mich zu ihm hinunter, nehme sein Gesicht in meine Hände und komme ihm entgegen. Sanft drücke ich meine Lippen auf seine und fühle die Wärme, die mich durchdringt, als er meinen Kuss beantwortet.

»Whoa!«, sagt Sabeen, die von der Veranda aus wieder ins Wohnzimmer kommt. »Das hab ich gesehen!«

Ich lächle Raf an, und er grinst zurück.

»Es ist kein Geheimnis«, sage ich. »Geheimnisse hatten wir echt genug.«

38

Heute

MASON

»Mason, mein Lieber«, sagt Liv, »es ist schön, dich zu sehen.«

Sie bittet ihn ins Haus und umarmt ihn fest. Er weiß nicht genau, ob er damit klarkommt. Er ist die letzten Tage zu Hause geblieben, aber er hat gehört, dass Raf wieder da ist, und will nach ihm sehen. Mason konnte sich nicht bei ihm melden, weil sein Smartphone bei dem Unfall auf der Roberts Road zu Bruch ging.

Er muss ein neues kaufen. Und ein neues Auto. Er muss viele Dinge tun, aber darüber kann er jetzt nicht nachdenken. Im Augenblick hat er genug damit zu tun, ein- und auszuatmen und einen Fuß vor den anderen zu setzen.

Als er in die Küche kommt, sieht er Rina. Sie zieht ihre Jacke an und wendet sich zum Gehen. Ob das mit ihm zu tun hat oder ob sie sowieso gehen wollte, weiß er nicht. Sie schenkt ihm ein trauriges Lächeln, und seine Kehle wird eng. Auch wenn sie nicht mehr zusammen sind, gibt ihm ihre Vertrautheit ein Gefühl der Sicherheit oder der Ruhe oder … von irgendetwas anderem. Er hat im Moment Probleme damit, seine Gefühle zu entschlüsseln.

Chloe tritt in den Türrahmen. Sie hält seinen Blick fest, und er weiß, dass sie mit Tom geredet hat. Mason hat es nicht über sich gebracht. Er weiß nicht einmal, ob er es schafft, mit Chloe darüber zu reden. Heute Morgen war es besonders schwer. Er fand Ivy in Henrys Zimmer. Sie saß zusammengesunken auf dem Bett, mit dem Gesicht zur Wand. Er setzte sich neben sie, und so blieben sie eine gefühlte Ewigkeit. Keiner sagte etwas, keiner tat etwas. Wenn sie nicht aufgestanden und in die Küche gegangen wäre, um eine Zigarette zu rauchen, hätte Mason glauben können, die Zeit wäre stehen geblieben.

Chloe verabschiedet sich mit einer etwas steifen Umarmung von Rina. Mason denkt an den Streit am Silvesterabend und daran, wie leidenschaftlich Rina ihn gegen Chloe verteidigt hat.

»Ich habe mir überlegt«, sagt Rina zu Chloe, »dass ich demnächst mal nach Sydney fahren und mir ein paar Unis anschauen will. Vielleicht können wir uns zum Essen treffen oder so.«

»Das finde ich toll«, sagt Sally, die an der Arbeitsplatte steht. »Was möchtest du denn studieren?«

»Ich weiß es noch nicht.« Rina zieht leicht den Kopf ein. »War nur so eine Idee. Ich muss mir langsam darüber klar werden, was ich nach der Schule machen will.«

Sie wirft Mason einen schnellen Blick zu, und ihm ist klar, wie unfair es von ihm war, Reisepläne mit ihr zu schmieden und dann einen Rückzieher zu machen. Ehrlich gesagt hatte er nie vor, so lange hierzubleiben, bis Rina die Schule beendet hatte; ihm war klar, dass ihre Beziehung nicht von Dauer sein würde. Rina sah ihre Zukunft zusammen mit Mason, aber Mason wollte lediglich seiner Vergangenheit entkommen. Er wusste schon immer, dass Rina jemand Besseren verdient. Jetzt ist ihm klar, dass sie jemand *anderen* verdient. Er kann nicht länger vorgeben, jemand zu sein, der er nicht ist.

»Klar«, sagt Chloe. »Mittagessen klingt gut.«

»Vielleicht lässt du mich diesmal auch was essen«, sagt Rina trocken, und um Chloes Mundwinkel zuckt es, auch wenn Mason nicht versteht, um was es geht.

Als Rina an Mason vorbeigeht, folgt er ihr hinaus in die Diele. An der Haustür bleiben sie stehen, und Mason sucht nach den richtigen Worten für das, was er ihr sagen will.

»Was ich in der Pizzeria gesagt habe, tut mir leid«, sagt er und zupft an dem Verband um seine Hand. »Es war gefühllos, und ich war ein echter Arsch.«

Sie nickt. »Aber du hattest recht. Wir sind wirklich zu lange zusammengeblieben, obwohl es nicht funktioniert hat.«

»Ich wollte dir nie weh tun.«

Sie seufzt. »Wir haben beide Dinge gesagt, die wir bedauern.« Sie beißt sich auf die Lippe und wendet den Blick ab, als ob sie noch mehr sagen will. Dann entspannt sich ihr Gesicht. »Wir reden demnächst mal ausführlich darüber, okay?« Sie reckt sich nach oben und küsst ihn auf die Wange. »Pass auf dich auf.«

In der Küche geht es äußerst geschäftig zu; Mason fühlt sich ein bisschen überfordert, deshalb geht er ins Wohnzimmer zu Raf. Mason hat ihn einmal zusammen mit Chloe und ihrem Dad im Krankenhaus besucht. Erleichtert sieht er, dass Raf längst nicht mehr so schlaff und ausgewaschen aussieht, sondern wieder fast wie er selbst.

Sie reden über die Ereignisse der vergangenen Tage, ohne den schmerzhaften Teil – Henry – anzusprechen.

»Wie geht's deiner Mum?«, fragt Raf irgendwann. »Habt ihr irgendwas von der Entzugsklinik gehört?«

»Ja, deine Mums können echt zaubern«, sagt Mason. »Sie hat schon einen Platz bekommen, für nächste Woche, gleich nach Ostern.«

Sally und Liv haben Ivy geholfen, sich für ein staatliches Entzugsprogramm anzumelden, das ihr helfen soll, ihre Alkohol- und Spielsucht in den Griff zu bekommen, und das auch psychotherapeutische Trauerbewältigung anbietet. Es ist eine stationäre Einrichtung in Sydney, wo sie rund um die Uhr betreut wird.

Die meiste Zeit seines Lebens hat Mason versucht sich vorzustellen, wie es wäre, wenn Ivy einfach aus seinem Leben verschwinden würde, so wie sein Vater und Wayne, wie es sich anfühlen würde, in einem Haus zu leben, in dem nicht überall ihre düstere Aura hängt. Aber er hätte sich nie träumen lassen, dass sie vielleicht gesund und nüchtern zurückkehren würde – das wäre so, als würde man einen völlig neuen Menschen kennenlernen. Mason weiß nicht, ob er sich dieser Hoffnung hingeben soll.

Chloe kommt ins Wohnzimmer und bleibt ihm Türrahmen stehen, weil sie Raf und Mason nicht unterbrechen will. Mason dreht sich zu ihr um.

»Kann ich dich mal kurz sprechen?«, fragt sie ihn. Sie geht ihm voraus auf die hintere Veranda, wo niemand sie stört. Nebeneinander stellen sie sich an das Geländer und genießen den Blick über den Naturschutzpark bis zum Reservoir.

»Ich möchte mich noch mal bei dir entschuldigen«, sagt sie, »weil ich dir in den vergangenen Monaten das Leben so schwer gemacht habe. Es sind Dinge passiert, die ich nicht verstanden habe, und du hattest recht – nichts davon ging mich etwas an.«

Mason schluckt und schaut über die Bäume.

»Dir ist vielleicht aufgefallen«, sagt sie, »dass ich unglaublich stur sein kann. Und mehr als nur ein bisschen rechthaberisch. Ich werde versuchen, mich zu bessern.«

»Hört sich gut an.«

»Aber da ich im Moment immer noch ziemlich stur und rechthaberisch bin, darf ich dich darauf hinweisen, dass auch du in bestimmten Dingen an dir arbeiten musst.«

Mason stellt sich ihrem Blick und nickt. »Werde ich.«

Ihre Schultern entspannen sich. Sie scheint erleichtert zu sein. Dann verschränkt sie die Hände vor dem Körper. »Okay, hör zu. Mein Dad und ich haben einen Vorschlag. Wir haben uns überlegt, dass du vielleicht ins Motel ziehen könntest. In dein Zimmer, Zimmer Nr. 15. Vorläufig meine ich, so lange deine Mutter in der Klinik ist. Und vielleicht auch danach, wenn du möchtest.«

Mason ist einen Moment sprachlos. »Wie jetzt? Bei deinem Dad wohnen?«

»Und bei mir, wenn ich hier bin. Nicht in unserer Wohnung. Du hättest dein eigenes Reich. Wenn du mal baden willst – im Zimmer gibt's ja nur eine Dusche – oder irgendwas kochen, kannst du gerne zu uns kommen. Du kriegst deine eigenen Schlüssel.«

»Ich … ich weiß nicht, was ich sagen soll.«

Und genau so ist es. Seine Kehle wird eng, und er muss schlucken – wieder und wieder –, weil er nicht die Fassung verlieren will. Niemand hat ihm jemals Hilfe angeboten. Nicht so jedenfalls. Mason wollte schon vorher nicht mehr zu Hause wohnen, aber jetzt ist es unerträglich geworden. Er und Ivy schleichen wie Gespenster durch die Räume. Und selbst wenn Ivy nicht mehr da ist – es gibt viel zu viele Erinnerungen in dem Haus. Meistens schlechte. Erinnerungen an Henry und ihre Kindheit, was sie erdulden mussten. An jeder Ecke, wohin er sich auch wendet, warten Erinnerungen. Mason würde jeden Abend in diesem Gefängnis hocken und sich bis zur Bewusstlosigkeit betrinken, um den Schmerz zu betäuben.

»Du musst auch keine Miete zahlen«, fährt Chloe fort, die offensichtlich immer noch versucht, ihm die Sache schmackhaft zu machen. »Du kannst den Waschraum benutzen. Und wenn du Gesellschaft möchtest oder mit jemandem reden willst, wir sind immer für dich da. Mein Dad ist ein großartiger Zuhörer, und … Mason? Alles in Ordnung?«

Mit den Ellbogen auf das Geländer gestützt, vergräbt er den Kopf in den Händen, während sein Körper von Schluchzen geschüttelt wird. »Tut mir leid«, stößt er rau hervor, ehe er wieder schluchzen muss. Alles fließt aus ihm heraus, als ob ein Ventil geöffnet worden wäre.

»Heeey«, sagt Chloe sanft und reibt ihm mit sanft kreisenden Bewegungen über den Rücken. »Schon gut, Mason. Du musst das nicht allein durchstehen.«

Er atmet ein paarmal zitternd ein und nickt schnell. Er schnappt nach Luft wie ein Fisch auf dem Trockenen. »Es ist bloß … es hat sich … einiges aufgestaut … weißt du?«

»Ich weiß.« Sie wischt sich die Tränen aus den Augen, und aus irgendeinem Grund empfindet Mason diese Geste als tröstlich.

Er stößt zitternd den Atem aus und schüttelt den Kopf. »Wir haben jede Menge Arbeit vor uns, was?«

Sie schenkt ihm ein tränennasses Lächeln. »Dann komm zu uns und lass es uns gemeinsam angehen. Bitte.«

»Okay«, sagt er nach einer Weile. »Wann?«

Ihr Blick wird weich. Und es liegt die gleiche Zuneigung darin wie früher für Henry.

»Wir haben schon die Dusche geputzt und dein Bett gemacht«, sagt sie. »Um sechs gibt's Abendessen.«

39

Heute

CHLOE

»Erzähl mir von Tom«, sagt Mason. »Worüber habt ihr geredet?«

Er schaut mich nicht an, sondern lässt seinen Blick über das Reservoir schweifen. Wir sitzen auf dem Devil's Rock und lassen unsere Beine über die Kante baumeln. Der Himmel schimmert in einem überirdischen Pink, und hier und da blitzen schon die ersten Sterne auf. Als ich Mason sagte, dass es mir unheimlich schwerfällt zu verarbeiten, was hier passiert ist, schlug er vor, dass wir hergehen und den Sonnenuntergang betrachten. Um eine neue Erinnerung zu erschaffen. Ich habe das Gefühl, dass er das nicht nur für mich tut, sondern auch für sich selbst – seit dem Vorfall am zweiten Weihnachtstag war er nicht mehr hier.

»Er hat mir gesagt, wie leid es ihm tut«, sage ich. »Er weiß, dass es nicht leicht für uns ist, ihm zu vergeben.«

Mason verkrampft die Kiefer. Geistesabwesend kratzt er sich unter dem Verband an seiner linken Hand.

»Er möchte dich wirklich gerne sehen«, setze ich hinzu.

Mason runzelt die Stirn. Er sackt ein bisschen in sich zusammen, als ob er das ganze Gewicht der Welt auf seinen Schultern spüren würde. Was wir empfinden, ist schwer zu begreifen. Mal sind wir wütend, dann wieder traurig, bereit zu verzeihen, und im nächsten Moment fühlen wir uns verraten. Wir beide sind vollkommen durcheinander wegen Tom, aber Masons Konflikt geht viel tiefer als meiner. Ich glaube, ich weiß, warum Mason so sehr mit seinen Gefühlen für seinen besten Freund zu kämpfen hat, und ich hoffe, dass er es mir eines Tages selbst sagen wird. Im Augenblick müssen wir noch lernen, uns gegenseitig zu vertrauen, und uns daran gewöhnen, dass wir Henry verloren haben.

Henry verschwand, und jetzt ist er für immer verschwunden. Mason verschwand ebenfalls, aber er ist immer noch da. Ich will ihm helfen, gerade weil er nicht weiß, wie man um Hilfe bittet.

»Ich habe keine Ahnung, wie ich Henrys Beerdigung durchstehen soll«, sagt er. »Allein die Vorstellung ist …«

»Echt schwer«, nicke ich.

»Und dann Toms Prozess …«

»Ich weiß.« Ich drehe mich zu Mason um und sehe die dunklen Wolken in seinem Blick. »Da kommt so einiges zusammen. Aber wir kriegen das hin.«

Ich lege meine Hand auf seine und drücke leicht. Als Dank schenkt er mir ein leises Lächeln.

»Ich werd's versuchen«, sagt er.

Und damit ist es beschlossene Sache. Diesen Sturm werden wir gemeinsam überstehen.

Danksagung

Das Zustandekommen dieses Buchs war eine lange und holprige Reise, und ich wäre wohl kaum über die bescheidenen Anfänge hinweggekommen, hätte das Manuskript nicht mehrmals überarbeitet und neu geschrieben und schließlich fertiggestellt, wenn ich nicht eine Menge Hilfe dabei gehabt hätte.

Danke an alle bei *Allen & Unwin* für die Begeisterung, mit der ich in die Familie dort aufgenommen wurde, besonders meiner Lektorin Nicola Santilli und meiner Verlegerin Anna McFarlane, für ihre Einsicht und ihre Ratschläge und dafür, dass sie die Geschichte und mich als Schriftstellerin unterstützt haben. Eine große Anerkennung geht an das Sales-Team, an das Marketing und die Presse, die diesem Buch die Chance geben, auf dem Buchmarkt zu bestehen. Danke auch an die unglaublich talentierte Debra Wilson für das wunderbare Cover und die Buchgestaltung.

Für die Arbeit hinter den Kulissen möchte ich mich bei meiner fantastischen Agentin Alex Adsett bedanken, einer rundherum liebenswürdigen Person, bei der ich gerne den ganzen Tag lang sitzen und schwatzen würde, wenn ich könnte.

Danke, Abigail Henderson, Georgina Kinkade, Vicky Watson und Pat und Roy Bolton, die dieses Buch in seinem frühesten Stadium gelesen haben, und auch an Ingrid Alexandra, Kim Last und Rebekah Beddoe. Euer Feedback hat die verschiedenen Überarbeitungen des Buchs geprägt und die Geschichte ausgeformt, so wie ich sie erzählen wollte.

Mein Dank geht auch an Amy Epstein, Caroline Epstein, Nicole Peacock und Kellie Chessor, die all meine Fragen über Polizeiarbeit in Australien beantwortet haben. Etwaige Fehler sind allein meine Schuld, ebenso eventuelle künstlerische Freiheiten, die ich mir um der Geschichte willen genommen habe.

Ellie Marney, Fleur Ferris und Rebecca James, drei liebe, bodenständige und hilfsbereite Superstars der Jugendbuchszene in Australien – fühlt euch herzlich umarmt für eure unermüdliche Unterstützung.

An alle, die Bücher lesen, schreiben, empfehlen, besprechen, die bloggen und auf Bookstagrams und Booktubes unterwegs sind und #LoveOzYA (und unsere Freunde bei LoveNZYA) unterstützen: Danke für alles, was ihr für die Schriftstellerinnen und Schriftsteller in Australien und Neuseeland tut und dass ihr Teil der nettesten und tollsten Jugendbuchszene der Welt seid. Das schließt natürlich auch all unsere fantastischen Bibliothekare und pfiffigen Buchhändler ein.

Und – last but not least: Nichts davon wäre möglich gewesen ohne den Rückhalt und den Humor meines Mannes Tony und unserer Söhne Hugo und Harvey, die immer ein Resonanzboden für mich sind. Und einen Gruß an mein braves Mädchen Luna, das mich bedingungslos liebt und mir täglich Bewegung verschafft.

Niemand kann einfach so verschwinden

»Schmetterlinge im Bauch, Zukunftspläne, Träume – alles weggewischt an dem Tag, an dem meine Schwester verschwand. *Auch* verschwand. Genau wie mein Vater. Spurlos. Zurück bleibt ein absurdes, schwarzes Loch, durch das man immer tiefer fällt. Kein Boden in Sicht. Ein Wurmloch aus purem Schmerz.«

Würdest du akzeptieren, wenn jemand einfach so aus deinem Leben verschwindet? Dass die Polizei aufgibt, deine Zwillingsschwester zu suchen, weil es keine Spuren gibt?
Amber tut es nicht.

Christina Stein
Searching Lucy
288 Seiten, Klappenbroschur